Zu diesem Buch

STADT AUS GLAS. Daniel Quinn, ein Kriminalautor, erhält mitten in der Nacht den Anruf eines Fremden und wird auf Grund eines Mißverständnisses in eine Affäre hineingezogen, die komplizierter und undurchsichtiger ist als alles, was er bisher in seinen eigenen Büchern geschrieben hat: Quinn wird, ohne daß ihm Zeit zum Nachdenken bleibt, als Detektiv unter dem Namen Paul Auster eingesetzt.
SCHLAGSCHATTEN. Blue bekommt von White den Auftrag, Black zu beobachten. Ohne über die Hintergründe aufgeklärt worden zu sein, läßt der junge Privatdetektiv sich auf den Fall ein und beschattet Black tagein und tagaus. Bald muß er feststellen, daß seine bewährten Methoden nicht greifen und daß sich Realität und Täuschung nicht mehr ohne weiteres voneinander unterscheiden lassen.
HINTER VERSCHLOSSENEN TÜREN. Der Schriftsteller Fanshawe verschwindet eines Tages spurlos und läßt seine junge Frau Sophie mit dem gemeinsamen Kind zurück. Sein Freund aus frühester Kindheit, der Erzähler der Geschichte, übernimmt die Rolle des Nachlaßverwalters und setzt sich erfolgreich dafür ein, daß die vielen Romane und Gedichte veröffentlicht werden. Und er heiratet schließlich Sophie und dringt immer tiefer in das Leben Fanshawes ein. Die Welt bricht für ihn zusammen, als er eines Tages den Hinweis bekommt, daß Fanshawe noch lebt.

Paul Auster, geboren 1947 in Newark/New Jersey, studierte Anglistik und Vergleichende Literaturwissenschaft an der Columbia University und verbrachte danach einige Jahre in Paris. Heute lebt er in Brooklyn. Er ist mit der Schriftstellerin Siri Hustvedt verheiratet und hat zwei Kinder.

Paul Auster

DIE NEW YORK-TRILOGIE

STADT AUS GLAS / SCHLAGSCHATTEN
HINTER VERSCHLOSSENEN TÜREN

Deutsch von
Joachim A. Frank

Rowohlt Taschenbuch Verlag

Die deutsche Ausgabe von «Stadt aus Glas» erschien 1987 im
Verlag Hoffmann und Campe, Hamburg,
die amerikanische Ausgabe erschien 1985 unter dem Titel
«City of Glass» im Verlag Sun & Moon Press, Los Angeles.
«Schlagschatten» erschien 1986 unter dem Titel «Ghosts»,
«Hinter verschlossenen Türen» erschien 1986 unter dem Titel
«The Locked Room», ebenfalls im Verlag Sun & Moon Press, Los Angeles

Einmalige, limitierte Sonderausgabe April 1999

Veröffentlicht im Rowohlt Taschenbuch Verlag GmbH,
Reinbek bei Hamburg, November 1989

Umschlagillustration Hendrik Dorgathen
Umschlaggestaltung Dieter Brumshagen
Gesamtherstellung Clausen & Bosse, Leck
Printed in Germany
ISBN 3 499 22662 6

Inhalt

STADT AUS GLAS

I

Mit einer falschen Nummer fing es an, mitten in der Nacht läutete das Telefon dreimal, und die Stimme am anderen Ende fragte nach jemandem, der er nicht war. Viel später, als er in der Lage war, darüber nachzudenken, was mit ihm geschah, sollte er zu dem Schluß kommen, nichts ist wirklich außer dem Zufall. Aber das war viel später. Am Anfang waren einfach nur das Ereignis und seine Folgen. Ob es anders hätte ausgehen können oder ob mit dem ersten Wort aus dem Mund des Fremden alles vorausbestimmt war, ist nicht das Problem. Das Problem ist die Geschichte selbst, und ob sie etwas bedeutet oder nicht, muß die Geschichte nicht sagen.

Mit Quinn brauchen wir uns kaum aufzuhalten. Wer er war, woher er kam und was er tat, ist nicht so wichtig. Wir wissen zum Beispiel, daß er fünfunddreißig war. Wir wissen, daß er einmal verheiratet und Vater gewesen war und daß nun beide tot waren, seine Frau und sein Sohn. Wir wissen auch, daß er Bücher schrieb. Um genau zu sein, Detektivromane. Diese Werke wurden unter dem Namen William Wilson verfaßt, und er produzierte ungefähr ein Buch pro Jahr, womit er genug verdiente, um in einer kleinen Wohnung in New York bescheiden leben zu können. Da er für einen Roman nicht mehr als fünf oder sechs Monate brauchte, konnte er den Rest des Jahres tun, was er wollte. Er las viele Bücher, er sah sich Gemälde an, er ging ins Kino. Im Sommer verfolgte er die Baseballspiele im Fernsehen, im Winter besuchte er die Oper. Was er aber am liebsten tat, war Gehen. Beinahe jeden Tag, ob Sonne oder Regen, heiß oder kalt, verließ er seine Wohnung, um durch die Stadt zu gehen – er ging nie wirklich irgendwohin, sondern ging einfach, wohin ihn seine Beine zufällig trugen.

New York war ein unerschöpflicher Raum, ein Labyrinth von endlosen Schritten, und so weit er auch ging, so gut er seine Viertel und Straßen auch kennenlernte, es hinterließ in ihm immer das Gefühl, verloren zu sein. Verloren nicht nur in der Stadt, sondern auch in sich selbst. Jedesmal, wenn er ging, hatte er ein Gefühl, als ließe er sich selbst zurück, und indem er sich der Bewegung der Straßen überließ, sich auf ein sehendes Auge reduzierte, war er imstande, der Verpflichtung zu denken zu entgehen, und das brachte ihm mehr als irgend etwas sonst ein Maß von Frieden, eine heilsame Leere in seinem Inneren. Die Welt war außerhalb seiner selbst, um ihn herum, vor ihm, und die Schnelligkeit, mit der sie ständig wechselte, machte es ihm unmöglich, bei irgendeiner Einzelheit lange zu verweilen. Die Bewegung war entscheidend, die Tätigkeit, einen Fuß vor den anderen zu setzen und sich einfach von seinem eigenen Körper treiben zu lassen. Durch das ziellose Wandern wurden alle Orte gleich, und es war nicht mehr wichtig, wo er sich befand. Auf seinen besten Gängen vermochte er zu fühlen, daß er nirgends war. Und das war letzten Endes alles, was er je verlangte: nirgends zu sein. New York war das Nirgendwo, das er um sich her aufgebaut hatte, und es war ihm bewußt, daß er nicht die Absicht hatte, es jemals wieder zu verlassen.

Früher war Quinn ehrgeiziger gewesen. Als junger Mann hatte er einige Gedichtbände veröffentlicht, er hatte Stücke und kritische Essays geschrieben und an mehreren langen Übersetzungen gearbeitet. Aber ganz plötzlich hatte er all das aufgegeben. Ein Teil von ihm sei gestorben, hatte er zu seinen Freunden gesagt, und er wolle nicht, daß er zurückkomme, um ihn zu quälen. Damals hatte er den Namen William Wilson angenommen. Quinn war nicht mehr der Teil von ihm, der Bücher schreiben konnte, und obwohl Quinn auf mancherlei Art weiterlebte, existierte er für niemanden mehr außer für sich selbst.

Er schrieb weiter, weil er fand, daß es das einzige war, was er tun konnte. Detektivromane schienen eine vernünftige Lösung zu sein. Es kostete ihn wenig Mühe, die verwickelten Geschichten zu erfinden, die sie erforderten, und er schrieb gut, oft ohne es zu wollen und so, als brauchte er sich nicht anzustrengen. Da er sich nicht als Autor dessen betrachtete, was er schrieb, brauchte er sich auch nicht dafür verantwortlich zu fühlen, und er mußte es nicht vor sich selbst verteidigen. William Wilson war schließlich nur eine Erfindung, und obwohl er in Quinn selbst geboren worden war, führte er nun ein unabhängiges Leben. Quinn behandelte ihn mit Achtung, manchmal sogar mit Bewunderung, aber er ging nie so weit, zu glauben, daß er und William Wilson derselbe Mann seien. Aus diesem Grunde trat er auch nicht hinter der Maske seines Pseudonyms hervor. Er hatte einen Agenten, aber sie waren einander nie begegnet. Ihre Kontakte beschränkten sich auf die Post, und Quinn hatte zu diesem Zweck ein Postfach gemietet. Das gleiche galt für den Verleger, der alle Honorare und Tantiemen durch den Agenten zahlte. In keinem Buch von William Wilson fand man je eine Fotografie des Autors oder einen biographischen Hinweis. William Wilson stand in keinem Autorenhandbuch, er gab keine Interviews, und alle Briefe an ihn wurden von der Sekretärin seines Agenten beantwortet. Soviel Quinn wußte, kannte niemand sein Geheimnis. Anfangs, als seine Freunde erfuhren, daß er das Schreiben aufgegeben hatte, fragten sie ihn oft, wie er zu leben gedenke. Er sagte allen das gleiche: daß er Treuhandgelder von seiner Frau geerbt habe. Aber Tatsache war, daß seine Frau nie Geld gehabt hatte. Und Tatsache war auch, daß er keine Freunde mehr hatte.

Das war nun vor mehr als fünf Jahren gewesen. Er dachte nicht mehr sehr viel an seinen Sohn, und erst unlängst hatte er das Foto seiner Frau von der Wand genommen. Hin und wieder fühlte er plötzlich, wie es gewesen war, den drei Jahre alten Jungen in den Armen zu halten – aber das war, genaugenommen, kein Denken, es war nicht einmal ein Erinnern. Es war eine körperliche Empfindung, ein Abdruck der Vergangenheit, der in seinem Körper zurückgeblieben war, und darauf hatte er keinen Einfluß. Solche Augenblicke kamen jetzt weniger oft, und meist schien es so, als hätte sich alles für ihn zu verändern begonnen. Er wünschte nicht mehr, tot zu sein. Andererseits kann man nicht sagen, daß er froh war zu leben. Aber zumindest war es ihm nicht mehr lästig. Er lebte, und die Hartnäckigkeit dieser Tatsache hatte ihn nach und nach zu faszinieren begonnen – so als wäre es ihm gelungen, sich selbst zu überleben, als führte er irgendwie ein posthumes Leben. Er schlief nicht mehr bei brennender Lampe, und seit vielen Monaten hatte er sich nun an keinen seiner Träume mehr erinnert.

Es war Nacht. Quinn lag im Bett, rauchte eine Zigarette und horchte auf den Regen, der gegen das Fenster schlug. Er fragte sich, wann er aufhören und ob ihm am Morgen nach einem langen oder nach einem kurzen Gang zumute sein werde. Ein aufgeschlagenes Exemplar von Marco Polos *Reisen* lag mit dem Rücken nach oben neben ihm auf dem Kopfkissen. Seitdem er vor zwei Wochen den letzten Roman William Wilsons beendet hatte, war er faul gewesen. Sein Erzähler, der Privatdetektiv Max Work, hatte eine komplizierte Reihe von Verbrechen aufgeklärt, er war einige Male zusammengeschlagen worden und nur mit knapper Not davongekommen, und Quinn fühlte sich von seinen Anstrengungen ein wenig erschöpft. Im Laufe der Jahre war ihm Work sehr nahegekommen. Während William Wilson für ihn eine abstrakte Figur blieb, war Work mehr und mehr lebendig geworden. In der Dreiheit von Personen, die Quinn geworden war, diente Wilson als eine Art Bauchredner, Quinn selbst war die Puppe, und Work war die belebte Stimme, die dem Unternehmen Sinn und Zweck verlieh. Wenn Wilson eine Illusion war, so rechtfertigte er doch das Leben der beiden anderen. Wenn Wilson nicht existierte, so war er doch die Brücke, die es Quinn erlaubte, aus sich selbst in Work hinüberzugehen. Und allmählich war Work eine Persönlichkeit in Quinns Leben geworden, sein innerer Bruder, sein Gefährte in der Einsamkeit.

Quinn nahm den Marco Polo auf und begann noch einmal, die erste Seite zu lesen. «Wir werden Gesehenes, wie es gesehen, Gehörtes, wie es gehört wurde, niederschreiben, so daß unser Buch ein genauer Bericht sei, frei von jeglicher Art von Erdichtung. Und alle, welche dieses Buch lesen oder anhören, mögen dies mit vollem Vertrauen tun, denn es enthält nichts als die Wahrheit.» Als Quinn eben begann, über den Sinn dieser Sätze nachzudenken und sich ihre selbstbewußten Behauptungen durch den Kopf gehen zu lassen, läutete das Telefon. Viel später, als er in der Lage war, die Ereignisse dieser Nacht zu rekonstruieren, erinnerte er sich, daß er auf die Uhr sah, feststellte, daß es nach Mitternacht war, und sich fragte, wer ihn um diese Zeit anrufen mochte. Sehr wahrscheinlich schlechte Nachrichten, dachte er. Er stieg aus dem Bett, ging nackt zum Telefon und nahm den Hörer nach dem zweiten Läuten ab.

«Ja?»

Eine lange Pause am anderen Ende, und einen Augenblick dachte Quinn, der Anrufer habe aufgelegt. Dann kam wie aus großer Entfernung der Klang einer Stimme, wie er dergleichen noch nie gehört hatte. Sie war mechanisch, aber voll Gefühl, kaum mehr als ein Flüstern und dennoch deutlich vernehmbar und so gleichmäßig im Tonfall, daß er nicht sagen konnte, ob sie die eines Mannes oder die einer Frau war.

«Hallo?» sagte die Stimme.

«Wer spricht dort?» fragte Quinn.

«Hallo?» sagte die Stimme wieder.

«Ich höre», sagte Quinn. «Wer spricht dort?»

«Ist das Paul Auster?» fragte die Stimme. «Ich möchte Mr. Paul Auster sprechen.»

«Hier gibt es niemanden, der so heißt.»

«Paul Auster. Vom Detektivbüro Auster.»

«Tut mir leid», sagte Quinn. «Sie müssen die falsche Nummer gewählt haben.»

«Die Angelegenheit ist äußerst dringend», sagte die Stimme.

«Ich kann nichts für Sie tun», sagte Quinn. «Hier gibt es keinen Paul Auster.»

«Sie verstehen nicht», sagte die Stimme. «Die Zeit wird knapp.»

«Dann schlage ich vor, Sie wählen noch einmal. Dies ist kein Detektivbüro.»

Quinn legte den Hörer auf. Er stand auf dem kalten Boden und blickte auf seine Füße, seine Knie, seinen schlaffen Penis hinunter. Einen kurzen Augenblick bedauerte er, daß er dem Anrufer gegenüber so kurz angebunden gewesen war. Es hätte, dachte er, interessant sein können, ein wenig auf ihn einzugehen. Vielleicht hätte er etwas über den Fall herausbekommen – vielleicht sogar irgendwie helfen können. «Ich muß mehr auf der Hut sein», sagte er sich.

Wie die meisten Menschen wußte Quinn beinahe nichts über Verbrechen. Er hatte nie jemanden ermordet, nie etwas gestohlen, und er kannte auch niemanden, der so etwas getan hatte. Er war nie in einem Polizeirevier gewesen, hatte nie einen Privatdetektiv kennengelernt, hatte nie mit einem Verbrecher gesprochen. Was er über diese Dinge wußte, hatte er aus Büchern, Filmen und Zeitungen erfahren. Er betrachtete das jedoch nicht als Handicap. Was ihn an den Geschichten, die er schrieb, interessierte, war nicht ihre Beziehung zur Welt, sondern zu anderen Geschichten. Schon bevor er William Wilson wurde, war Quinn ein eifriger Leser von Detektivromanen gewesen. Er wußte, daß die meisten schlecht geschrieben waren, daß die meisten keiner noch so oberflächlichen Prüfung standhalten konnten, aber die Form sprach ihn an, und nur einen ganz besonders schlechten Detektivroman würde er sich zu lesen geweigert haben. Während sein Geschmack bei anderen Büchern streng, anspruchsvoll bis zur Engstirnigkeit war, kannte er bei diesen beinahe überhaupt kein Urteilsvermögen. Wenn er in der richtigen Stimmung war, konnte er ohne große Mühe zehn oder zwölf davon hintereinander lesen. Eine Art Hunger überkam ihn dann, ein heftiges Verlangen nach einer besonderen Speise, und er hörte nicht auf, bis er sich satt gegessen hatte.

Was ihm an diesen Büchern gefiel, war ihr Sinn für Perfektion und Sparsamkeit. Im guten Detektivroman wird nichts verschwendet, kein Satz, kein Wort ist ohne Bedeutung. Und selbst wenn es zunächst keine hat, steckt in ihm die Möglichkeit, eine zu haben – was auf dasselbe hinausläuft. Die Welt des Buches wird lebendig, brodelt vor Geheimnissen und Widersprüchen. Da alles, was gesehen und gesagt wird, selbst das Geringfügigste, Trivialste, etwas mit dem Ausgang der Geschichte zu tun haben kann, darf nichts übersehen werden. Alles wird wesentlich, der Mittelpunkt des Buches verlagert sich mit jedem Ereignis, das die Handlung vorwärtstreibt. Daher ist der Mittelpunkt überall, und kein Kreis kann gezogen werden, bevor das Buch endet.

Der Detektiv ist einer, der beobachtet, der horcht, der sich durch diesen Morast von Dingen und Ereignissen bewegt auf der Suche nach dem Gedanken, der Idee, die alles zusammenfaßt und allem einen Sinn gibt. Tatsächlich sind der Schriftsteller und der Detektiv austauschbar. Der Leser sieht die Welt mit dem Auge des Detektivs und erlebt das Wuchern ihrer Einzelheiten wie zum erstenmal. Er ist für die Dinge um ihn her wach geworden, so als könnten sie zu ihm sprechen, als könnten sie, wegen der Aufmerksamkeit, die er ihnen nun widmet, beginnen, eine andere Bedeutung zu haben als die bloße Tatsache ihrer Existenz. Der Privatdetektiv, «private eye», das «private Auge». Der Ausdruck hatte für Quinn eine dreifache Bedeutung. Da war nicht nur ein «i» wie in «ermitteln», da war das «I» als Großbuchstabe, der winzige Lebenskeim, im Leib des atmenden Ichs verborgen. Zugleich war es auch das physische Auge des Schriftstellers, das Auge des Mannes, der aus sich selbst hinaussieht in die Welt und fordert, daß sich ihm die Welt enthüllt. Seit fünf Jahren lebte Quinn nun im Banne dieses Wortspiels.

Er hatte natürlich schon vor langer Zeit aufgehört, sich selbst für wirklich zu halten. Wenn er nun überhaupt auf der Welt lebte, so nur mit einigem Abstand, durch die imaginäre Person Max Works. Sein Detektiv mußte notwendigerweise wirklich sein. Die Natur des Buches erforderte es. Wenn Quinn es sich gestattet hatte, sich in die Grenzen eines sonderbaren und hermetischen Lebens zurückzuziehen, so lebte Work weiter in der Welt der anderen, und je mehr Quinn zu verschwinden schien, desto beharrlicher wurde Works Anwesenheit auf dieser Welt. Während Quinn dazu neigte, sich in seiner eigenen Haut fehl am Platze zu fühlen, war Work aggressiv, schlagfertig, an jedem Ort zu Hause, an dem er sich gerade befand. Dieselben Dinge, die für Quinn Probleme darstellten, nahm Work als selbstverständlich hin, und er ging durch das Chaos seiner Abenteuer mit einer Leichtigkeit und Gelassenheit, die ihren Eindruck auf seinen Schöpfer nie verfehlten. Es war nicht unbedingt so, daß Quinn Work sein oder ihm auch nur ähneln wollte, aber es beruhigte ihn vorzugeben, Work zu sein, während er seine Bücher schrieb, zu wissen, daß er es in sich hatte, Work zu sein, wenn er es jemals wollte, und sei es nur im Geiste.

In dieser Nacht, während er endlich in den Schlaf hinüberglitt, versuchte Quinn sich vorzustellen, was Work zu dem Fremden am Telefon gesagt hätte. In einem Traum, den er später vergaß, stand er allein in einem Zimmer und feuerte mit einer Pistole auf eine kahle weiße Wand.

In der folgenden Nacht wurde Quinn überrumpelt. Er hatte gedacht, der Zwischenfall sei erledigt, und erwartete nicht, daß der Fremde noch einmal anrief. Er saß zufällig gerade auf der Toilette und entleerte seinen Darm, als das

Telefon läutete. Es war etwas später als in der vorausgegangenen Nacht, vielleicht zehn oder zwölf Minuten vor eins. Quinn war eben bei dem Kapitel angekommen, das Marco Polos Reise von Peking nach Amoy schildert, und das Buch lag aufgeschlagen auf seinen Knien, während er in dem kleinen Badezimmer sein Geschäft verrichtete. Das Läuten des Telefons war entschieden ein Ärgernis. Wollte er sofort den Hörer abheben, so mußte er aufstehen, ohne sich abzuwischen, und es war ihm zuwider, in diesem Zustand durch die Wohnung zu gehen. Wenn er andererseits in seinem normalen Tempo beendete, was er tat, kam er nicht mehr rechtzeitig an den Apparat. Trotzdem zögerte Quinn, sich zu bewegen. Das Telefon bedeutete ihm nicht viel, und schon mehr als einmal hatte er daran gedacht, sich von ihm zu befreien. Was ihm am meisten mißfiel, war seine Tyrannei. Es hatte nicht nur die Macht, ihn gegen seinen Willen zu unterbrechen, sondern er gab seinem Befehl auch immer unweigerlich nach. Dieses Mal beschloß er, Widerstand zu leisten. Beim dritten Läuten waren seine Eingeweide leer. Beim vierten Läuten war es ihm gelungen, sich abzuputzen. Beim fünften Läuten hatte er seine Hose hochgezogen und das Badezimmer verlassen und ging ruhig durch die Wohnung. Er hob den Hörer nach dem sechsten Läuten ab, aber am anderen Ende war niemand mehr. Der Anrufer hatte aufgelegt.

In der nächsten Nacht hielt er sich bereit. Er lag auf dem Bett ausgestreckt, blätterte die Seiten der *Sporting News* durch und wartete auf den dritten Anruf. Ab und zu, wenn ihn die Nerven im Stich ließen, stand er auf und ging in der Wohnung auf und ab. Er legte eine Platte auf, Haydns Oper *Il Mondo della Luna*, und hörte sie von Anfang bis Ende. Er wartete und wartete. Um halb drei gab er endlich auf und ging schlafen.

Er wartete in der nächsten Nacht und ebenso in der darauffolgenden. Als er gerade seinen Plan aufgeben wollte, weil er erkannt hatte, daß alle seine Annahmen falsch gewesen waren, läutete das Telefon wieder. Es war der neunzehnte Mai.

Er erinnerte sich später an das Datum, weil es der Hochzeitstag seiner Eltern war – oder gewesen wäre, wenn seine Eltern noch gelebt hätten –, und seine Mutter hatte ihm einmal gesagt, daß sie ihn in der Hochzeitsnacht empfangen habe. Das hatte ihm immer gefallen: daß er imstande war, den ersten Augenblick seiner Existenz genau zu bestimmen, und im Laufe der Jahre hatte er für sich selbst seinen Geburtstag an diesem Tag gefeiert. Diesmal war es etwas früher als an den beiden anderen Abenden – noch nicht einmal elf Uhr –, und als er nach dem Hörer griff, nahm er an, es müsse jemand anders sein.

«Hallo?» sagte er.

Wieder ein Schweigen am anderen Ende. Quinn wußte sofort, daß es der Fremde war.

«Hallo?» sagte er noch einmal. «Was kann ich für Sie tun?»

«Ja», sagte die Stimme endlich. Dasselbe mechanische Flüstern, derselbe verzweifelte Ton. «Ja, es ist jetzt nötig, ohne Aufschub.»

«Was ist nötig?»

«Zu sprechen. Jetzt gleich. Jetzt gleich zu sprechen. Ja.»

«Und mit wem möchten Sie sprechen?»

«Immer noch mit demselben. Auster. Mit dem, der Paul Auster heißt.»

Diesmal zögerte Quinn nicht. Er wußte, was er tun wollte, und nun, da die Zeit gekommen war, tat er es auch.

«Am Apparat», sagte er. «Hier spricht Paul Auster.»

«Endlich. Endlich habe ich Sie gefunden.» Er konnte die Erleichterung in der Stimme hören, die fühlbare Ruhe, die plötzlich von ihr Besitz zu ergreifen schien.

«Das ist richtig», sagte Quinn. «Endlich.» Er schwieg einen Augenblick, um die Worte wirken zu lassen, auf sich selbst ebensosehr wie auf den anderen. «Was kann ich für Sie tun?»

«Ich brauche Hilfe», sagte die Stimme. «Ich bin in großer Gefahr. Man sagt, Sie seien der beste für solche Dinge.»

«Kommt darauf an, was für Dinge Sie meinen.»
«Ich meine Tod. Ich meine Tod und Mord.»
«Das ist nicht ganz mein Fach», sagte Quinn. «Ich gehe nicht herum und bringe Leute um.»
«Nein», sagte die Stimme ungeduldig. «Ich meine es umgekehrt.»
«Jemand will Sie töten?»
«Ja, mich töten. Das ist richtig. Ich soll ermordet werden.»
«Und Sie wollen, daß ich Sie beschütze?»
«Mich beschützen, ja. Und den Mann finden, der es tun will.»
«Sie wissen nicht, wer es ist?»
«Doch, ich weiß es. Natürlich weiß ich es. Aber ich weiß nicht, wo er ist.»
«Können Sie mir mehr darüber sagen?»
«Nicht jetzt. Nicht am Telefon. Ich bin in großer Gefahr. Sie müssen hierher kommen.»
«Wie wäre es morgen?»
«Gut. Morgen. Schon früh. Am Vormittag.»
«Um zehn?»
«Gut, um zehn.» Die Stimme gab eine Adresse in der East 69th Street an. «Vergessen Sie es nicht, Mr. Auster. Sie müssen kommen.»
«Keine Sorge», sagte Quinn. «Ich werde dort sein.»

2

Am nächsten Morgen wachte Quinn früher auf als in den vergangenen Wochen. Während er seinen Kaffee trank, Butter auf den Toast strich und die Baseballergebnisse in der Zeitung studierte (die Mets hatten wieder verloren, zwei zu eins, durch einen Fehler beim neunten Schlag), kam ihm gar nicht der Gedanke, seine Verabredung einhalten zu wollen. Schon dieser Ausdruck, *seine Verabredung*, kam ihm komisch vor. Es war nicht seine, es war Paul Austers Verabredung. Und er hatte keine Ahnung, wer diese Person war.

Dennoch, als die Zeit verging, stellte er fest, daß er sehr gut einen Mann imitierte, der sich darauf vorbereitet auszugehen. Er räumte das Frühstücksgeschirr ab, warf die Zeitung auf die Couch, ging ins Badezimmer, duschte, rasierte sich, ging, in zwei Handtücher gewickelt, weiter ins Schlafzimmer, öffnete den Schrank und wählte seine Kleidung für den Tag aus. Er ertappte sich dabei, daß er an Sakko und Schlips dachte. Quinn hatte seit dem Begräbnis seiner Frau und seines Sohnes keinen Schlips mehr getragen und konnte sich nicht einmal mehr erinnern, ob er noch einen besaß. Aber da hing er zwischen den Überresten seiner Garderobe. Ein weißes Hemd lehnte er als zu förmlich ab und entschied sich statt dessen für ein grau-rot kariertes, das zum grauen Schlips paßte. Er zog sich an wie in Trance.

Erst als er die Hand schon auf die Türklinke gelegt hatte, begann er zu ahnen, was er tat. «Mir scheint, ich gehe fort», sagte er sich. «Aber wenn ich fortgehe, wohin gehe ich dann eigentlich?» Eine Stunde später, als er an der Ecke 70th Street und Fifth Avenue aus dem Vierer-Bus stieg, hatte er diese Frage noch immer nicht beantwortet. Auf der einen Seite lag der Park, grün in der Morgensonne, mit harten, wandernden Schatten; auf der anderen stand das Frick, weiß und nüchtern, als wäre es den Toten überlassen. Er dachte einen Augenblick an Vermeers *Soldat und lachendes Mädchen* und versuchte, sich an den Gesichtsausdruck des Mädchens, die genaue Haltung ihrer Hände um den Becher, den roten Rücken des gesichtslosen Mannes zu erinnern. Im Geiste erhaschte er einen Blick auf die blaue Karte an der Wand und das Sonnenlicht, das durch das Fenster fiel und so sehr dem Sonnenlicht ähnelte, das ihn jetzt umgab. Er ging. Er überquerte die Straße und setzte seinen Weg nach Osten fort. In der Madison Avenue bog er nach rechts ab und ging einen Häuserblock weit nach Süden, dann wandte er sich nach links und erkannte, wo er war. «Ich scheine angekommen zu sein», sagte er zu sich selbst. Er stand vor dem Gebäude. Plötzlich schien nichts mehr von Bedeutung zu sein. Er fühlte sich bemerkenswert ruhig, so als wäre mit ihm schon alles geschehen. Als er die Tür öffnete und den Hausflur betrat, gab er sich einen letzten Rat. «Wenn dies alles wirklich geschieht», sagte er, «muß ich die Augen offenhalten.»

Eine Frau öffnete die Wohnungstür. Aus irgendeinem Grunde hatte Quinn das nicht erwartet, und es brachte ihn aus der Fassung. Schon ging alles zu schnell. Bevor er noch Gelegenheit hatte, die Gegenwart der Frau in sich aufzunehmen, sie für sich selbst zu beschreiben und seine Eindrücke zu ordnen, sprach sie auch schon zu ihm und zwang ihn zu antworten. Daher hatte er schon in diesen ersten Augenblicken an Boden verloren und begann hinter sich selbst zurückzubleiben. Später, als er Zeit hatte, über diese Ereignisse nachzudenken, gelang es ihm, die Begegnung mit der Frau zusammenzustückeln. Aber das war das Werk der Erinnerung, und erinnerte Dinge, das wußte er, neigen dazu, die Dinge zu entstellen, an die man sich erinnert. Daher konnte er in bezug auf keines von ihnen sicher sein.

Die Frau war dreißig, vielleicht fünfunddreißig, bestenfalls mittelgroß; Hüften eine Spur zu breit, oder sinnlich, je nachdem, wie man es sehen will; dunkles Haar, dunkle Augen, und ein Blick in diesen Augen, der zugleich zurückhaltend und auf eine unbestimmte Weise verführerisch war. Sie trug ein schwarzes Kleid, und ihre Lippen waren sehr rot geschminkt.

«Mr. Auster?» Der Versuch eines Lächelns und eine fragende Neigung des Kopfes.

«Richtig», sagte Quinn. «Paul Auster.»

«Ich bin Virginia Stillman», sagte sie. «Peters Frau. Er wartet seit acht Uhr auf Sie.»

«Wir sind für zehn verabredet», sagte Quinn und sah auf seine Uhr. Es war Punkt zehn.

«Er ist außer sich vor Aufregung», erklärte die Frau. «Ich habe ihn noch nie so gesehen. Er konnte es einfach nicht erwarten.»

Sie bat Quinn einzutreten. Als er über die Schwelle in die Wohnung ging, fühlte er eine Leere in sich, als hätte sich sein Gehirn plötzlich abgeschaltet. Er hatte alle Einzelheiten, die er sah, in sich aufnehmen wollen, aber diese Aufgabe überstieg im Augenblick seine Kräfte. Die Wohnung umgab ihn wie etwas Verschwommenes. Er erkannte, daß sie groß war, vielleicht fünf oder sechs Zimmer hatte, reich möbliert und mit zahlreichen Kunstgegenständen, silbernen Aschenbechern und kostbar gerahmten Gemälden an den Wänden geschmückt war. Aber das war alles. Nicht mehr als ein allgemeiner Eindruck – obwohl er da war und diese Dinge mit eigenen Augen betrachtete.

Plötzlich saß er auf einem Sofa, allein im Wohnzimmer. Er erinnerte sich, daß Mrs. Stillman gesagt hatte, er solle dort warten, während sie ihren Mann hole. Er konnte nicht sagen, wie lange das her war. Sicherlich nicht mehr als eine Minute oder zwei. Aber so wie das Licht durch die Fenster hereinkam, schien es beinahe Mittag zu sein. Es fiel ihm jedoch nicht ein, auf die Uhr zu sehen. Der Geruch von Virginia Stillmans Parfum schwebte in der Luft, und er begann sich vorzustellen, wie sie ohne Kleider aussehen mochte. Dann überlegte er, was Max Work denken würde, wenn er da wäre. Er beschloß, sich eine Zigarette anzuzünden. Er blies den Rauch ins Zimmer, und es machte ihm Spaß zuzusehen, wie er seinen Mund in Stößen verließ, sich auflöste und neue Gestalt annahm, wenn ihn das Licht traf.

Er hörte, wie hinter ihm jemand das Zimmer betrat.

Quinn erhob sich von seinem Sofa und drehte sich um in der Erwartung, Mrs. Stillman zu sehen. Statt dessen hatte er einen jungen Mann vor sich, ganz in Weiß gekleidet, mit dem weißblonden Haar eines Kindes. Unheimlicherweise dachte Quinn in diesem ersten Augenblick an seinen eigenen toten Sohn. Dann verschwand der Gedanke so schnell, wie er gekommen war.

Peter Stillman trat ins Zimmer und setzte sich Quinn gegenüber in einen roten Samtfauteuil. Er sagte kein Wort, während er zu seinem Platz ging, und nahm auch Quinns Anwesenheit nicht zur Kenntnis. Sich von einer Stelle an eine andere zu begeben, schien seine ganze Aufmerksamkeit zu beanspruchen, so als müßte er zu Unbeweglichkeit erstarren, wenn er nicht an das dachte, was er tat. Quinn hatte noch niemanden gesehen, der sich so bewegte, und er erkannte sofort, daß *dies* die Person war, mit der er am Telefon gesprochen hatte. Der Körper agierte wie die Stimme: maschinenmäßig, ruckartig, mit bald langsamen, bald schnellen Bewegungen, steif und doch ausdrucksvoll, als wäre der Arbeitsvorgang außer Kontrolle geraten und entspräche nicht ganz dem Willen, der dahinterstand. Quinn hatte den Eindruck, daß Stillmans Körper lange nicht benutzt und daß jede Funktion neu erlernt worden war, so daß die Fortbewegung zu einem bewußten Prozeß geworden und jede Bewegung in die Teilbewegungen zerlegt war, aus denen sie sich zusammensetzte, so daß das Fließen und jegliche Spontaneität verlorengegangen waren. Es war, als sähe man einer Marionette zu, die ohne Fäden zu gehen versuchte.

Alles an Peter Stillman war weiß. Weißes Hemd, am Hals offen, weiße Hose, weiße Schuhe, weiße Socken. Gegen die Blässe der Haut das dünne strohblonde Haar; er wirkte beinahe transparent, so als könnte man bis zu den blauen Adern unter der Haut seines Gesichtes hindurchblicken. Dieses Blau war beinahe das gleiche wie das Blau seiner Augen: ein milchiges Blau, das sich in eine Mischung von Himmel und Wolken aufzulösen schien. Quinn konnte sich nicht vorstellen, wie er ein Wort an diesen Menschen richten sollte. Stillmans Gegenwart war wie ein Gebot zu schweigen.

Stillman ließ sich langsam in seinem Sessel nieder und wandte schließlich seine Aufmerksamkeit Quinn zu. Als ihre Blicke einander begegneten, hatte Quinn mit einemmal das Gefühl, daß Stillman unsichtbar geworden war. Er konnte ihn sitzen sehen, in dem Sessel ihm gegenüber, hatte aber gleichzeitig das Gefühl, er sei nicht da. Quinn kam der Gedanke, daß Stillman vielleicht blind war, aber nein, das konnte nicht gut möglich sein. Der Mann sah ihn an, er musterte ihn sogar, und wenn auch kein Erkennen über sein Gesicht huschte, so hatte es doch mehr an sich als nur ein ausdrucksloses Starren. Quinn wußte nicht, was er tun sollte. Er saß stumm in seinem Sessel und erwiderte Stillmans Blick. Eine lange Zeit verging so.

«Keine Fragen, bitte», sagte der junge Mann endlich. «Ja. Nein. Danke.» Er unterbrach sich einen Augenblick. «Ich bin Peter Stillman. Ich sage das aus meinem eigenen freien Willen. Ja. Das ist nicht mein richtiger Name. Nein. Natürlich ist mein Verstand nicht ganz, was er sein sollte. Aber dagegen läßt sich nichts machen. Nein. Dagegen. Nein, nein. Nicht mehr.

Sie sitzen da und denken: Wer ist diese Person, die mit mir spricht? Was kommen da für Worte aus seinem Mund? Ich will es Ihnen sagen. Oder ich will es Ihnen nicht sagen. Ja und nein. Mein Verstand ist nicht ganz, was er sein sollte. Ich sage das aus meinem eigenen freien Willen. Aber ich will es versuchen. Ja und nein. Ich will versuchen, es Ihnen zu sagen, selbst wenn es mir mein Verstand schwermacht. Danke.

Mein Name ist Peter Stillman. Vielleicht haben Sie von mir gehört. Doch wohl eher nicht. Macht nichts. Das ist nicht mein richtiger Name. An meinen richtigen Namen kann ich mich nicht erinnern. Verzeihen Sie. Nicht, daß es etwas ausmacht. Das heißt, nicht mehr.

Das also nennt man Sprechen. Ich glaube, das ist der richtige Ausdruck. Wenn Wörter herauskommen, in die Luft fliegen, einen Augenblick leben und sterben. Seltsam, nicht wahr? Ich selbst habe da keine Meinung. Nein und noch einmal nein. Aber immerhin, es gibt Wörter, die Sie brauchen werden. Es gibt viele davon. Viele Millionen, denke ich. Vielleicht nur drei oder vier. Verzeihen Sie. Aber ich bin heute so gut in Form. Viel besser als sonst. Ich kann Ihnen die Wörter geben, die Sie haben müssen, das wird ein großer Sieg sein. Danke. Ich danke Ihnen eine millionmal.

Vor langer Zeit gab es Mutter und Vater. Ich erinnere mich an nichts davon. Sie sagen: Mutter ist gestorben. Wer sie sind, kann ich nicht sagen. Verzeihen Sie. Aber das sagen sie.

Keine Mutter also. Haha. So ist jetzt mein Gelächter, mein Hokuspokus, daß mir der Bauch platzt. Hahaha. Der große Vater sagte: Das ist ganz egal. Für mich. Das heißt, für ihn. Der große Vater mit den großen Muskeln und dem Klatsch, Klatsch, Klatsch. Keine Fragen jetzt, bitte.

Ich sage, was sie sagen, weil ich nichts weiß. Ich bin nur der arme Peter Stillman, der Junge, der sich nicht erinnern kann. Huhu. Wohl oder übel. Einfaltspinsel. Verzeihen Sie. Sie sagen, sie sagen. Aber was sagt der arme kleine Peter? Nichts. Nichts. Nichts mehr.

Da war dies. Dunkel. Sehr dunkel. So dunkel wie sehr dunkel. Sie sagen: Das war das Zimmer. Als ob ich darüber reden könnte. Die Dunkelheit, meine ich. Danke.

Dunkel, dunkel. Sie sagen, neun Jahre lang. Nicht einmal ein Fenster. Armer Peter Stillman. Und das Klatsch, Klatsch, Klatsch. Die Kackehaufen. Die Pipiseen. Die Ohnmachten. Verzeihen Sie. Starr und nackt. Verzeihen Sie. Nicht mehr.

Da ist also die Dunkelheit. Das können Sie mir glauben. Es gab Essen in der Dunkelheit, ja, viel Essen in dem stillen, dunklen Zimmer. Er aß mit den bloßen Händen. Verzeihen Sie. Ich meine Peter. Und wenn ich Peter bin, um so besser. Das heißt, um so schlechter. Verzeihen Sie, ich bin Peter Stillman. Das ist nicht mein richtiger Name. Danke.

Armer Peter Stillman. Ein kleiner Junge war er. Kaum ein paar eigene Wörter. Und dann keine Wörter, und dann niemand, und dann nie, nie, nie. Nicht mehr.

Vergeben Sie mir, Mr. Auster. Ich sehe, daß ich Sie traurig mache. Keine Fragen, bitte. Mein Name ist Peter Stillman. Das ist nicht mein richtiger Name. Mein richtiger Name ist Mr. Traurig. Wie heißen Sie, Mr. Auster? Vielleicht sind Sie der richtige Mr. Traurig, und ich bin niemand.

Huhu! Verzeihen Sie. So ist mein Weinen und Klagen. Huhu, schluchz, schluchz. Was tat Peter in diesem Zimmer? Niemand kann es sagen. Manche sagen, nichts. Ich für mein Teil denke, daß Peter nicht denken konnte. Konnte er blinken? Konnte er trinken? Konnte er stinken? Hahaha. Verzeihen Sie. Manchmal bin ich so witzig.

Wimbelklick krümelknatsch unner. Klappklapp beschlapp. Tauber Ton, flackelviel, Kaumanna. Jajaja. Verzeihen Sie. Ich bin der einzige, der diese Wörter versteht.

Später und später und später. So sagen sie. Es dauerte zu lange für Peter, als daß er noch richtig im Kopf hätte sein können. Nie wieder. Nein, nein, nein. Sie sagen, daß mich jemand fand. Ich erinnere mich nicht. Nein, ich erinnere mich nicht, was geschah, als sie die Tür öffneten und das Licht hereinkam. Nein, nein, nein. Ich kann über all das nichts sagen. Nicht mehr.

Lange trug ich eine dunkle Brille. Ich war zwölf. Das sagen sie jedenfalls. Ich lebte in einem Krankenhaus. Nach und nach lehrten sie mich, Peter Stillman zu sein. Sie sagten: Du bist Peter Stillman. Danke, sagte ich. Jajaja. Danke und danke. Sagte ich.

Peter war ein Baby. Sie mußten ihm alles beibringen. Wie man geht, wissen Sie. Wie man ißt. Wie man auf der Toilette Aa und Pipi macht. Das war nicht übel. Auch wenn ich sie biß, gab es kein Klatsch, Klatsch, Klatsch. Später hörte ich sogar auf, mir die Kleider herunterzureißen.

Peter war ein braver Junge. Aber es war schwer, ihm Wörter beizubringen. Sein Mund arbeitete nicht richtig. Und natürlich war er in seinem Kopf nicht ganz richtig. Bababa, sagte er. Und dadada. Und wawawa. Verzeihen Sie. Es dauerte noch Jahre und Jahre. Jetzt sagen sie zu Peter: Du kannst nun gehen, wir können nichts mehr für dich tun. Peter Stillman, du bist ein Mensch, sagten sie. Es ist gut zu glauben, was Ärzte sagen. Ich danke ihnen sehr.

Ich bin Peter Stillman. Das ist nicht mein richtiger Name. Mein richtiger Name ist Peter Karnickel. Im Winter bin ich Mr. Weiß, im Sommer bin ich Mr. Grün. Halten Sie davon, was Sie wollen. Ich sage es aus meinem eigenen freien Willen. Wimbelklick krümelknatsch unner. Das ist schön, nicht wahr? Ich erfinde immerzu solche Wörter. Dagegen ist nichts zu machen. Sie kommen ganz von selbst aus meinem Mund. Übersetzen kann man sie nicht.

Fragen und fragen. Das führt zu nichts. Aber ich will es Ihnen erzählen. Ich will nicht, daß Sie traurig sind, Mr. Auster. Sie haben ein so freundliches Gesicht. Sie erinnern mich an ein Sowas oder ein Stöhnen, ich weiß nicht, welches von beiden. Und Ihre Augen sehen mich an. Ja, ja. Ich kann sie sehen. Das ist sehr gut. Danke.

Deshalb will ich es Ihnen erzählen. Keine Fragen, bitte. Sie wollen wissen, wie alles andere war. Das heißt, der Vater. Der schreckliche Vater, der dem kleinen Peter all das angetan hat. Seien Sie unbesorgt. Sie haben ihn an einen dunklen Ort gebracht. Sie haben ihn eingesperrt und behalten. Hahaha. Verzeihen Sie. Manchmal bin ich so witzig. Dreizehn Jahre, sagten sie. Das ist vielleicht eine lange Zeit. Aber ich weiß nichts von der Zeit. Ich bin jeden Tag neu. Ich werde geboren, wenn ich morgens aufwache, ich werde alt während des Tages, und ich sterbe abends, wenn ich schlafen gehe. Das ist nicht meine Schuld. Ich bin heute so gut in Form. Ich bin viel besser als jemals zuvor.

Dreizehn Jahre lang war der Vater fort. Er heißt auch Peter Stillman. Sonderbar, nicht? Daß zwei Menschen denselben Namen haben können. Ich weiß nicht, ob das sein richtiger Name ist. Aber ich glaube nicht, daß er ich ist. Wir sind beide Peter Stillman. Aber Peter Stillman ist nicht mein richtiger Name. Vielleicht bin ich also letzten Endes gar nicht Peter Stillman.

Dreizehn Jahre, sage ich. Oder sagen sie. Das ist egal. Ich weiß nichts von der Zeit. Aber was sie mir sagen ist: Morgen gehen die dreizehn Jahre zu Ende. Das ist schlecht. Auch wenn sie sagen, das ist es nicht, ist es doch schlecht. Ich soll mich nicht erinnern. Aber ab und zu erinnere ich mich doch, trotz allem, was ich sage.

Er wird kommen. Das heißt, mein Vater wird kommen. Und er wird versuchen, mich zu töten. Danke. Aber ich will das nicht. Nein, nein. Nicht mehr. Peter lebt jetzt. Ja. Er ist nicht ganz richtig im Kopf, aber er lebt trotzdem. Und das ist doch etwas, oder nicht? Darauf können Sie Gift nehmen. Hahaha.

Ich bin jetzt hauptsächlich Dichter. Jeden Tag sitze ich in meinem Zimmer und schreibe ein neues Gedicht. Ich erfinde alle Wörter selbst, so wie damals, als ich im Dunkeln lebte. So beginne ich, mich an etwas zu erinnern, indem ich vorgebe, wieder im Dunkeln zu sein. Ich bin der einzige, der weiß, was die Wörter bedeuten. Sie können nicht übersetzt werden. Diese Gedichte werden mich berühmt machen. Den Nagel auf den Kopf treffen. Jajaja. Schöne Gedichte. So schön, daß die ganze Welt weinen wird.

Später mache ich vielleicht etwas anderes. Wenn ich mit dem Dichten fertig bin. Früher oder später, sehen Sie, werden mir die Wörter ausgehen. Jeder hat nur soundso viele Wörter in sich. Und was fange ich dann an? Ich denke, ich würde dann gern ein Feuerwehrmann sein. Und danach ein Doktor. Ist egal. Das letzte, was ich sein möchte, ist ein Hochseiltänzer. Wenn ich sehr alt bin und endlich gelernt habe, wie andere Leute zu gehen. Dann werde ich auf dem

Seil gehen, und die Leute werden staunen. Sogar kleine Kinder. Ja, das würde mir gefallen. Auf dem Seil zu tanzen, bis ich sterbe.

Aber das hat nichts zu sagen. Es ist egal. Für mich. Wie Sie sehen können, bin ich ein reicher Mann. Ich brauche mir keine Sorgen zu machen. Nein, nein. Nicht deshalb. Darauf können Sie Gift nehmen. Der Vater war reich, und der kleine Peter bekam sein ganzes Geld, nachdem sie ihn im Dunkeln eingesperrt hatten. Hahaha. Verzeihen Sie, daß ich lache. Manchmal bin ich so witzig.

Ich bin der letzte der Stillmans. Das war eine feine Familie, oder jedenfalls sagt man das. Aus dem alten Boston, falls sie von ihr gehört haben. Ich bin der letzte. Es gibt keine anderen. Ich bin das Ende von jedermann, der letzte Mann. Um so besser, finde ich. Es ist nicht schade, daß nun alles endet. Es ist für jedermann gut, tot zu sein.

Der Vater war vielleicht nicht wirklich schlecht. Wenigstens sage ich das jetzt. Er hatte einen großen Kopf. So groß wie sehr groß, was bedeutete, daß er zuviel Platz darin hatte. So viele Gedanken in seinem großen Kopf. Aber Peter war arm, nicht wahr? Und in einer schrecklichen Lage. Peter, der nicht sehen oder sagen, der nicht denken oder tun konnte. Peter, der nicht konnte. Nein. Gar nichts.

Ich weiß nichts von alledem. Ich verstehe auch nichts. Meine Frau ist es, die mir alles erzählt. Sie sagt, es sei wichtig für mich zu wissen, wenn ich auch nicht verstehe. Um zu wissen, muß man verstehen. Ist das nicht so? Aber ich weiß nichts. Vielleicht bin ich Peter Stillman, vielleicht auch nicht. Mein richtiger Name ist Peter Niemand. Danke. Und was halten Sie davon?

Ich erzähle Ihnen also vom Vater. Es ist eine gute Geschichte, wenn ich sie auch nicht verstehe. Ich kann sie Ihnen erzählen, weil ich die Wörter kenne. Und das ist doch etwas, oder nicht? Ich meine, die Wörter zu kennen. Manchmal bin ich so stolz auf mich. Verzeihen Sie. Meine Frau sagt das. Sie sagt, der Vater sprach über Gott. Das ist für mich ein komisches Wort. Gott – God. Rückwärts gelesen heißt es dog – Hund. Und ein Hund sieht Gott nicht sehr ähnlich, nicht wahr? Wuff, wuff. Wau, wau. Das sind Hundewörter. Ich finde sie schön. So hübsch und wahr. Wie die Wörter, die ich erfinde.

Jedenfalls. Wie ich schon sagte. Der Vater sprach über Gott. Er wollte wissen, ob Gott eine Sprache hat. Fragen Sie mich nicht, was das bedeuten soll. Ich erzähle es Ihnen nur, weil ich die Wörter kenne. Der Vater dachte, ein Kind könnte sie sprechen, wenn das Kind keine Menschen sah. Aber was für ein Kind gab es da? Ah. Jetzt fangen Sie an zu verstehen. Man brauchte nicht erst eins zu kaufen. Natürlich kannte Peter schon einige Menschenwörter. Dagegen war nichts zu machen. Aber der Vater dachte, vielleicht vergißt Peter sie. Nach einer Weile. Deshalb gab es so viel Klatsch, Klatsch, Klatsch. Jedesmal, wenn Peter ein Wort sagte, gab ihm sein Vater ein Klatsch. Zuletzt lernte Peter, nichts zu sagen. Jajaja. Danke.

Peter behielt die Wörter in seinem Innern. All diese Tage und Monate und Jahre. Dort in der Dunkelheit, der kleine Peter ganz allein, und die Wörter lärmten in seinem Kopf und leisteten ihm Gesellschaft. Deshalb arbeitet sein Mund nicht richtig. Armer Peter. Huhu! So sind seine Tränen. Der kleine Junge, der nie erwachsen werden kann.

Peter kann jetzt wie Menschen sprechen, aber er hat noch die anderen Wörter in seinem Kopf. Sie sind Gottes Sprache, und niemand sonst kann sie sprechen. Sie können nicht übersetzt werden. Deshalb lebt Peter so nahe bei Gott. Deshalb ist er ein berühmter Dichter.

Alles ist jetzt so gut für mich. Ich kann tun, was ich will. Jederzeit, überall. Ich habe sogar eine Frau. Sie können es sehen. Ich habe sie schon erwähnt. Vielleicht haben Sie sie sogar kennengelernt. Sie ist schön, nicht wahr? Ihr Name ist Virginia. Das ist nicht ihr richtiger Name. Aber das spielt keine Rolle. Für mich.

Sooft ich darum bitte, besorgt mir meine Frau ein Mädchen. Es sind Huren. Ich stecke meinen Wurm in sie hinein, und sie stöhnen. Es waren schon so viele da. Haha. Sie kommen hier herauf, und ich ficke sie. Es tut gut zu ficken. Virginia gibt ihnen Geld, und alle sind zufrieden. Darauf können Sie Gift nehmen. Haha.

Arme Virginia. Sie mag nicht ficken. Das heißt, mit mir. Vielleicht fickt sie mit einem anderen. Wer kann das sagen? Ich weiß nichts davon. Es ist egal. Aber wenn Sie nett zu Virginia sind, dürfen Sie sie vielleicht ficken. Das würde mich glücklich machen. Ihretwegen. Danke.

Also. Es gibt so viele Dinge. Ich versuche, sie Ihnen zu erzählen. Ich weiß, daß nicht alles richtig ist in meinem Kopf. Und das ist wahr, ja, und ich sage aus meinem eigenen freien Willen, daß ich manchmal einfach schreie und schreie. Aus keinem guten Grund. Als ob es einen Grund geben müßte. Aber aus keinem, den ich sehen kann. Oder sonst jemand. Nein. Und dann gibt es die Zeiten, in denen ich nichts sage. Tagelang ununterbrochen. Nichts, nichts, nichts. Ich vergesse, wie ich die Wörter aus meinem Mund kommen lassen soll. Dann fällt es mir schwer, mich zu bewegen. Ja, ja. Oder auch nur zu sehen. Dann werde ich Mr. Traurig.

Ich bin immer noch gern im Dunkeln. Wenigstens manchmal. Es tut mir gut, glaube ich. Im Dunkeln spreche ich. Gottes Sprache, und niemand kann mich hören. Seien Sie bitte nicht ungehalten. Ich kann nichts dagegen tun.

Das beste von allem ist die Luft. Ja. Und nach und nach habe ich gelernt, in ihr zu leben. Die Luft und das Licht, ja, das auch, das Licht, das auf alle Dinge scheint und sie hinstellt, damit meine Augen sie sehen. Da ist die Luft und das Licht, und das ist das beste von allem. Verzeihen Sie. Die Luft und das Licht. Ja. Bei schönem Wetter sitze ich gern am offenen Fenster. Manchmal sehe ich hinaus und beobachte die Dinge unter mir. Die Straße und all die Menschen, die Hunde und Autos, die Ziegel des Gebäudes auf der anderen Straßenseite. Und dann gibt es Zeiten, da schließe ich die

Augen und sitze einfach da, der Wind bläst mir ins Gesicht, und das Licht ist in der Luft, ganz um mich herum und kurz vor meinen Augen, und die Welt ist ganz rot, schön rot drinnen in meinen Augen, während die Sonne auf mich und meine Augen scheint.

Es ist wahr, daß ich selten ausgehe. Es fällt mir schwer, und man kann mir nicht immer trauen. Manchmal schreie ich. Seien Sie nicht böse auf mich, bitte. Ich kann nichts dagegen tun. Virginia sagt, ich muß lernen, mich in der Öffentlichkeit zu benehmen. Aber manchmal kann ich mir nicht helfen. Die Schreie kommen einfach aus mir heraus.

Aber ich gehe wirklich gern in den Park. Da sind die Bäume und die Luft und das Licht. Es ist etwas Gutes in alldem, nicht wahr? Ja. Nach und nach werde ich besser da drinnen in mir. Ich kann es fühlen. Auch Dr. Wyshnegradsky sagt es. Ich weiß, daß ich noch der Marionettenjunge bin. Dagegen ist nichts zu machen. Nein, nein. Nicht mehr. Aber manchmal denke ich, ich werde endlich erwachsen und wirklich werden.

Vorerst bin ich noch Peter Stillman. Das ist nicht mein richtiger Name. Ich kann nicht sagen, wer ich morgen sein werde. Jeder Tag ist neu, und jeden Tag werde ich neu geboren. Ich sehe Hoffnung überall, sogar im Dunkeln, und wenn ich sterbe, werde ich vielleicht Gott.

Es gibt noch viel mehr Wörter zu sagen. Aber ich glaube nicht, daß ich sie sagen werde. Nein. Nicht heute. Mein Mund ist jetzt müde, und ich denke, es ist Zeit für mich zu gehen. Natürlich weiß ich nichts von der Zeit. Aber das spielt keine Rolle. Für mich. Ich danke Ihnen sehr. Ich weiß, Sie werden mir das Leben retten, Mr. Auster. Ich zähle auf Sie. Das Leben kann so lange dauern, Sie verstehen. Alles andere ist im Zimmer, mit der Dunkelheit, mit der Sprache Gottes, mit Schreien. Hier bin ich ein Teil der Luft, etwas Schönes, worauf das Licht scheinen kann. Vielleicht werden Sie sich das merken. Ich bin Peter Stillman. Das ist nicht mein richtiger Name. Ich danke Ihnen sehr.»

3

Die Rede war zu Ende. Wie lange sie gedauert hatte, vermochte Quinn nicht zu sagen. Denn erst jetzt wurde ihm bewußt, daß sie im Dunkeln saßen. Offenbar war ein ganzer Tag vergangen. Irgendwann während Stillmans Monolog war die Sonne im Zimmer untergegangen, aber Quinn hatte es nicht bemerkt. Nun konnte er die Dunkelheit und die Stille fühlen, und der Kopf summte ihm davon. Mehrere Minuten vergingen. Quinn dachte, daß es nun vielleicht an ihm war, etwas zu sagen, aber er konnte dessen nicht sicher sein. Er hörte Stillman auf seinem Platz ihm gegenüber schwer atmen. Sonst war kein Laut zu hören. Quinn konnte nicht entscheiden, was er tun sollte. Er dachte an mehrere Möglichkeiten, aber dann gab er eine nach der anderen wieder auf. Er saß in seinem Sessel und wartete, was als nächstes geschehen werde.

Das Geräusch von bestrumpften Beinen, die sich durch das Zimmer bewegten, unterbrach endlich die Stille. Das metallische Klicken eines Lampenschalters, und plötzlich war das Zimmer von Helle erfüllt. Quinns Augen wandten sich automatisch der Lichtquelle zu, und neben einer Tischlampe links von Peters Sessel sah er Virginia Stillman. Der junge Mann starrte geradeaus vor sich hin, als schliefe er mit offenen Augen. Mrs. Stillman beugte sich hinüber, legte Peter den Arm um die Schultern und sprach leise in sein Ohr.

«Es ist jetzt Zeit, Peter», sagte sie. «Mrs. Saavedra wartet auf dich.»

Peter blickte zu ihr auf und lächelte. «Ich bin voller Hoffnung», sagte er.

Virginia Stillman küßte ihren Mann zärtlich auf die Wange. «Sag Mr. Auster auf Wiedersehen.»

Peter stand auf. Oder vielmehr, er nahm das elende, langwierige Wagnis auf sich, seinen Körper aus dem Sessel zu manövrieren und sich auf die Füße zu stellen. Immer wieder fiel er zurück, sackte in sich zusammen, konnte sich plötzlich zwischendurch nicht mehr bewegen. Dabei gab er Grunzlaute und Wörter von sich, deren Sinn Quinn nicht ergründen konnte. In jedem Stadium gab es Rückfälle, Rückschläge, Zusammenbrüche, begleitet von plötzlichen Anfällen von Bewegungslosigkeit, Grunzlauten und Wörtern, deren Sinn Quinn nicht zu entziffern vermochte.

Endlich hatte sich Peter aufgerichtet. Er stand mit triumphierender Miene vor seinem Sessel und sah Quinn in die Augen. Dann lächelte er breit und unbefangen.

«Auf Wiedersehen», sagte er.

«Auf Wiedersehen, Peter», sagte Quinn.

Peter winkte mit einer kleinen spastischen Handbewegung, dann wandte er sich langsam um und ging durch das Zimmer. Er taumelte, hing zuerst nach rechts, dann nach links über, und seine Beine bogen sich auseinander und schlugen zusammen. Am anderen Ende des Zimmers stand in einem hellen Türrahmen eine Frau mittleren Alters in einer weißen Schwesterntracht. Quinn nahm an, daß dies Mrs. Saavedra war. Er folgte Peter Stillman mit den Blicken, bis der junge Mann durch die Tür verschwunden war.

Virginia Stillman setzte sich Quinn gegenüber in den Sessel, den ihr Mann gerade verlassen hatte.

«Ich hätte Ihnen das alles ersparen können», sagte sie, «aber ich dachte, es ist das beste für Sie, wenn Sie es mit eigenen Augen sehen.»

«Ich verstehe», sagte Quinn.

«Nein, das glaube ich nicht», sagte die Frau bitter. «Ich glaube nicht, daß das irgend jemand versteht.»

Quinn lächelte umsichtig und beschloß, den Sprung zu wagen. «Was immer ich verstehe oder nicht verstehe, dürfte unerheblich sein», sagte er. «Sie haben mich beauftragt, eine Arbeit zu erledigen, und je schneller ich damit vorankomme, desto besser. Soviel ich sehen kann, ist der Fall dringend. Ich behaupte nicht, Peter oder das, was Sie durchgemacht haben, zu verstehen. Wichtig ist, daß ich bereit bin zu helfen. Ich denke, Sie sollten sich damit zufriedengeben.»

Er lebte auf. Irgend etwas sagte ihm, daß er den richtigen Ton getroffen hatte, und ein plötzliches Gefühl der Freude erfüllte ihn, so als wäre es ihm soeben gelungen, eine Grenze in seinem Inneren zu überschreiten.

«Sie haben recht», sagte Virginia Stillman. «Sie haben natürlich recht.»

Die Frau unterbrach sich, holte tief Atem, machte noch eine Pause, als probte sie im Geiste, was sie sagen wollte. Quinn bemerkte, daß ihre Hände die Armlehnen des Sessels fest umklammerten.

«Mir ist klar», fuhr sie fort, «daß das meiste, was Peter sagt, sehr verwirrend ist – vor allem, wenn man ihn zum erstenmal hört. Ich stand im Nebenzimmer und hörte, was er Ihnen sagte. Sie dürfen nicht annehmen, daß Peter immer die Wahrheit sagt. Andererseits wäre es falsch zu denken, daß er lügt.»

«Sie meinen, ich solle manches von dem, was er sagte, glauben und anderes nicht.»

«Genau das meine ich.»

«Ihre sexuellen Gewohnheiten, oder deren Mangel, gehen mich nichts an, Mrs. Stillman», sagte Quinn. «Auch wenn das stimmt, was Peter sagte, so spielt es keine Rolle. Bei meiner Arbeit begegnet einem von allem etwas, und wenn man nicht lernt, mit seinem Urteil zurückzuhalten, kommt man nicht weit. Ich bin es gewohnt, mir die Geheimnisse der Menschen anzuhören, und ich bin es gewohnt, den Mund zu halten. Wenn eine Tatsache nicht direkt mit einem Fall zu tun hat, habe ich keine Verwendung für sie.»

Mrs. Stillman errötete. «Sie sollten nur wissen, daß das, was Peter gesagt hat, nicht stimmt.»

Quinn zuckte die Schultern, nahm eine Zigarette und zündete sie an. «So oder so», sagte er, «es ist nicht wichtig. Was mich interessiert, ist das andere, was Peter sagte. Ich nehme an, es ist wahr, und wenn, möchte ich hören, was Sie dazu zu sagen haben.»

«Ja, es ist wahr.» Virginia Stillman ließ die Armlehnen los und stützte das Kinn in die rechte Hand. Nachdenklich, als suchte sie nach einer Haltung unbezweifelbarer Ehrlichkeit. «Peter hat die Art eines Kindes, es zu erzählen, aber was er sagte, ist wahr.»

«Erzählen Sie mir etwas über den Vater. Alles, was Ihnen bedeutsam erscheint.»

«Peters Vater ist einer der Bostoner Stillmans. Sie haben sicherlich von der Familie gehört. Im 19. Jahrhundert hat sie mehrere Gouverneure gestellt, einige episkopale Bischöfe, Botschafter, einen Rektor von Harvard. Gleichzeitig verdiente die Familie viel Geld mit Textilien, im Speditionsgeschäft und weiß Gott, wo noch. Die Einzelheiten sind unwichtig. Ich wollte Ihnen nur eine Vorstellung von dem Milieu geben.

Peters Vater ging nach Harvard wie alle anderen in der Familie. Er studierte Philosophie und Theologie und zeichnete sich in jeder Hinsicht aus. Seine Dissertation schrieb er über die theologischen Interpretationen der Neuen Welt im 16. und 17. Jahrhundert, dann nahm er einen Lehrauftrag an der theologischen Fakultät der Columbia University an. Nicht lange danach heiratete er Peters Mutter. Ich weiß nicht viel über sie. Nach den Fotos zu urteilen, die ich gesehen habe, war sie sehr hübsch. Aber zart – ein wenig wie Peter mit diesen hellen blauen Augen und der blassen Haut. Peter wurde einige Jahre später geboren. Die Familie lebte damals in einer großen Wohnung am Riverside Drive. Stillmans akademische Karriere ließ nichts zu wünschen übrig. Er arbeitete seine Dissertation um und machte ein Buch daraus – es ging sehr gut – und wurde mit vierunddreißig Jahren ordentlicher Professor. Dann starb Peters Mutter. An ihrem Tod ist alles unklar. Stillman behauptete, sie sei im Schlaf gestorben, aber die Indizien schienen auf Selbstmord zu deuten. Es war von einer Überdosis Schlaftabletten die

Rede, aber natürlich konnte nichts bewiesen werden. Man sprach sogar davon, daß er sie umgebracht habe. Aber das waren bloße Gerüchte, und es kam nie etwas heraus. Die ganze Affäre wurde vertuscht.

Peter war damals gerade zwei, ein völlig normales Kind. Nach dem Tod seiner Frau hatte Stillman offensichtlich nur wenig mit ihm zu tun. Ein Kindermädchen wurde aufgenommen, und ungefähr ein halbes Jahr lang sorgte sie allein für Peter. Dann entließ Stillman sie aus heiterem Himmel. Ich kann mich nicht recht an ihren Namen erinnern – Miss Barber, glaube ich –, aber sie sagte im Prozeß aus. Anscheinend kam Stillman eines Tages nach Hause und sagte ihr, er werde sich nun um Peters Erziehung kümmern. Er reichte bei der Columbia University seinen Rücktritt ein und erklärte, er verlasse die Universität, um sich ganz seinem Sohn zu widmen. Geld spielte selbstverständlich keine Rolle, und niemand konnte etwas dagegen tun.

Damals verschwand er mehr oder weniger. Er blieb in derselben Wohnung, ging aber kaum jemals aus. Niemand weiß, was wirklich geschah. Ich denke, er begann an irgendwelche ausgefallenen religiösen Ideen zu glauben, über die er geschrieben hatte. Das machte ihn verrückt, völlig wahnsinnig. Anders kann man es nicht nennen. Er sperrte Peter in ein Zimmer in der Wohnung ein, machte die Fenster dicht und hielt ihn dort neun Jahre gefangen. Versuchen Sie, sich das vorzustellen, Mr. Auster. Neun Jahre. Eine ganze Kindheit im Dunkeln, von der Welt abgeschnitten, ohne menschlichen Kontakt außer gelegentlichen Schlägen. Ich lebe mit dem Ergebnis dieses Experiments zusammen und kann Ihnen sagen: Der Schaden war ungeheuerlich. Was Sie heute gesehen haben, war Peter in seiner besten Form. Es hat dreizehn Jahre gedauert, ihn so weit zu bringen, und der Teufel soll mich holen, wenn ich zulasse, daß ihm noch einmal jemand weh tut.»

Mrs. Stillman unterbrach sich, um wieder zu Atem zu kommen. Quinn fühlte, daß sie einem hysterischen Anfall nahe war und daß jedes weitere Wort ihn auslösen konnte. Er mußte etwas sagen, oder das Gespräch entglitt ihm.

«Wie wurde Peter schließlich entdeckt?» fragte er.

Die Frau entspannte sich ein wenig. Sie atmete hörbar aus und sah Quinn in die Augen.

«Ein Feuer brach aus», sagte sie.

«Ein Unglücksfall oder Brandstiftung?»

«Das weiß niemand.»

«Was glauben Sie?»

«Ich glaube, Stillman war in seinem Arbeitszimmer. Er hatte dort die Aufzeichnungen über sein Experiment, und ich glaube, er erkannte schließlich, daß es gescheitert war. Ich will nicht sagen, daß er etwas bereute, aber selbst nach seinen Begriffen muß er eingesehen haben, daß er versagt hatte. Ich denke, er erreichte einen Punkt, an dem er sich selbst verabscheute, und beschloß, seine Papiere zu verbrennen. Aber das Feuer griff um sich, und ein großer Teil der Wohnung verbrannte. Zum Glück lag Peters Zimmer am Ende eines langen Korridors, und die Feuerwehr kam rechtzeitig zu ihm durch.»

«Und dann?»

«Es dauerte mehrere Monate, bis man sich Klarheit verschaffen konnte. Stillmans Papiere waren vernichtet worden, was bedeutete, daß man keine konkreten Beweise hatte. Aber da waren Peters Zustand, das Zimmer, in dem er eingesperrt gewesen war, diese gräßlichen Bretter vor den Fenstern, und die Polizei rekonstruierte schließlich den Fall. Stillman wurde vor Gericht gestellt.»

«Was geschah dort?»

«Stillman wurde für geisteskrank erklärt und weggebracht.»

«Und Peter?»

«Er kam auch in ein Krankenhaus. Dort blieb er bis vor zwei Jahren.»

«Haben Sie ihn dort kennengelernt?»

«Ja, im Krankenhaus.»

«Wie?»

«Ich war seine Sprechtherapeutin. Ich arbeitete mit Peter fünf Jahre lang jeden Tag.»

«Ich will nicht neugierig sein, aber wie hat das zur Ehe geführt?»

«Das ist kompliziert.»

«Macht es Ihnen etwas aus, es mir zu erzählen?»

«Nicht wirklich. Aber ich glaube nicht, daß Sie es verstehen werden.»

«Lassen Sie's darauf ankommen.»

«Gut. Um es einfach auszudrücken: Es war die beste Möglichkeit, Peter aus dem Krankenhaus herauszuholen und ihm die Chance zu geben, ein normales Leben zu führen.»

«Hätten Sie nicht zu seinem gesetzlichen Vormund ernannt werden können?»

«Die Verfahren sind sehr kompliziert. Außerdem war Peter nicht mehr minderjährig.»

«War das nicht ein ungeheures Opfer für Sie?»

«Nicht wirklich. Ich war schon einmal verheiratet – eine Katastrophe. Das ist nichts, was ich mir für mich selbst noch einmal wünsche. Aber mit Peter hat mein Leben wenigstens einen Sinn.»

«Stimmt es, daß Stillman entlassen werden soll?»

«Morgen. Er kommt am Abend in der Grand Central Station an.»

«Und Sie haben das Gefühl, daß er Peter etwas antun könnte. Ist das nur so eine Ahnung, oder haben Sie Beweise?»

«Ein wenig von beidem. Vor zwei Jahren wollte man Stillman schon einmal entlassen. Aber er schrieb Peter einen Brief, und ich zeigte ihn den Behörden. Sie kamen zu dem Schluß, daß er noch nicht entlassen werden durfte.»

«Was für eine Art von Brief war das?»

«Der Brief eines Geisteskranken. Er nannte Peter einen Teufel und sagte, der Tag der Abrechnung werde kommen.»

«Haben Sie den Brief noch?»

«Nein. Ich habe ihn vor zwei Jahren der Polizei gegeben.»

«Keine Kopie?»

«Tut mir leid. Halten Sie das für wichtig?»

«Es könnte wichtig sein.»

«Ich kann versuchen, eine für Sie zu bekommen.»

«Ich nehme an, nach diesem einen kamen keine Briefe mehr.»

«Nein, keine mehr. Und jetzt meinen sie, ist Stillman so weit, daß er entlassen werden kann. Das ist jedenfalls die offizielle Ansicht, und ich kann sie nicht aufhalten. Ich glaube aber, Stillman hat einfach seine Lektion gelernt. Er hat begriffen, daß Briefe und Drohungen nur seine Entlassung verhindern.»

«Daher machen Sie sich noch immer Sorgen.»

«Richtig.»

«Aber Sie haben keine genaue Vorstellung davon, was Stillman plant.»

«So ist es.»

«Was soll ich also tun?»

«Ich möchte, daß Sie ihn sorgfältig beobachten. Ich möchte, daß Sie herausbekommen, was er vorhat. Ich möchte, daß Sie ihn von Peter fernhalten.»

«Mit anderen Worten, eine bessere Art von Beschattung.»

«Ich nehme an, ja.»

«Ich glaube, Sie sollten verstehen, daß ich Stillman nicht daran hindern kann, dieses Gebäude aufzusuchen. Alles, was ich tun kann, ist, Sie warnen. Und ich kann es mir zur Aufgabe machen, mit ihm herzukommen.»

«Ich verstehe. Das ist immerhin ein gewisser Schutz.»

«Gut, wie oft soll ich mich bei Ihnen melden?»

«Ich möchte, daß Sie mir jeden Tag berichten. Sagen wir, ein Telefonanruf am Abend, so um zehn oder elf Uhr.»

«Kein Problem.»

«Sonst noch etwas?»

«Nur noch einige Fragen. Ich möchte zum Beispiel gern

wissen, wie Sie erfahren haben, daß Stillman morgen abend in der Grand Central ankommt.»

«Ich habe es darauf angelegt, es herauszubekommen, Mr. Auster. Für mich steht zuviel auf dem Spiel, um so etwas dem Zufall zu überlassen. Und wenn Stillman nicht vom Augenblick seiner Ankunft an überwacht wird, könnte er leicht spurlos verschwinden. Ich möchte nicht, daß das geschieht.»

«Mit welchem Zug kommt er?»

«Mit dem um achtzehn Uhr einundvierzig aus Poughkeepsie.»

«Ich nehme an, Sie haben ein Foto von Stillman.»

«Ja, natürlich.»

«Dann ist da noch Peter. Ich möchte wissen, warum Sie ihm das alles überhaupt gesagt haben. Wäre es nicht besser gewesen, es zu verschweigen?»

«Das wollte ich auch. Aber Peter hörte zufällig am anderen Apparat mit, als ich die Nachricht von der Entlassung seines Vaters bekam. Ich konnte nichts dagegen tun. Peter kann sehr hartnäckig sein, und ich habe die Erfahrung gemacht, daß es das beste ist, ihn nicht anzulügen.»

«Eine letzte Frage. Wer hat Sie an mich verwiesen?»

«Mrs. Saavedras Mann, Michael. Er war früher Polizist, und er hörte sich ein wenig um. Er stellte fest, daß Sie für so etwas der beste Mann in der Stadt sind.»

«Sehr schmeichelhaft für mich.»

«Nach allem, was ich bisher von Ihnen gesehen habe, Mr. Auster, bin ich sicher, daß wir den richtigen Mann gefunden haben.»

Quinn nahm das als Stichwort, um aufzustehen. Es war eine Erleichterung, endlich die Beine ausstrecken zu können. Alles war gut gegangen, viel besser, als er erwartet hatte, aber er hatte nun Kopfweh, und sein Körper schmerzte vor Erschöpfung wie schon seit Jahren nicht mehr. Er war sicher, daß er sich verraten würde, wenn er noch lange bliebe.

«Mein Honorar ist hundert Dollar pro Tag plus Spesen», sagte er. «Wenn Sie mir einen Vorschuß geben könnten, wäre das die Bestätigung dafür, daß ich für Sie arbeite – was uns eine privilegierte Beziehung zwischen Detektiv und Mandant sichern würde. Das heißt, alles, was zwischen uns vorgeht, wäre streng vertraulich.»

Virginia Stillman lächelte wie über einen heimlichen Scherz, den nur sie kannte. Oder vielleicht reagierte sie nur auf die Doppeldeutigkeit seines letzten Satzes. Wie bei so vielen Dingen, die mit ihm in den folgenden Tagen und Wochen geschahen, wußte Quinn nichts mit Sicherheit zu sagen.

«Wieviel hätten Sie gern?» fragte sie.

«Das ist mir gleich. Ich überlasse es Ihnen.»

«Fünfhundert?»

«Ja, das wäre mehr als genug.»

«Gut. Ich hole mein Scheckbuch.» Virginia Stillman stand auf und lächelte Quinn wieder zu. «Ich bringe Ihnen auch ein Bild von Peters Vater mit. Ich glaube, ich weiß, wo es ist.»

Quinn dankte ihr und sagte, er werde warten. Er sah ihr nach, als sie das Zimmer verließ, und ertappte sich wieder dabei, daß er sich vorstellte, wie sie ohne Kleider aussehen mochte. Machte sie ihm Avancen, fragte er sich, oder war es nur seine eigene Phantasie, die ihm wieder einmal einen Streich spielte? Er beschloß, seine Überlegungen aufzuschieben und sich später noch einmal mit dem Thema zu beschäftigen.

Virginia Stillman kam ins Zimmer zurück und sagte: «Hier ist der Scheck. Ich hoffe, ich habe ihn richtig ausgestellt.»

Ja, ja, dachte Quinn, während er den Scheck prüfte, alles tipptopp. Er freute sich über seine Schlauheit. Der Scheck war natürlich auf Paul Auster ausgestellt, was bedeutete, daß Quinn nicht dafür zur Rechenschaft gezogen werden konnte, daß er sich ohne Lizenz als Privatdetektiv ausgab.

Es beruhigte ihn zu wissen, daß er sich abgesichert hatte. Daß er den Scheck nie einlösen konnte, störte ihn nicht. Er begriff schon damals, daß er all das nicht für Geld tat. Er schob den Scheck in die innere Brusttasche.

«Es tut mir leid, daß ich kein neueres Foto habe», sagte Virginia Stillman. «Dieses hier ist vor mehr als zwanzig Jahren gemacht worden. Aber ich fürchte, das ist alles, was ich tun kann.»

Quinn betrachtete das Bild von Stillmans Gesicht und hoffte auf eine spontane Erleuchtung, eine plötzliche, aus dem Verborgenen aufsteigende Erkenntnis, die ihm helfen würde, den Mann zu verstehen. Aber das Bild sagte ihm nichts. Es war einfach nur das Bild eines Mannes. Er studierte es noch einen Augenblick länger und kam zu dem Schluß, daß es irgend jemanden und niemanden darstellte.

«Ich werde es mir genauer ansehen, wenn ich nach Hause komme», sagte er und steckte es in dieselbe Tasche, in der sich schon der Scheck befand. «Ich bin sicher, ich werde ihn morgen am Bahnhof erkennen, wenn ich die inzwischen vergangenen Jahre berücksichtige.»

«Ich will es hoffen», sagte Virginia Stillman. «Es ist so wichtig, und ich verlasse mich auf Sie.»

«Keine Sorge», sagte Quinn. «Ich habe noch niemanden enttäuscht.»

Sie begleitete ihn zur Tür. Einige Sekunden lang blieben sie schweigend davor stehen und wußten nicht, ob es noch etwas zu sagen gab oder ob es Zeit war, sich zu verabschieden. In dieser kurzen Pause warf Virginia Stillman plötzlich die Arme um Quinn, ihre Lippen suchten die seinen, und sie küßte ihn leidenschaftlich und steckte ihm die Zunge tief in den Mund. Quinn war so überrascht, daß er es beinahe zu genießen versäumte.

Als er endlich wieder atmen konnte, hielt ihn Mrs. Stillman auf Armeslänge und sagte: «Das soll beweisen, daß Ihnen Peter nicht die Wahrheit gesagt hat. Es ist sehr wichtig, daß Sie mir glauben.»

«Ich glaube Ihnen», sagte Quinn. «Und auch wenn ich Ihnen nicht glaubte, würde es wirklich nichts ausmachen.»

«Ich wollte nur, daß Sie wissen, wozu ich imstande bin.»

«Ich glaube, ich kann es mir ganz gut vorstellen.»

Sie nahm seine Rechte in beide Hände und küßte sie. «Danke, Mr. Auster. Ich glaube wirklich, Sie sind die Rettung.»

Er versprach ihr, sie am nächsten Abend anzurufen, dann ging er durch die Tür, nahm den Fahrstuhl nach unten und verließ das Gebäude. Mitternacht war vorüber, als er auf die Straße trat.

4

Quinn hatte schon von Fällen wie Peter Stillman gehört. Früher, in den Tagen seines anderen Lebens, nicht lange nach der Geburt seines eigenen Sohnes, hatte er einmal ein Buch über den wilden Knaben von Aveyron rezensiert, und damals hatte er einige Nachforschungen über dieses Thema angestellt. Soweit er sich erinnern konnte, erschien der früheste Bericht über ein solches Experiment in den Schriften Herodots: Der ägyptische Pharao Psamtik ließ im 7. Jahrhundert v. Chr. zwei Kinder einsperren und befahl den für sie verantwortlichen Dienern, in ihrer Gegenwart niemals ein Wort zu sprechen. Nach Herodot, einem notorisch unzuverlässigen Chronisten, lernten die Kinder sprechen – ihr erstes Wort war das phrygische Wort für Brot. Im Mittelalter wiederholte Friedrich II., Kaiser des Heiligen Römischen Reiches, das Experiment. Er hoffte, die wahre «natürliche Sprache» des Menschen zu entdecken, und wandte ähnliche Methoden an, aber die Kinder starben, bevor sie ein einziges Wort sprachen. Anfang des 16. Jahrhunderts schließlich behauptete König Jakob IV. von Schottland, daß schottische Kinder, die man ebenso isoliert hatte, zuletzt «sehr gutes Hebräisch» gesprochen hätten, was zweifellos ein Scherz sein sollte.

Komische Käuze und von seltsamen Ideen Besessene waren jedoch nicht die einzigen, die sich für dieses Thema interessierten. Ein so gesunder und skeptischer Mann wie Montaigne befaßte sich eingehend mit dem Problem und schrieb in seinem bedeutendsten Essay, *Apologie des Raymond Sebond*: «Ich glaube, daß ein Kind, das in vollkommener Einsamkeit, fern von jeglicher Gesellschaft aufgezogen würde (was freilich ein schwer durchzuführendes Experiment wäre), eine Art Sprache haben würde, um seine Gedanken auszudrücken. Und es ist nicht glaubhaft, daß uns die Natur dieses Hilfsmittel versagt hat, welches sie vielen anderen Tieren gab... Es bleibt aber noch zu erfahren, welche Sprache dieses Kind sprechen würde, und was darüber an Mutmaßungen vorgebracht wurde, hat keinen großen Anschein von Wahrheit.»

Abgesehen von derlei Experimenten gab es Fälle von zufälliger Isolation – Kinder, die sich im Wald verirrten, Seeleute, die auf Inseln ausgesetzt, Kinder, die von Wölfen großgezogen wurden – und die Fälle grausamer, sadistischer Eltern, die ihre Kinder aus keinem anderen Grund als unter dem Zwang ihres eigenen Wahnsinns einsperrten, an Betten ketteten, in Kammern prügelten und marterten. Quinn hatte die diesen Geschichten gewidmete umfangreiche Literatur gelesen. Da gab es den schottischen Seemann Alexander Selkirk (für manche das Vorbild Robinson Crusoes), der vier Jahre lang allein auf einer Insel vor der chilenischen Küste lebte und dem Kapitän zufolge, der ihn 1708 rettete, «seine Sprache durch Mangel an Gebrauch so sehr vergessen hatte, daß wir ihn kaum verstehen konnten». Keine zwanzig Jahre später wurde Peter von Hannover, ein wilder Knabe von etwa vierzehn Jahren, den man nackt und stumm in einem Wald außerhalb der Stadt Hameln gefunden hatte, unter dem besonderen Schutz Georgs I. an den englischen Hof gebracht. Swift und Defoe erhielten Gelegenheit, ihn zu sehen, und auf Grund dieses Erlebnisses verfaßte Defoe 1726 seine Schrift *Mere Nature Delineated*. Peter lernte jedoch nie sprechen, und er wurde einige Monate später aufs Land geschickt, wo er ohne Interesse am anderen Geschlecht, an Geld oder anderen irdischen Dingen bis zum Alter von siebzig Jahren lebte.

Ein weiterer Fall war Victor, der wilde Knabe von Aveyron, der 1800 gefunden wurde. Unter der geduldigen und fürsorglichen Pflege Dr. Itards erlernte Victor eine rudimentäre Sprache, aber er kam nie über das Niveau eines kleinen Kindes hinaus. Besser bekannt als Victor war Kaspar Hauser, der 1828 eines Nachmittags in Nürnberg erschien, seltsam gekleidet und kaum fähig, einen verständlichen Laut zu äußern. Er konnte seinen Namen schreiben, benahm sich aber in jeder anderen Hinsicht wie ein kleines Kind. Er wurde von der Stadt adoptiert und der Obhut eines Lehrers anvertraut und verbrachte seine Tage, indem er auf dem Boden saß und mit Holzpferdchen spielte. Er nahm nur Brot und Wasser zu sich. Immerhin entwickelte sich Kaspar. Er wurde ein vorzüglicher Reiter, war zwanghaft reinlich, hatte eine Vorliebe für die Farben Rot und Weiß und besaß ein außergewöhnliches Gedächtnis, vor allem für Namen und Gesichter. Dennoch zog er es vor, im Hause zu bleiben, er scheute helles Licht und zeigte wie Peter von Hannover keinerlei Interesse an Sex und Geld. Als seine Erinnerung allmählich zurückkehrte, konnte er berichten, daß er viele Jahre auf dem Boden eines dunklen Raumes zugebracht hatte und von einem Mann gefüttert worden war, der nie mit ihm sprach oder sich sehen ließ. Nicht lange nach diesen Enthüllungen wurde Kaspar in einem öffentlichen Park von einem Unbekannten erdolcht.

Es war nun Jahre her, daß Quinn es sich zum letztenmal erlaubt hatte, an diese Geschichten zu denken. Das Thema Kinder war für ihn zu schmerzlich, vor allem wenn es um

Kinder ging, die gelitten hatten, mißhandelt worden waren, gestorben waren, bevor sie erwachsen werden konnten.

Wenn Stillman der Mann mit dem Dolch war, der zurückkehrte, um sich an dem Jungen zu rächen, dessen Leben er zerstört hatte, wollte Quinn zur Stelle sein, um ihn daran zu hindern. Er wußte, daß er seinen eigenen Sohn nicht wieder lebendig machen konnte, aber zumindest konnte er einen anderen davor bewahren zu sterben. Plötzlich war es für ihn möglich geworden, so etwas zu tun, und als er nun auf der Straße stand, stieg das, was vor ihm lag, wie ein schrecklicher Traum um ihn her auf. Er dachte an den kleinen Sarg, der den Körper seines Sohnes einschloß, und daran, wie er am Tag der Beerdigung in die Grube gesenkt wurde. Das ist Isolation, sagte er sich. Das ist Stille. Es half vielleicht nichts, daß sein Sohn auch Peter geheißen hatte.

5

An der Ecke 72nd Street und Madison Avenue winkte er ein Taxi heran. Während der Wagen durch den Park zur West Side ratterte, sah Quinn aus dem Fenster und fragte sich, ob dies dieselben Bäume waren, die Peter Stillman sah, wenn er in die Luft und das Licht hinausging. Er fragte sich, ob Peter dieselben Dinge sah wie er oder ob die Welt für ihn ein ganz anderer Ort war. Und wenn ein Baum kein Baum war, so fragte er sich, was er wirklich war.

Nachdem ihn das Taxi vor seinem Haus abgesetzt hatte, spürte Quinn, daß er hungrig war. Er hatte seit dem Frühstück am frühen Morgen nichts gegessen. Seltsam, dachte er, wie schnell die Zeit in der Stillman-Wohnung vergangen war. Wenn seine Berechnungen stimmten, hatte er dort mehr als vierzehn Stunden verbracht. Er selbst hatte aber das Gefühl, daß sein Aufenthalt höchstens drei oder vier Stunden gedauert haben konnte. Er tat diese Diskrepanz mit einem Achselzucken ab und sagte laut zu sich selbst: «Ich muß lernen, öfter auf die Uhr zu sehen.»

Er ging die 107th Street zurück, wandte sich auf dem Broadway nach links, ging weiter in Richtung der Wohnviertel und sah sich nach einem passenden Lokal um, wo er essen konnte. Eine Bar sagte ihm an diesem Abend nicht zu – das Essen im Dunkeln, das versoffene Geschwätz –, obwohl sie ihm sonst willkommen gewesen wäre. Als er die 112th Street überquerte, sah er, daß *Heights Luncheonette* noch offen war, und beschloß hineinzugehen. Es war ein hell erleuchtetes und dennoch tristes Lokal mit einem großen Regal voller Männermagazine an einer Wand, einer Abteilung für Schreibwaren, einer anderen für Zeitungen, mehreren Tischen für Stammgäste und einer langen Theke. Ein großer Puertoricaner mit einer Kochmütze aus weißer Pappe stand hinter der Theke. Seine Aufgabe war es, die Speisen zuzubereiten, hauptsächlich mit Knorpeln gespickte Hamburgerpastetchen, weiche Sandwiches mit blassen Tomaten und welken Salatblättern, Milchshakes, Eiercremes und Brötchen. Zu seiner Rechten, hinter der Registrierkasse versteckt, saß der Chef, ein kleiner, kahl werdender Mann mit krausem Haar und einer tätowierten KZ-Nummer auf dem Unterarm, der über sein Reich von Zigaretten, Pfeifen und Zigarren herrschte. Er saß dort teilnahmslos und las die Nachtschwärmerausgabe der *Daily News* vom nächsten Morgen.

Das Lokal war um diese Zeit fast leer. Am hinteren Tisch saßen zwei schäbig gekleidete alte Männer, der eine fett, der andere sehr mager, und studierten aufmerksam die Renntabellen. Zwei leere Kaffeetassen standen zwischen ihnen auf dem Tisch. Vorn, vor dem Regal, stand ein junger Student mit einem aufgeschlagenen Magazin in den Händen und starrte auf das Bild einer nackten Frau. Quinn setzte sich an die Theke und bestellte einen Hamburger und Kaffee. Als sich der Koch in Bewegung setzte, sagte er über die Schulter zu Quinn:

«Mann, haben Sie heute abend das Spiel gesehen?»

«Ich habe es verpaßt. Gibt es etwas Gutes zu berichten?»

«Was glauben Sie denn?»

Seit mehreren Jahren führte Quinn immer das gleiche Gespräch mit diesem Mann, dessen Namen er nicht kannte. Als er einmal in dieser Imbißstube gewesen war, hatten sie über Baseball gesprochen, und seither setzten sie dieses Gespräch fort, sooft Quinn kam. Im Winter redeten sie von Geschäften, Prognosen und Erinnerungen, während der Saison immer über das letzte Spiel. Sie waren beide Mets-Anhänger, und die Hoffnungslosigkeit dieser Leidenschaft hatte eine Art Band zwischen ihnen geschaffen.

Der Koch schüttelte den Kopf. «Die ersten beiden Male am Schlag macht Kingman Solos», sagte er. «Peng, peng, Herrgott – von hier bis zum Mond. Jones wirft ausnahmsweise einmal gut, und es sieht gar nicht so schlecht aus. Es steht zwei zu eins am Ende der neunten. Pittsburgh kriegt einen in der zweiten und dritten, einer raus, die Mets gehen in die Reserve für Allen. Er wirft schlecht und schenkt dem Schlagmann das erste Mal. Die Mets setzen einen Mann aus dem Spiel oder können vielleicht einen Doppellauf kriegen, aber da kommt Pena und saut einen kleinen Bodenball hin, und das Luder flitzt Kingman zwischen den Beinen durch. Zwei Mann holen sich Punkte, und das war's. Gute Nacht, New York.»

«Dave Kingman ist ein Stück Dreck», sagte Quinn und biß in seinen Hamburger.

«Aber behalten Sie Foster im Auge», sagte der Koch.

«Foster ist erledigt, ausrangiert. Ein mieser Typ.»

Quinn kaute sorgfältig und suchte mit der Zunge nach verirrten Knochensplittern. «Sie sollten ihn per Expreß nach Cincinnati zurückschicken.»

«Ja, schon», sagte der Koch. «Aber sie werden hart spielen, besser als letztes Jahr auf jeden Fall.»

«Ich weiß nicht», sagte Quinn und biß wieder in seinen Hamburger. «Auf dem Papier sieht es gut aus, aber was haben sie wirklich? Stearns wird ständig verletzt. Sie haben ein paar Leute aus unbedeutenden Ligen, und Brooks kann sich nicht auf das Spiel konzentrieren. Mookie ist gut, aber er ist noch grün, und sie können sich nicht einmal entscheiden, wen sie rechts außen aufstellen sollen. Sie haben natürlich noch Rusty, aber der ist zu fett, um noch zu laufen. Und den Werfer können Sie vergessen. Sie und ich könnten morgen zu Shea gehen und uns als die beiden Topläufer einstellen lassen.»

«Vielleicht mache ich Sie zum Manager», sagte der Koch. «Sie könnten den Arschlöchern zeigen, wo's lang geht.»

«Darauf können Sie Gift nehmen», sagte Quinn.

Als er gegessen hatte, ging Quinn zu den Regalen mit den Schreibwaren hinüber. Eine Lieferung neuer Notizbücher war eingetroffen, und der Stapel sah eindrucksvoll aus, eine schöne Reihe von Blau, Grün, Rot und Gelb. Er nahm eines in die Hand und sah, daß es die engen Zeilen hatte, die er bevorzugte. Quinn schrieb alles mit einer Füllfeder und benutzte die Schreibmaschine nur für die Reinschrift, und er war immer auf der Suche nach guten Spiralblocks. Nun, da er sich auf den Fall Stillman eingelassen hatte, fand er, daß ein neues Notizbuch angebracht sei. Es wäre nützlich, ein eigenes Buch zu haben, in das er seine Gedanken, Beobachtungen und Fragen eintragen konnte. Auf diese Weise verlor er vielleicht nicht die Übersicht.

Er sah den Stapel durch und versuchte sich zu entscheiden, welches er nehmen sollte. Aus Gründen, die ihm nie klarwurden, fühlte er plötzlich ein unwiderstehliches Verlangen nach einem besonderen roten Notizbuch ganz unten. Er zog es heraus und prüfte es, indem er die Seiten behutsam über den Daumen ablaufen ließ. Er hätte sich nicht erklären können, warum es ihm so gut gefiel. Es war ein normales Notizbuch im Format achteinhalb mal elf mit hundert Seiten. Aber etwas daran schien ihn persönlich anzusprechen – so als wäre es sein einziges Schicksal auf der Welt, die Wörter aufzunehmen, die aus seiner Feder kamen. Beinahe verlegen wegen der Heftigkeit seiner Gefühle, klemmte Quinn das rote Notizbuch unter den Arm, ging zur Registrierkasse und kaufte es.

Als er eine Viertelstunde später wieder in seiner Wohnung war, nahm Quinn das Foto Stillmans und den Scheck aus der Tasche seines Sakkos und legte sie sorgfältig auf den Schreibtisch. Er räumte die abgebrannten Streichhölzer, Zigarettenstummel, Aschehäufchen, leeren Tintenpatronen, einige Münzen, Fahrkartenabrisse, Zettel mit Kritzeleien und ein schmutziges Taschentuch von der Platte und legte das rote Notizbuch in die Mitte. Dann ließ er die Rouleaus im Zimmer herunter, zog sich ganz aus und setzte sich an den Schreibtisch. Er hatte so etwas noch nie getan, aber irgendwie erschien es ihm passend, in diesem Augenblick nackt zu sein. Er blieb zwanzig oder dreißig Sekunden sitzen und versuchte, sich nicht zu bewegen, nichts anderes zu tun, als zu atmen. Dann schlug er das rote Notizbuch auf. Er nahm seine Füllfeder und schrieb seine Initialen, D. Q. (für Daniel Quinn), auf die erste Seite. Zum erstenmal seit mehr als fünf Jahren schrieb er seinen Namen in eines seiner Notizbücher. Er hielt einen Augenblick inne, um darüber nachzudenken, tat es dann aber als unerheblich ab. Er blätterte um. Einige Augenblicke lang studierte er die Leere der Seite und fragte sich, ob er nicht ein verdammter Narr sei. Dann drückte er die Feder auf die erste Zeile und machte die erste Eintragung in das rote Notizbuch.

«Stillmans Gesicht. Oder: Stillmans Gesicht, wie es vor zwanzig Jahren war. Unmöglich zu wissen, ob das Gesicht morgen ihm ähneln wird. Gewiß ist jedoch, daß dies nicht das Gesicht eines Wahnsinnigen ist. Oder ist das keine legitime Feststellung? Für mich jedenfalls wirkt es gütig, wenn nicht geradezu freundlich. Um den Mund eine Spur von Zärtlichkeit. Höchstwahrscheinlich blaue Augen mit einer Neigung zu tränen. Schütteres Haar schon damals, also jetzt vielleicht verschwunden, und der Rest grau oder sogar weiß. Er hat etwas merkwürdig Vertrautes: der grüblerische Typ, zweifellos überempfindlich, nervös, jemand, der stottern könnte, mit sich selbst kämpfen, um die Flut der Worte einzudämmen, die aus seinem Mund strömt.

Der kleine Peter. Muß ich es mir vorstellen, oder kann ich es auf Treu und Glauben akzeptieren? Die Dunkelheit. Denken, daß ich selbst in diesem Zimmer bin und schreie. Ich zögere. Ich glaube auch nicht, daß ich es überhaupt verstehen will. Wozu auch? Das ist schließlich keine Geschichte. Es ist eine Tatsache, etwas, was auf der Welt geschieht, und ich soll eine Arbeit tun, eine einzige kleine Sache, und ich habe Ja dazu gesagt. Wenn alles gutgeht, müßte es sogar ganz einfach sein. Ich bin nicht engagiert worden, um zu verstehen – nur um zu handeln. Das ist etwas Neues. Etwas, was ich mir um jeden Preis merken muß.

Und dennoch, wie sagt Dupin bei Poe? ‹Eine Identifikation des Verstandes des Denkenden mit dem seines Gegners.› Aber das würde hier für Stillman senior gelten. Was wahrscheinlich noch schlimmer ist.

Was Virginia betrifft, bin ich in einer verzwickten Lage. Nicht nur der Kuß, der sich durch eine ganze Reihe von Gründen erklären ließe. Nicht, was Peter über sie sagte; das ist unwichtig. Ihre Ehe? Vielleicht. Ihre völlige Widersinnigkeit. Könnte es sein, daß es ihr um das Geld geht? Oder arbeitet sie irgendwie mit Stillman zusammen? Das würde alles ändern. Aber gleichzeitig wäre das sinnlos. Denn warum würde sie mich dann engagiert haben? Um einen Zeugen für ihre scheinbar guten Absichten zu haben? Vielleicht. Aber das scheint mir zu kompliziert zu sein.

Und doch: Warum habe ich das Gefühl, daß man ihr nicht trauen darf?

Noch einmal Stillmans Gesicht. Ich denke in diesen letzten Minuten, daß ich es schon einmal gesehen habe. Vielleicht vor Jahren hier im Viertel – vor der Zeit seiner Haft.

Sich erinnern, wie es ist, anderer Leute Kleider zu tragen. Damit beginnen, denke ich. Annehmen, ich muß. Damals, vor achtzehn, zwanzig Jahren, als ich kein Geld hatte und Freunde mir ihre Sachen zum Tragen gaben. J.s alter Mantel auf dem College, zum Beispiel. Und das seltsame Gefühl, das ich immer hatte, in seine Haut zu kriechen. Das ist wahrscheinlich ein Anfang.

Und dann, das wichtigste von allem: mich erinnern, wer ich bin. Mich erinnern, wer ich sein soll. Ich glaube nicht, daß das ein Spiel ist. Andererseits ist nichts klar. Zum Beispiel: Wer bist du? Und warum, wenn du es zu wissen glaubst, lügst du weiter? Ich weiß keine Antwort. Alles, was ich sagen kann, ist dies: Hören Sie mir zu. Mein Name ist Paul Auster. Das ist nicht mein richtiger Name.»

6

Quinn verbrachte den nächsten Vormittag mit Stillmans Buch in der Bibliothek der Columbia University. Er kam früh an, war der erste, als die Türen geöffnet wurden, und die Stille der Marmorhallen tröstete ihn, als wäre es ihm erlaubt worden, eine Krypta des Vergessens zu betreten. Nachdem er dem verschlafenen Aufseher hinter dem Tisch kurz seinen Ausweis gezeigt hatte, ließ er sich das Buch aus dem Magazin kommen, ging in den dritten Stock und setzte sich in einem der Raucherzimmer in einen grünen Lederfauteuil. Der helle Maimorgen lauerte draußen wie eine Versuchung, ein Ruf, ziellos im Freien zu wandern, aber Quinn widerstand ihm. Er drehte den Fauteuil um, setzte sich mit dem Rücken zum Fenster und schlug das Buch auf.

Der Garten und der Turm: Frühe Visionen der Neuen Welt bestand aus zwei annähernd gleich großen Teilen: «Der Mythos vom Paradies» und «Der Mythos von Babel». Der erste konzentrierte sich auf die Entdeckungen der Forschungsreisenden von Kolumbus bis Raleigh. Stillman stellte die Behauptung auf, daß die ersten Männer, die nach Amerika kamen, glaubten, sie hätten zufällig das Paradies gefunden, einen zweiten Garten Eden. Im Bericht über seine dritte Reise, zum Beispiel, schrieb Kolumbus: «Denn ich glaube, daß hier das irdische Paradies liegt, welches keiner betreten kann, es sei denn mit Erlaubnis Gottes.» Über die Menschen dieses Landes schrieb Peter Martyr schon 1505: «Sie scheinen in jener goldenen Welt zu leben, von der alte Schriftsteller so viel sprechen und worin die Menschen einfach und unschuldig lebten, ohne den Zwang von Gesetzen, ohne Streit, ohne Richter oder Klageschriften, zufrieden, allein der Natur Genüge zu tun.» Oder wie der allgegenwärtige Montaigne mehr als ein halbes Jahrhundert später schreiben sollte: «Nach meiner Ansicht übertrifft, was wir tatsächlich bei diesen Völkern sehen, nicht nur alle Bilder, welche die Dichter vom Goldenen Zeitalter entwarfen, und alle ihre Erfindungen, welche den einstmals glücklichen Zustand der Menschheit darstellen, sondern auch die Auffassung und die Forderung der Philosophie selbst.» Vom ersten Anfang an war, Stillman zufolge, die Entdeckung der Neuen Welt der belebende Impuls des utopischen Denkens, der Funke, der die Hoffnung auf die Möglichkeit weckte, das menschliche Leben zu vervollkommnen – von Thomas Morus' Buch aus dem Jahre 1516 bis zur wenige Jahre später ausgesprochenen Prophezeiung des Gerónimo de Mendieta, daß Amerika ein idealer theokratischer Staat sein werde, eine wahre Civitas Dei.

Es gab jedoch einen gegensätzlichen Standpunkt. Wenn manche die Indianer in der Unschuld vor dem Sündenfall leben sahen, so gab es andere, die sie als wilde Bestien und Teufel in Menschengestalt beurteilten. Die Entdeckung von Kannibalen in der Karibik trug nicht dazu bei, diese Anschauung abzumildern. Die Spanier gebrauchten sie als Rechtfertigung, um die Eingeborenen zu ihren eigenen wirtschaftlichen Zwecken erbarmungslos auszubeuten. Denn wenn man den Menschen, den man vor sich hat, nicht als menschlich betrachtet, kennt das Gewissen nur wenige Hemmungen im Verhalten ihm gegenüber. Erst 1537 wurde durch die Bulle Pauls III. erklärt, daß die Indianer echte Menschen sind, die eine Seele besitzen. Trotzdem ging die Debatte noch einige Jahrhunderte weiter und gipfelte einerseits im «edlen Wilden» Lockes und Rousseaus – womit die theoretischen Grundlagen für die Demokratie in einem unabhängigen Amerika geschaffen wurden – und andererseits in dem Feldzug zur Ausrottung der Indianer in dem unerschütterlichen Glauben, daß nur ein toter Indianer ein guter Indianer sei.

Der zweite Teil des Buches begann mit einer neuerlichen Untersuchung des Sündenfalls. Indem er sich stark auf Milton und dessen *Verlorenes Paradies* – als Darstellung des orthodoxen puritanischen Standpunktes – stützte, behauptete Stillman, daß menschliches Leben, wie wir es kennen, erst nach dem Sündenfall begann. Denn wenn es im Garten Eden das Böse nicht gab, konnte es auch das Gute nicht geben. Milton selbst drückte es in den *Aeropagetica* so aus: «Aus der Schale eines Apfels, der gekostet wurde, sprangen Gut und Böse hervor in die Welt wie zwei fest miteinander verbundene Zwillinge.» Stillmans Auslegung dieses Satzes war überaus gründlich. Immer nach der Möglichkeit eines Doppelsinns, eines Wortspiels Ausschau haltend, zeigte er, daß das Wort «kosten» im Sinne von «schmecken» tatsächlich eine Anspielung auf das lateinische «sapere» war, das sowohl «schmecken» als auch «wissen» bedeutet und daher eine unterschwellige Anspielung auf den Baum der Erkenntnis enthält: die Quelle des Apfels, dessen Geschmack das Wissen in die Welt brachte, das heißt das Gute und das Böse. Stillman beschäftigte sich auch mit dem Begriff «fest verbunden», der nur aus seinem Gegenteil, dem Getrenntsein, seinen Sinn erhält, so daß in ihm zwei gegensätzliche Bedeutungen vereint sind. Darin verkörpert sich eine Anschauung von der Sprache, die Stillman im gesamten Werk Miltons entdeckte. Im *Verlorenen Paradies*, zum Beispiel, hat jedes Schlüsselwort zwei Bedeutungen – eine vor dem Sündenfall und eine danach. Stillman isolierte einige dieser Wörter – unheilvoll, schlangenförmig, köstlich – und zeigte, wie ihre Verwendung, auf die Zeit vor dem Sündenfall bezogen, frei von moralischen Nebenbedeutungen war, während ihr Gebrauch nach dem Sündenfall dunkel, mehrdeutig, von einem Wissen um das Böse beseelt war. Eine der Aufgaben Adams im Garten Eden war es, die Sprache zu erfinden, jedem Geschöpf und Ding seinen Namen zu geben. In diesem Zustande der Unschuld hatte seine Zunge unmittelbar ins Mark der Welt getroffen. Seine Wörter waren den Dingen, die er sah, nicht nur angehängt worden; sie hatten ihr Wesen enthüllt und sie buchstäblich zum Leben erweckt. Ein Ding und sein Name waren untereinander austauschbar. Nach dem Sündenfall galt das nicht mehr. Die Namen lösten sich von den Dingen; die Wörter verwandelten sich in eine Sammlung willkürlicher Zeichen. Die Sprache war von Gott getrennt worden. Die Geschichte vom Garten Eden zeichnet daher nicht nur den Fall des Menschen auf, sondern auch den Fall der Sprache.

Später folgt in der Genesis noch eine Geschichte über die Sprache. Stillman zufolge war die Episode des Turmbaus zu Babel eine genaue Wiederholung dessen, was im Garten Eden geschehen war – nur erweitert und in ihrer Bedeutung für die gesamte Menschheit verallgemeinert. Die Geschichte erhält einen besonderen Sinn, wenn man ihre Stellung im Buch beachtet: Genesis, Kapitel 11, Vers 1 bis 9. Dies ist das letzte prähistorische Ereignis in der Bibel. Danach ist das Alte Testament ausschließlich eine Chronik der Hebräer. Mit anderen Worten, der Turm zu Babel steht als letztes Bild vor dem eigentlichen Beginn der Welt.

Stillmans Kommentare füllten noch viele Seiten. Er begann mit einer historischen Zusammenfassung der verschiedenen exegetischen Überlieferungen bezüglich der Geschichte, erläuterte die zahlreichen Fehldeutungen, die um sie herum entstanden waren, und schloß mit einer langatmigen Aufzählung von Legenden aus der Haggada (einem Kompendium der rabbinischen Deutungen aller nichtgesetzlichen Bereiche). Es wurde allgemein angenommen, schrieb Stillman, daß der Turm im Jahre 1996 nach der Schöpfung gebaut worden war, knapp 340 Jahre nach der Sintflut, «damit wir nicht zerstreut werden in alle Länder». Gottes Strafe war eine Antwort auf diesen Wunsch, der einem früher in der Genesis ausgesprochenen Gebot widersprach: «Seid fruchtbar und mehret euch und erfüllet die Erde.» Indem er den Turm zerstörte, verurteilte Gott den Menschen dazu, diesem Befehl zu gehorchen. Nach einer anderen Lesart war der Turm jedoch eine Herausforderung Gottes. Nimrod, der erste Herrscher über die ganze Erde, wurde als Baumeister des Turmes bezeichnet: Babel sollte ein Schrein sein, der das Allumfassende seiner Macht symbolisierte. Dies war die prometheische Auffassung der Geschichte, und sie stützte sich auf die Sätze «des Spitze bis an den Himmel reiche» und «daß wir uns einen Namen machen». Der Turmbau wurde zur zwanghaften, überwältigenden Leidenschaft der Menschheit, die zuletzt wichtiger war als das Leben selbst. Ziegel wurden kostbarer als Menschen. Arbeiterinnen hielten nicht einmal inne, um ihre Kinder zu gebären; sie banden das Neugeborene in ihre Schürze und arbeiteten sogleich weiter. Offensichtlich waren drei verschiedene Gruppen am Bau beteiligt: die im Himmel wohnen wollten, die Krieg gegen Gott führen wollten und die Götzenbilder verehren wollten. Gleichzeitig waren sie vereint in ihren Anstrengungen – «Es hatte aber alle Welt einerlei Zunge und Sprache» –, und die latente Macht einer vereinten Menschheit erzürnte Gott. «Und der Herr sprach: Siehe, es ist einerlei Volk und einerlei Sprache unter ihnen allen, und haben das angefangen zu tun; sie werden nicht ablassen von allem, was sie sich vorgenommen haben zu tun.» Diese Rede ist ein bewußtes Echo der Worte, die Gott sprach, als er Adam und Eva aus dem Garten vertrieb: «Siehe, Adam ist geworden wie unsereiner und weiß, was gut und böse ist. Nun aber, daß er nicht ausstrecke seine Hand und breche auch von dem Baum des Lebens und esse und lebe ewiglich. Da wies ihn Gott der Herr aus dem Garten Eden...» Nach wieder einer anderen Lesart war die Geschichte nur als Erklärung für die Verschiedenheit der Völker und Sprachen gedacht. Denn wie sollte man die großen Unterschiede zwischen den Kulturen begreifen, wenn alle Menschen von Noah und seinen Söhnen abstammten? Einer anderen, ähnlichen Deutung zufolge war die Geschichte eine Erklärung für die Existenz von Heidentum und Götzendienst – denn vor ihr wurden alle Menschen als Monotheisten in ihrem Glauben dargestellt. Was den Turm selbst betrifft, so versank der Legende nach ein Drittel des Bauwerks in der Erde, ein Drittel wurde durch

Feuer zerstört, und ein Drittel blieb stehen. Gott griff ihn auf zweierlei Art an, um den Menschen davon zu überzeugen, daß die Zerstörung eine göttliche Strafe und nicht ein Werk des Zufalls war. Der Teil, der stehen blieb, war jedoch immer noch so hoch, daß eine von oben betrachtete Palme nicht größer als eine Heuschrecke war. Es hieß auch, daß ein Mensch drei Tage lang im Schatten des Turms gehen konnte, ohne ihn je zu verlassen. Schließlich glaubte man, daß jeder, der die Ruine des Turms betrachtete, alles vergaß, was er jemals wußte. Was all dies mit der Neuen Welt zu tun hatte, wußte Quinn nicht zu sagen. Aber dann begann ein neues Kapitel, und plötzlich schilderte Stillman das Leben Henry Darks, eines Bostoner Geistlichen, der 1649 (am Tage der Hinrichtung Karls I.) in London geboren wurde, 1675 nach Amerika kam und 1691 in Cambridge, Massachusetts, bei einem Brand den Tod fand.

Nach Stillman hatte Henry Dark als junger Mann John Milton als Privatsekretär gedient – von 1669 bis zum Tode des Dichters fünf Jahre später. Das war neu für Quinn, denn er glaubte sich zu erinnern, daß der blinde Milton seine Werke einer seiner Töchter diktiert hatte. Dark, erfuhr er, war ein glühender Puritaner, Student der Theologie und ein begeisterter Verehrer des Werkes Miltons. Als er seinen Helden eines Abends auf einer kleinen Gesellschaft kennenlernte, wurde er zu einem Besuch in der folgenden Woche eingeladen. Das führte zu weiteren Besuchen, bis Milton schließlich Dark mit verschiedenen kleinen Aufgaben betraute: Er durfte Diktate aufnehmen, ihn durch die Straßen Londons führen, ihm aus den Werken der Alten vorlesen. In einem Brief, den Dark 1672 an seine Schwester in Boston schrieb, erwähnte er lange Diskussionen mit Milton über Feinheiten der Bibelexegese. Dann starb Milton, und Dark war untröstlich. Ein halbes Jahr später beschloß er, nach Amerika auszuwandern, da England für ihn eine Wüste war, ein Land, das ihm nichts zu bieten hatte. Er kam im Sommer 1675 in Boston an.

Von seinen ersten Jahren in der Neuen Welt weiß man wenig. Stillman mutmaßte, daß er westwärts gereist sein und unbekanntes Land erforscht haben könnte, aber für diese Ansicht konnten keine konkreten Beweise gefunden werden. Andererseits deuteten gewisse Hinweise in Darks Schriften auf eine gute Kenntnis indianischer Sitten hin, was Stillman zu der Annahme verleitete, Dark könnte möglicherweise eine Zeitlang bei einem der Stämme gelebt haben. Wie dem auch sei, Dark wurde nicht öffentlich erwähnt bis 1682, als sein Name in das Bostoner Heiratsregister eingetragen wurde. Er hatte eine gewisse Lucy Fitts zur Frau genommen. Zwei Jahre später wurde er als Vorsteher einer kleinen puritanischen Gemeinde am Rande der Stadt erwähnt. Dem Paar wurden mehrere Kinder geboren, aber sie starben alle im Säuglingsalter. Ein Sohn namens John, der 1686 geboren wurde, blieb am Leben, aber 1691 wurde berichtet, der Junge sei aus einem Fenster im zweiten Stock gefallen und ums Leben gekommen. Nur einen Monat später ging das ganze Haus in Flammen auf, und Dark und seine Frau wurden getötet.

Henry Dark wäre in der Dunkelheit des frühen Lebens in Amerika verschwunden, hätte er nicht 1690 eine Schrift mit dem Titel *Das neue Babel* veröffentlicht. Laut Stillman war dieses kleine, vierundsechzig Seiten starke Bändchen die visionärste Schilderung des neuen Kontinents, die bis dahin geschrieben worden war. Wäre Dark nicht so kurz nach dem Erscheinen des Bändchens gestorben, würde seine Wirkung zweifellos größer gewesen sein. Denn wie sich herausstellte, verbrannten die meisten Exemplare in dem Feuer, in dem Dark umkam. Stillman selbst hatte nur eines – durch reinen Zufall – auf dem Dachboden des Hauses seiner Familie in Boston entdecken können. Nach Jahren eifriger Nachforschung war er zu dem Schluß gelangt, daß dies das einzige noch existierende Exemplar war.

Das neue Babel trat in kühner Miltonscher Prosa dafür ein, das Paradies in Amerika zu errichten. Im Gegensatz zu anderen, die über dieses Thema schrieben, nahm Dark nicht an, daß das Paradies ein Ort sei, den man entdecken könne. Es gab keine Karten, die einen dorthin führen, keine Navigationsinstrumente, die einen an seine Küsten lenken konnten. Seine Existenz war vielmehr im Menschen selbst immanent: die Vorstellung eines Jenseits, das er eines Tages im Hier und Jetzt schaffen könnte. Denn Utopia war nirgendwo – auch nicht, wie Dark erklärte, in seiner «Wortheit». Und wenn der Mensch diesen erträumten Ort hervorbringen konnte, dann nur, indem er ihn mit seinen eigenen Händen erbaute.

Dark gründete seine Schlußfolgerungen darauf, daß er die Geschichte von Babel als prophetisches Werk las. Er stützte sich ganz auf Miltons Deutung des Sündenfalls und folgte seinem Meister insofern, als er der Rolle der Sprache eine ungewöhnliche Bedeutung zuschrieb. Aber er ging noch einen Schritt über die Ideen des Dichters hinaus. War es, wenn der Fall des Menschen auch einen Fall der Sprache mit sich brachte, nicht logisch anzunehmen, daß es möglich wäre, den Fall ungeschehen zu machen und seine Wirkungen umzukehren, wenn man den Fall der Sprache rückgängig machte, indem man danach trachtete, die Sprache neu zu schaffen, die im Garten Eden gesprochen wurde? Wenn der Mensch lernen könnte, diese ursprüngliche Sprache der Unschuld zu sprechen, würde dann nicht folgen, daß er dadurch einen Zustand der inneren Unschuld wiedererlangen müßte? Wir brauchten nur das Beispiel Christi zu betrachten, argumentierte Dark, um zu begreifen, daß es sich so verhielt. Denn war Christus nicht ein Mensch, ein Wesen aus Fleisch und Blut? Und sprach Christus nicht diese Sprache der Zeit vor dem Sündenfall? In Miltons *Wiedergewonnenem Paradies*, spricht Satan mit «trügerischem Doppelsinn», während Christi «Taten seinen Worten gleichen, seine Worte / Seinem großen Herzen Ausdruck leihn, sein Herz / Das Gute, Weise und Gerechte in vollkommener Gestalt enthält». Und hatte Gott nicht «nun Sein lebendes

Orakel / Der Welt gesandt, zu lehren Seinen Willen, / Und sendet Seinen Geist der Wahrheit, hinfort zu wohnen / In frommen Herzen, ein inwendiges Orakel / Für alle Wahrheit, deren ich bedarf»? Und hatte nicht durch Christus der Sündenfall einen glücklichen Ausgang gefunden, war er nicht eine *felix culpa*, wie die Lehre sagt? Daher, behauptete Dark, wäre es für den Menschen in der Tat möglich, die ursprüngliche Sprache der Unschuld zu sprechen und, ganz ungebrochen, die Wahrheit in sich selbst wiederzuerlangen.

Dark wandte sich dann der Geschichte von Babel zu, führte seinen Plan weiter aus und verkündete seine Vision der kommenden Dinge. Er zitierte den zweiten Vers, Genesis II – «Da sie nun zogen gen Morgen, fanden sie ein ebenes Land im Lande Sinear und wohnten daselbst» – und stellte fest, daß dieser Abschnitt die Bewegung des menschlichen Lebens und der Kultur nach Westen bewies. Denn die Stadt Babel – oder Babylon – lag in Mesopotamien, weit östlich des Landes der Hebräer. Wenn Babel östlich von allem lag, war es Eden, der Ursprungsort der Menschheit. Die Zerstreuung des Menschen über die ganze Erde, wie es seine Pflicht ist – laut Gottes Gebot: «Seid fruchtbar… und erfüllet die Erde» –, würde unvermeidlich in westlicher Richtung vonstatten gehen. Und was für ein Land in der ganzen Christenheit, fragte Dark, lag weiter im Westen als Amerika. Die Reise englischer Siedler in die Neue Welt konnte daher als die Erfüllung des alten Gebotes gesehen werden. Amerika war der letzte Schritt in dem Prozeß. Sobald der Kontinent einmal erfüllt war, wäre die Zeit reif für einen Wandel im Geschick der Menschheit. Der Hinderungsgrund für den Bau von Babel – daß der Mensch die Erde erfüllen muß – würde entfallen. In diesem Augenblick würde es wieder für die ganze Erde möglich sein, einerlei Zunge und Sprache zu haben. Und wenn das geschah, konnte das Paradies nicht mehr fern sein.

Wie Babel 340 Jahre nach der Sintflut erbaut worden war, so würde – sagte Dark voraus – genau 340 Jahre nach der

Ankunft der ‹Mayflower› in Plymouth das Gebot erfüllt werden. Denn gewiß waren es die Puritaner, Gottes neues auserwähltes Volk, die das Los der Menschheit in ihren Händen hielten. Nicht die Hebräer, die Gott verrieten, da sie sich weigerten, seinen Sohn anzunehmen, sondern diese verpflanzten Engländer würden das Schlußkapitel der Geschichte schreiben, bevor Himmel und Erde endlich eins wurden. Wie Noah in seiner Arche waren sie über die weite Meeresflut gefahren, um ihre heilige Mission zu erfüllen.

Dreihundertvierzig Jahre nach Darks Berechnungen bedeuteten, daß 1960 der erste Teil des Werkes der Siedler getan sein würde. Zu diesem Zeitpunkt wären die Grundlagen für das eigentliche Werk geschaffen, das noch folgen sollte: der Bau des neuen Babel. Schon, schrieb Dark, sah er ermutigende Zeichen in der Stadt Boston, denn dort war wie nirgends sonst auf der Welt das häufigste Baumaterial der Ziegel, der in Genesis II,3 als das Baumaterial Babels bezeichnet wird. Im Jahre 1960, bemerkte er zuversichtlich, würde das neue Babel beginnen emporzuwachsen und in seiner Gestalt dem Himmel entgegenstreben als Symbol der Wiederauferstehung des menschlichen Geistes. Die Geschichte würde dann rückläufig geschrieben werden. Was gefallen war, würde wieder aufgerichtet, was zerbrochen war, würde wieder ganz werden. Sobald er einmal vollendet wäre, würde der Turm groß genug sein, um alle Bewohner der Neuen Welt aufzunehmen. Es würde einen Raum für jeden Menschen geben, und sobald er ihn betrat, würde er alles vergessen, was er jemals wußte. Nach vierzig Tagen und vierzig Nächten würde ein neuer Mensch hervortreten, der Gottes Sprache redete und bereit war, das zweite, immerwährende Paradies zu bewohnen.

So endete Stillmans Zusammenfassung der Schrift Henry Darks mit dem Datum des 20. Dezember 1960, des siebzigsten Jahrestages der Landung der ‹Mayflower›.

Quinn stieß einen kleinen Seufzer aus und schloß das Buch. Der Leseraum war leer. Er beugte sich vor, stützte den

Kopf in die Hände und schloß die Augen. «Neunzehnhundertsechzig», sagte er laut. Er versuchte, ein Bild von Henry Dark heraufzubeschwören. Vergeblich. Er sah im Geiste nur Feuer, eine Hölle brennender Bücher. Dann verlor er die Spur seiner Gedanken und den Ort, an den sie ihn geführt hatten, und erinnerte sich plötzlich, daß 1960 das Jahr war, in dem Stillman seinen Sohn eingesperrt hatte.

Er schlug das rote Notizbuch auf und legte es auf seine Knie. Gerade als er zu schreiben beginnen wollte, fand er, daß er genug von alledem hatte. Er schloß das rote Notizbuch wieder, stand aus seinem Sessel auf und legte Stillmans Buch auf den vordersten Tisch. Am Fuße der Treppe zündete er sich eine Zigarette an, dann verließ er die Bibliothek und ging in den Mainachmittag hinaus.

7

Er war lange vor der Zeit in der Grand Central Station. Stillmans Zug sollte erst um achtzehn Uhr einundvierzig ankommen, aber Quinn wollte die Gegebenheiten des Ortes studieren und dafür sorgen, daß ihm Stillman nicht entwischen konnte. Als er aus der U-Bahn heraufkam und die große Halle betrat, sah er auf der Uhr, daß es gerade erst vier vorbei war. Der Bahnhof füllte sich allmählich schon mit der Menschenmenge der Stoßzeit. Quinn bahnte sich seinen Weg gegen den Druck der hereinströmenden Körper, ging an den numerierten Eingängen entlang und suchte nach verborgenen Treppen, nicht gekennzeichneten Ausgängen und dunklen Nischen. Er kam zu dem Schluß, das sich ein Mann, der zu verschwinden entschlossen war, keine große Mühe zu geben brauchte. Er mußte darauf hoffen, daß Stillman nicht vor ihm gewarnt worden war. Wenn das der Fall war und es Stillman gelang, ihm auszuweichen, so würde das bedeuten, daß Virginia Stillman dafür verantwortlich war. Sonst kam niemand in Betracht. Es tröstete ihn zu wissen, daß er einen alternativen Plan hatte, falls etwas dergleichen geschehen sollte. Wenn Stillman nicht erschien, wollte Quinn geradewegs in die 69th Street fahren und Virginia Stillman mit dem konfrontieren, was er wußte.

Während er durch den Bahnhof ging, erinnerte er sich selbst daran, wer er angeblich war. Er merkte allmählich, daß es keineswegs unangenehm war, Paul Auster zu sein. Obwohl er noch denselben Körper, denselben Verstand, dieselben Gedanken hatte wie sonst, war ihm zumute, als wäre er irgendwie aus sich selbst herausgenommen worden, als müßte er nicht mehr die Last seines eigenen Bewußtseins tragen. Durch einen einfachen Gedankentrick, eine geschickte kleine Namensänderung fühlte er sich unvergleichlich leichter und freier. Gleichzeitig wußte er, daß alles nur eine Illusion war. Aber darin lag ein gewisser Trost. Er hatte sich nicht wirklich verloren, er tat nur so, als ob, und er konnte wieder Quinn werden, wann immer er wollte. Die Tatsache, daß er als Paul Auster einen Zweck verfolgte – einen Zweck, der für ihn immer wichtiger wurde –, diente als eine Art moralischer Rechtfertigung für die Scharade und befreite ihn davon, seine Lüge verteidigen zu müssen. Denn sich als Auster vorzustellen, bedeutete nun in seinen Gedanken soviel wie Gutes auf der Welt tun.

Er ging also durch den Bahnhof, als befände er sich im Körper Paul Austers, und wartete auf das Erscheinen Stillmans. Er sah zu der gewölbten Decke der Halle hinauf und studierte das Fresko der Sternbilder. Glühbirnen stellten die Sterne dar und waren durch Strichzeichnungen zu den himmlischen Bildern verbunden. Quinn war nie imstande gewesen, den Zusammenhang zwischen den Sternbildern und ihren Namen zu begreifen. Als Junge hatte er viele Stunden unter dem Nachthimmel verbracht und versucht, die Haufen von hellen Nadelstichen mit den Formen von Wagen, Stier, Schütze und Wasserträger in Übereinstimmung zu bringen. Aber es war nie etwas dabei herausgekommen, und er hatte das Gefühl gehabt, dumm zu sein, so als gäbe es einen blinden Fleck mitten in seinem Hirn. Er fragte sich, ob es dem jungen Auster besser ergangen war als ihm.

Auf der anderen Seite war, auf dem größeren Teil der Ostwand der Bahnhofshalle, das Kodak-Schaufoto mit seinen brillanten, übernatürlichen Farben zu sehen. Es zeigte in diesem Monat eine Straße in einem Fischerdorf in Neuengland, vielleicht Nantucket. Ein warmes Frühlingslicht schien auf die Pflastersteine, Blumen in vielen Farben standen in den Kästen vor den Fenstern längs der Häuserfronten, und ganz unten am Ende der Straße war das Meer mit seinen weißen Schaumkronen und dem tiefblauen Wasser. Quinn erinnerte sich, daß er Nantucket vor langer Zeit mit seiner Frau zusammen besucht hatte, im ersten Monat ihrer Schwangerschaft, als sein Sohn nicht mehr als eine winzige Mandel in ihrem Schoß war. Er empfand es als schmerzhaft, jetzt daran zu denken, und er versuchte, die Bilder zu unterdrücken, die sich in seinem Kopf formten. «Sieh es mit Austers Augen», sagte er sich, «und denke an nichts anderes.» Er richtete seine Aufmerksamkeit wieder auf die Fotografie und stellte erleichtert fest, daß seine Gedanken zum Thema Wale abwanderten, zu den Fangexpeditionen, die im vorigen Jahrhundert von Nantucket ausgingen, zu Melville und den ersten Seiten eines *Moby Dick*. Von dort aus trieben sie ab zu den Schilderungen, die er über Melvilles letzte Jahre gelesen hatte – der schweigsame alte Mann, der im New Yorker Zollamt arbeitete, ohne Leser, von allen vergessen. Dann sah er plötzlich mit großer Klarheit und Präzision Bartlebys Fenster und die unverputzte Ziegelmauer vor sich.

Jemand berührte seinen Arm, und als Quinn herumfuhr, um den Angriff abzuwehren, sah er einen kleinen stillen

Mann, der ihm einen grün-roten Kugelschreiber entgegenhielt. An diesen angeheftet war eine kleine weiße Papierfahne, auf deren einer Seite stand: «Dieser gute Artikel ist eine kleine Aufmerksamkeit eines TAUBSTUMMEN. Geben Sie dafür, was Sie wollen. Danke für Ihre Hilfe.» Auf der anderen Seite der Fahne war das Taubstummenalphabet – LERNE, MIT DEINEN FREUNDEN ZU SPRECHEN – abgedruckt, das die Handhaltungen für jeden der sechsundzwanzig Buchstaben zeigte. Quinn griff in die Tasche und gab dem Mann einen Dollar. Der Taubstumme nickte einmal kurz und ging weiter, und Quinn stand mit dem Kugelschreiber in der Hand da.

Es war nun fünf Uhr vorüber. Quinn fand, daß er an einem anderen Ort geschützter sei, und ging in den Wartesaal. Der war im allgemeinen ein häßlicher Raum voller Staub und Menschen, die nicht wußten, wohin, aber nun, auf dem Höhepunkt der Stoßzeit, war er von Männern und Frauen mit Handkoffern, Büchern und Zeitungen eingenommen worden. Quinn hatte Mühe, einen Platz zu bekommen. Nachdem er zwei oder drei Minuten gesucht hatte, fand er endlich einen Sitz auf einer der Bänke und quetschte sich zwischen einen Mann in einem blauen Anzug und eine plumpe, junge Frau. Der Mann las den Sportteil der *Times*, und Quinn warf einen Blick hinein, um den Bericht über die Niederlage der Mets am Vorabend zu lesen. Er kam bis zum dritten oder vierten Absatz, dann wandte sich der Mann langsam ihm zu, starrte ihn böse an und entfernte die Zeitung mit einem Ruck aus seinem Blickfeld.

Danach geschah etwas Seltsames. Quinn wandte seine Aufmerksamkeit der jungen Frau zur Rechten zu, um zu sehen, ob es in dieser Richtung irgendeinen Lesestoff gab. Er schätzte sie auf etwa zwanzig Jahre. Sie hatte mehrere Pickel auf ihrer linken Wange, die mit einer billigen blaßrosa Schminke überdeckt waren, und in ihrem Mund quietschte ein Stück Kaugummi. Sie las jedoch ein Buch, ein Taschenbuch mit einem grellbunten Umschlag, und Quinn lehnte sich ganz leicht nach rechts, um einen Blick auf den Titel zu erhaschen. Wider alle seine Erwartungen war es ein Buch, das er selbst geschrieben hatte – *Suicide Squeeze* von William Wilson, der erste der Max-Work-Romane. Quinn hatte sich diese Situation oft vorgestellt: das plötzliche unerwartete Vergnügen, einem seiner Leser zu begegnen. Er hatte sich sogar das Gespräch ausgemalt, das sich ergeben würde: Er verhält sich höflich, befangen, während der Fremde das Buch lobt, und willigt dann zögernd und mit großer Bescheidenheit ein, sein Autogramm auf das Titelblatt zu schreiben – «Da Sie darauf bestehen». Aber nun, da die Szene wirklich stattfand, war er enttäuscht, ja verärgert. Er mochte das Mädchen nicht, das da neben ihm saß, und es kränkte ihn, daß sie so gleichgültig die Seiten überflog, die ihn soviel Mühe gekostet hatten. Am liebsten hätte er ihr das Buch aus der Hand gerissen und wäre damit durch den Bahnhof gelaufen.

Er betrachtete noch einmal ihr Gesicht, versuchte die Worte zu hören, die sich in ihrem Kopf bildeten, und beobachtete ihre Augen, die über die Seite hin und her gingen. Er mußte sie zu auffällig angestarrt haben, denn einen Augenblick später wandte sie sich ihm mit einer irritierten Miene zu und sagte: «Haben Sie ein Problem, Mister?»

Quinn lächelte schwach. «Kein Problem», sagte er. «Ich fragte mich nur, ob Ihnen das Buch gefällt.»

Das Mädchen zuckte die Schultern. «Ich habe Besseres und ich habe Schlechteres gelesen.»

Quinn wollte damit das Gespräch beenden, aber etwas in ihm ließ nicht locker. Bevor er aufstehen und gehen konnte, kamen die Worte auch schon aus seinem Mund: «Finden Sie es spannend?»

Das Mädchen zuckte wieder die Schultern und kaute laut auf seinem Gummi. «Irgendwie schon. Da gibt es eine Stelle, wo sich der Detektiv verirrt, die ist ein bißchen unheimlich.»

«Ist der Detektiv schlau?»

«Ja, schlau ist er. Aber er redet zuviel.»

«Sie hätten gern mehr Handlung?»

«Ich denke, ja.»

«Warum lesen Sie weiter, wenn es Ihnen nicht gefällt?»

«Ich weiß nicht.» Das Mädchen zuckte noch einmal die Schultern. «Es vertreibt einem die Zeit, denke ich. Jedenfalls ist es keine große Sache. Eben nur ein Buch.»

Er wollte ihr schon sagen, wer er war, aber dann wurde ihm klar, daß das nichts ändern würde. Das Mädchen war ein hoffnungsloser Fall. Fünf Jahre lang hatte er William Wilsons Identität geheimgehalten, und er dachte nicht daran, sie jetzt preiszugeben, am wenigsten einer schwachsinnigen Fremden. Dennoch war es schmerzlich, und er rang verzweifelt mit seinem gekränkten Stolz. Anstatt das Mädchen ins Gesicht zu schlagen, stand er mit einem Ruck auf und ging.

Um achtzehn Uhr dreißig stellte er sich vor dem Ausgang 24 auf. Der Zug sollte pünktlich ankommen, und Quinn fand, daß er auf seinem Beobachtungsposten in der Mitte des Ausgangs eine gute Chance hatte, Stillman zu sehen. Er nahm das Foto aus der Tasche und studierte es wieder, wobei er besonders auf die Augen achtete. Er erinnerte sich, irgendwo gelesen zu haben, daß die Augen der Teil des Gesichtes sind, der sich nie verändert. Von der Kindheit bis ins hohe Alter bleiben sie gleich, und jemand, der den Blick dafür hat, könnte theoretisch in die Augen eines Jungen auf einem Foto sehen und dieselbe Person als alten Mann wiedererkennen. Quinn hatte seine Zweifel, aber das Foto war alles, woran er sich halten konnte, seine einzige Brücke zur Gegenwart. Doch wieder sagte ihm Stillmans Gesicht nichts.

Der Zug fuhr ein, und Quinn fühlte den Lärm durch seinen Körper schießen: ein zielloses, hektisches Getöse, das sich mit seinem Puls zu verbinden schien und sein Blut in rauhen Stößen pumpte. Dann füllte sich sein Kopf mit Peter

Stillmans Stimme, ein Sperrfeuer von sinnlosen Wörtern, das gegen die Wände seines Schädels prasselte. Er ermahnte sich, ruhig zu bleiben, aber das half ihm wenig. Er war erregt, auch wenn er darauf in diesem Moment nicht gefaßt war.

Der Zug war gedrängt voll, und als die Fahrgäste den Bahnsteig füllten und auf ihn zukamen, sah er einer Menschenmenge entgegen. Quinn schlug das rote Notizbuch nervös gegen seinen rechten Schenkel, stellte sich auf die Zehenspitzen und spähte in die Menge. Bald war er von Menschen umgeben. Männer kamen und Frauen, Kinder und alte Menschen, Teenager und Babies, reiche Leute, arme Leute, schwarze Männer und weiße Frauen, weiße Männer und schwarze Frauen, Asiaten und Araber, Männer in Braun und Grau und Blau und Grün, Frauen in Rot und Weiß und Gelb und Rosa. Kinder in Segeltuchschuhen, Kinder in Lederschuhen, Kinder in Cowboystiefeln, dicke Menschen und dünne Menschen, große Menschen und kleine Menschen, jeder anders als alle anderen, jeder unwandelbar er selbst. Quinn, der sich nicht von der Stelle rührte, beobachtete sie alle, so als wäre sein ganzes Wesen in die Augen gebannt. Jedesmal wenn ein älterer Mann nahte, machte er sich darauf gefaßt, Stillman zu sehen. Sie kamen und gingen zu rasch, als daß er sich der Enttäuschung hätte überlassen können, aber in jedem alten Gesicht schien er ein Vorzeichen des Aussehens des wirklichen Stillman zu finden, und er änderte rasch seine Erwartungen mit jedem neuen Gesicht, so als kündete die Anhäufung alter Männer das unmittelbar bevorstehende Kommen Stillmans an. Einen kurzen Augenblick dachte Quinn: So sieht also Detektivarbeit aus. Aber sonst dachte er nichts. Er beobachtete nur. Unbeweglich in der sich bewegenden Menge stand er da und beobachtete.

Als ungefähr die Hälfte der Reisenden an ihm vorbeigegangen war, erblickte Quinn Stillman zum erstenmal. Die Ähnlichkeit mit dem Foto schien unverkennbar zu sein.

Nein, er war nicht kahl geworden, wie Quinn gedacht hatte. Sein Haar war weiß und ungekämmt und stand kreuz und quer in Büscheln in die Höhe. Er war groß, mager, ohne Frage über sechzig und ging ein wenig gebeugt. Er trug einen für die Jahreszeit unpassenden langen braunen Mantel, der schäbig geworden war, und er schlurfte ein wenig beim Gehen. Sein Gesichtsausdruck schien ruhig zu sein, halb benommen, halb gedankenverloren. Er hatte keinen Blick für die Dinge um ihn her, und sie schienen ihn auch nicht zu interessieren. Er trug nur ein Gepäckstück, einen einst schönen, nun aber abgenutzten Lederkoffer mit einem Riemen darum. Während er den Aufgang heraufkam, stellte er den Koffer ein- oder zweimal ab und ruhte einen Augenblick aus. Er schien sich mit Mühe zu bewegen, war ein wenig von der Menge verwirrt und wußte nicht, ob er mit ihr Schritt halten oder sich von den anderen überholen lassen sollte.

Quinn trat ein paar Meter zurück und bereitete sich darauf vor, rasch nach links oder rechts auszuweichen, je nachdem, was geschehen würde. Gleichzeitig wollte er weit genug entfernt sein, damit Stillman nicht bemerkte, daß er verfolgt wurde.

Als Stillman am Ausgang der Bahnhofshalle ankam, stellte er seinen Koffer wieder ab und ruhte sich aus. In diesem Augenblick erlaubte sich Quinn, einen Blick über den Rest der Menge schweifen zu lassen, um doppelt sicher zu sein, daß er keinem Irrtum erlegen war. Was dann geschah, entzog sich jeder Erklärung. Unmittelbar hinter Stillman, nur wenige Zoll hinter seiner rechten Schulter auftauchend, blieb ein anderer Mann stehen, nahm ein Feuerzeug aus der Tasche und zündete sich eine Zigarette an. Sein Gesicht glich dem Stillmans wie ein Zwilling dem anderen. Eine Sekunde lang dachte Quinn, es handle sich um ein Trugbild, eine Art Aura, die von den elektromagnetischen Strömungen in Stillmans Körper ausgestrahlt wurde. Aber nein, dieser andere Stillman bewegte sich, atmete, blinzelte; seine Handlungen waren offensichtlich vom ersten Stillman unabhängig. Der zweite Stillman sah wohlhabend aus. Er trug einen teuren blauen Anzug, seine Schuhe glänzten, sein weißes Haar war gekämmt, und seine Augen hatten den klugen Ausdruck eines Mannes von Welt. Auch er trug nur ein Gepäckstück: einen eleganten schwarzen Koffer, der etwa ebensogroß war wie der des anderen Stillman.

Quinn erstarrte. Er konnte nun nichts tun, was nicht ein Fehler war. Jede Wahl, die er traf – und wählen mußte er –, war rein willkürlich, eine Kapitulation vor dem Zufall. Die Ungewißheit würde ihn bis zuletzt verfolgen. In diesem Augenblick gingen beide Stillmans weiter. Der erste wandte sich nach rechts, der zweite nach links. Quinn wünschte sich sehnlichst, sich wie eine Amöbe teilen zu können, um in zwei Richtungen zugleich weiterzugehen. «Tu etwas», sagte er sich. «Tu sofort etwas, du Idiot.»

Ohne besonderen Grund ging er nach links und folgte dem zweiten Stillman. Nach neun oder zehn Schritten blieb er stehen. Etwas sagte ihm, daß er ewig bedauern würde, was er soeben tat. Er handelte aus Trotz, er wollte den zweiten Stillman dafür bestrafen, daß er ihn verwirrte. Er machte kehrt und sah den ersten Stillman in der anderen Richtung davonschlurfen. Gewiß war dies sein Mann. Dieser heruntergekommene Mensch, der so gebrochen, so sehr von seiner Umgebung losgelöst war – das war gewiß der wahnsinnige Stillman. Quinn holte tief Luft und atmete mit zitternder Brust aus. Er konnte nichts mit Sicherheit wissen: dies nicht und nichts anderes. Er ging hinter dem ersten Stillman her, langsamer, um sich dem Schritt des alten Mannes anzupassen, und folgte ihm bis zur U-Bahn.

Es war nun beinahe neunzehn Uhr, und die Menschenmengen waren schon dünner geworden. Obwohl sich Stillman in einer Art Nebel zu bewegen schien, wußte er dennoch, wohin er wollte. Der Professor ging geradewegs auf die Treppe der U-Bahn zu, zahlte unten am Schalter und wartete ruhig auf dem Bahnsteig auf den Pendelzug zum

Times Square. Quinn verlor allmählich seine Angst, entdeckt zu werden. Er hatte noch nie jemanden gesehen, der so sehr in seine eigenen Gedanken versunken war. Er bezweifelte, daß Stillman ihn sehen würde, wenn er sich direkt vor ihm aufstellte.

Sie fuhren mit dem Pendelzug zur West Side, gingen durch die dunklen Korridore der Station in der 42nd Street und eine weitere Treppe hinunter zu den IRT-Zügen. Sieben oder acht Minuten später stiegen sie in den Broadway-Expreß, fuhren zwei weit auseinanderliegende Stationen stadtauswärts und stiegen in der 96th Street aus. Langsam gingen sie die letzte Treppe hinauf, Stillman machte mehrere Pausen, um Atem zu schöpfen, dann traten sie in den indigoblauen Abend hinaus. Stillman zögerte nicht. Ohne stehenzubleiben, um sich zu orientieren, begann er den Broadway auf der Ostseite hinaufzugehen. Einige Minuten lang spielte Quinn mit der irrationalen Vorstellung, daß Stillman zu seinem, Quinns, Haus in der 107th Street ging. Aber bevor er in Panik geraten konnte, blieb Stillman an der Ecke der 99th Street stehen, wartete, bis das Licht von Rot zu Grün wechselte, und ging auf die andere Seite des Broadways hinüber. Auf halber Höhe des Blocks gab es eine schäbige kleine Herberge für heruntergekommene Existenzen, das Hotel Harmony. Quinn war schon oft daran vorbeigegangen und kannte die Weinsäufer und Vagabunden, die sich dort herumtrieben. Er war überrascht, als er sah, wie Stillman die Tür öffnete und in die Halle trat. Irgendwie hatte er angenommen, der alte Mann würde eine bequemere Unterkunft haben. Als Quinn aber vor der Tür mit den Glasscheiben stand und sah, wie der Professor an den Empfangstisch trat, etwas, was zweifellos sein Name war, in das Gästebuch schrieb, seinen Koffer nahm und im Fahrstuhl verschwand, wurde ihm klar, daß dies der Ort war, wo Stillman zu bleiben beabsichtigte.

Quinn wartete draußen noch zwei Stunden, er ging vor dem Häuserblock auf und ab und dachte, Stillman werde vielleicht noch einmal erscheinen, um in einem der Kaffeehäuser der Gegend zu Abend zu essen. Aber der alte Mann ließ sich nicht mehr sehen, und schließlich entschied Quinn, daß er schon schlafen gegangen sein mußte. Er rief aus einer Zelle Virginia Stillman an, berichtete ihr ausführlich, was geschehen war, und fuhr dann heimwärts zur 107th Street.

8

Am nächsten Morgen und an vielen folgenden Morgen bezog Quinn seinen Posten auf einer Bank in der Mitte der Verkehrsinsel Broadway/99th Street. Er kam früh an, nie später als um sieben Uhr, und saß dort mit einem Papierbecher voll Kaffee, einem Butterbrötchen und einer Zeitung, die offen auf seinem Schoß lag, und beobachtete die Glastür des Hotels. Stillman kam gewöhnlich um acht Uhr, immer in seinem langen braunen Mantel und mit einer altmodischen Reisetasche. Tagelang änderte sich nichts an dieser Routine. Der alte Mann wanderte durch die Straßen des Viertels, er kam nur langsam voran, hielt manchmal kaum merklich inne, ging weiter, machte wieder eine Pause, so als müßte jeder Schritt gewogen und gemessen werden, bevor er seinen Platz in der Gesamtheit der Schritte einnehmen konnte. Quinn fiel es schwer, sich so zu bewegen. Er war es gewohnt, rasch auszuschreiten, und dieses ständige Gehen, Stehenbleiben und Schlurfen begann ihn zu quälen, so als wäre der Rhythmus seines Körpers gestört. Er war der Hase, der den Igel verfolgte, und immer wieder mußte er sich ermahnen zurückzubleiben.

Was Stillman auf diesen Gängen tat, blieb für Quinn ein Geheimnis. Er konnte natürlich mit eigenen Augen sehen, was geschah, und er zeichnete auch alles pflichtbewußt in seinem Notizbuch auf. Aber die Bedeutung von alldem entging ihm. Stillman schien niemals irgendwohin zu gehen, und er schien auch nicht zu wissen, wo er war. Dennoch hielt er sich wie mit voll bewußter Absicht an ein eng umgrenztes Gebiet zwischen der 110th Street im Norden, der 72nd Street im Süden, dem Riverside Park im Westen und der Amsterdam Avenue im Osten. So zufällig seine Wanderungen auch zu sein schienen – er schlug jeden Tag eine andere Route ein –, Stillman überschritt nie diese Grenzen. Eine solche Präzision verblüffte Quinn, denn in jeder anderen Hinsicht schien Stillman kein Ziel zu haben.

Während er ging, blickte Stillman nicht auf. Seine Augen waren ununterbrochen auf das Pflaster geheftet, so als suchte er etwas. Tatsächlich bückte er sich auch dann und wann, hob etwas vom Boden auf, prüfte es genau, drehte es in der Hand hin und her. Quinn mußte an einen Archäologen denken, der an einer prähistorischen Ruinenstätte eine Scherbe untersucht. Gelegentlich warf Stillman einen Gegenstand, nachdem er ihn auf diese Weise gründlich betrachtet hatte, wieder auf den Gehsteig zurück, aber meistens öffnete er seine Reisetasche und legte das Objekt behutsam hinein. Dann griff er in eine seiner Manteltaschen, holte ein rotes Notizbuch hervor – das dem Quinns ähnlich, aber kleiner war – und schrieb darin ein oder zwei Minuten lang mit großer Konzentration. Wenn er diese Prozedur beendet hatte, steckte er das Notizbuch wieder in die Tasche, nahm seine Reisetasche und setzte seinen Weg fort.

Soweit Quinn es beurteilen konnte, waren die Gegenstände, die Stillman sammelte, wertlos. Sie schienen nichts weiter zu sein als zerbrochene, weggeworfene Dinge, zufällig herumliegender Abfall. Im Laufe der Tage, die auf diese Weise vergingen, notierte Quinn das Gestell eines Regenschirms ohne Bespannung, den abgetrennten Kopf einer Gummipuppe, einen schwarzen Handschuh, den Sockel einer zerbrochenen Glühbirne, mehrere Stück von bedrucktem Material (durchnäßte Illustrierte, zerfetzte Zeitungen), ein zerrissenes Foto, unbekannte Maschinenteile und allerlei anderes Treibgut, das Quinn nicht zu identifizieren vermochte. Die Tatsache, daß Stillman diese Lumpensammelei ernst nahm, erstaunte Quinn, aber er konnte nicht mehr tun als beobachten, in sein rotes Notizbuch eintragen, was er sah, unwissend an der Oberfläche der Dinge hängenbleiben. Gleichzeitig freute es ihn, daß Stillman auch ein rotes Notizbuch hatte, so als wäre das ein heimliches Band zwischen ihnen. Quinn hegte die Vermutung, daß Stillmans rotes Notizbuch Antworten auf die Fragen enthielt, die sich in seinem Geist angesammelt hatten, und er begann verschiedene Pläne zu entwerfen, wie er es dem alten Mann stehlen könnte. Doch die Zeit war noch nicht reif für einen solchen Schritt.

Abgesehen davon, daß er Dinge von der Straße aufhob, schien Stillman nichts zu tun. Ab und zu machte er irgendwo halt, um zu essen. Gelegentlich rannte er gegen einen Passanten und murmelte eine Entschuldigung. Einmal wurde er beinahe von einem Auto überfahren, als er eine Straße überquerte. Stillman sprach mit niemandem, er ging in keine Geschäfte, er lächelte nicht. Er schien weder glücklich noch traurig zu sein. Zweimal, als seine Abfallausbeute besonders groß war, kehrte er mitten am Tag ins Hotel zurück und erschien einige Minuten später wieder mit der leeren Tasche.

An den meisten Tagen verbrachte er einige Stunden im Riverside Park. Er ging methodisch die geschotterten Wege entlang oder schlug sich mit einem Stock durch die Büsche. Seine Suche nach Gegenständen ließ im Grünen nicht nach. Steine, Blätter, Zweige – alles fand seinen Weg in die Tasche. Einmal beobachtete Quinn, wie er sich nach einem Stück trockenen Hundekots bückte, bedächtig daran schnupperte und es behielt. Im Park ruhte sich Stillman auch aus. Am Nachmittag, oft nach dem Mittagessen, saß er auf einer Bank und starrte auf den Hudson hinaus. Einmal, an einem besonders warmen Tag, sah ihn Quinn im Gras ausgestreckt schlafen. Wenn es dunkel wurde, aß Stillman gewöhnlich im Apollo Coffee Shop an der Kreuzung 97th Street und Broadway und kehrte dann für die Nacht in sein Hotel zurück. Nicht ein einziges Mal versuchte er, Verbindung mit seinem Sohn aufzunehmen. Das bestätigte auch Virginia Stillman, die Quinn jeden Abend anrief, wenn er wieder zu Hause war.

Das wichtigste war, das Interesse nicht zu verlieren. Nach und nach fühlte sich Quinn seinen ursprünglichen Absichten entfremdet, und er fragte sich nun, ob er sich nicht auf ein sinnloses Unterfangen eingelassen hatte. Es war natürlich möglich, daß Stillman nur seine Zeit abwartete und alle in Sicherheit wiegte, bevor er zuschlug. Das hieße jedoch, daß er sich beobachtet wußte, was Quinn für unwahrscheinlich hielt. Er hatte seine Arbeit bisher gut gemacht, immer einen diskreten Abstand zu dem alten Mann eingehalten, sich in den Straßenverkehr gemischt, weder die Aufmerksamkeit auf sich gelenkt noch drastische Maßnahmen ergriffen, um unentdeckt zu bleiben. Andererseits hatte Stillman vielleicht die ganze Zeit – und schon im voraus – gewußt, daß man ihn beobachtete, und sich daher nicht die Mühe gemacht festzustellen, wer der Beobachter war. Was für eine Rolle spielte das, wenn feststand, daß er verfolgt wurde? Ein Verfolger, den man entdeckte, konnte jederzeit durch einen anderen ersetzt werden.

Diese Darstellung des Sachverhalts tröstete Quinn, und er beschloß, an sie zu glauben, wenn er auch keinen Grund dafür hatte. Entweder wußte Stillman, was er tat, oder er wußte es nicht. Und wenn er es nicht wußte, erreichte Quinn gar nichts und vergeudete nur seine Zeit. Viel besser war es zu glauben, daß alle seine Schritte tatsächlich einem Zweck dienten. Wenn diese Deutung ein Wissen auf seiten Stillmans voraussetzte, wollte Quinn dieses Wissen als Glaubensartikel annehmen, wenigstens fürs erste. Blieb das Problem, womit er seine Gedanken beschäftigen sollte, während er dem alten Mann folgte. Quinn war es gewohnt zu gehen. Seine Wanderungen durch die Stadt hatten ihn gelehrt, die Verbundenheit von Innerem und Äußerem zu verstehen. Indem er die ziellose Bewegung als Umkehrtechnik anwandte, konnte er an seinen besten Tagen das Äußere nach innen bringen und so die Souveränität der Innerlichkeit gewinnen. Indem er sich mit Äußerlichkeiten überflutete und sich aus sich selbst herausschwemmte, war es ihm gelungen, einen kleinen Grad von Kontrolle über seine Anfälle von Verzweiflung auszuüben. Wandern war daher eine Art von Geistesleere. Aber die Verfolgung Stillmans war kein Wandern. Stillman konnte wandern, er konnte wie ein Blinder von einer Stelle zur anderen taumeln, aber dieses Privileg war Quinn versagt. Denn er mußte sich auf das konzentrieren, was er tat, auch wenn das so gut wie nichts war. Immer wieder begannen seine Gedanken abzuschweifen, und bald darauf paßten sich seine Schritte dem an. Das bedeutete, daß er ständig Gefahr lief, seinen Gang zu beschleunigen und Stillman von hinten anzurempeln. Um sich vor diesem Mißgeschick zu hüten, dachte er sich mehrere Methoden der Verlangsamung aus. Die erste bestand darin, sich zu sagen, daß er nicht mehr Daniel Quinn war. Er war nun Paul Auster, und mit jedem Schritt, den er machte, versuchte er, sich bequemer in die Verengungen dieser Verwandlung einzupassen. Auster war nicht mehr als ein Name für ihn, eine Hülle ohne Inhalt. Auster zu sein, bedeutete ein Mann ohne Inneres, ein Mann ohne Gedanken zu sein. Und wenn ihm keine Gedanken zu Gebote standen, wenn sein eigenes Innenleben unzugänglich geworden war, gab es für ihn keinen Ort mehr, an den er sich zurückziehen konnte. Als Auster konnte er keine Erinnerungen oder Ängste, Träume oder Freuden heraufbeschwören, denn all das war, da es Auster gehörte, für ihn nicht vorhanden. Folglich mußte er ganz an seiner Oberfläche bleiben und nach außen blicken, um eine Stütze zu finden. Seine Augen stets auf Stillman zu richten, war daher nicht nur eine Ablenkung von seinen Gedankengängen – es war der einzige Gedanke, den er sich gestattete.

Ein oder zwei Tage lang war diese Taktik leidlich erfolgreich, aber schließlich begann auch Auster unter der Monotonie zu leiden. Quinn erkannte, daß er mehr brauchte, um sich zu beschäftigen, eine kleine Aufgabe, die ihn begleitete, während er seiner Arbeit nachging. Zuletzt bot ihm das rote Notizbuch die Rettung. Anstatt nur einige beiläufige Bemerkungen zu notieren, wie er es während der ersten Tage getan hatte, beschloß er, jede nur erdenkliche Einzelheit über Stillman aufzuzeichnen. Er benutzte den Kugelschreiber, den er von dem Taubstummen gekauft hatte, und ging mit Eifer an die Arbeit. Er beobachtete nicht nur jede Geste Stillman, beschrieb jeden Gegenstand, den er für seine Tasche auswählte oder verwarf, und notierte den genauen Zeitpunkt jedes Ereignisses, sondern zeichnete auch mit peinlicher Sorgfalt einen genauen Plan der Exkurse Stillmans auf und vermerkte jede Straße, der er folgte, jede Wendung, die er machte, und jede Pause, die eintrat. Das rote Notizbuch beschäftigte Quinn nicht nur, es verlangsamte auch sein Tempo. Die Gefahr, Stillman zu überholen, bestand nicht mehr. Das Problem war vielmehr, mit ihm Schritt zu halten, um sicherzugehen, daß er nicht verschwand. Denn Gehen und Schreiben waren zwei Tätigkeiten, die sich nicht leicht miteinander vereinbaren ließen. Wenn Quinn in den letzten fünf Jahren seine Tage damit verbracht hatte, entweder das eine oder das andere zu tun, so versuchte er nun beides zugleich. Anfangs machte er viele Fehler. Besonders schwierig war es zu schreiben, ohne auf das Blatt zu sehen, und er stellte oft fest, daß er zwei oder sogar drei Zeilen übereinander geschrieben und einen verworrenen, unlesbaren Palimpsest produziert hatte. Auf das Blatt zu sehen bedeutete jedoch stehenzubleiben, und damit erhöhte sich die Gefahr, Stillman zu verlieren. Nach einer Weile fand er heraus, daß es im Grunde darum ging, wie er den Block hielt. Er experimentierte mit dem Notizbuch in einem Winkel von fünfundvierzig Grad, aber dabei ermüdete sein linkes Handgelenk zu rasch. Danach versuchte er, das Notizbuch direkt vor sein Gesicht zu halten und über den Rand zu spähen wie ein lebendig gewordener Kilroy, doch das erwies sich als unpraktisch. Als nächstes probierte er, das Notizbuch mehrere Zoll über dem Ellbogengelenk auf dem rechten Arm aufzustützen und den Rükken des Buches mit der linken Handfläche zu halten. Aber dabei verkrampfte sich die Schreibhand, und es war unmöglich, auf der unteren Hälfte der Seite zu schreiben. Zuletzt beschloß er, das Notizbuch gegen die linke Hüfte zu halten, etwa wie ein Maler seine Palette hält. Das ging besser. Das Tragen war nicht mehr so anstrengend, und er hatte die rechte Hand zum Schreiben frei. Obwohl auch diese Methode ihre Nachteile hatte, schien sie auf die Dauer doch die bequemste zu sein. Denn Quinn war nun imstande, seine Aufmerksamkeit zu beinahe gleichen Teilen Stillman und dem Schreiben zuzuwenden, indem er bald auf den Mann, bald auf das Blatt blickte und Sehen und Schreiben in derselben fließenden Bewegung vereinte. Mit dem Kugelschreiber des Taubstummen in der rechten Hand und dem Notizbuch an der linken Hüfte folgte Quinn Stillman weitere neun Tage lang.

Seine abendlichen Gespräche mit Virginia Stillman waren kurz. Obwohl der Kuß noch sehr lebendig in Quinns Erinnerung war, hatte es keine weiteren romantischen Entwicklungen gegeben. Anfangs hatte Quinn erwartet, daß etwas geschehe. Nach einem so verheißungsvollen Beginn hatte er das sichere Gefühl, daß er schließlich Mrs. Stillman in den Armen halten werde. Aber seine Auftraggeberin hatte sich rasch hinter die Maske des Geschäftlichen zurückgezogen und nicht ein einziges Mal mehr auf diesen Augenblick der Leidenschaft angespielt. Vielleicht hatte sich Quinn von seinen Hoffnungen irreleiten lassen, weil er sich eine Zeitlang mit Max Work verwechselte, der es nie versäumte, von solchen Situationen zu profitieren. Oder vielleicht begann Quinn einfach seine Einsamkeit heftiger zu spüren. Es war lange her, seitdem zum letztenmal ein warmer Körper an seiner Seite gelegen war, und Tatsache war, daß er in dem Augenblick begonnen hatte, Virginia Stillman zu begehren, in dem er sie sah, lange bevor es zu dem Kuß gekommen war. Daß sie ihn zur Zeit nicht ermutigte, hinderte ihn nicht daran, sie sich immer noch nackt vorzustellen. Laszive Bilder gingen ihm jeden Abend durch den Kopf, und obwohl die Chance, daß sie Wirklichkeit werden könnten, nur gering zu sein schien, blieben sie doch eine angenehme Ablenkung. Viel später, lange nachdem es zu spät war, wurde ihm bewußt, daß er tief im Innersten die chevaleske Hoffnung gehegt hatte, den Fall so brillant zu lösen und Peter Stillman so rasch und endgültig aus jeder Gefahr zu befreien, daß er Mrs. Stillmans leidenschaftliche Zuneigung gewinnen würde, solange er sie haben wollte. Das war natürlich ein Fehler. Aber unter den Fehlern, die Quinn vom Anfang bis zum Ende machte, war er nicht schlimmer als irgendein anderer.

Es war der dreizehnte Tag seit dem Beginn der Jagd. Quinn kehrte an diesem Abend verstimmt nach Hause zurück. Er war entmutigt, bereit aufzugeben. Trotz der Spiele, die er mit sich selbst gespielt hatte, trotz der Geschichten, die er erfunden hatte, um sich bei Laune zu halten, schien der Fall keine Substanz zu haben. Stillman war ein verrückter alter Mann, der seinen Sohn vergessen hatte. Er konnte ihm folgen bis ans Ende der Zeiten, und nichts würde geschehen. Quinn nahm den Hörer ab und wählte die Nummer der Stillmans.

«Ich bin nahe daran aufzugeben», sagte er zu Virginia Stillman. «Nach allem, was ich gesehen habe, besteht keine Gefahr für Peter.»

«Eben das möchte er uns glauben machen», antwortete die Frau. «Sie haben keine Ahnung, wie durchtrieben er ist. Und wie geduldig.»

«Er mag geduldig sein, aber ich bin es nicht. Ich glaube, Sie verschwenden Ihr Geld. Und ich verschwende meine Zeit.»

«Sind Sie sicher, daß er Sie nicht gesehen hat? Das könnte von entscheidender Bedeutung sein.»

«Ich würde nicht um mein Leben wetten, aber – ja, ich bin sicher.»

«Was meinen Sie also?»

«Ich meine, Sie brauchen sich keine Sorgen zu machen. Wenigstens jetzt nicht. Wenn später etwas passiert, setzen Sie sich mit mir in Verbindung. Ich komme beim ersten Anzeichen von Gefahr gelaufen.»

Nach einer Pause sagte Virginia Stillman: «Sie könnten recht haben», dann, nach einer weiteren Pause, «aber um mich ein wenig zu beruhigen: Ich frage mich, ob wir nicht einen Kompromiß schließen könnten.»

«Kommt darauf an, was Sie sich vorstellen.»

«Nur das: Geben Sie noch ein paar Tage dazu. Um absolut sicherzugehen.»

«Unter einer Bedingung», sagte Quinn. «Sie müssen mich auf meine Weise arbeiten lassen. Keine Einschränkungen mehr. Ich muß mit ihm sprechen, ihn fragen dürfen, um der Sache ein für allemal auf den Grund zu gehen.»

«Wäre das nicht riskant?»

«Sie brauchen sich keine Gedanken zu machen. Ich werde uns nicht verraten. Er wird nicht einmal ahnen, wer ich bin oder was ich vorhabe.»

«Wie wollen Sie das fertigbringen?»

«Das ist mein Problem. Ich habe allerlei Tricks im Ärmel. Sie müssen mir nur vertrauen.»

«Gut, ich bin einverstanden. Ich nehme an, es kann nicht schaden.»

«Ich mache also noch ein paar Tage weiter, dann werden wir sehen, wo wir stehen.»

«Mr. Auster?»

«Ja?»

«Ich bin Ihnen sehr dankbar. Peter war in den letzten beiden Wochen in so guter Verfassung, und ich weiß, das ist Ihr Verdienst. Er spricht ständig von Ihnen. Sie sind für ihn... ich weiß nicht... so etwas wie ein Held.»

«Und was empfindet Mrs. Stillman?»

«So ziemlich das gleiche.»

«Es tut gut, das zu hören. Vielleicht erlaubt sie mir eines Tages, ihr dankbar zu sein.»

«Alles ist möglich, Mr. Auster. Daran sollten Sie denken.»

«Das werde ich auch. Ich wäre ein Narr, nicht daran zu denken.»

Quinn machte sich ein leichtes Abendessen aus Rührei und Toast, trank eine Flasche Bier und setzte sich dann mit dem roten Notizbuch an den Schreibtisch. Er hatte nun seit vielen Tagen darin geschrieben und Seite um Seite mit einer unregelmäßigen, engen Schrift gefüllt, aber er hatte noch nicht den Mut gehabt zu lesen, was er geschrieben hatte. Nun, da das Ende in Sicht zu sein schien, dachte er, er könnte einen Blick riskieren.

Vieles war sehr schwer zu lesen, vor allem auf den ersten Seiten, und wenn es ihm gelang, die Wörter zu entziffern, schien es ihm nicht der Mühe wert gewesen zu sein. «Hebt in der Mitte des Häuserblocks Bleistift auf. Untersucht, zögert, steckt in die Tasche... Kauft Sandwich in Delik. Laden... Sitzt auf Bank im Park und liest in rotem Notizbuch.» Diese Sätze erschienen ihm völlig wertlos.

Alles war eine Frage der Methode. Wenn es das Ziel war, Stillman zu verstehen, ihn gut genug kennenzulernen, um voraussehen zu können, was er als nächstes tun würde, hatte Quinn versagt. Er hatte mit einer beschränkten Anzahl von Fakten begonnen: Stillmans Herkunft und Beruf, die Gefangenschaft seines Sohnes, seine Festnahme und Einweisung in eine Anstalt, ein Buch von absonderlicher Gelehrsamkeit, geschrieben, als man ihn noch für geistig gesund hielt, und vor allem Virginia Stillmans Überzeugung, daß er nun versuchen würde, seinem Sohn etwas anzutun. Aber die Fakten der Vergangenheit schienen nichts mit den Fakten der Gegenwart zu tun zu haben. Quinn war tief enttäuscht. Er hatte sich immer vorgestellt, der Schlüssel zu guter Detektivarbeit sei die genaue Beobachtung der Details. Je gründlicher die Untersuchung, desto größer der Erfolg. Voraussetzung war, daß menschliches Verhalten verstanden werden konnte, daß sich hinter der endlosen Fassade von Gesten, Ticks und Schweigen schließlich ein Zusammenhang, eine Ordnung, eine Motivation verbarg. Aber nachdem er sich bemüht hatte, alle diese Oberflächenerscheinungen zu erfassen, fühlte sich Quinn Stillman nicht näher als an dem Tag, an dem er begonnen hatte, ihn zu verfolgen. Er hatte Stillmans Leben gelebt, war in seinem Tempo gegangen, hatte gesehen, was er gesehen hatte, und das einzige, was er nun spürte, war die Undurchdringlichkeit des Mannes. Anstatt den Abstand zwischen ihm und Stillman zu verringern, hatte er zugesehen, wie ihm der alte Mann immer mehr entglitt, während er ihn vor Augen hatte.

Aus keinem besonderen Grund, der ihm bewußt war, schlug Quinn eine leere Seite des roten Notizbuchs auf und skizzierte eine kleine Karte des Gebietes, in dem Stillman umhergegangen war.

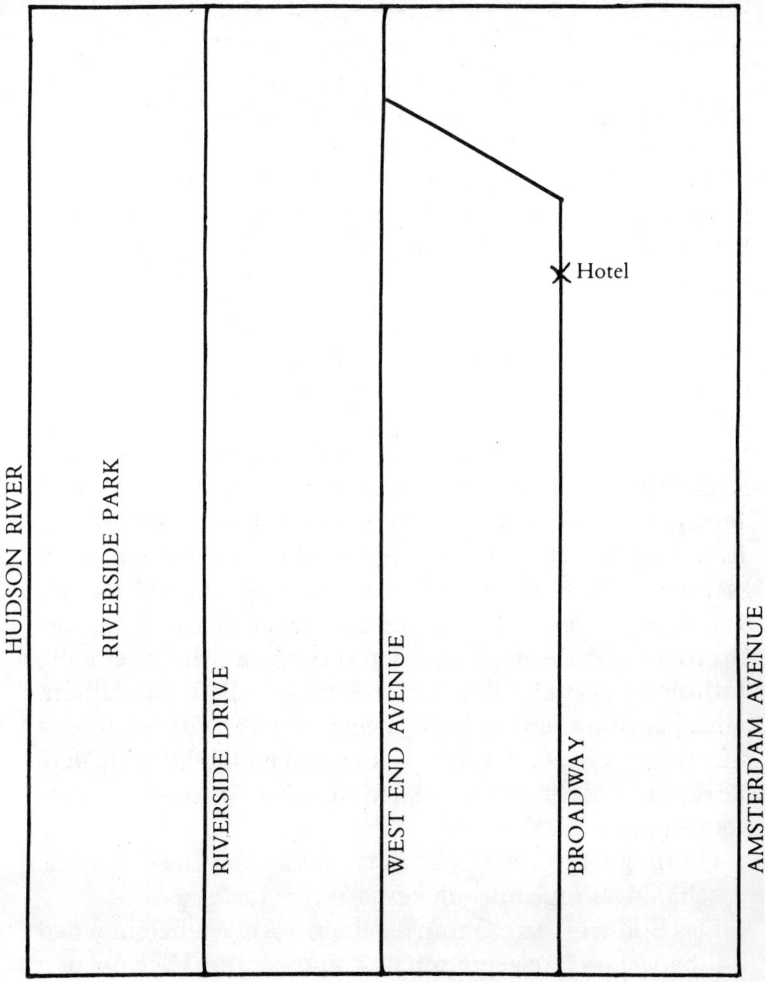

Dann begann er, während er sorgfältig seine Aufzeichnungen prüfte, mit seinem Kugelschreiber den Weg nachzuzeichnen, den Stillman an einem einzigen Tag – am ersten Tag, an dem er die Wanderung des alten Mannes notiert hatte – gegangen war. Das Ergebnis sah so aus:

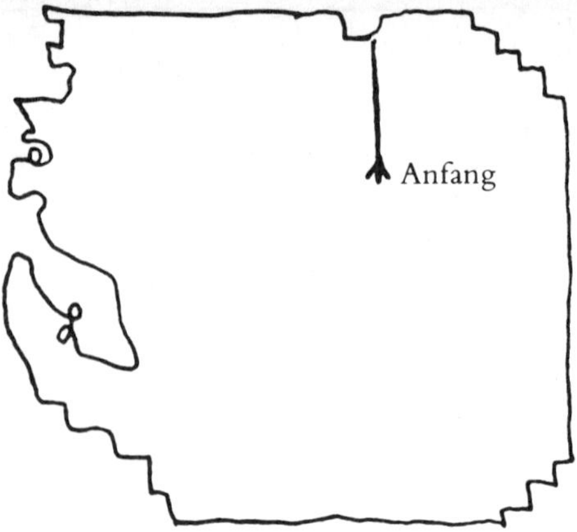

Quinn fiel auf, daß sich Stillman immer an den Rand dieses Gebietes gehalten und sich nicht ein einziges Mal in Richtung der Mitte bewegt hatte. Die Zeichnung sah ein wenig wie die Karte eines imaginären Staates im Mittelwesten aus. Abgesehen von den elf Häuserblocks längs des Broadways am Anfang und der Reihe von Schnörkeln, die Stillmans Mäander durch den Riverside Park darstellten, glich das Bild auch einem Rechteck. Andererseits konnte es mit Rücksicht auf die rechteckige Anlage der Straßen New Yorks auch als eine Null oder als der Buchstabe «O» gedeutet werden.

Quinn ging weiter zum nächsten Tag, um zu sehen, was geschah. Das Ergebnis sah keineswegs gleich aus.

Das Bild erinnerte Quinn an einen Vogel, vielleicht einen Raubvogel mit ausgebreiteten Schwingen, der hoch oben in der Luft schwebte. Einen Augenblick später erschien ihm diese Deutung zu weit hergeholt. Der Vogel verschwand, und an seiner Stelle blieben nur zwei abstrakte Formen übrig, verbunden durch einen kleinen Steg, den Stillman gebildet hatte, indem er in der 83rd Street nach Westen gegangen war. Quinn hielt einen Augenblick inne, um darüber nachzudenken, was er da tat. Schrieb er Unsinn nieder? Verträ-

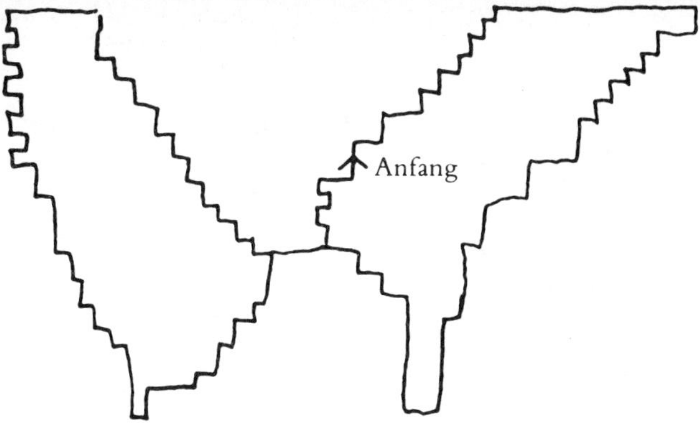

delte er schwachsinnig den Abend, oder versuchte er, etwas zu finden? Jede Antwort, erkannte er, war unannehmbar. Warum, wenn er lediglich die Zeit totschlug, hatte er sich eine so mühsame Methode dafür ausgesucht? War er so verwirrt, daß er nicht mehr den Mut aufbrachte zu denken? Andererseits, was hatte er tatsächlich vor, wenn er sich nicht nur zerstreuen wollte? Es schien ihm, daß er nach einem Zeichen suchte. Er durchsuchte das Chaos der Bewegungen Stillmans nach einem Ansatz von zwingender Notwendigkeit. Das setzte eines voraus: daß er noch immer nicht an die bloße Willkürlichkeit der Handlungen Stillmans glaubte. Er wollte, daß sie einen Sinn hatten, so dunkel er auch sein mochte. Das war an sich unannehmbar. Denn es bedeutete, daß Quinn sich gestattete, die Tatsachen zu leugnen, und das war, wie er sehr wohl wußte, das Schlimmste, was ein Detektiv tun konnte.

Dennoch beschloß er weiterzumachen. Es war noch nicht spät, noch nicht einmal elf Uhr, und im Grunde konnte es nicht schaden. Die dritte Karte hatte keine Ähnlichkeit mit den beiden anderen.

Was sich aus all dem ergab, schien außer Frage zu stehen. Wenn er von den Schnörkeln im Park absah, hatte Quinn zweifellos den Buchstaben «E» vor sich. Nahm man an, daß

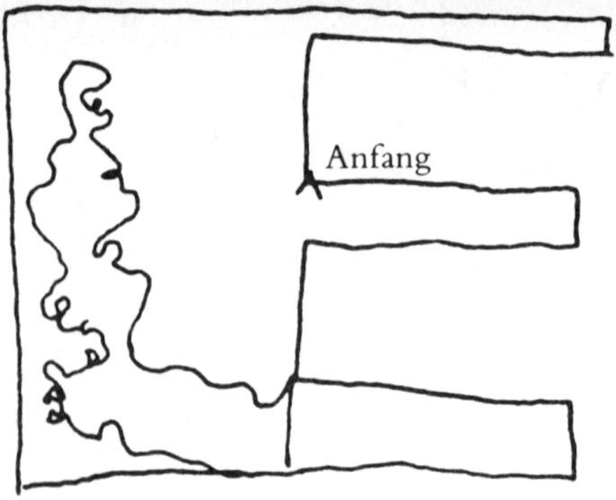

die erste Zeichnung den Buchstaben «O» darstellte, so schien es auch legitim zu sein anzunehmen, daß die Vogelschwingen der zweiten den Buchstaben «W» bildeten. Quinn war jedoch noch nicht bereit, Schlüsse zu ziehen. Er hatte seine genaue Untersuchung erst am fünften Tag der Wanderungen Stillmans begonnen, und die ersten vier Buchstaben konnte man nur erraten. Er bedauerte, nicht früher angefangen zu haben, denn er wußte nun, daß das Geheimnis dieser vier Tage unwiederbringlich verloren war. Aber vielleicht konnte er die Versäumnisse der Vergangenheit wiedergutmachen, indem er weiter vorstieß. Wenn er am Ende ankam, konnte er vielleicht den Anfang erahnen.

Die Zeichnung des nächsten Tages schien eine Form zu ergeben, die dem Buchstaben «R» ähnelte. Wie die anderen war sie ein wenig schwer zu erkennen durch zahllose Unregelmäßigkeiten, kleine Abweichungen und schmückende Schnörkel im Park. Quinn, der sich noch an einen Anschein von Objektivität klammerte, versuchte sie so zu betrachten, als hätte er nicht einen Buchstaben des Alphabets erwartet. Er mußte zugeben, daß nichts sicher war: alles konnte ganz bedeutungslos sein. Vielleicht suchte er Bilder in den Wolken, wie er es als kleiner Junge getan hatte. Dennoch, die Übereinstimmung war zu auffällig. Wenn eine Zeichnung einem Buchstaben geähnelt hätte, vielleicht zwei, hätte er es als eine Laune des Zufalls abtun können. Aber vier hintereinander, das war zuviel.

Der nächste Tag lieferte ihm ein schiefes «O», einen auf einer Seite eingedrückten Kringel mit drei oder vier Zacken, die auf der anderen Seite hinausstanden. Dann kam ein sauberes «F» mit den üblichen Rokokoschnörkeln auf der Seite. Danach zeigte sich ein «B», das aussah wie zwei nachlässig aufeinandergestellte Kisten, über deren Ränder die Holzwolle der Verpackung quoll. Darauf folgte ein wackeliges «A», das ein wenig einer Stehleiter mit Tritten auf beiden Seiten glich. Und schließlich kam ein zweites «B», gefährlich schräg auf einen einzigen Punkt gestellt, wie eine auf dem Kopf stehende Pyramide.

Quinn schrieb die Buchstaben der Reihe nach auf: OWEROFBAB. Nachdem er eine Viertelstunde mit ihnen herumgespielt, sie immer wieder auseinandergerissen und in anderer Reihenfolge zusammengestellt hatte, kehrte er zu der ursprünglichen Anordnung zurück und schrieb sie so: OWER OF BAB. Die Lösung erschien ihm so grotesk, daß ihn beinahe die Nerven im Stich ließen. Auch wenn man berücksichtigte, daß er die ersten vier Tage versäumt hatte und daß Stillman noch nicht fertig war, schien die Antwort unausweichlich «Der Turm zu Babel» zu lauten: THE TOWER OF BABEL.

Quinns Gedanken schweiften einen Augenblick ab zu den letzten Seiten von *A. Gordon Pym* und der Entdeckung der seltsamen Hieroglyphen auf der inneren Wand der Schlucht – Buchstaben, die in die Erde selbst eingeschrieben waren, als versuchten sie etwas zu sagen, was nicht mehr verstanden werden konnte. Aber wenn man länger darüber nachdachte, schien dieser Vergleich nicht zuzutreffen. Denn Stillman hatte seine Botschaft nirgends hinterlassen. Zwar hatte er die Buchstaben durch die Bewegung seiner Schritte geformt, aber sie waren nicht niedergeschrieben worden. Es war so, als zeichnete man mit dem Finger ein Bild in die Luft. Das Bild vergeht, während man es schafft. Es gibt kein Ergebnis, keine Spur, die zeigt, was man gemacht hat.

Und doch existieren Bilder – nicht auf den Straßen, wo sie gezeichnet worden waren, wohl aber in Quinns rotem Notizbuch. Er fragte sich, ob sich Stillman jeden Abend in seinem Zimmer hingesetzt und seine Route für den nächsten Tag entworfen oder ob er beim Gehen improvisiert hatte. Unmöglich, es zu wissen. Er fragte sich auch, welchem Zweck dieses Schreiben in Stillmans Vorstellung diente. War es nur eine Art von Notiz, die er für sich selbst machte, oder war es als Botschaft für andere gedacht? Zumindest, folgerte Quinn, bedeutete es, daß Stillman Henry Dark nicht vergessen hatte.

Quinn wollte nicht die Nerven verlieren. In dem Bemühen, seine Gefühle zu bezähmen, versuchte er, sich alles in einem möglichst schlechten Licht vorzustellen. Wenn er das Schlimmste voraussah, würde es vielleicht nicht so schlimm kommen, wie er dachte. Er argumentierte folgendermaßen. Erstens: Stillman führte tatsächlich etwas gegen Peter im Schilde. Antwort: Das war in jedem Fall die Prämisse gewesen. Zweitens: Stillman hatte gewußt, daß man ihn verfolgen werde, er hatte gewußt, daß man seine Schritte aufzeichnen und schließlich seine Botschaft entziffern werde. Antwort: Das änderte nichts an der wesentlichen Tatsache, daß Peter beschützt werden mußte. Drittens: Stillman war bei weitem gefährlicher, als man sich ursprünglich vorgestellt hatte. Antwort: Das bedeutete nicht, daß er ungeschoren davonkommen konnte.

Das half ein wenig. Aber die Buchstaben entsetzten Quinn noch immer. Das Ganze war so verschlagen, so teuflisch in seinen Umständlichkeiten, daß er es nicht akzeptieren mochte. Dann kamen wie auf Befehl die Zweifel und füllten seinen Kopf mit spöttischen, eintönigen Stimmen. Er hatte sich das Ganze nur eingebildet. Die Buchstaben waren gar keine Buchstaben. Er hatte sie nur gesehen, weil er sie sehen wollte. Und selbst wenn die Zeichnungen Buchstaben darstellten, so war das reiner Zufall. Stillman hatte nichts damit zu tun. Alles war nichts als Zufall, ein Streich, den er sich selber gespielt hatte.

Er beschloß, zu Bett zu gehen, schlief tief und fest, wachte auf, schrieb eine halbe Stunde in seinem roten Notizbuch, legte sich wieder ins Bett. Sein letzter Gedanke vor dem Einschlafen war, daß er wahrscheinlich noch zwei Tage Zeit hatte, denn Stillman hatte seine Botschaft noch nicht beendet. Die letzten beiden Buchstaben fehlten noch – das «E» und das «L». Quinns Gedanken irrten ab. Er geriet in ein Niemandsland von Fragmenten, an einen Ort von wortlosen Dingen und dinglosen Worten. Dann, als er sich ein letztes Mal aus seiner Trägheit aufraffte, sagte er sich, daß EL das alte hebräische Wort für Gott war.

In seinem Traum, den er später vergaß, befand er sich auf der städtischen Müllhalde seiner Kindheit und siebte einen Berg von Abfällen durch.

9

Die erste Begegnung mit Stillman fand im Riverside Park statt. Es war mitten am Nachmittag, an einem Samstag voller Fahrräder, Menschen, die ihre Hunde spazieren führten, und Kinder. Stillman saß allein auf einer Bank, starrte auf nichts im besonderen und hatte das kleine rote Notizbuch auf dem Schoß liegen. Überall war Licht, ein ungeheures Licht, das von allem auszustrahlen schien, was das Auge erblickte, und oben in den Zweigen der Bäume wehte eine Brise und schüttelte die Blätter mit einem heftigen Rauschen, einem Steigen und Fallen, das stetig wie eine Brandung atmete.

Quinn hatte seine Schritte sorgfältig geplant. Er tat, als

bemerkte er Stillman nicht, setzte sich neben ihn auf die Bank, verschränkte die Arme vor der Brust und starrte in dieselbe Richtung wie der alte Mann. Keiner von beiden sprach. Nach seinen späteren Berechnungen schätzte Quinn, daß das etwa fünfzehn oder zwanzig Minuten dauerte. Dann wandte er unversehens den Kopf dem alten Mann zu und sah ihn offen an, heftete seine Augen hartnäkkig auf das runzelige Profil. Quinn konzentrierte seine ganze Kraft in seinen Augen, so als könnten sie ein Loch in Stillmans Schädel brennen. Dieses Starren dauerte fünf Minuten.

Endlich wandte sich Stillman ihm zu. Mit einer überraschend sanften Tenorstimme sagte er: «Es tut mir leid, aber es wird mir nicht möglich sein, mit Ihnen zu sprechen.»

«Ich habe nichts gesagt», antwortete Quinn.

«Das stimmt», sagte Stillman. «Aber Sie müssen verstehen, daß es nicht meine Gewohnheit ist, mit Fremden zu sprechen.»

«Ich wiederhole», sagte Quinn, «daß ich nichts gesagt habe.»

«Ja, ich habe Sie schon beim erstenmal verstanden. Aber interessiert es Sie nicht zu erfahren, warum?»

«Ich fürchte, nein.»

«Gut gesagt. Ich sehe, Sie sind ein Mann von Verstand.»

Quinn zuckte die Schultern und weigerte sich zu antworten. Seine ganze Haltung strahlte Gleichgültigkeit aus.

Stillman lächelte fröhlich, lehnte sich zu Quinn hinüber und sagte mit Verschwörermiene: «Ich denke, wir werden gut miteinander auskommen.»

«Das wird sich zeigen», sagte Quinn nach einer langen Pause.

Stillman lachte – ein kurzes, dröhnendes «ha» –, dann sprach er weiter: «Es ist nicht so, daß ich etwas gegen Fremde an sich hätte. Ich ziehe es eben nur vor, nicht mit jemandem zu sprechen, der sich mir nicht vorstellt. Um anfangen zu können, muß ich einen Namen haben.»

«Aber sobald Ihnen jemand seinen Namen gesagt hat, ist er doch kein Fremder mehr.»

«Richtig. Deshalb spreche ich nie mit Fremden.»

Quinn war auf so etwas vorbereitet und wußte, wie er zu antworten hatte. Er hatte nicht die Absicht, in die Falle zu gehen. Da er, technisch gesehen, Paul Auster war, hatte er diesen Namen zu schützen. Alles andere, auch die Wahrheit, war eine Maske, hinter der er sich verbergen und sicher fühlen konnte.

«In diesem Falle», sagte er, «kann ich Ihnen gern dienen. Meine Name ist Quinn.»

«Ah», sagte Stillman nachdenklich und nickte. «Quinn.»

«Ja, Quinn. Q-U-I-N-N.»

«Ich verstehe. Ja, ja, ich verstehe. Quinn. Hm. Ja. Sehr interessant. Quinn. Ein sehr klangvolles Wort. Reimt sich auf Sinn, nicht wahr?»

«Das ist richtig. Sinn.»

«Auch auf Gewinn, wenn ich mich nicht irre?»

«Sie irren sich nicht.»

«Und auch auf in – mit einem ‹n› – oder Kinn mit zweien. Richtig?»

«Richtig.»

«Hm. Sehr interessant. Ich sehe viele Möglichkeiten für dieses Wort, dieses Quinn, diese... Quintessenz der Quiddität. Quick, zum Beispiel. Und Quiz. Und Quack. Hm. Reimt sich auf bin, ganz zu schweigen von hin. Hm. Sehr interessant. Und drin. Und Spin. Und Zinn. Und Gin. Hm. Es reimt sich sogar auf Dschinn. Ja, sehr interessant. Ihr Name gefällt mir ausgezeichnet, Mr. Quinn. Er fliegt in so viele kleine Richtungen auf einmal davon.»

«Ja, das habe ich selbst schon oft bemerkt.»

«Die meisten Menschen achten auf so etwas nicht. Sie halten Wörter für Steine, große unbewegliche Gegenstände ohne Leben, Monaden, die sich nie verändern.»

«Steine können sich verändern. Sie können durch Wind und Wasser abgeschliffen werden. Dann die Erosion. Und sie können zertrümmert werden. Man kann sie in Splitter oder Sand verwandeln.»

«Genau. Ich habe gleich gewußt, daß Sie ein Mann von Verstand sind, Mr. Quinn. Wenn Sie nur wüßten, wie viele Menschen mich mißverstanden haben. Meine Arbeit hat darunter gelitten. Schrecklich gelitten.»

«Ihre Arbeit?»

«Ja, meine Arbeit. Meine Projekte, meine Untersuchungen, meine Experimente.»

«Ach!»

«Ja. Aber allen Rückschlägen zum Trotz habe ich nie wirklich den Mut verloren. Zur Zeit, beispielsweise, bin ich mit einer der wichtigsten Arbeiten beschäftigt, die ich je unternommen habe. Wenn alles gut geht, glaube ich, daß ich den Schlüssel zu einer Reihe von großen Entdeckungen in der Hand halten werde.»

«Den Schlüssel?»

«Ja, den Schlüssel. Ein Ding, mit dem man versperrte Türen öffnet.»

«Ich verstehe.»

«Natürlich sammle ich zur Zeit lediglich Daten, Beweisstücke sozusagen. Dann muß ich meine Befunde koordinieren. Eine sehr anstrengende Arbeit. Sie glauben nicht, wie schwer es ist – vor allem für einen Mann in meinem Alter.»

«Ich kann es mir vorstellen.»

«Gut. Ja, es gibt so viel zu tun und so wenig Zeit, es zu tun. Jeden Morgen stehe ich in der Dämmerung auf. Ich muß bei jedem Wetter draußen sein, immer in Bewegung, immer auf den Beinen, von einem Ort zum anderen. Es erschöpft mich, das können Sie mir glauben.»

«Aber es lohnt sich.»

«Alles für die Wahrheit. Kein Opfer ist zu groß.»

«Allerdings.»

«Sehen Sie, niemand hat verstanden, was ich verstanden habe. Ich bin der erste. Ich bin der einzige. Damit trage ich die Last einer großen Verantwortung.»

«Die Welt auf Ihren Schultern.»

«Ja, sozusagen. Die Welt – oder was davon noch übrig ist.»

«Ich wußte gar nicht, daß es schon so schlimm ist.»

«Es ist so schlimm. Vielleicht noch schlimmer.»

«Ach.»

«Sehen Sie, die Welt liegt in Trümmern, Sir. Und es ist meine Aufgabe, sie wieder zusammenzusetzen.»

«Da haben Sie sich aber sehr viel vorgenommen.»

«Das ist mir klar. Aber ich suche nur nach dem Prinzip. Das liegt sehr wohl in Reichweite eines Mannes. Wenn ich das Fundament schaffe, können andere Hände das Werk der Wiederherstellung übernehmen. Das wichtigste ist die Prämisse, der theoretische erste Schritt. Leider ist kein anderer da, der das tun kann.»

«Haben Sie gute Fortschritte gemacht?»

«Riesenschritte. Tatsächlich spüre ich nun, daß ich unmittelbar vor einem bedeutenden Durchbruch stehe.»

«Es beruhigt mich, das zu hören.»

«Ja, es ist ein tröstlicher Gedanke. Und das alles nur dank meiner Klugheit, der blendenden Klarheit meines Geistes.»

«Daran zweifle ich nicht.»

«Wissen Sie, ich habe die Notwendigkeit eingesehen, mich zu beschränken. Auf ein Gebiet, das klein genug ist, so daß alle Resultate schlüssig sind.»

«Die Prämisse der Prämisse, sozusagen.»

«Genau das ist es. Das Prinzip des Prinzips, die Verfahrensmethode. Sehen Sie, die Welt liegt in Trümmern, Sir. Wir haben nicht nur unser Ziel verloren, wir haben auch die Sprache verloren, mit der wir darüber sprechen können. Das sind zweifellos geistige Dinge, aber sie haben ihre Entsprechung in der materiellen Welt. Mein glänzender Einfall war, mich auf körperliche Dinge zu beschränken, auf das Unmittelbare und Greifbare. Meine Motive sind erhaben, aber meine Arbeit gilt dem Bereich des Alltäglichen. Deshalb werde ich so oft mißverstanden. Aber das spielt keine Rolle. Ich habe gelernt, derlei mit einem Achselzucken abzutun.»

«Eine bewundernswerte Reaktion.»

«Die einzig mögliche. Die einzige, die eines Mannes von meiner Größe würdig ist. Sehen Sie, ich bin dabei, eine neue Sprache zu erfinden. Mit einer solchen Aufgabe vor mir, kann ich mich nicht mit der Dummheit anderer abgeben. Jedenfalls ist das alles ein Teil der Krankheit, die ich zu heilen versuche.»

«Eine neue Sprache?»

«Ja. Eine Sprache, die endlich sagen wird, was wir zu sagen haben. Denn unsere Wörter entsprechen der Welt nicht mehr. Als die Dinge noch heil waren, hatten wir die Zuversicht, daß unsere Wörter sie ausdrücken konnten. Aber nach und nach sind diese Dinge zerbrochen, zersplittert, ins Chaos gestürzt. Doch unsere Wörter sind dieselben geblieben. Sie haben sich der neuen Wirklichkeit nicht angepaßt. Jedesmal, wenn wir von dem zu sprechen versuchen, was wir sehen, sprechen wir daher falsch und entstellen das, was wir darzustellen versuchen. Damit ist alles ein einziges Durcheinander geworden. Aber Wörter sind, wie Sie ja selbst wissen, imstande, sich zu ändern. Das Problem ist, wie man das demonstrieren soll. Deshalb arbeite ich nun mit Mitteln, die so einfach wie möglich sind – so einfach, daß sogar ein Kind begreifen kann, was ich sage. Nehmen wir ein Wort, das auf einen Gegenstand hinweist – ‹Schirm› zum Beispiel. Wenn ich das Wort ‹Schirm› ausspreche, sehen Sie im Geiste das Ding. Sie sehen eine Art Stock mit zusammenklappbaren Metallspeichen, die das Gestell für ein wasserdichtes Material bilden, das Sie in geöffnetem Zustand vor dem Regen schützt. Ein Schirm ist nicht nur ein Ding, er ist ein Ding, das eine Funktion erfüllt – mit anderen Worten, den Willen des Menschen ausdrückt. Wenn Sie darüber nachdenken, ähnelt jeder Gegenstand insofern dem Schirm, als er einer Funktion dient. Ein Bleistift ist zum Schreiben da, ein Schuh zum Tragen, ein Auto zum Fahren. Meine Frage lautet nun: Was geschieht, wenn ein Ding nicht mehr seine Funktion erfüllt? Ist es noch das Ding, oder ist es etwas anderes geworden? Ist der Schirm noch ein Schirm, wenn Sie den Stoff herunterreißen? Sie öffnen das Gestell, halten es über den Kopf, gehen in den Regen hinaus und werden naß. Ist es möglich, diesen Gegenstand noch einen Schirm zu nennen? Im allgemeinen tun es die Leute. Allenfalls werden sie sagen, der Schirm sei kaputt. Für mich ist das ein schwerwiegender Fehler, die Quelle aller unserer Nöte. Da er seinem Zweck nicht mehr dienen kann, hat der Schirm aufgehört, ein Schirm zu sein. Er mag einem Schirm ähneln, er mag einmal ein Schirm gewesen sein, aber nun hat er sich in etwas anderes verwandelt. Das Wort ist jedoch dasselbe geblieben. Daher kann es das Ding nicht mehr ausdrücken. Es ist ungenau, es ist falsch, es verbirgt das Ding, das es enthüllen soll. Und wenn wir nicht einmal einen gewöhnlichen, alltäglichen Gegenstand benennen können, den wir in der Hand halten, wie wollen wir dann von den Dingen sprechen, die uns wirklich etwas angehen? Wenn wir nicht anfangen, den Begriff der Veränderung in die Wörter aufzunehmen, die wir gebrauchen, bleiben wir verloren.»

«Und Ihre Arbeit?»

«Meine Arbeit ist sehr einfach. Ich bin nach New York gekommen, weil es der verlorenste, der elendste aller Orte ist. Die Zerbrochenheit ist allgegenwärtig, die Unordnung universal. Sie brauchen nur die Augen zu öffnen, um es zu sehen. Die zerbrochenen Menschen, die zerbrochenen Dinge, die zerbrochenen Gedanken. Die ganze Stadt ist ein Schrotthaufen. Sie eignet sich ausgezeichnet für meine Zwecke. Die Straßen sind eine endlose Materialquelle, ein unerschöpfliches Lagerhaus von zertrümmerten Dingen. Jeden Tag gehe ich mit meiner Tasche umher und sammle Gegenstände, die eine Untersuchung wert sind. Ich habe nun schon Hunderte von Proben – vom Zerdrückten bis zum Zerkratzten, vom Verbeulten bis zum Zerplatzten, vom Zerriebenen bis zum Verfaulten.»

«Was tun Sie mit diesen Dingen?»

«Ich gebe ihnen Namen.»

«Namen?»

«Ich erfinde neue Wörter, die den Dingen entsprechen.»

«Ich verstehe. Aber wie treffen Sie die Entscheidungen? Woher wissen Sie, ob Sie das richtige Wort gefunden haben?»

«Ich mache nie einen Fehler. Das ist eine Folge meines Genies.»

«Könnten Sie mir ein Beispiel geben?»

«Eines meiner Wörter?»

«Ja.»

«Tut mir leid, aber das ist nicht möglich. Das ist mein Geheimnis, Sie verstehen? Sobald ich mein Buch veröffentlicht habe, werden Sie und die übrige Welt es kennen. Aber vorerst muß ich es für mich behalten.»

«Geheime Information.»

«Richtig. Streng geheim.»

«Schade.»

«Sie sollten nicht allzu enttäuscht sein. Es wird nicht mehr lange dauern, bis ich meine Ergebnisse geordnet habe. Dann werden große Dinge geschehen. Es wird das bedeutendste Ereignis in der Geschichte der Menschheit sein.»

Die zweite Begegnung fand am folgenden Morgen kurz nach neun Uhr statt. Es war Sonntag, und Stillman war eine Stunde später als sonst aus dem Hotel gekommen. Er ging die beiden Häuserblocks entlang bis zu dem Lokal, wo er immer frühstückte, dem Mayflower Café, und setzte sich hinten in eine Ecknische. Quinn, der nun kühner geworden war, folgte dem alten Mann in das Café und setzte sich direkt ihm gegenüber in dieselbe Nische. Ein oder zwei Minuten schien Stillman seine Anwesenheit nicht zu bemerken. Dann blickte er von seiner Speisekarte auf und studierte Quinns Gesicht geistesabwesend. Offensichtlich erkannte er ihn nicht wieder.

«Kenne ich Sie?» fragte er.

«Ich glaube nicht», sagte Quinn. «Mein Name ist Henry Dark.»

«Ah.» Stillman nickte. «Ein Mann, der mit dem Wesentlichen beginnt. Das gefällt mir.»

«Ich bin keiner, der um den Busch herumschleicht», sagte Quinn.

«Um den Busch? Was für ein Busch soll das sein?»

«Der brennende Dornbusch natürlich.»

«Ah ja, der brennende Dornbusch. Natürlich.»

Stillman betrachtete Quinns Gesicht – ein wenig sorgfältig nun, aber anscheinend auch mit einer gewissen Verwirrung. «Ich bedaure», fuhr er fort, «aber ich kann mich nicht an Ihren Namen erinnern. Ich weiß, Sie haben ihn eben genannt, aber nun scheint er einfach weg zu sein.»

«Henry Dark», sagte Quinn.

«Ja, richtig. Jetzt habe ich ihn wieder. Henry Dark.» Stillman machte eine lange Pause, dann schüttelte er den Kopf. «Leider ist das nicht möglich, Sir.»

«Warum nicht?»

«Weil es keinen Henry Dark gibt.»

«Vielleicht bin ich ein anderer Henry Dark. Im Gegensatz zu dem, den es nicht gibt.»

«Hm. Ja. Ich verstehe, was Sie meinen. Es ist wahr, daß manchmal zwei Menschen den gleichen Namen haben. Es ist durchaus möglich, daß Sie Henry Dark heißen. Aber Sie sind nicht *der* Henry Dark.»

«Ist er ein Freund von Ihnen?»

Stillman lachte wie über einen guten Witz. «Das nicht gerade», sagte er. «Sehen Sie, es hat nie einen Henry Dark gegeben. Ich habe ihn mir ausgedacht. Er ist eine Erfindung.»

«Nein», sagte Quinn mit gespielter Ungläubigkeit.

«Ja, er ist eine Figur in einem Buch, das ich einmal geschrieben habe. Pure Erfindung.»

«Es fällt mir schwer, das zu akzeptieren.»

«So ging es auch den anderen. Ich habe sie alle zum Narren gehalten.»

«Erstaunlich. Warum, in aller Welt, haben Sie das getan?»

«Ich brauchte ihn, Sie verstehen. Ich hatte damals gewisse Ideen, die zu gefährlich und zu polemisch waren. Daher gab ich vor, daß sie von einem anderen stammen. Es war eine Art Schutz für mich.»

«Wie kamen Sie auf den Namen Henry Dark?»

«Es ist ein guter Name, finden Sie nicht? Mir gefällt er sehr gut. Voller Geheimnisse und zugleich sehr passend. Er diente meinen Zwecken sehr gut. Und außerdem hatte er eine geheime Bedeutung.»

«Die Anspielung auf die Dunkelheit?» *

«Nein, nein. Nichts so Offensichtliches. Es waren die Anfangsbuchstaben. H. D. Das war sehr wichtig.»

«Wie das?»

«Wollen Sie nicht raten?»

«Lieber nicht.»

«Ach, versuchen Sie es doch, bitte. Raten Sie dreimal. Wenn Sie nicht daraufkommen, sage ich es Ihnen.»

Quinn dachte eine Weile nach und versuchte, sein Bestes zu geben. «H. D.», sagte er. «Für Henry David? Wie in Henry David Thoreau.»

«Weit gefehlt.»

«Wie wäre es mit H. D., schlicht und einfach für die Dichterin Hilda Doolittle?»

«Noch schlechter als das erste Mal.»

«Gut, einmal darf ich noch raten, H. D. H. ... und D... Einen Augenblick... Wie wäre es... Einen Augenblick noch... Ah, ja, jetzt habe ich es. H. für den weinenden Philosophen, Heraklit... Und D. für den lachenden Philosophen, Demokrit. Heraklit und Demokrit... die beiden Pole der Dialektik.»

«Eine sehr kluge Antwort.»

«Habe ich recht?»

«Nein, natürlich nicht. Aber eine kluge Antwort ist es trotzdem.»

«Sie können nicht behaupten, ich hätte es nicht versucht.»

* dark = dunkel. A. d. Ü.

«Nein, das kann ich nicht. Deshalb will ich Sie auch mit der richtigen Antwort belohnen. Weil Sie es versucht haben. Sind Sie bereit?»

«Ich bin bereit.»

«Die Initialen H. D. in Henry Dark stehen für Humpty Dumpty.»

«Für wen?»

«Humpty Dumpty. Sie wissen doch: das Ei.»

«Wie in ‹Humpty Dumpty saß auf einer Mauer›?»

«Richtig.»

«Ich verstehe nicht.»

«Humpty Dumpty: die reinste Verkörperung des Menschseins. Hören Sie mir aufmerksam zu, Sir. Was ist ein Ei? Es ist das, was noch nicht geboren wurde. Ein Paradoxon, nicht wahr? Denn wie kann Humpty Dumpty leben, wenn er noch nicht geboren wurde? Und dennoch lebt er – täuschen Sie sich da nicht. Wir wissen es, weil er sprechen kann. Mehr noch, er ist ein Sprachphilosoph. ‹Wenn *ich* ein Wort gebrauche, sagte Humpty Dumpty in leicht verächtlichem Ton, so bedeutet es das, was ich will, daß es bedeutet – weder mehr noch weniger. Die Frage ist nur, sagte Alice, ob Sie machen können, daß Wörter so viele verschiedene Dinge bedeuten. Die Frage ist, sagte Humpty Dumpty, wer der Herr sein soll – das ist alles.›»

«Lewis Carroll.»

«*Alice hinter den Spiegeln*, sechstes Kapitel.»

«Interessant.»

«Mehr als interessant, Sir. Es ist von entscheidender Bedeutung. Hören Sie aufmerksam zu, und Sie werden vielleicht etwas lernen. In seiner kleinen Rede an Alice skizziert Humpty Dumpty die Zukunft der menschlichen Hoffnungen, und er liefert den Schlüssel für unsere Rettung. Herren über die Wörter werden, die wir sprechen, die Sprache unseren Bedürfnissen anpassen. Humpty Dumpty war ein Prophet, ein Mann, der Wahrheiten aussprach, für die die Welt noch nicht bereit war.»

«Ein Mann?»

«Entschuldigen Sie. Ein Versprecher. Ich meine ein Ei. Aber der Versprecher ist aufschlußreich und hilft mir, meine Behauptung zu beweisen. Denn alle Menschen sind gewissermaßen Eier. Wir existieren, aber wir haben noch nicht die Gestalt erlangt, die unser Schicksal ist. Wir sind ein reines Potential, ein Beispiel für das Noch-nicht-Angekommene. Denn der Mensch ist ein gefallenes Geschöpf – wir wissen das aus der Genesis. Humpty Dumpty ist ebenfalls ein gefallenes Geschöpf. Er fällt von seiner Mauer herunter, und niemand kann ihn wieder zusammensetzen, weder der König noch seine Pferde noch seine Männer. Aber das ist es, wonach wir alle streben müssen. Es ist unsere Menschenpflicht: das Ei wieder zusammenzusetzen. Denn jeder von uns, Sir, ist Humpty Dumpty. Und ihm helfen heißt uns selbst helfen.»

«Ein überzeugendes Argument.»

«Es ist unmöglich, einen Fehler darin zu finden.»

«Kein Sprung im Ei.»

«Richtig.»

«Und zugleich der Urspung Henry Darks.»

«Ja. Aber es steckt noch mehr dahinter. Nämlich ein zweites Ei.«

«Es gibt mehr als eines?»

«Du lieber Himmel, ja. Es gibt Millionen. Aber das eine, an das ich denke, ist besonders berühmt. Es ist wahrscheinlich das berühmteste aller Eier.»

«Jetzt kann ich Ihnen nicht mehr folgen.»

«Ich spreche vom Ei des Kolumbus.»

«Ah ja, natürlich.»

«Sie kennen die Geschichte?»

«Jeder kennt sie.»

«Sie ist reizend, nicht wahr? Als er das Problem zu lösen hatte, wie man ein Ei auf die Spitze stellt, stieß Kolumbus es einfach leicht auf dem Boden auf und zerbrach die Schale gerade so weit, daß eine kleine ebene Fläche entstand, die das Ei stützte, als er seine Hand zurückzog.»

«Es funktionierte.»

«Natürlich funktionierte es. Kolumbus war ein Genie. Er suchte das Paradies und entdeckte die Neue Welt. Es ist noch nicht zu spät für sie, das Paradies zu werden.»

«Gewiß nicht.»

«Ich gebe zu, daß es bis jetzt nicht allzu gut gegangen ist. Aber noch besteht Hoffnung. Die Amerikaner haben nie die Sehnsucht verloren, neue Welten zu entdecken. Wissen Sie noch, was 1969 geschah?»

«Ich erinnere mich an vieles. Woran denken Sie?»

«Menschen betraten den Mond. Denken Sie daran, mein lieber Herr. Menschen betraten den Mond!»

«Ja, ich erinnere mich. Dem Präsidenten zufolge war es das größte Ereignis seit der Schöpfung.»

«Er hatte recht. Es war das einzig Gescheite, was dieser Mann jemals sagte. Und was glauben Sie, wie der Mond aussieht?»

«Ich habe keine Ahnung.»

«Kommen Sie. Denken Sie noch einmal nach.»

«Aber ja, jetzt sehe ich, was Sie meinen.»

«Zugegeben, die Ähnlichkeit ist nicht vollkommen. Aber es ist wahr, daß der Mond in gewissen Phasen, besonders in klaren Nächten, einem Ei sehr ähnlich sieht.»

«Ja, sehr ähnlich.»

In diesem Augenblick erschien eine Kellnerin mit Stillmans Frühstück und stellte es vor ihm auf den Tisch. Der alte Mann betrachtete die Speisen mit Behagen. Manierlich hob er mit der rechten Hand ein Messer, klopfte die Schale eines weich gekochten Eis auf und sagte: «Wie Sie sehen, Sir, lasse ich nichts unversucht.»

Die dritte Begegnung fand später am selben Tag statt. Der Nachmittag war schon weit fortgeschritten: Das Licht lag wie Gaze auf den Ziegeln und Blättern, die Schatten wurden länger. Wieder einmal zog sich Stillman in den Riverside Park zurück, diesmal bis an den Rand, und er kam auf einer buckeligen Erhöhung an der 84th Street zur Ruhe, die Mount Tom genannt wird. An derselben Stelle hatte in den Sommern der Jahre 1843 und 1844 Edgar Allan Poe viele lange Stunden verbracht und auf den Hudson hinausgeblickt. Quinn wußte es, weil er es sich angelegen sein ließ, solche Dinge zu wissen. Tatsächlich hatte auch er selbst oft dort gesessen.

Er hatte nun wenig Angst vor dem, was er tun mußte. Er ging zwei- oder dreimal um den Felsen herum, vermochte aber Stillmans Aufmerksamkeit nicht auf sich zu lenken. Dann setzte er sich neben den alten Mann und begrüßte ihn. Unglaublicherweise erkannte ihn Stillman nicht wieder. Zum drittenmal erschien Quinn nun schon, und jedesmal war es so, als wäre er jemand anders. Er konnte nicht entscheiden, ob das ein gutes oder schlechtes Zeichen war. Wenn sich Stillman verstellte, war er ein Schauspieler, wie es keinen zweiten auf der Welt gab. Denn jedesmal war Quinn überraschend aufgetaucht, und dennoch hatte Stillman keine Miene verzogen. Wenn ihn Stillman andererseits wirklich nicht wiedererkannte – was bedeutete das? War es möglich, daß jemand so unempfindlich für alles sein konnte, was er sah?

Der alte Mann fragte ihn, wer er sei.

«Mein Name ist Peter Stillman», sagte Quinn.

«Das ist mein Name», antwortete Stillman. «Ich bin Peter Stillman.»

«Ich bin der andere Peter Stillman», sagte Quinn.

«Oh, Sie wollen sagen, mein Sohn. Ja, das ist möglich. Sie sehen aus wie er. Natürlich ist Peter blond, und Sie dunkel. Nicht Henry Dark, aber dunkelhaarig. Doch die Menschen ändern sich, nicht wahr? In der einen Minute sind wir das eine und in der anderen etwas anderes.»

«Richtig.»

«Ich habe oft über dich nachgedacht, Peter. Oft habe ich mir gedacht, ich möchte wissen, wie es Peter geht.»

«Es geht mir jetzt viel besser, danke.»

«Freut mich, das zu hören. Irgendwer sagte mir einmal, du seist gestorben. Das hat mich sehr traurig gemacht.»

«Nein, ich habe mich vollständig erholt.»

«Ich sehe es. Gesund wie ein Fisch im Wasser. Und du sprichst auch so gut.»

«Alle Wörter stehen mir jetzt zu Gebote. Auch solche, mit denen die meisten Leute Schwierigkeiten haben. Ich kann sie alle sagen.»

«Ich bin stolz auf dich, Peter.»

«Ich verdanke alles dir.»

«Kinder sind ein großer Segen. Das habe ich immer gesagt. Ein unvergleichlicher Segen.»

«Ganz gewiß.»

«Was mich betrifft, ich habe meine guten Tage und meine schlechten Tage. Wenn die schlechten Tage kommen, denke ich an die guten. Die Erinnerung ist ein großer Segen. Das Beste nach dem Tod.»

«Ohne Zweifel.»

«Natürlich müssen wir auch in der Gegenwart leben. Ich, zum Beispiel, bin im Augenblick in New York. Morgen könnte ich schon anderswo sein. Ich reise viel, weißt du. Heute hier, morgen dort. Das gehört zu meiner Arbeit.»

«Es muß sehr anstrengend sein.»

«Ja, ich habe genug Anregungen. Mein Geist steht nie still.»

«Es ist gut, das zu hören.»

«Ich spüre die Jahre schon sehr, das ist wahr. Aber wir müssen für so vieles dankbar sein. Die Zeit läßt uns alt werden, aber sie gibt uns auch den Tag und die Nacht. Und wenn wir sterben, ist immer jemand da, der unseren Platz einnimmt.»

«Wir alle werden alt.»

«Wenn du alt bist, hast du vielleicht einen Sohn, der dich tröstet.»

«Das würde mir gefallen.»

«Dann wärst du so glücklich, wie ich es gewesen bin. Denk daran, Peter, Kinder sind ein großer Segen.»

«Ich werde es nicht vergessen.»

«Und denk auch daran, daß du nicht alle deine Eier in einen Korb legen darfst. Umgekehrt, zähle deine Küken nicht, bevor sie ausgeschlüpft sind.»

«Nein. Ich versuche alles zu nehmen, wie es kommt.»

«Und schließlich, sage nie etwas, wovon du in deinem Herzen weißt, daß es nicht wahr ist.»

«Das werde ich nicht tun.»

«Lügen ist schlecht. Es läßt dich bedauern, daß du je geboren wurdest. Und nicht geboren worden zu sein, ist ein Fluch. Du bist dazu verdammt, außerhalb der Zeit zu leben. Und wenn du außerhalb der Zeit lebst, gibt es keinen Tag und keine Nacht. Du hast nicht einmal die Chance zu sterben.»

«Ich verstehe.»

«Eine Lüge kann nie ungeschehen gemacht werden. Auch die Wahrheit reicht dazu nicht aus. Ich bin Vater und weiß über diese Dinge Bescheid. Erinnere dich, was mit dem Vater unseres Landes geschah. Er fällte den Kirschbaum und sagte dann zu seinem Vater: ‹Ich kann nicht lügen.› Kurz darauf warf er die Münze über den Fluß. Diese beiden Ereignisse sind entscheidend für die amerikanische Geschichte. George Washington fällte den Baum, und dann warf er das Geld weg. Verstehst du? Er sagte uns eine wesentliche Wahrheit. Nämlich, daß Geld nicht auf Bäumen wächst. Das hat unser Land groß gemacht, Peter. Jetzt ist George Washingtons Bild auf jedem Dollarschein zu sehen. Aus alldem ist eine wichtige Lektion zu lernen.»

«Ich bin ganz deiner Meinung.»

«Natürlich ist es bedauerlich, daß der Baum umgehauen wurde. Dieser Baum war der Baum des Lebens, und er hätte uns gegen den Tod gefeit. Jetzt heißen wir den Tod mit offenen Armen willkommen, besonders wenn wir alt sind. Aber der Vater unseres Landes kannte seine Pflichten. Er konnte nicht anders handeln. Das ist der Sinn des Satzes: ‹Das Leben ist eine Schale voller Kirschen.› Wäre der Baum stehengeblieben, hätten wir das ewige Leben gehabt.»

«Ja, ich verstehe, was du meinst.»

«Ich habe viele solche Ideen im Kopf. Mein Geist steht nie still. Du warst immer ein kluger Junge, Peter, und ich bin froh, daß du mich verstehst.»

«Ich kann dir vollkommen folgen.»

«Ein Vater muß seinen Sohn immer die Lektionen lehren, die er gelernt hat. Auf diese Weise wird das Wissen von Generation zu Generation weitergegeben, und wir werden weise.»

«Ich werde nicht vergessen, was du mir gesagt hast.»

«Jetzt werde ich glücklich sterben können, Peter.»

«Das freut mich.»

«Aber du darfst nichts vergessen.»

«Das werde ich nicht, Vater. Ich verspreche es dir.»

Am nächsten Morgen stand Quinn zur üblichen Zeit vor dem Hotel. Das Wetter hatte sich schließlich geändert. Nach zwei Wochen mit strahlendem Himmel ging nun ein Sprühregen auf New York nieder, und die Straßen waren voll von dem Geräusch nasser rollender Reifen. Eine Stunde lang saß Quinn unter dem Schutz eines schwarzen Schirms auf der Bank und dachte, Stillman werde jeden Augenblick erscheinen. Er aß sein Brötchen und trank seinen Kaffee, las den Bericht über das verlorene Spiel der Mets am Sonntag, und von dem alten Mann war noch immer nichts zu sehen. Geduld, sagte er sich und nahm den Rest der Zeitung in Angriff. Vierzig Minuten vergingen. Er kam beim Finanzteil an und wollte eben die Analyse einer Fusion mehrerer Gesellschaften lesen, als es heftiger zu regnen begann. Widerwillig verließ er seine Bank und ging zu einem Toreingang gegenüber dem Hotel. Dort stand er anderthalb Stunden in seinen feuchtkalten Schuhen. War Stillman krank? fragte er sich. Quinn versuchte sich vorzustellen, wie er im Bett lag und ein Fieber ausschwitzte. Vielleicht war der alte Mann im Laufe der Nacht gestorben und seine Leiche war noch nicht entdeckt worden. So etwas kommt vor, sagte er sich.

Heute hätte der entscheidende Tag sein sollen, und Quinn hatte sorgfältig genaue Pläne dafür entworfen. Nun dienten seine Berechnungen zu nichts. Es störte ihn, daß er diese Möglichkeit nicht in Betracht gezogen hatte.

Dennoch zögerte er. Er stand unter seinem Schirm und sah zu, wie der Regen in kleinen, feinen Tropfen von ihm abglitt. Ab elf Uhr reifte ein Entschluß in ihm. Eine halbe Stunde später überquerte er die Straße, ging vierzig Schritte den Block hinunter und betrat Stillmans Hotel. Das Haus stank nach Schabenvertilgungsmitteln und Zigarettenstummeln. Einige der Bewohner, die nicht wußten, wohin sie im Regen gehen sollten, rekelten sich in der Halle in orangefarbenen Plastiksesseln. Der Raum wirkte wie leer, eine Hölle schaler Gedanken.

Ein großer Schwarzer saß mit aufgekrempelten Hemdsärmeln hinter dem Empfangstisch. Er stützte einen Ellbogen auf den Tisch und hatte den Kopf in die offene Hand gelegt. Mit der anderen Hand blätterte er in einer Boulevardzeitung, aber er hielt kaum inne, um zu lesen. Er sah so gelangweilt aus, als hätte er sein ganzes Leben dort verbracht.

«Ich möchte ein Nachricht für einen Ihrer Gäste hinterlassen», sagte Quinn.

Der Mann blickte langsam zu ihm auf, so als wollte er, daß er verschwinde.

«Ich möchte eine Nachricht für einen Ihrer Gäste hinterlassen», sagte Quinn noch einmal.

«Hier gibt es keine Gäste», sagte der Mann. «Wir nennen sie Insassen.»

«Für einen Ihrer Insassen also. Ich möchte eine Nachricht hinterlassen.»

«Und wer soll das sein, Mann?»

«Stillman, Peter Stillman.»

Der Mann tat einen Augenblick so, als dächte er nach, dann schüttelte er den Kopf. «Kann mich an keinen erinnern, der so heißt.»

«Haben Sie kein Register?»

«Doch wir haben ein Buch. Aber es ist im Safe.»

«Im Safe? Wovon reden Sie?»

«Ich rede von dem Buch, Mann. Der Boss will, daß es im Safe eingeschlossen wird.»

«Ich nehme an, Sie kennen die Kombination nicht?»

«Tut mir leid, die kennt nur der Boss.»

Quinn seufzte, griff in die Tasche und zog eine Fünfdollarnote heraus. Er klatschte sie auf den Tisch und legte die Hand darauf.

«Ich nehme an, Sie haben nicht zufällig eine Kopie des Buches, oder?»

«Kann sein», sagte der Mann. «Ich muß in meinem Büro nachsehen.»

Der Mann hob die Zeitung auf, die offen auf dem Tisch ausgebreitet war. Darunter lag das Buch.

«Glück gehabt», sagte Quinn und nahm seine Hand von der Banknote.

«Ja, es scheint, ich habe heute einen guten Tag», antwortete der Mann, zog die Banknote über die Tischplatte, ließ sie rasch über die Kante gleiten und steckte sie in die Tasche. «Wie war noch einmal der Name Ihres Freundes?»

«Stillman. Ein alter Mann mit weißem Haar.»

«Der Herr im Mantel?»

«Richtig.»

«Wir nennen ihn den Professor.»

«Das ist er. Haben Sie seine Zimmernummer? Er ist vor ungefähr zwei Wochen eingezogen.»

Der Angestellte schlug das Buch auf, blätterte darin und fuhr mit dem Finger über die Kolonnen der Namen und Zahlen. «Stillman», sagte er. «Zimmer 303. Er ist nicht mehr da.»

«Wie?»

«Er ist ausgezogen.»

«Was reden Sie da?»

«Hören Sie, Mann, ich sage Ihnen nur, was hier steht. Stillman hat sich gestern abend abgemeldet. Er ist weg.»

«Das ist das Verrückteste, was ich je gehört habe.»

«Es ist mir egal, was das ist. Hier steht es schwarz auf weiß.»

«Hat er eine Nachsendeadresse angegeben?»

«Soll das ein Witz sein?»

«Um welche Zeit ist er fortgegangen?»

«Muß ich Louie fragen, den Nachtportier. Er kommt um acht.»

«Kann ich das Zimmer sehen?»

«Tut mir leid. Ich habe es heute morgen selbst vermietet. Der Kerl liegt oben und schläft.»

«Wie sieht er aus?»

«Für fünf Dollar haben Sie aber 'ne Menge Fragen.»

«Vergessen Sie's», sagte Quinn mit einer verzweifelten Handbewegung. «Es ist nicht so wichtig.»

Er kehrte in einem heftigen Regenguß zu seiner Wohnung zurück und wurde trotz seines Schirms klatschnaß. Soviel zu den Funktionen, sagte er sich. Soviel zur Bedeutung von Wörtern. Er warf den Schirm angewidert auf den Boden des Wohnzimmers. Dann zog er den Sakko aus und schleuderte ihn gegen die Wand. Wasser spritzte umher.

Er rief Virginia Stillman an, weil er zu verwirrt war, um sich etwas anderes auszudenken. Sie meldete sich, als er schon wieder auflegen wollte.

«Ich habe ihn verloren», sagte er.

«Sind Sie sicher?»

«Er ist gestern abend ausgezogen. Ich weiß nicht, wo er ist.»

«Ich habe Angst, Paul.»

«Haben Sie von ihm gehört?»

«Ich weiß nicht. Ich glaube, ja, aber ich bin nicht sicher.»

«Wie soll ich das verstehen?»

«Peter ist heute morgen ans Telefon gegangen, während ich mein Bad nahm. Er will mir nicht sagen, wer es war. Er ist in sein Zimmer gegangen, hat die Rouleaus heruntergezogen und weigert sich zu sprechen.»

«Aber das hat er doch schon öfter getan.»

«Ja. Deshalb bin ich auch nicht sicher. Aber er hat es schon lange nicht mehr gemacht.»

«Das klingt nicht gut.»

«Das fürchte ich auch.»

«Machen Sie sich keine Sorgen. Ich habe einige Ideen. Ich werde mich gleich näher mit ihnen beschäftigen.»

«Wie erreiche ich Sie?»

«Ich rufe Sie alle zwei Stunden an, egal wo ich bin.»

«Sie versprechen es mir?»

«Ich verspreche es.»

«Ich habe solche Angst. Ich halte es nicht aus.»

«Meine Schuld. Ich habe einen dummen Fehler gemacht. Tut mir leid.»

«Nein, ich mache Ihnen keine Vorwürfe. Niemand kann jemanden vierundzwanzig Stunden am Tag überwachen. Das ist unmöglich. Sie müßten in seiner Haut stecken.»

«Das ist es ja. Ich dachte, ich steckte in seiner Haut.»

«Es ist noch nicht zu spät, oder?»

«Nein. Wir haben noch viel Zeit. Ich möchte, daß Sie sich beruhigen.»

«Ich will's versuchen.»

«Gut. Ich lasse von mir hören.»

«Alle zwei Stunden?»

«Alle zwei Stunden.»

Er hatte sich bei diesem Gespräch recht gut aus der Affäre gezogen. Trotz allem war es ihm gelungen, Virginia Stillman zu beruhigen. Es fiel ihm schwer, es zu glauben, aber sie schien ihm immer noch zu vertrauen. Nicht, daß ihm das etwas nützte. Denn er hatte sie in Wirklichkeit belogen. Er hatte nicht einige Ideen. Er hatte nicht einmal eine einzige.

10

Stillman war also fort. Der alte Mann war ein Teil der Stadt geworden. Er war ein kleiner Fleck, ein Satzzeichen, ein Ziegel in einer endlosen Ziegelmauer. Quinn konnte den Rest seines Lebens jeden Tag durch die Straßen gehen, ohne ihn je zu finden. Alles war nun auf den Zufall reduziert, auf einen Alptraum von Zahlen und Wahrscheinlichkeiten. Es gab keine Anhaltspunkte, keine Spuren, nichts, was man tun konnte.

Quinn ging im Geiste zurück bis zum Beginn des Falles. Seine Aufgabe war es gewesen, Peter zu beschützen, nicht, Stillman zu folgen. Das war nur eine Methode gewesen, ein Versuch vorauszusagen, was geschehen könnte. Indem er Stillman beobachtete, konnte er, nach seiner Theorie, erfahren, was er gegen Peter vorhatte. Er hatte den alten Mann zwei Wochen beschattet. Was konnte er nun folgern? Nicht viel. Stillmans Verhalten war zu undurchsichtig gewesen, um ihm irgendwelche Hinweise zu geben.

Natürlich konnten sie gewisse extreme Maßnahmen ergreifen. Er konnte Virginia Stillman vorschlagen, sich eine geheime Telefonnummer geben zu lassen. Das würde, wenigstens für eine Weile, die beängstigenden Anrufe ausschalten. Wenn das nichts half, konnten sie und Peter umziehen. Sie konnten das Viertel, vielleicht überhaupt die Stadt verlassen. Schlimmstenfalls konnten sie eine neue Identität annehmen und unter anderen Namen leben.

Der letzte Gedanke erinnerte ihn an etwas Wichtiges. Er hatte bis jetzt nie ernsthaft die Umstände untersucht, unter denen er seinen Auftrag erhalten hatte. Es war alles zu rasch gegangen, und er hatte es für selbstverständlich gehalten, daß er für Paul Auster einspringen konnte. Sobald er den Sprung in diesen Namen getan hatte, hatte er an Auster selbst nicht mehr gedacht. Wenn dieser Mann ein so guter Detektiv war, wie die Stillmans glaubten, war er vielleicht imstande, ihm bei diesem Fall zu helfen. Quinn wollte ihm offen alles gestehen, Auster würde ihm verzeihen, und gemeinsam konnten sie Peter Stillman retten.

Er suchte auf den gelben Seiten des Branchenverzeichnisses nach dem Detektivbüro Auster. Es war nicht eingetragen. Aber er fand den Namen auf den weißen Seiten. Es gab einen Paul Auster in Manhattan. Er wohnte am Riverside Drive, nicht weit von Stillmans Haus entfernt. Ein Detektivbüro wurde nicht erwähnt, aber das mußte nichts bedeuten. Auster war vielleicht so beschäftigt, daß er es nicht nötig hatte, für sich zu werben. Quinn nahm den Hörer ab und wollte schon die Nummer wählen, aber dann besann er sich. Dieses Gespräch war zu wichtig, man konnte es nicht dem Telefon überlassen. Er wollte es nicht riskieren, einfach kurz abgefertigt zu werden. Wenn Auster kein Büro hatte, so bedeutete das, daß er zu Hause arbeitete. Quinn wollte ihn dort aufsuchen und mit ihm von Angesicht zu Angesicht sprechen.

Es hatte nun aufgehört zu regnen. Der Himmel war noch grau, aber weit im Westen konnte Quinn einen Lichtstrahl sehen, der durch die Wolken fiel. Als er den Riverside Drive hinaufging, wurde ihm bewußt, daß er nicht mehr Stillman verfolgte. Ihm war zumute, als hätte er die Hälfte seiner selbst verloren. Zwei Wochen lang war er durch einen unsichtbaren Faden mit dem alten Mann verbunden gewesen. Was immer Stillman getan, hatte auch er getan, wohin immer Stillman gegangen, war auch er gegangen. Sein Körper hatte sich noch nicht an die neue Freiheit gewöhnt, und an den ersten Häuserblocks entlang ging er noch mit dem alten schlurfenden Gang. Der Bann war gebrochen, doch sein Körper wußte es noch nicht.

Austers Haus stand in der Mitte des langen Blocks zwischen der 116th und der 119th Street, südlich der Riverside Church und von Grant's Tomb. Es war ein ordentliches Haus mit polierten Türklinken und sauberen Fensterscheiben, und es hatte eine bürgerliche Nüchternheit an sich, die Quinn in diesem Augenblick gefiel. Austers Wohnung befand sich im elften Stock. Quinn drückte auf den Knopf und wartete darauf, eine Stimme aus der Sprechanlage zu hören. Aber der Türöffner summte ohne vorherigen Wortwechsel. Quinn stieß die Tür auf, ging durch den Flur und fuhr mit dem Lift zum elften Stock hinauf.

Ein Mann öffnete ihm die Wohnungstür. Er war groß und dunkel, Mitte Dreißig. Seine Kleidung war zerknittert, und er hatte einen zwei Tage alten Bart. In der rechten Hand hielt er zwischen Daumen, Zeige- und Mittelfinger einen Füllfederhalter ohne Kappe, so als hätte er gerade aufgehört zu schreiben. Der Mann schien überrascht zu sein, einen Fremden vor sich zu sehen.

«Ja?» fragte er zögernd.

Quinn sprach im höflichsten Ton, dessen er fähig war: «Haben Sie jemand anderen erwartet?»

«Ja, tatsächlich, meine Frau. Deshalb habe ich auf den Summer gedrückt, ohne zu fragen, wer da ist.»

«Ich störe Sie ungern», entschuldigte sich Quinn, «aber ich suche Paul Auster.»

«Ich bin Paul Auster», sagte der Mann.

«Ich würde gerne mit Ihnen sprechen. Es ist sehr wichtig.»

«Sagen Sie mir zuerst einmal, worum es sich handelt.»

«Das weiß ich selbst nicht recht.» Quinn sah Auster ernst an. «Es ist kompliziert, fürchte ich. Sehr kompliziert.»

«Haben Sie einen Namen?»

«Entschuldigen Sie. Natürlich, Quinn.»

«Quinn und wie noch?»

«Daniel Quinn.»

Der Name schien Auster etwas zu sagen, und er schwieg einen Augenblick nachdenklich, so als suchte er etwas in seinen Erinnerungen. «Quinn», murmelte er vor sich hin. «Ich kenne den Namen von irgendwoher.» Er verstummte wieder und strengte sich noch mehr an, um die Antwort zu finden. «Sie sind nicht etwa Dichter, oder?»

«Ich war es einmal», sagte Quinn. «Aber ich habe nun schon lange keine Gedichte mehr geschrieben.»

«Sie haben vor einigen Jahren ein Buch veröffentlicht, nicht wahr? Ich glaube, der Titel lautete *Unfinished Business*. Ein kleines Buch in einem blauen Einband.»

«Ja, das war ich.»

«Es hat mir sehr gut gefallen. Ich hoffe, noch mehr von Ihnen zu sehen. Ja, ich fragte mich, was aus Ihnen geworden war.»

«Ich bin noch hier. Sozusagen.»

Auster öffnete die Tür weiter und bat Quinn mit einer Handbewegung einzutreten. Es war eine recht hübsche Wohnung: seltsam angelegt mit mehreren Korridoren, Bücher lagen überall umher, an den Wänden hingen Bilder von Malern, die Quinn nicht kannte, einige Spielsachen waren über den Boden verstreut – ein roter Lkw, ein brauner Bär, ein grünes Ungeheuer aus dem Weltraum. Auster führte ihn ins Wohnzimmer, ließ ihn in einem abgewetzten Polstersessel Platz nehmen und ging in die Küche, um Bier zu holen. Er kam mit zwei Flaschen zurück, stellte sie auf eine Holzkiste, die als Couchtisch diente, und setzte sich Quinn gegenüber auf ein Sofa.

«Wollten Sie über eine literarische Angelegenheit mit mir sprechen?» begann Auster.

«Nein», sagte Quinn. «Ich wollte, es wäre so. Aber dies hat mit Literatur nichts zu tun.»

«Womit dann?»

Quinn schwieg, blickte sich im Zimmer um, ohne etwas zu sehen, und suchte nach einem Anfang. «Ich habe das Gefühl, daß hier ein schrecklicher Irrtum vorliegt. Ich bin hergekommen, um Paul Auster, den Privatdetektiv, aufzusuchen.»

«Den was?» Auster lachte, und mit diesem Lachen wurde plötzlich alles in Stücke gerissen. Quinn erkannte, daß er Unsinn redete. Er hätte ebensogut nach Häuptling Sitting Bull fragen können – die Wirkung wäre dieselbe gewesen.

«Den Privatdetektiv», wiederholte er leise.

«Ich fürchte, Sie sind an den falschen Paul Auster geraten.»

«Sie sind der einzige im Telefonbuch.»

«Mag sein», sagte Auster. «Aber ich bin kein Detektiv.»

«Wer sind Sie dann? Was tun Sie?»

«Ich bin Schriftsteller.»

«Schriftsteller?» Quinn sprach das Wort aus wie einen Klagelaut.

«Tut mir leid», sagte Auster. «Aber das bin ich nun zufällig einmal.»

«Wenn das wahr ist, gibt es keine Hoffnung mehr. Das Ganze ist ein böser Traum.»

«Ich habe keine Ahnung, wovon Sie reden.»

Quinn sagte es ihm. Er begann von vorn und erzählte Schritt für Schritt die ganze Geschichte. Der Druck hatte sich in ihm aufgestaut, seitdem Stillman an diesem Morgen verschwunden war, und er entlud sich nun in einem Strom von Worten. Er sprach von den Telefonanrufen, die Paul Auster galten, von seiner unerklärlichen Übernahme des Falles, von seiner Begegnung mit Peter Stillman, von seinem Gespräch mit Virginia Stillman; er schilderte, wie er Stillmans Buch gelesen hatte, wie er Stillman von der Grand Central Station aus gefolgt war, er erzählte von Stillmans täglichen Wanderungen, seiner Tasche und den zerbrochenen Gegenständen, von den beunruhigenden Karten, die Buchstaben des Alphabets darstellten, von seinen Gesprächen mit Stillman, von Stillmans Verschwinden aus dem Hotel. Als er fertig war, fragte er: «Halten Sie mich für verrückt?»

«Nein», sagte Auster, der Quinns Monolog aufmerksam angehört hatte. «Wenn ich an Ihrer Stelle gewesen wäre, würde ich wahrscheinlich das gleiche getan haben.»

Diese Worte waren eine große Erleichterung für Quinn, so als hätte er endlich die Last nicht mehr allein zu tragen. Er hätte Auster am liebsten in die Arme genommen und ihm Freundschaft fürs Leben geschworen.

«Hier, sehen Sie», sagte er. «Ich erfinde nichts. Ich habe sogar einen Beweis.» Er nahm seine Brieftasche heraus und reichte Auster den Fünfhundertdollarscheck, den ihm Virginia Stillman vor zwei Wochen gegeben hatte. «Sehen Sie», sagte er. «Er ist sogar auf Sie ausgestellt.»

Auster prüfte den Scheck sorgfältig und nickte. «Das scheint ein vollkommen normaler Scheck zu sein.»

«Er gehört Ihnen», sagte Quinn. «Ich möchte, daß Sie ihn haben.»

«Ich kann ihn doch nicht annehmen.»

«Für mich ist er wertlos.» Quinn sah sich in der Wohnung um und sagte mit einer vagen Handbewegung: «Kaufen Sie sich noch ein paar Bücher oder Spielsachen für Ihr Kind.»

«Dieses Geld haben Sie sich verdient. Es steht Ihnen zu.» Auster unterbrach sich einen Augenblick. «Eines kann ich immerhin für Sie tun. Da der Scheck auf meinen Namen ausgestellt ist, werde ich ihn für Sie einlösen. Ich bringe ihn morgen früh zu meiner Bank, zahle ihn auf mein Konto ein und gebe Ihnen das Geld, sobald er verrechnet ist.»

Quinn sagte nichts.

«In Ordnung?» fragte Auster. «Sind Sie einverstanden?»

«In Ordnung», sagte Quinn schließlich. «Wir werden sehen, was passiert.»

Auster legte den Scheck auf den Tisch, wie um zu sagen, daß die Angelegenheit erledigt sei. Dann lehnte er sich auf dem Sofa zurück und sah Quinn in die Augen. «Es gibt ein viel wichtigeres Problem als den Scheck», sagte er. «Die Tatsache, daß mein Name in diese Geschichte verwickelt worden ist. Ich verstehe das einfach nicht.»

«Ich frage mich, ob Sie in letzter Zeit Scherereien mit Ihrem Telefon hatten. Manchmal geraten die Schaltungen durcheinander. Jemand will eine Nummer anrufen, und obwohl er richtig wählt, bekommt er den Falschen.»

«Ja, das habe ich schon erlebt. Aber selbst wenn mein Telefon gestört war, erklärt das nicht das eigentliche Problem. Es würde uns sagen, warum der Anrufer Sie an den Apparat bekam, aber nicht, warum er überhaupt mich anrufen wollte.»

«Wäre es möglich, daß Sie die betroffenen Personen kennen?»

«Ich habe nie von den Stillmans gehört.»

«Vielleicht wollte sich jemand einen dummen Scherz mit Ihnen erlauben.»

«Ich gebe mich nicht mit solchen Leuten ab.»

«Man kann nie wissen.»

«Aber Tatsache ist, daß dies kein Scherz ist. Es ist ein richtiger Fall mit richtigen Menschen.»

«Ja», sagte Quinn nach langem Schweigen. «Das ist mir klar.»

Ihnen blieb nichts mehr, worüber sie sprechen konnten. Über diesen Punkt hinaus gab es nur die zufälligen Gedanken von Männern, die nichts wußten. Quinn sah ein, daß er nun eigentlich gehen mußte. Er war beinahe eine Stunde da gewesen, und es wurde bald Zeit, Virginia Stillman anzurufen. Dennoch zögerte er. Der Sessel war bequem, und das Bier war ihm ein wenig zu Kopf gestiegen. Auster war der erste intelligente Mensch, mit dem er seit langem gesprochen hatte. Er hatte seine, Quinns, frühere Arbeiten gelesen, hatte sie bewundert und auf mehr gewartet. Trotz allem war es Quinn unmöglich, sich nicht darüber zu freuen.

Sie saßen eine Weile da, ohne etwas zu sagen. Schließlich zuckte Auster leicht die Schulter, so als wollte er zugeben, daß sie an einem toten Punkt angelangt waren. Er stand auf und sagte: «Ich wollte mir gerade ein kleines Mittagessen zubereiten. Für zwei macht es auch nicht mehr Mühe.»

Quinn zögerte. Es war, als hätte Auster seine Gedanken gelesen und erraten, was er sich am meisten wünschte – zu essen, einen Vorwand zu haben, noch eine Weile zu bleiben. «Ich sollte wirklich gehen», sagte er. «Aber, ja, bitte gern. Eine kleine Mahlzeit würde nicht schaden.»

«Was sagen Sie zu einem Schinkenomelett?»

«Klingt gut.»

Auster ging in die Küche, um das Essen zuzubereiten. Quinn hätte sich gern erbötig gemacht, ihm zu helfen, aber er war außerstande, sich zu rühren. Sein Körper fühlte sich an wie ein Stein. Da ihm nichts anderes einfiel, schloß er die

Augen. Früher hatte es ihn oft getröstet, die Welt verschwinden zu lassen. Diesmal fand Quinn jedoch nichts Interessantes in seinem Kopf. Es schien, daß da drinnen alles zum Stillstand gekommen war. Dann begann er aus der Dunkelheit eine Stimme zu hören, eine leiernde, idiotische Stimme, die immer und immer wieder denselben Satz sang: «Man kann kein Omelett machen, ohne Eier zu zerschlagen.» Er öffnete die Augen, um sie zum Schweigen zu bringen.

Er sah Brot und Butter, noch mehr Bier, Messer und Gabeln, Salz und Pfeffer, Servietten und Omeletts, zwei, die auf weißen Tellern schwitzten. Quinn aß gierig und verschlang die Mahlzeit in, wie es schien, Sekundenschnelle. Danach gab er sich große Mühe, ruhig zu sein. Tränen stiegen in ihm auf, und seine Stimme zitterte, als er sprach, aber irgendwie gelang es ihm, sich zu beherrschen. Um zu beweisen, daß er nicht ein nur mit seinen eigenen Gedanken beschäftigter undankbarer Mensch war, begann er Auster nach seinen literarischen Arbeiten zu fragen. Auster war ein wenig zurückhaltend, er gab schließlich zu, daß er an einer Sammlung von Essays arbeitete. Im Augenblick beschäftigte er sich mit dem *Don Quijote*.

«Eines meiner Lieblingsbücher», sagte Quinn.

«Ja, meines auch. Es ist unvergleichlich.»

Quinn fragte ihn nach dem Essay.

«Ich denke, man könnte ihn rein spekulativ nennen, da ich nicht wirklich darauf aus bin, etwas zu beweisen. Es ist alles eher ironisch gemeint. Eine Phantasterei, könnte man vielleicht sagen.»

«Worum geht es im Grunde?»

«Hauptsächlich um die Urheberschaft des Buches. Wer es schrieb und wie es geschrieben wurde.»

«Gibt es da ein Problem?»

«Natürlich nicht. Aber ich meine das Buch in dem Buch, das Cervantes schrieb, das Buch, das er zu schreiben sich vorstellte.»

«Wie das?»

«Es ist ganz einfach. Cervantes gibt sich, wie Sie sich erinnern werden, die größte Mühe, den Leser davon zu überzeugen, daß er nicht der Autor ist. Das Buch, sagt er, wurde von Cid Hamete Benengeli in arabischer Sprache geschrieben. Cervantes schildert, wie er das Manuskript eines Tages zufällig auf dem Markt von Toledo entdeckt. Er beauftragt jemanden, es für ihn ins Spanische zu übersetzen, und stellt danach sich selbst nur noch als den Herausgeber der Übersetzung dar. Tatsächlich kann er nicht einmal für die Richtigkeit der Übersetzung bürgen.»

«Und dennoch», fügte Quinn hinzu, «sagt er dann, daß die Fassung des Cid Hamete Benengeli die einzig wahre Version der Geschichte Don Quijotes ist. Alle anderen Versionen sind von Betrügern verfaßte Fälschungen. Er besteht mit allem Nachdruck darauf, daß alles, was im Buch steht, wirklich in der Welt geschehen ist.»

«Richtig. Denn schließlich prangert er mit dem Buch die Gefahren der Verstellung und Vorspiegelung an. Er konnte, um das zu tun, nicht gut ein Werk der Phantasie vorlegen, nicht wahr? Er mußte behaupten, daß es wirklich sei.»

«Ich habe trotzdem immer den Verdacht gehabt, daß Cervantes selbst diese alten Romane verschlang. Man kann etwas nicht so heftig hassen, ohne daß ein Teil von einem es auch liebt. In einem gewissen Sinne war Don Quijote nur sein Double.»

«Ich bin ganz Ihrer Meinung. Wie kann man einen Schriftsteller besser porträtieren, als daß man einen Mann zeigt, der von Büchern verhext ist.»

«Genau.»

«Jedenfalls, da das Buch die Wirklichkeit darstellen soll, muß die Geschichte von jemandem geschrieben werden, der Augenzeuge der darin geschilderten Ereignisse war. Aber Cid Hamete, der anerkannte Autor, tritt nie in Erscheinung. Nicht ein einziges Mal behauptet er, bei den Geschehnissen dabeigewesen zu sein. Meine Frage lautet daher: Wer ist Cid Hamete Benengeli?»

«Ich sehe, worauf Sie hinauswollen.»

«Die Theorie, die ich in meinem Essay aufstelle, lautet, daß er in Wirklichkeit eine Kombination von vier verschiedenen Personen darstellt. Der Augenzeuge ist natürlich Sancho Pansa. Es gibt keinen anderen Kandidaten, denn er ist der einzige, der Don Quijote bei allen seinen Abenteuern begleitet. Aber Sancho kann weder lesen noch schreiben. Daher kann er nicht der Autor sein. Andererseits wissen wir, daß Sancho eine große Sprachbegabung besitzt. Trotz seiner albernen Wortverdrehungen kann er jede andere Figur des Romans in Grund und Boden reden. Es erscheint mir durchaus möglich, daß er die Geschichte jemandem diktierte – nämlich dem Barbier und dem Pfarrer, den guten Freunden Don Quijotes. Sie brachten die Geschichte in die richtige literarische Form – in spanischer Sprache – und übergaben das Manuskript Simon Carasco, dem Junggesellen aus Salamanca, der es ins Arabische übersetzte. Cervantes fand die Übersetzung, ließ sie wieder ins Spanische übertragen und veröffentlichte dann das Buch *Leben und Taten des scharfsinnigen Edlen Don Quijote von La Mancha*.»

«Aber warum sollten sich Sancho und die anderen solche Mühe machen?»

«Um Don Quijote von seinem Wahn zu heilen. Sie wollen ihren Freund retten. Erinnern Sie sich, am Beginn verbrennen sie seine Ritterromane, aber das hat keine Wirkung. Der Ritter von der traurigen Gestalt läßt nicht von seiner Besessenheit ab. Dann, früher oder später, ziehen sie alle aus und suchen ihn in verschiedenen Verkleidungen – als Dame in Not, als der Spiegelritter, als der Ritter vom Weißen Mond –, um Don Quijote wieder nach Hause zu locken. Am Ende gelingt es ihnen ja auch. Das Buch war nur eine ihrer Listen. Es sollte Don Quijotes Wahnsinn einen Spiegel vorhalten, jede seiner absurden und lächerlichen Selbsttäuschungen aufzeichnen, so daß er schließlich, wenn er das Buch las, seine Irrtümer erkennen mußte.»

«Das gefällt mir.»

«Ja. Aber es gibt noch eine letzte überraschende Wendung. Don Quijote war meiner Meinung nach nicht wirklich wahnsinnig. Er tat nur so. In Wirklichkeit hat er selbst das Ganze inszeniert. Erinnern Sie sich: Im ganzen Buch beschäftigt Don Quijote die Frage der Nachwelt. Immer wieder fragt er sich, wie genau sein Chronist seine Abenteuer aufzeichnen wird. Das setzt ein Wissen seinerseits voraus. Er weiß schon von vornherein, daß dieser Chronist existiert. Und wer anders könnte das sein als Sancho Pansa, der treue Knappe, den Don Quijote zu genau diesem Zweck ausgesucht hat? Ebenso wählt er die drei anderen aus, damit sie die ihnen zugedachten Rollen spielten. Don Quijote organisierte das Benengeli-Quartett. Und er suchte nicht nur die Autoren aus; wahrscheinlich übersetzte er selbst das arabische Manuskript wieder ins Spanische. Wir sollten ihm das ohne weiteres zutrauen. Denn für einen Mann, der so geschickt war in der Kunst der Verstellung, kann es nicht schwer gewesen sein, seine Haut zu schwärzen und Maurenkleidung anzulegen. Ich stelle mir gern die Szene auf dem Marktplatz von Toledo vor. Cervantes beauftragt Don Quijote, die Geschichte von Don Quijote zu entziffern. Darin steckt große Schönheit.»

«Aber Sie haben noch nicht erklärt, warum ein Mann wie Don Quijote sein geruhsames Leben aufgeben sollte, um einen so komplizierten Schwindel zu inszenieren.»

«Das ist das Interessanteste von allem. Meiner Meinung nach stellte Don Quijote ein Experiment an. Er wollte die Leichtgläubigkeit seiner Mitmenschen auf die Probe stellen. Wäre es möglich, fragte er sich, vor die Welt hinzutreten und mit tiefster Überzeugung Lügen und Unsinn auszuspucken? Zu sagen, daß Windmühlen Riesen seien, ein Barbierbecken für einen Helm auszugeben und Puppen für wirkliche Menschen? Wäre es möglich, andere dazu zu überreden, ihm zuzustimmen, selbst wenn sie ihm nicht glaubten? Mit anderen Worten, in welchem Grade würden die Menschen Blasphemien hinnehmen, solange sie ihnen

Unterhaltung verschafften? Die Antwort liegt auf der Hand, nicht wahr? In jedem beliebigen Grade. Der Beweis ist, daß wir das Buch noch immer lesen. Es ist für uns immer noch unterhaltsam. Und das ist schließlich alles, was man von einem Buch verlangt – daß es einen unterhält.»

Auster lehnte sich auf dem Sofa zurück, lächelte mit einem gewissen ironischen Vergnügen und zündete sich eine Zigarette an. Der Mann amüsierte sich offenbar, aber die Besonderheit seines Vergnügens entging Quinn. Es schien eine Art von lautlosem Gelächter zu sein, ein Witz, der kurz vor der Pointe endete, eine allgemeine Fröhlichkeit, die kein Motiv hatte. Quinn wollte etwas zu Austers Theorie sagen, aber er hatte keine Gelegenheit mehr dazu. Als er eben den Mund öffnete, um zu sprechen, wurde er von dem Klirren von Schlüsseln an der Wohnungstür, dem Öffnen und Zuschlagen der Tür und lauten Stimmen unterbrochen. Auster blickte bei diesen Geräuschen rasch auf. Er erhob sich vom Sofa, entschuldigte sich bei Quinn und ging zur Tür.

Quinn hörte Gelächter im Flur, zuerst das einer Frau, dann das eines Kindes – ein hohes und ein höheres, ein Stakkato von klingendem Schrapnell –, und dann den dröhnenden Baß von Austers Auflachen. Das Kind sagte: «Schau, Papa, was ich gefunden habe!» Und dann erklärte die Frau, daß es auf der Straße gelegen hatte – und warum auch nicht, es schien völlig in Ordnung zu sein. Einen Augenblick später hörte er, wie das Kind durch den Flur auf ihn zulief. Es stürzte ins Wohnzimmer, sah Quinn und blieb auf der Stelle stehen. Es war ein blonder Junge von fünf oder sechs Jahren.

«Guten Tag», sagte Quinn.

Der Junge, der sich rasch in seine Schüchternheit zurückzog, brachte nur ein schwaches «Hallo» zustande. In der linken Hand hielt er einen roten Gegenstand, den Quinn nicht identifizieren konnte. Er fragte den Jungen, was das sei.

«Ein Jo-Jo», antwortete er und öffnete die Hand, um es ihm zu zeigen. «Ich habe es auf der Straße gefunden.»

«Funktioniert es?»

Der Junge zuckte pantomimenhaft übertrieben die Schultern. «Weiß nicht. Siri wird nicht damit fertig, und ich weiß nicht, wie es geht.»

Quinn fragte, ob er es versuchen dürfe, und der Junge ging auf ihn zu und drückte es ihm in die Hand. Während er das Jo-Jo untersuchte, hörte er das Kind, das jede seiner Bewegungen beobachtete, neben sich atmen. Das Jo-Jo war aus Plastik und sah so ähnlich aus wie die, mit denen er vor Jahren gespielt hatte, aber irgendwie war es komplizierter, ein Produkt des Weltraumzeitalters. Quinn streifte die Schlinge am Ende der Schnur über seinen Mittelfinger, stand auf und probierte es. Das Jo-Jo gab einen flötenartigen Ton von sich, als es sich abspulte, und im Gehäuse sprühten Funken. Der Junge hielt den Atem an, aber dann stand das Jo-Jo still und baumelte am Ende der Schnur.

«Ein großer Philosoph», murmelte Quinn, «sagte einmal, daß aufwärts und abwärts ein und dasselbe sind.»

«Aber Sie haben es nicht raufkommen lassen», sagte der Junge. «Es ging nur runter.»

«Man muß es eben immer wieder versuchen.»

Quinn wickelte die Schnur wieder auf, um es noch einmal zu probieren, als Auster und seine Frau ins Zimmer traten. Er blickte auf und sah zuerst die Frau. Dieser eine kurze Augenblick reichte aus, um ihn innerlich aufzuwühlen. Sie war eine große, schlanke Blondine, strahlend schön, von einer Energie und einem Glück, die alles um sie her unsichtbar zu machen schienen. Es war zuviel für Quinn. Ihm war zumute, als wolle ihn Auster mit allem verhöhnen, was er selbst verloren hatte, und er reagierte mit Neid und Zorn und einem quälenden Selbstmitleid. Ja, auch er würde gern seine Frau und sein Kind haben, den ganzen Tag herumsitzen und von alten Büchern schwatzen, umgeben von Jo-Jos und Schinkenomeletts und Füllfederhaltern. Er betete im stillen um Erlösung.

Auster bemerkte das Jo-Jo in seiner Hand und sagte: «Ich sehe, ihr habt euch schon kennengelernt. Daniel», sagte er zu dem Jungen, «das ist Daniel.» Dann zu Quinn mit demselben ironischen Lächeln: «Daniel, das ist Daniel.»

Der Junge lachte auf und sagte: «Alle sind Daniel.»

«Richtig», sagte Quinn. «Ich bin du, und du bist ich.»

«Und so geht's herum und herum», rief der Junge, breitete die Arme aus und drehte sich durch das Zimmer wie ein Kreisel.

«Und das», sagte Auster und wandte sich der Frau zu, «das ist meine Frau, Siri.»

Die Frau lächelte ihr Lächeln und sagte, es freue sie, Quinn kennenzulernen, so als meinte sie es wirklich, und dann streckte sie ihm die Hand entgegen. Er schüttelte sie, spürte die unheimliche Schlankheit ihrer Knochen und fragte sie, ob ihr Name norwegisch sei.

«Das wissen nicht viele», sagte sie.

«Kommen Sie aus Norwegen?»

«Indirekt», sagte sie. «Über Northfield, Minnesota.» Und dann lachte sie ihr Lachen, und Quinn fühlte, wie wieder ein Stück von ihm zusammenbrach.

«Ich weiß, das kommt ein bißchen plötzlich», sagte Auster, «aber wenn Sie Zeit haben, bleiben Sie doch und essen Sie mit uns zu Abend.»

«O nein», sagte Quinn und beherrschte sich mit Mühe. «Das ist sehr freundlich, aber ich muß jetzt wirklich gehen. Ich habe mich schon verspätet.»

Mit einer letzten Anstrengung lächelte er Austers Frau zu und winkte dem Jungen Lebewohl. «Mach's gut, Daniel», sagte er und ging zur Tür.

Der Junge sah ihm quer durchs Zimmer nach und lachte wieder. «Auf Wiedersehen, ich selber!» sagte er.

Auster brachte ihn zur Wohnungstür. Er sagte: «Ich rufe Sie an, sobald das mit dem Scheck in Ordnung geht. Stehen Sie im Telefonbuch?»

«Ja», sagte Quinn, «und ich bin der einzige.»

«Wenn Sie mich irgendwie brauchen können, rufen Sie einfach an», sagte Auster. «Ich helfe Ihnen gern.»

Auster reichte ihm die Hand, und Quinn merkte, daß er noch immer das Jo-Jo hielt. Er drückte es Auster in die rechte Hand, klopfte ihm leicht auf die Schulter und ging.

11

Quinn war nun nirgendwo. Er hatte nichts, er wußte nichts, er wußte, daß er nichts wußte. Er war nicht nur zum Anfang zurückgeschickt worden, er stand noch vor dem Anfang und so weit vor dem Anfang, daß es schlimmer war als irgendein Ende, das er sich vorzustellen vermochte.

Auf seiner Uhr war es beinahe sechs. Quinn ging auf demselben Weg nach Hause, auf dem er gekommen war, und verlängerte seine Schritte mit jedem neuen Häuserblock. Als er in seiner Straße ankam, rannte er bereits. Heute ist der zweite Juni, sagte er sich. Versuche, dir das zu merken. Dies ist New York, und morgen ist der dritte Juni. Wenn alles gutgeht, ist der darauffolgende Tag der vierte. Aber nichts ist gewiß.

Die Zeit, Virginia Stillman anzurufen, war längst vorüber, und er überlegte hin und her, ob er sie noch anrufen sollte oder nicht. Wäre es möglich, sie einfach zu ignorieren? Konnte er nun alles aufgeben, einfach so? Ja, sagte er sich, es ist möglich. Er konnte den Fall vergessen, zu seiner Routine zurückkehren, ein neues Buch schreiben. Er konnte verreisen, wenn er wollte, sogar das Land für eine Weile verlassen. Er konnte, zum Beispiel, nach Paris fliegen. Ja, das war möglich. Aber jeder Ort wäre gut genug, dachte er, jeder beliebige Ort.

Er setzte sich in sein Wohnzimmer und betrachtete die Wände. Sie waren einmal weiß gewesen, erinnerte er sich, aber nun hatten sie eine merkwürdige gelbe Tönung angenommen. Vielleicht würden sie eines Tages noch weiter der Verschmutzung anheimfallen und grau werden, vielleicht sogar braun wie eine verwesende Frucht. Eine weiße Wand wird eine gelbe Wand, wird eine graue Wand, sagte er zu sich selbst. Die Farbe ist eines Tages erschöpft, die Stadt kriecht herein mit ihrem Ruß, der Gips bröckelt ab. Veränderungen und noch mehr Veränderungen.

Er rauchte eine Zigarette und dann noch eine und noch eine. Er betrachtete seine Hände, sah, daß sie schmutzig waren, und stand auf, um sie zu waschen. Im Badezimmer, während das Wasser ins Becken rann, beschloß er, sich auch zu rasieren. Er seifte sich das Gesicht ein, nahm eine saubere Klinge und begann, seinen Bart abzuschaben. Aus irgendeinem Grund fand er es unangenehm, in den Spiegel zu sehen, und er versuchte, seinem eigenen Blick auszuweichen. Du wirst alt, sagte er zu sich selbst. Du wirst ein alter Furz. Dann ging er in die Küche, aß eine Schüssel Cornflakes und rauchte wieder eine Zigarette.

Es war nun sieben Uhr. Wieder überlegte er, ob er Virginia Stillman anrufen sollte. Als er sich die Frage durch den Kopf gehen ließ, fiel ihm auf, daß er keine Meinung mehr hatte. Er sah, was für den Anruf sprach, und gleichzeitig sah er, was dagegen sprach. Zuletzt gab die Höflichkeit den Ausschlag. Es wäre nicht fair zu verschwinden, ohne sie vorher zu benachrichtigen. Danach wäre es vollkommen akzeptabel. Solange man den Leuten sagt, was man tut, argumentierte er, ist alles egal. Man hat dann die Freiheit zu tun, was man will.

Die Nummer war jedoch besetzt. Er wartete fünf Minuten und wählte noch einmal. Wieder war die Nummer besetzt. Die nächste Stunde verging damit, daß Quinn abwechselnd wartete und wählte, immer mit dem gleichen Ergebnis. Schließlich rief er den Telefondienst an und fragte, ob das Telefon gestört sei. Man werde ihm eine Gebühr von dreißig Cent anrechnen, sagte man ihm. Dann knackte es in den Leitungen, man hörte, wie gewählt wurde, man hörte Stimmen. Quinn versuchte sich vorzustellen, wie die Telefonistinnen aussahen. Dann sprach die erste Frau wieder zu ihm: Die Nummer war besetzt.

Quinn wußte nicht, was er denken sollte. Es gab so viele Möglichkeiten, daß er nicht einmal wußte, wo er anfangen sollte. Stillman? Lag der Hörer neben dem Apparat? Oder telefonierte jemand ganz anderer?

Er schaltete den Fernsehapparat ein und sah sich die ersten beiden Durchgänge des Spiels der Mets an. Dann wählte er noch einmal. Dasselbe. St. Louis holte sich Punkte durch ein Mal nach vier schlechten Würfen, ein gestohlenes Mal, ein Aus im Innenfeld und einen Aufopferungsball. Die Mets glichen in ihrer Hälfte des Durchgangs durch einen Doppellauf Wilsons und einen Single Youngbloods aus. Quinn stellte fest, daß es ihm gleichgültig war. Eine Bierwerbung wurde eingeschoben, und er schaltete den Ton ab. Zum zwanzigstenmal versuchte er, Virginia Stillman zu erreichen, und zum zwanzigstenmal passierte dasselbe. Zu Beginn des vierten Durchgangs brachte St. Louis fünf Läufe durch, und Quinn schaltete auch das Bild ab. Er fand sein rotes Notizbuch, setzte sich an den Schreibtisch und schrieb während der nächsten zwei Stunden ohne Unterbrechung. Er machte sich nicht die Mühe, noch einmal zu lesen, was er geschrieben hatte. Dann rief er Virginia Stillman an und hörte wieder das Besetztzeichen. Er warf den Hörer so heftig auf die Gabel, daß das Plastik knackte. Als er noch einmal anzurufen versuchte, war die Leitung tot. Er stand auf, ging in die Küche und machte sich noch eine Schüssel Cornflakes. Dann legte er sich schlafen.

In seinem Traum, den er später vergaß, ging er den Broadway hinunter und hielt Austers Sohn an der Hand.

Quinn verbrachte den folgenden Tag auf den Beinen. Er begann früh, kurz nach acht Uhr, und überlegte nicht, wohin er ging. Es ergab sich, daß er an diesem Tag viele Dinge sah, die er zuvor nie bemerkt hatte.

Alle zwanzig Minuten ging er in eine Telefonzelle und

rief Virginia Stillman an. Wie es am Abend zuvor gewesen war, so war es auch an diesem Tag. Aber nun erwartete Quinn, daß die Nummer besetzt war. Es machte ihm nichts mehr aus. Das Besetztzeichen war ein Kontrapunkt zu seinen Schritten geworden, ein Metronom, das in den zufälligen Geräuschen der Stadt einen stetigen Takt schlug. Es lag ein Trost in dem Gedanken, daß der Ton für ihn da war, wann immer er die Nummer wählte, beständig in seiner Verneinung der Rede und der Möglichkeit der Rede, beharrlich wie das Schlagen eines Herzens. Virginia und Peter Stillman waren nun von ihm abgeschnitten. Er konnte sein Gewissen mit dem Gedanken beschwichtigen, daß er es immerhin noch versuchte. In was für eine Dunkelheit sie ihn auch führten, er hatte sie noch nicht verlassen.

Er ging den Broadway hinunter bis zur 72nd Street, wandte sich nach Osten zum Central Park West und ging weiter bis zur 59th Street und zur Kolumbus-Statue. Dort bog er wieder nach Osten ab und ging längs des Central Park South bis zur Madison Avenue und dann rechts stadteinwärts zur Grand Central Station. Nachdem er aufs Geratewohl einige Häuserblocks umkreist hatte, setzte er seinen Weg eine Meile weit nach Süden fort, kam zur Verbindung von Broadway und Fifth Avenue in der 23rd Street, blieb stehen und betrachtete das Flatiron Building, wechselte dann den Kurs und ging westwärts, bis er die Seventh Avenue erreichte, wo er nach links abbog und weiter auf die Innenstadt zuging. Am Sheridan Square wandte er sich wieder nach Osten, schlenderte den Waverly Place hinunter, überquerte die Sixth Avenue und setzte seinen Weg in Richtung Washington Square fort. Er ging unter dem Bogen durch und südwärts durch die Menschenmenge. Einen Augenblick blieb er stehen, um einem Jongleur auf einem schlaffen Seil zuzusehen, das an einem Lichtmast und an einem Baumstamm befestigt war. Dann verließ er den kleinen Park an der östlichen Ecke, ging durch die Wohnanlage der Universität mit seinen kleinen Rasenflächen und wandte sich in der Houston Street nach rechts.

Am West Broadway machte er wieder eine Wendung, diesmal nach links, und ging weiter in Richtung Canal. Leicht nach rechts abbiegend, ging er durch einen winzigen Park und bog in die Varick Street ein, schlenderte an der Nummer 6 vorbei, wo er einmal gewohnt hatte, schlug dann wieder einen westlichen Kurs ein und erreichte wieder den West Broadway, wo die Varick Street einmündet. Der West Broadway führte ihn zum World Trade Center, und er betrat die Halle eines der Türme, um Virginia zum dreizehntenmal an diesem Tag anzurufen. Quinn beschloß, etwas zu essen. Er suchte eine der Schnellimbißstuben im Parterre auf und verzehrte langsam ein Sandwich, während er etwas in sein rotes Notizbuch eintrug. Danach ging er wieder nach Osten, wanderte durch die engen Straßen des Finanzdistrikts und bog dann nach Süden ab, nach Bowling Green, wo er das Wasser sah und die Möwen darüber, die schräg durch das Mittagslicht segelten. Einen Augenblick dachte er daran, die Fähre nach Staten Island zu nehmen, aber dann überlegte er es sich anders und machte sich auf den Weg nach Norden. In der Fulton Street bog er nach rechts ab und folgte dem Nord-Ost-Weg des East Broadway, der durch das Miasma der Lower East Side und dann hinauf in die Chinatown führt. Von dort aus fand er die Bowery, die ihn bis zur 14th Street brachte. Er schlug einen Haken nach links, ging diagonal über den Union Square und weiter stadtauswärts längs der Park Avenue South. In der 23rd Street ging er nach Norden, bog nach einigen Häuserblocks wieder nach rechts ab, ging einen Block weit nach Osten und dann eine Weile die Third Avenue hinauf. In der 32nd Street wandte er sich nach rechts, kam zur Second Avenue, wandte sich nach links, ging drei Blocks stadtauswärts und bog ein letztes Mal nach rechts ab, worauf er in der First Avenue ankam. Dann ging er die restlichen sieben Häuserblocks zu den United Nations Headquarters und beschloß, eine kurze Rast einzulegen. Er setzte sich auf eine Steinbank auf der Plaza, atmete tief und genoß mit geschlossenen Augen die Luft und das Licht. Dann schlug er das rote Notizbuch auf, nahm den Kugelschreiber des Taubstummen aus der Tasche und begann mit einer neuen Seite.

Zum erstenmal, seitdem er das rote Notizbuch gekauft hatte, schrieb er an diesem Tag etwas, was nichts mit dem Fall Stillman zu tun hatte. Er konzentrierte sich vielmehr auf die Dinge, die er unterwegs gesehen hatte. Er dachte nicht darüber nach, was er tat, und ebensowenig analysierte er die möglichen Folgen dieser ungewöhnlichen Handlung. Er fühlte den Drang, gewisse Tatsachen aufzuzeichnen, und er wollte sie zu Papier bringen, bevor er sie vergaß.

«Heute wie nie zuvor: die Obdachlosen, die Heruntergekommenen, die Frauen mit den Einkaufstüten, die Ziellosen, die Betrunkenen. Von den lediglich Mittellosen bis zu den völlig Elenden und Gebrochenen. Wohin man sich wendet, sie sind da, in guten und in schlechten Vierteln.

Manche betteln mit einem Anschein von Stolz. Gebt mir dieses Geld, scheinen sie zu sagen, und ich werde bald einer der euren sein und hin und her eilen bei meinen täglichen Geschäften. Andere haben die Hoffnung aufgegeben, sich jemals wieder aufzurappeln. Sie liegen auf dem Gehsteig ausgestreckt mit ihrem Hut, ihrer Schale oder ihrer Schachtel, machen sich nicht einmal die Mühe, zu den Vorübergehenden aufzublicken, zu sehr geschlagen, um auch nur denen zu danken, die ihnen eine Münze hinwerfen. Andere wieder versuchen für das Geld, das man ihnen gibt, zu arbeiten: die blinden Bleistiftverkäufer, die Weinsäufer, die einem die Windschutzscheibe des Wagens waschen. Manche erzählen Geschichten, gewöhnlich tragische Schilderungen ihres eigenen Lebens, so als wollten sie ihren Wohltätern etwas für ihre Güte geben – und wären es nur Worte.

Andere haben echtes Talent. Der alte Schwarze heute zum Beispiel, der steppte, während er Zigaretten jonglierte – immer noch würdevoll, offensichtlich ein ehemaliger Varietékünstler, in einem purpurroten Anzug mit grünem Hemd und gelbem Schlips, der Mund in einem halb vergessenen Bühnenlächeln erstarrt. Dann gibt es die Pflastermaler und Musiker: Saxophonisten, Gitarristen, Geiger. Gelegentlich trifft man ein Genie, wie ich heute:

Ein Klarinettist unbestimmten Alters mit einem Hut, der sein Gesicht vollkommen verdunkelte, saß mit gekreuzten Beinen wie ein Schlangenbeschwörer auf dem Gehsteig. Direkt vor ihm standen zwei aufziehbare Affen, der eine mit einem Tamburin, der andere mit einer Trommel. Während der eine schüttelte und der andere schlug und beide seltsame, präzise Synkopen erzeugten, improvisierte der Mann endlose kleine Variationen auf seinem Instrument, sein Körper schaukelte steif vor und zurück und ahmte nachdrücklich den Rhythmus der Affen nach. Er spielte leicht und mit feinem Gespür lebhafte, verschlungene Figuren in Moll, so als wäre er glücklich, mit seinen mechanischen Freunden beisammen zu sein, eingeschlossen in dem Universum, das er geschaffen hatte. Es ging weiter und weiter, letzten Endes immer dasselbe, und dennoch: Je länger ich zuhörte, desto schwerer fiel es mir, mich loszureißen.

Innerhalb dieser Musik sein, in den Kreis ihrer Wiederholungen gezogen werden: vielleicht ist das ein Ort, wo man zuletzt verschwinden könnte.

Aber Bettler und Künstler machen nur einen kleinen Teil der Vagabundenbevölkerung aus. Sie sind die Aristokraten, die Elite der Gefallenen. Weit zahlreicher sind diejenigen, die nichts zu tun haben, die nirgendwohin gehen können. Viele sind Säufer, aber dieser Ausdruck wird der Verheerung nicht gerecht, die sie verkörpern. Hüllen der

Verzweiflung, in Lumpen gekleidet, ihre Gesichter blau geschlagen und blutend: sie schlurfen durch die Straßen wie in Ketten. Sie schlafen in Toreingängen, taumeln wie Verrückte durch den Verkehr, brechen auf Gehsteigen zusammen. Und sie scheinen überall zu sein, sooft man sich nach ihnen umsieht. Manche verhungern, andere erfrieren, wieder andere werden geschlagen oder verbrannt oder gefoltert.

Für jede Seele, die in dieser besonderen Hölle verloren ist, gibt es mehrere andere, die im Wahnsinn eingeschlossen leben – unfähig, in die Welt hinauszugehen, die an der Schwelle ihres Körpers beginnt. Obwohl sie da zu sein scheinen, können sie nicht als anwesend gezählt werden. Der Mann zum Beispiel, der immer zwei Trommelstöcke bei sich hat und mit ihnen einen verwegenen, unsinnigen Rhythmus auf das Pflaster trommelt, ungeschickt vornüber gebeugt, während er die Straße entlanggeht und auf den Beton schlägt und schlägt. Vielleicht glaubt er, eine wichtige Arbeit zu verrichten. Vielleicht würde, wenn er nicht tut, was er tut, die Stadt auseinanderfallen. Vielleicht würde der Mond aus seiner Bahn trudeln und auf die Erde stürzen. Es gibt welche, die mit sich selbst reden, die murmeln, schreien, fluchen, stöhnen, die sich selbst Geschichten erzählen, als hörte ihnen jemand zu. Der Mann, den ich heute sah: Er saß wie ein Haufen Abfall vor der Grand Central Station, die Menge strömte an ihm vorbei, und er sagte mit lauter, schreckerfüllter Stimme: ‹Drittes Marineinfanteriekorps... Bienen essen... Die Bienen krabbeln aus meinem Mund.› Oder die Frau, die einem unsichtbaren Begleiter zurief: ‹Und was, wenn ich nicht will! Was, wenn ich, verdammt noch mal, einfach nicht will!›

Da sind die Frauen mit ihren Einkaufstüten und die Männer mit ihren Pappkartons, die ihre Habseligkeiten von einem Ort zum anderen tragen, immer unterwegs, als ob es von Bedeutung wäre, wo sie sind. Der Mann, der sich in eine amerikanische Flagge eingehüllt hat. Die Frau mit einer Halloween-Maske vor dem Gesicht. Der Mann in einem zerschlissenen Mantel, seine Schuhe sind in Fetzen gewickelt, aber er trägt ein tadellos gebügeltes Hemd auf einem Kleiderbügel, noch in der Plastikhülle der Reinigung. Der Mann in einem Straßenanzug, barfuß, einen Rugbyhelm auf dem Kopf. Die Frau, deren Kleidung von Kopf bis Fuß mit Ansteckplaketten vom Präsidentschaftswahlkampf bedeckt ist. Und da ist der Mann, der beim Gehen die Hände vors Gesicht hält, hysterisch weint und immer und immer wieder sagt: ‹Nein, nein, nein. Er ist tot. Er ist nicht tot. Nein, nein, nein. Er ist tot. Er ist nicht tot.›

Baudelaire: *Il me semble que je serais toujours bien là où je ne suis pas.* Mit anderen Worten: Mir scheint, daß ich immer dort glücklich wäre, wo ich nicht bin. Oder, gröber gesagt: Wo immer ich nicht bin, ist der Ort, wo ich ich selbst bin. Oder, um den Stier bei den Hörnern zu packen: überall außerhalb der Welt.»

Es war beinahe Abend. Quinn schloß das rote Notizbuch und steckte den Kugelschreiber in die Tasche. Er wollte ein wenig länger über das nachdenken, was er geschrieben hatte, stellte aber fest, daß er nicht dazu imstande war. Die Luft um ihn her war mild, beinahe süß, so als gehörte sie nicht mehr zur Stadt. Er stand von der Bank auf, streckte Arme und Beine und ging zu einer Telefonzelle, von wo aus er wieder Virginia Stillman anrief. Dann ging er zu Abend essen.

Im Restaurant wurde ihm bewußt, daß er eine Entscheidung getroffen hatte. Ohne daß er es gewußt hatte, war die Antwort schon da, fertig geformt in seinem Kopf. Das Besetztzeichen, erkannte er nun, war nichts Willkürliches. Es war ein Signal und sagte ihm, daß er seine Verbindung mit dem Fall noch nicht abbrechen konnte, selbst wenn er es gewollt hätte. Er hatte versucht, mit Virginia Stillman zu sprechen, um ihr zu sagen, daß er am Ende angelangt war, aber das Schicksal hatte es nicht zugelassen. Quinn dachte einen Augenblick darüber nach. War «Schicksal» wirklich das Wort, das er gebrauchen wollte? Es erschien ihm so gewichtig und altmodisch. Und dennoch, als er es gründlich untersuchte, entdeckte er, daß er genau das hatte sagen wollen. Oder wenn es schon nicht genau das war, so war der Ausdruck doch treffender als jeder andere, der ihm einfiel. Schicksal im Sinne von «was war», was zufällig war. Es war so etwas wie das Wort «es» in dem Satz «es regnet» oder «es ist Nacht». Worauf sich dieses «Es» bezog, hatte Quinn nie gewußt. Vielleicht war es eine verallgemeinerte Beschaffenheit der Dinge, wie sie sind, der Zustand der Es-heit, welcher der Boden ist, auf dem die Geschehnisse der Welt stattfanden. Eindeutiger konnte er es nicht ausdrücken. Aber vielleicht suchte er nicht wirklich etwas Eindeutiges.

Es war also das Schicksal. Was immer er davon hielt, wie sehr er es sich auch anders wünschte, es gab nichts, was er dagegen tun konnte. Er hatte ja zu einem Vorschlag gesagt, und nun hatte er nicht die Macht, dieses Ja zu widerrufen. Das bedeutete nur eines: Er mußte bis zum Ende durchhalten. Es konnte keine zwei Antworten geben. Es war entweder das eine oder das andere. Und so war es, ob es ihm gefiel oder nicht.

Die Sache mit Auster war offensichtlich ein Irrtum. Vielleicht hatte es einmal einen Privatdetektiv dieses Namens in New York gegeben. Der Mann von Peters Pflegerin war ein pensionierter Polizeibeamter – also nicht mehr jung. Zu seiner Zeit hatte es zweifellos einen Auster mit einem guten Ruf gegeben, und an ihn hatte er natürlich gedacht, als er aufgefordert wurde, einen Privatdetektiv ausfindig zu machen. Er hatte im Telefonbuch nachgesehen, nur einen Mann dieses Namens gefunden und angenommen, es sei der richtige. Dann hatte er die Nummer den Stillmans gegeben. In diesem Augenblick passierte der zweite Irrtum. Es gab eine Störung in den Leitungen, und irgendwie war seine Nummer mit der Austers durcheinandergeraten. So etwas kam jeden Tag vor. Und so hatte er den Anruf erhalten – der ohnehin für den falschen Mann bestimmt war. Das alles war vollkommen sinnvoll.

Blieb noch ein Problem. Wenn er nicht mit Virginia Stillman in Verbindung treten konnte – wenn er, wie er glaubte, *keine* Verbindung mit ihr aufnehmen sollte –, wie hatte er dann vorzugehen? Seine Aufgabe war es, Peter zu beschützen, dafür zu sorgen, daß ihm nichts geschah. Spielte es eine Rolle, was Virginia Stillman glaubte, daß er tat, solange er tat, was von ihm erwartet wurde? Im Idealfall sollte ein Detektiv ständig in Verbindung mit seinem Auftraggeber bleiben. Das war immer einer der Grundsätze Max Works gewesen. Aber war es wirklich notwendig? Wenn es irgendwelche Mißverständnisse gab, konnten sie gewiß aufgeklärt werden, sobald der Fall abgeschlossen war.

Er konnte also vorgehen, wie er wollte. Er brauchte Virginia Stillman nicht mehr anzurufen. Er konnte ein für allemal auf das orakelhafte Besetztzeichen verzichten. Von nun an war er nicht mehr aufzuhalten. Es sollte Stillman unmöglich sein, in Peters Nähe zu kommen, ohne daß es Quinn wußte.

Quinn zahlte seine Rechnung, steckte sich einen Zahnstocher mit Mentholgeschmack in den Mund und machte sich wieder auf den Weg. Er brauchte nicht weit zu gehen. Vor einer «Citibank», die vierundzwanzig Stunden in Betrieb war, ließ er sich vom Automaten einen Kontoauszug geben. Er hatte noch 349 Dollar, hob 300 ab, steckte das Geld in die Tasche und ging weiter in Richtung des oberen Stadtteils. An der 57th Street wandte er sich nach links und ging zur Park Avenue. Dort bog er nach rechts ab und ging nach Norden bis zur 69th Street, und dort wandte er sich dem Block der Stillmans zu. Das Gebäude sah aus wie beim erstenmal. Er blickte nach oben, um zu sehen, ob in der Wohnung Licht brannte, aber er konnte sich nicht erinnern, welche Fenster ihnen gehörten. Die Straße war völlig still. Keine Wagen fuhren, keine Passanten kamen vorbei. Quinn ging auf die andere Straßenseite hinüber, fand einen Platz für sich in einer engen Gasse und richtete sich dort für die Nacht ein.

12

Eine lange Zeit verging. Wie lange sie genau war, läßt sich unmöglich sagen. Sicherlich Wochen, aber vielleicht sogar Monate. Der Bericht über diese Periode ist weniger vollständig, als es der Autor gern hätte. Aber die Informationen sind nun einmal knapp, und er zog es vor, schweigend zu übergehen, was nicht eindeutig bestätigt werden konnte. Da sich diese Geschichte voll und ganz auf Tatsachen gründet, hält es der Autor für seine Pflicht, die Grenzen des Nachprüfbaren nicht zu überschreiten und den Gefahren der Erfindung um jeden Preis auszuweichen. Sogar das rote Notizbuch, das bisher einen ausführlichen Bericht über Quinns Erlebnisse lieferte, ist suspekt. Wir können nicht mit Gewißheit sagen, was mit Quinn während dieser Zeit geschah, denn gerade an diesem Punkt in der Geschichte begann er die Herrschaft über sich zu verlieren.

Er blieb die meiste Zeit in der Gasse. Sein Platz war nicht unbequem, sobald er sich einmal an ihn gewöhnt hatte, und er hatte den Vorteil, gut vor allen Blicken verborgen zu sein. Von dort aus konnte er das Kommen und Gehen im Hause der Stillmans beobachten. Niemand kam heraus oder ging hinein, ohne daß er sah, wer es war. Anfangs überraschte es ihn, daß er weder Virginia noch Peter sah. Aber viele Lieferanten kamen und gingen ständig, und schließlich wurde ihm klar, daß die beiden das Gebäude nicht zu verlassen brauchten. Sie konnten sich alles bringen lassen. Und dann begriff Quinn, daß auch sie sich verkrochen und in ihrer Wohnung das Ende des Falles abwarteten.

Nach und nach paßte sich Quinn seiner neuen Lebensweise an. Es gab eine Reihe von Problemen, aber es gelang ihm, sie nacheinander zu lösen. Als erstes kam die Frage der Ernährung. Da äußerste Wachsamkeit von ihm gefordert wurde, zögerte er, seinen Posten längere Zeit zu verlassen. Der Gedanke, daß in seiner Abwesenheit etwas geschehen könnte, quälte ihn, und er gab sich die größte Mühe, die Gefahr zu verringern. Er hatte irgendwo gelesen, daß zwischen 3.30 Uhr und 4.30 Uhr morgens mehr Menschen in ihren Betten liegen und schlafen als zu jeder anderen Zeit. Statistisch gesehen waren die Chancen, daß um diese Zeit nichts geschah, am besten, und daher erledigte Quinn in dieser Stunde seine Einkäufe. In der Lexington Avenue nicht weit im Norden hatte ein Lebensmittelgeschäft die ganze Nacht offen, und jeden Morgen um 3.30 Uhr ging Quinn in raschem Tempo (der körperlichen Bewegung wegen und auch, um Zeit zu sparen) dorthin und kaufte, was er in den nächsten vierundzwanzig Stunden an Lebensmitteln brauchte. Es zeigte sich, daß das nicht viel war, und mit der Zeit brauchte er immer weniger. Denn Quinn machte die Erfahrung, daß Essen nicht notwendigerweise das Ernährungsproblem löst. Eine Mahlzeit war nur eine schwache Verteidigung gegen die Unvermeidlichkeit der nächsten Mahlzeit. Nahrung selbst konnte nie das Problem der Nahrung lösen; sie zögerte nur den Augenblick hinaus, in dem die Frage ernstlich gestellt werden mußte. Die größte Gefahr bestand daher darin, zuviel zu essen. Nahm er mehr zu sich, als er sollte, steigerte sich sein Appetit auf die nächste Mahlzeit, und es war mehr Nahrung nötig, um ihn zu befriedigen. Indem er sich ständig sorgfältig beobachtete, war Quinn imstande, den Prozeß umzukehren. Es war sein Ehrgeiz, so wenig wie möglich zu essen und dadurch den Hunger abzuwehren. In der besten aller Welten wäre es ihm vielleicht gelungen, den absoluten Nullpunkt zu erreichen, aber er wollte unter den gegenwärtigen Umständen nicht allzu ehrgeizig sein. Im Geiste sah er das totale Fasten als ein Ideal an, als einen Zustand der Vollkommenheit, den er anstreben, aber nie erreichen konnte. Er wollte nicht verhungern – und daran erinnerte er sich selbst jeden Tag –, sondern nur frei sein, um an die Dinge zu denken, die ihn wirklich etwas angingen. Für den Augenblick bedeutete das, daß er sich vor allem mit dem Fall beschäftigen mußte. Zum Glück ließ sich das mit seinem anderen Ehrgeiz vereinen, mit den dreihundert Dollar so lange wie möglich auszukommen. Es versteht sich von selbst, daß Quinn während dieser Zeit stark abmagerte.

Sein zweites Problem war der Schlaf. Er konnte nicht immerzu wach bleiben, aber eben das erforderte die Situation von ihm. Auch hier mußte er gewisse Konzessionen machen. Wie in bezug auf das Essen hatte Quinn das Gefühl, daß er mit weniger auskommen konnte, als er gewohnt war. Statt der sechs bis acht Stunden Schlaf, die er sich sonst gönnte, beschloß er, sich auf drei oder vier zu beschränken. Die Umstellung fiel ihm schwer, aber noch viel schwieriger war das Problem, wie er diese Stunden so verteilen sollte, daß die größtmögliche Wachsamkeit gewährleistet war. Offensichtlich durfte er nicht vier Stunden hintereinander durchschlafen. Das Risiko war zu groß. Theoretisch wäre es am wirksamsten gewesen, alle fünf oder sechs Minuten dreißig Sekunden lang zu schlafen. Das hätte die Gefahr, etwas zu versäumen, auf praktisch Null reduziert. Aber er sah ein, daß dies physisch unmöglich war. Indem er aber diese Unmöglichkeit als eine Art Modell zugrunde legte, versuchte er sich darin zu üben, eine Reihe von kurzen Nikkerchen zu machen und sooft wie möglich zwischen Schlafen und Wachen hin und her zu wechseln. Es war ein langer Kampf, der Disziplin und Konzentration erforderte, und je länger das Experiment dauerte, desto erschöpfter war er. Am Anfang versuchte er es mit Sequenzen von jeweils fünfundvierzig Minuten, die er allmählich auf dreißig Minuten reduzierte. Zuletzt gelang es ihm mit recht gutem Erfolg, immer nur eine Viertelstunde zu schlafen. Eine Kirche in der Nähe half ihm bei seinen Bemühungen. Ihre Glocken schlugen alle fünfzehn Minuten – einmal für die Viertelstunde, zweimal für die halbe Stunde, dreimal für die Dreiviertelstunde und viermal für die volle Stunde, worauf noch die Schläge folgten, welche die Zeit anzeigten. Quinn lebte nach dem Rhythmus dieser Uhr, und zuletzt konnte er ihn kaum noch von seinem eigenen Puls unterscheiden. Um Mitternacht begann seine allnächtliche Routine. Er schloß die Augen und schlief ein, bevor die Uhr zwölf geschlagen hatte. Fünfzehn Minuten später wachte er auf, wenn die halbe Stunde schlug, schlief er wieder ein, und bei den Schlägen der Dreiviertelstunde wachte er wieder auf. Um drei Uhr dreißig ging er sein Essen holen, um vier Uhr war er zurück und schlief dann wieder. Er träumte während dieser Zeit wenig, und wenn, waren seine Träume sonderbar: kurze Visionen des Unmittelbaren – seine Hände, seine Schuhe, die Ziegelmauer neben ihm. Und es gab auch keinen Augenblick, in dem er nicht todmüde war.

Sein drittes Problem war der Schutz vor der Witterung, aber es ließ sich leichter lösen als die beiden anderen. Zum Glück blieb das Wetter warm, und als der Spätfrühling in den Sommer überging, regnete es nur wenig. Ab und zu gab es einen Schauer und ein- oder zweimal ein Gewitter mit Donner und Blitz, aber alles in allem war das Wetter nicht schlecht, und Quinn hörte nie auf, für sein Glück zu danken. Weiter hinten in der Gasse stand eine große Blechtonne für Abfälle, und wenn es nachts regnete, stieg Quinn hinein, um trocken zu bleiben. Der Geruch in der Tonne war überwältigend, und er brachte ihn tagelang nicht aus seinen Kleidern heraus, aber Quinn zog ihn dem Naßwerden vor, denn er wollte nicht das Risiko eingehen, sich zu erkälten oder krank zu werden. Zum Glück war der Deckel verbogen und paßte nicht mehr ganz auf die Tonne. In einer Ecke klaffte ein Spalt von fünfzehn oder zwanzig Zentimetern, eine Art Luftloch, durch das Quinn die Nase in die Nacht hinausstecken und atmen konnte. Wenn er auf den Abfällen kniete und den Oberkörper gegen die Wand der Tonne lehnte, fand er seine Lage gar nicht so unbequem.

In klaren Nächten schlief er unter der Tonne und legte seinen Kopf so, daß er den Vordereingang des Hauses der Stillmans sehen konnte, sobald er die Augen öffnete. Seine Blase entleerte er gewöhnlich in einer fernen Ecke der Gasse hinter der Mülltonne, mit dem Rücken zur Straße. Die Eingeweide waren eine andere Angelegenheit, und er stieg gewöhnlich in die Tonne, um nicht gesehen zu werden. Neben der Tonne standen noch einige Plastikmülleimer, und in einem davon fand Quinn meistens eine Zeitung, mit der er sich abputzen konnte. Einmal allerdings war er in einem dringenden Fall gezwungen, ein Blatt aus seinem Notizbuch zu nehmen. Was das Waschen und Rasieren anbetraf, so gehörten sie zu den Dingen, auf die Quinn zu verzichten gelernt hatte.

Wie es ihm während dieser Zeit gelang, verborgen zu bleiben, ist ein Geheimnis. Aber es scheint, daß ihn niemand entdeckte und niemand die Behörden auf seine Anwesenheit aufmerksam machte. Zweifellos durchschaute er rasch den Zeitplan der Müllabfuhr und verschwand aus der Gasse, wenn sie kam. Das gleiche galt für den Hausmeister, der jeden Abend die Abfälle in die Tonne und in die Eimer leerte. So ungewöhnlich es scheinen mag – niemand bemerkte jemals Quinn. Er war gleichsam mit den Mauern der Stadt verschmolzen.

Die Probleme der Haushaltung und des materiellen Lebens beanspruchten einen gewissen Teil des Tages. Meistens hatte Quinn jedoch reichlich Zeit. Da er nicht wollte, daß ihn jemand sah, mußte er anderen Menschen so planvoll wie nur möglich ausweichen. Er konnte sie nicht ansehen, er konnte nicht mit ihnen sprechen, er konnte nicht über sie nachdenken. Quinn hatte sich immer für einen

Mann gehalten, der gern allein war. In den letzten fünf Jahren hatte er das Alleinsein auch absichtlich gesucht. Aber erst jetzt, als sein Leben in der Gasse weiter- und weiterging, begann er das wahre Wesen der Einsamkeit zu verstehen. Er konnte auf nichts anderes mehr zurückfallen als auf sich selbst. Und von allen Dingen, die er während der Tage dort entdeckte, war dies das eine, das er nicht anzweifelte: daß er fiel. Was er jedoch nicht verstand, war dies: Wie konnte man, da er doch fiel, von ihm erwarten, daß er sich ebenso auch wieder fing? War es möglich, zugleich oben und unten zu sein?

Viele Stunden verbrachte er damit, zum Himmel hinaufzusehen. In seiner Lage hinten in der Gasse, eingeklemmt zwischen Mülltonne und Mauer, gab es wenig anderes zu sehen, und als die Tage vergingen, begann er an der Welt über ihm Gefallen zu finden. Er sah vor allem, daß der Himmel nie ruhig war. Auch an wolkenlosen Tagen, wenn überall nur das Blau zu herrschen schien, gab es ständig kleine Veränderungen, leichte Störungen, und der Himmel wurde flacher und tiefer, und es tauchte die plötzliche Weiße von Flugzeugen, Vögeln und fliegenden Papierfetzen auf. Wolken machten das Bild komplizierter, und Quinn verbrachte viele Nachmittage damit, sie zu studieren, zu versuchen, ihre Art, ihr Wesen zu begreifen, zu sehen, ob er nicht voraussagen konnte, was mit ihnen geschehen werde. Er machte sich vertraut mit den Zirrus-, Kumulus-, Stratus- und Nimbostratus-Wolken und all ihren Kombinationen, wartete auf jede Form und sah, wie sich der Himmel unter ihrem Einfluß veränderte. Mit den Wolken kam auch die Farbe, und er hatte sich mit einer weiten Skala von Schwarz bis Weiß und einer Unendlichkeit grauer Zwischentöne zu beschäftigen. All das mußte erforscht, gemessen und entziffert werden. Dazu kamen die Pastelltöne, die entstanden, sooft zu gewissen Tageszeiten die Sonnenstrahlen die Wolken trafen. Das Spektrum der Variablen war ungeheuer, und das Ergebnis hing jeweils von den Temperaturen der verschiedenen Schichten der Atmosphäre, dem Typus der am Himmel vorhandenen Wolken und dem Stand der Sonne in einem gegebenen Augenblick ab. Aus all dem ergaben sich das Rot und das Rosa, die Quinn so sehr liebte, der Purpur und der Zinnober, das Orange und der Lavendel, das Gold und die federförmigen Persimonen. Nichts dauerte lange. Die Farben zerflossen bald, vermischten sich mit anderen, zogen weiter oder verblaßten, wenn die Nacht erschien. Beinahe immer wehte ein Wind, der diese Vorgänge beschleunigte. Dort, wo er in der Gasse saß, konnte Quinn ihn nur selten spüren, aber indem er seine Wirkung auf die Wolken beobachtete, vermochte er seine Stärke und die Art der Luft, die er bewegte, abzuschätzen. Nacheinander zogen alle Witterungserscheinungen über seinen Kopf hin, vom Sonnenschein bis zum Sturm, von Düsterkeit bis zu strahlender Helle. Morgen- und Abenddämmerungen gab es zu beobachten, die Verwandlungen des Mittags, die frühen Abende, die Nächte. Selbst in seiner Schwärze ruhte der Himmel nicht. Wolken trieben durch die Dunkelheit, der Mond hatte stets eine andere Gestalt, der Wind hörte nicht auf zu wehen. Manchmal zeigte sich sogar ein Stern in dem kleinen Fleckchen Himmel, das Quinn gehörte, und während er hinaufsah, fragte er sich, ob er noch da oben oder schon längst ausgebrannt war.

Die Tage kamen und gingen. Stillman erschien nicht. Zuletzt hatte Quinn kein Geld mehr. Schon seit einiger Zeit hatte er sich auf diesen Augenblick vorbereitet, und gegen Ende hatte er seine Mittel mit manischer Präzision zusammengehalten. Er gab keinen Cent aus, ohne zuerst die Notwendigkeit dessen zu prüfen, was er zu brauchen glaubte, und ohne zuerst die Folgen und das Für und Wider abzuwägen. Doch auch die strengste Sparsamkeit konnte das Unvermeidliche nicht aufhalten.

Es war etwa Mitte August, als Quinn feststellte, daß er nicht mehr weitermachen konnte. Der Autor fand das Datum durch gründliche Nachforschungen bestätigt. Es ist jedoch möglich, daß dieser Augenblick schon Ende Juli oder erst Anfang September eintrat, da alle Untersuchungen dieser Art einen gewissen Spielraum für Irrtümer berücksichtigen müssen. Nach bestem Wissen, sorgfältiger Prüfung des Beweismaterials und Ausschaltung aller offensichtlichen Widersprüche verlegt der Autor jedoch die folgenden Ereignisse in den Monat August, etwa in die Zeit zwischen dem zwölften und dem fünfundzwanzigsten.

Quinn besaß nun so gut wie nichts mehr – einige Münzen, die keinen ganzen Dollar mehr ausmachten. Er war sicher, daß in seiner Abwesenheit Geld für ihn eingetroffen war. Er mußte nur die Schecks aus dem Schließfach im Postamt holen, zur Bank gehen und sie einlösen. Wenn alles gutging, konnte er binnen weniger Stunden wieder in der 69th Street sein. Wir werden nie erfahren, was für Qualen es ihn kostete, seinen Platz zu verlassen.

Er hatte nicht genug Geld, um den Bus zu nehmen. Zum erstenmal seit vielen Wochen ging er eine längere Strecke. Es war seltsam, wieder auf den Beinen zu sein, sich stetig von einem Ort zum anderen zu bewegen, die Arme zu schwingen, das Pflaster unter den Schuhsohlen zu spüren. Und doch ging er die 69th Street entlang nach Westen, bog in der Madison Avenue nach rechts ab und setzte seinen Weg nach Norden fort. Seine Beine waren schwach, und er hatte ein Gefühl, als wäre sein Kopf aus Luft. Immer wieder mußte er stehenbleiben, um Atem zu schöpfen, und einmal mußte er sich, dem Zusammenbrechen nahe, an einem Laternenpfahl festhalten. Er entdeckte, daß er leichter vorankam, wenn er die Füße so wenig wie möglich hob und mit langsamen, gleitenden Schritten dahinschlurfte. Auf diese Weise konnte er Kräfte sparen für die Straßenecken, wo er vor und nach jedem Schritt vom Rand des Gehsteigs hinunter und dann wieder auf den Gehsteig hinauf sorgfältig auf sein Gleichgewicht achten mußte.

In der 84th Street blieb er kurz vor einem Laden stehen.

An der Fassade war ein Spiegel angebracht, und zum erstenmal seit dem Beginn seiner Wache sah sich Quinn. Nicht, daß er Angst davor gehabt hätte, seinem eigenen Bild gegenüberzutreten. Er hatte einfach nicht daran gedacht. Er war zu sehr mit seiner Aufgabe beschäftigt gewesen, um an sich selbst zu denken, und die Frage seines Aussehens hatte gewissermaßen aufgehört zu existieren. Als er sich nun im Spiegel des Ladens sah, war er weder schockiert noch enttäuscht. Er fühlte gar nichts, denn in Wirklichkeit erkannte er sich in der Person, die er sah, nicht wieder. Er glaubte, einen Fremden im Spiegel zu erblicken, und in diesem ersten Augenblick drehte er sich rasch um. Er wollte sehen, wer der Fremde war, aber es befand sich niemand in seiner Nähe. Er wandte sich wieder dem Spiegel zu, um das Bild genauer zu prüfen. Zug um Zug studierte er das Gesicht, das er vor sich sah, und allmählich bemerkte er, daß diese Person eine gewisse Ähnlichkeit mit dem Mann aufwies, den er immer für sich selbst gehalten hatte. Ja, es war mehr als wahrscheinlich, daß dies Quinn war. Aber auch jetzt war er noch nicht bestürzt. Die Verwandlung seines Aussehens war so drastisch, daß er unwillkürlich fasziniert war. Er war zu einem Penner geworden. Seine Kleidung war verschossen, zerknittert, vor Schmutz verkommen. Sein Gesicht war von einem dichten schwarzen Bart mit kleinen grauen Flecken bedeckt. Sein Haar war lang und verfilzt, hinter den Ohren zu kleinen Büscheln verflochten, und es hing ihm in Locken beinahe bis auf die Schultern hinunter. Er fühlte sich an Robinson Crusoe erinnert und wunderte sich darüber, wie schnell diese Veränderungen eingetreten waren. Es hatte nicht mehr als einige Monate gedauert, und in dieser Zeit war er ein anderer Mensch geworden. Er versuchte, sich an den zu erinnern, der er zuvor gewesen war, aber es fiel ihm schwer. Er sah diesen neuen Quinn an und zuckte die Schultern. Es war nicht wirklich von Bedeutung. Er war früher das eine gewesen, und nun war er etwas anderes. Das war weder besser noch schlechter. Es war anders, weiter nichts.

Er ging noch einige Blocks weiter stadtauswärts, dann wandte er sich nach links, überquerte die Fifth Avenue und ging an der Mauer des Central Park entlang. Bei der 96th Street betrat er den Park und stellte fest, daß er froh über das Gras und die Bäume war. Der Spätsommer hatte das Grün schon sehr erschöpft, und da und dort blickte der Erdboden in braunen, staubigen Flecken durch. Aber die Bäume über ihm waren noch voller Laub, und überall war ein Funkeln von Licht und Schatten zu sehen, das Quinn übernatürlich und schön fand. Es war spät am Vormittag, und bis zur drückenden Hitze des Nachmittags sollten noch einige Stunden vergehen. Auf halbem Weg durch den Park überkam Quinn der Drang, sich auszuruhen. Hier gab es keine Straßen, keine Häuserblocks, die die Stadien seiner Fortbewegung kennzeichneten, und plötzlich schien ihm, daß er schon Stunden unterwegs war. Er hatte das Gefühl, daß er noch ein oder zwei Tage mühsam wandern müßte, um die andere Seite des Parks zu erreichen. Einige Minuten ging er noch weiter, aber zuletzt wollten ihn seine Beine nicht mehr tragen. Eine Eiche stand in seiner Nähe, und Quinn ging auf sie zu, taumelnd wie ein Betrunkener, der nach einer durchzechten Nacht nach seinem Bett tastet. Er streckte sich auf dem grasbedeckten Hügel auf der Nordseite des Baumes aus, schob sich sein rotes Notizbuch unter den Kopf und schlief ein. Es war der erste ununterbrochene Schlaf seit Monaten, und er wachte erst auf, als es wieder Morgen war.

Seine Uhr sagte ihm, daß es halb zehn war, und er mochte nicht an die Zeit denken, die er verloren hatte. Er stand auf und begann, nach Westen zu trotten, erstaunt darüber, daß seine Kräfte zurückgekehrt waren, aber wütend auf sich selbst wegen der Stunden, die er vergeudet hatte. Er war untröstlich. Gleich, was er nun tat, er hatte das Gefühl, daß er in jedem Fall zu spät kommen würde. Er konnte hundert Jahre lang laufen und würde doch erst ankommen, wenn die Türen schon geschlossen wurden.

Er verließ den Park bei der 96th Street und ging weiter nach Westen. An der Ecke der Columbus Avenue sah er eine Telefonzelle, die ihn plötzlich an Auster und den Scheck über 500 Dollar erinnerte. Vielleicht konnte er Zeit sparen, wenn er sich jetzt das Geld geben ließ. Er konnte direkt zu Auster gehen, das Geld einstecken und sich den Weg zum Postamt und zur Bank ersparen. Aber ob Auster das Geld in bar bei sich hatte? Wenn nicht, konnten sie sich vielleicht in Austers Bank treffen.

Quinn betrat die Zelle, kramte in seiner Tasche und holte hervor, was ihm noch geblieben war: zwei Zehncentstücke, ein Vierteldollar und acht Cents. Er rief die Auskunft an, um die Nummer zu erfahren, bekam sein Zehncentstück im Rückgabefach zurück, steckte es wieder in den Schlitz und wählte. Auster hob nach dem dritten Läuten ab.

«Hier spricht Quinn.»

Er hörte ein Stöhnen am anderen Ende. «Wo, zum Teufel, haben Sie sich verkrochen?» Austers Stimme klang gereizt. «Ich habe Sie tausendmal angerufen.»

«Ich war beschäftigt. Mit dem Fall.»

«Mit was für einem Fall?»

«Mit dem Fall, dem Fall Stillman. Erinnern Sie sich noch?»

«Natürlich erinnere ich mich.»

«Deshalb rufe ich an. Ich möchte jetzt vorbeikommen und mir das Geld abholen. Die fünfhundert Dollar.»

«Was für Geld?»

«Den Scheck, erinnern Sie sich? Den Scheck, den ich Ihnen gab und der auf Paul Auster ausgestellt war.»

«Natürlich erinnere ich mich. Aber es gibt kein Geld. Deshalb habe ich Sie ja dauernd angerufen.»

«Sie hatten kein Recht, es auszugeben», rief Quinn, plötzlich außer sich. «Dieses Geld gehörte mir.»

«Ich habe es nicht ausgegeben. Der Scheck ist geplatzt.»

«Ich glaube Ihnen nicht.»

«Sie können zu mir kommen und den Brief der Bank sehen, wenn Sie wollen. Er liegt hier auf meinem Schreibtisch. Der Scheck war faul.»

«Das ist absurd.»

«Ja, das ist es. Aber das spielt doch nun keine Rolle mehr, oder?»

«Natürlich spielt es eine Rolle. Ich brauche das Geld, um mit dem Fall weiterzumachen.»

«Aber es gibt keinen Fall mehr. Es ist alles vorbei.»

«Was meinen Sie?»

«Das, was Sie meinen. Der Fall Stillman.»

«Aber was soll das bedeuten: Es ist vorbei? Ich arbeite noch daran.»

«Das kann ich nicht glauben.»

«Hören Sie auf, so verdammt geheimnisvoll zu tun. Ich habe nicht die geringste Ahnung, wovon Sie reden.»

«Ich kann nicht glauben, daß Sie es nicht wissen. Wo, zum Teufel, waren Sie denn? Lesen Sie keine Zeitungen?»

«Zeitungen? Verflucht, so sagen Sie schon, was Sie meinen. Ich habe wahrhaftig keine Zeit, Zeitungen zu lesen.»

Stille am anderen Ende, und einen Augenblick hatte Quinn das Gefühl, daß das Gespräch beendet war, daß er irgendwie eingeschlafen und eben mit dem Hörer in der Hand wieder aufgewacht war.

«Stillman ist von der Brooklyn-Brücke gesprungen», sagte Auster. «Er hat vor zweieinhalb Monaten Selbstmord verübt.»

«Sie lügen.»

«Es stand in allen Zeitungen. Sie können es nachprüfen.»

Quinn sagte nichts.

«Es war Ihr Stillman», sprach Auster weiter. «Der Stillman, der Professor an der Columbia University gewesen war. Es hieß, er starb mitten in der Luft, bevor er noch auf dem Wasser aufschlug.»

«Und Peter? Was ist mit Peter?»

«Ich habe keine Ahnung.»

«Weiß es irgend jemand?»

«Kann ich nicht sagen. Das müssen Sie selbst herausbekommen.»

«Ja, das muß ich wohl», sagte Quinn.

Dann hängte er ein, ohne sich von Auster zu verabschieden. Er nahm das andere Zehncentstück und rief damit Virginia Stillman an. Die Nummer wußte er noch auswendig.

Eine mechanische Stimme wiederholte sie und sagte, daß es unter dieser Nummer keinen Anschluß mehr gab. Dann wiederholte die Stimme die Mitteilung, und danach brach die Verbindung ab.

Quinn konnte nicht mit Sicherheit sagen, wie ihm zumute war. In diesen ersten Augenblicken war es, als fühlte er nichts, als würde das Ganze letzten Endes nichts ausmachen. Er beschloß, später darüber nachzudenken. Später habe ich noch genug Zeit dafür, dachte er. Für den Augenblick schien es das einzig Wichtige zu sein, nach Hause zu gehen. Er wollte in seine Wohnung zurückkehren, sich ausziehen und ein heißes Bad nehmen. Dann wollte er sich die neuen Magazine ansehen, ein paar Platten auflegen, ein wenig aufräumen. Und dann würde er vielleicht beginnen, darüber nachzudenken.

Er ging in die 107th Street zurück. Die Hausschlüssel hatte er noch in der Tasche, und als er die Haustür aufsperrte und die drei Treppen zu seiner Wohnung hinaufging, fühlte er sich beinahe glücklich. Aber dann trat er in die Wohnung, und das war das Ende.

Alles hatte sich verändert. Er schien sich an einem völlig anderen Ort zu befinden, und Quinn dachte, er müsse aus Versehen die falsche Wohnung betreten haben. Er ging noch einmal ins Treppenhaus hinaus und sah nach der Nummer an der Tür. Nein, er hatte sich nicht geirrt. Es war seine Wohnung, und mit seinem Schlüssel hatte er die Tür geöffnet. Er ging wieder hinein und versuchte, sich über die Lage klarzuwerden. Die Möbel waren umgestellt worden. Wo ein Sofa gestanden hatte, war jetzt ein Tisch. An den Wänden hingen neue Bilder, auf dem Boden lag ein neuer Teppich. Und sein Schreibtisch? Er suchte ihn, fand ihn aber nicht. Er betrachtete die Möbel genauer und sah, daß es gar nicht die seinen waren. Alles, was sich in der Wohnung befunden hatte, als er das letzte Mal dagewesen war, hatte man ausgeräumt. Sein Schreibtisch war fort, seine Bücher waren fort, die Kinderzeichnungen seines toten Sohnes waren fort. Er ging vom Wohnzimmer ins Schlafzimmer. Sein Bett war fort, seine Kommode war fort. Er öffnete die oberste Schublade der Kommode, die jetzt da stand. Damenunterwäsche lag darin in unordentlichen Haufen, Büstenhalter und Slips. Die nächste Schublade enthielt Damenpullover. Weiter ging Quinn nicht. Auf einem Tisch neben dem Bett stand die gerahmte Fotografie eines blonden jungen Mannes mit einem bulligen Gesicht. Ein anderes Foto zeigte denselben jungen Mann, der lächelnd im Schnee stand und den Arm um ein fade aussehendes Mädchen legte. Auch sie lächelte. Hinter ihnen sah man einen Skihang, einen Mann mit einem Paar Skiern über der Schulter und den blauen Winterhimmel.

Quinn ging ins Wohnzimmer zurück und setzte sich in einen Sessel. Er sah eine halb gerauchte Zigarette mit Lippenstift daran in einem Aschenbecher. Er zündete sie an und rauchte sie. Dann ging er in die Küche, öffnete den Kühlschrank und fand etwas Orangensaft und Brot. Er trank den Saft, aß drei Schnitten Brot und kehrte ins Wohnzimmer zurück, wo er sich wieder in den Sessel setzte. Eine Viertelstunde später hörte er Schritte die Treppe heraufkommen und ein Klirren von Schlüsseln vor der Tür, dann trat das Mädchen vom Foto in die Wohnung. Sie trug eine weiße Schwesterntracht und hielt einen braunen Einkaufssack in den Armen. Als sie Quinn sah, ließ sie den Sack fallen und schrie. Oder sie schrie zuerst und ließ dann den Sack fallen. Quinn konnte nicht sagen, wie es war. Der Papiersack platzte, als er auf dem Boden aufschlug, und Milch plätscherte in einem weißen Rinnsal auf den Teppichrand zu.

Quinn stand auf, hob beschwichtigend die Hand und sagte,

sie solle unbesorgt sein, er werde ihr nichts tun. Er wolle nur wissen, warum sie in seiner Wohnung wohne. Er nahm den Schlüssel aus der Tasche und hielt ihn in die Höhe, wie um seine guten Absichten zu beweisen. Er brauchte eine Weile, um sie zu überzeugen, aber schließlich beruhigte sie sich.

Das bedeutete aber nicht, daß sie ihm traute oder weniger Angst hatte. Sie blieb neben der offenen Tür stehen, bereit, beim ersten Anzeichen von Gefahr hinauszustürzen. Quinn blieb auf Distanz, er wollte die Lage nicht noch verschlimmern. Sein Mund redete weiter und erklärte immer und immer wieder, daß sie in seiner Wohnung lebte. Sie glaubte ihm offensichtlich kein Wort, hörte aber zu, um ihn nicht zu reizen, und hoffte zweifellos, daß er sich bis zur Erschöpfung aussprechen und dann gehen werde.

«Ich wohne jetzt seit einem Monat hier», sagte sie. «Das ist meine Wohnung. Ich habe einen Mietvertrag für ein Jahr unterschrieben.»

«Und warum habe ich dann den Schlüssel?» fragte Quinn zum siebenten- oder achtenmal. «Überzeugt Sie das nicht?»

«Sie können auf hunderterlei Arten zu dem Schlüssel gekommen sein.»

«Hat man Ihnen nicht gesagt, daß hier jemand wohnt, als Sie die Wohnung mieteten?»

«Sie sagten, ein Schriftsteller. Aber er ist verschwunden, er hatte seit Monaten seine Miete nicht gezahlt.»

«Das bin ich!» rief Quinn. «Ich bin der Schriftsteller.»

Das Mädchen musterte ihn kalt und lachte. «Schriftsteller? Das ist das Komischste, was ich je gehört habe. Sehen Sie sich doch an. Soviel Schmutz habe ich in meinem Leben noch nicht gesehen.»

«Ich hatte in letzter Zeit Schwierigkeiten», murmelte Quinn als Erklärung. «Aber das geht vorüber.»

«Der Hauswirt sagte mir, er sei ohnehin froh gewesen, Sie loszuwerden. Er mag keine Mieter, die keine Arbeit haben. Sie verbrauchen zu viel Heizung und machen die Einrichtung kaputt.»

«Wissen Sie, was mit meinen Sachen geschehen ist?»

«Was für Sachen?»

«Meine Bücher, meine Möbel, meine Papiere.»

«Ich habe keine Ahnung. Sie haben wahrscheinlich verkauft, was sie konnten, und das übrige weggeworfen. Als ich einzog, war alles schon weg.»

Quinn stieß einen tiefen Seufzer aus. Er war am Ende seiner selbst. Er fühlte es jetzt, so als wäre ihm endlich eine große Wahrheit aufgedämmert. Es war ihm nichts geblieben.

«Ist Ihnen klar, was das bedeutet?» fragte er.

«Offen gesagt, es ist mir egal», antwortete das Mädchen. «Das ist Ihr Problem, nicht meines. Ich möchte nur, daß Sie gehen. Sofort. Das ist meine Wohnung, und ich will Sie nicht mehr sehen. Wenn Sie nicht gehen, rufe ich die Polizei und lasse Sie verhaften.»

Es hatte keinen Zweck mehr. Er konnte den Rest des Tages da stehen und mit dem Mädchen streiten, und er würde seine Wohnung doch nicht zurückbekommen. Sie war fort, er war fort, alles war fort. Er stammelte etwas Unhörbares, entschuldigte sich dafür, daß er ihre Zeit in Anspruch genommen hatte, und ging an ihr vorbei durch die Tür.

13

Da ihm nun schon gleichgültig war, was geschah, wunderte sich Quinn nicht darüber, daß sich die Haustür in der 69th Street ohne Schlüssel öffnen ließ. Es überraschte ihn auch nicht, daß die Tür der Stillman-Wohnung ebenfalls offen war, als er im neunten Stock den Korridor hinunterging. Und am wenigsten wunderte es ihn, daß die Wohnung leer war. Sie war vollkommen ausgeräumt worden, und in den Zimmern befand sich nichts mehr. Jedes sah genauso aus wie die anderen: ein hölzerner Fußboden und vier weiße Wände. Das machte auf Quinn keinen besonderen Eindruck. Er war erschöpft und das einzige, woran er denken konnte, war, die Augen zu schließen.

Er ging in eines der Zimmer im hinteren Teil der Wohnung. Es war ein kleiner Raum, der nicht mehr als zweieinhalb mal anderthalb Meter maß. Er hatte ein Fenster mit einem Drahtgitter, durch das man den Luftschacht sah, und schien von allen Räumen der dunkelste zu sein. In diesem Zimmer befand sich eine zweite Tür, die in eine fensterlose Nische mit einer Toilette und einem Waschbecken führte. Quinn legte das rote Notizbuch auf den Boden, zog den Kugelschreiber des Taubstummen aus der Tasche und warf ihn auf das Notizbuch. Dann nahm er seine Uhr ab und steckte sie in die Tasche. Danach zog er sich ganz aus, öffnete das Fenster und warf nacheinander alles in den Luftschacht, zuerst den rechten Schuh, dann den linken Schuh, die eine Socke und die andere Socke, sein Hemd, seinen Sakko, seine Unterhose, seine Hose. Er sah ihnen nicht nach, wie sie fielen, und prüfte auch nicht nach, wo sie landeten. Dann schloß er das Fenster, legte sich mitten auf den Boden und schlief ein.

Es war dunkel im Raum, als er aufwachte. Quinn konnte nicht wissen, wieviel Zeit vergangen – ob es die Nacht dieses Tages oder die Nacht des nächsten war. Es bestand sogar die Möglichkeit, dachte er, daß es gar nicht Nacht war. Vielleicht war es nur im Raum dunkel, und draußen vor dem Fenster schien die Sonne. Einige Augenblicke dachte er daran, aufzustehen und an das Fenster zu gehen, um nachzusehen, aber dann entschied er, daß es gleichgültig war. Wenn es jetzt nicht Nacht ist, dachte er, wird die Nacht eben später kommen. Das war gewiß, und ob er aus dem Fenster sah oder nicht, die Antwort würde dieselbe sein. Außerdem: Wenn es wirklich hier in New York Nacht war, schien die Sonne gewiß anderswo. In China zum Beispiel war es zweifellos mitten am Nachmittag, und die Reisbauern wischten sich den Schweiß von der Stirn. Nacht und Tag waren nur relative Begriffe, sie bezogen sich nicht auf einen absoluten Zustand. In jedem gegebenen Augenblick war es immer beides. Wir wußten es nur aus dem einen Grunde nicht, da wir nicht gleichzeitig an zwei Orten sein konnten.

Quinn dachte auch daran, aufzustehen und in ein anderes Zimmer zu gehen, aber dann wurde ihm bewußt, daß er ganz glücklich war, wo er sich befand. Es war bequem hier an diesem Ort, den er sich ausgesucht hatte, und er fand, daß es schön war, so auf dem Rücken zu liegen und mit offenen Augen zur Decke hinaufzuschauen – oder zu dem, was die Decke gewesen wäre, wenn er sie hätte sehen können. Nur eines fehlte ihm, und das war der Himmel. Er erkannte, daß er ihn über sich vermißte, nachdem er so viele Tage und Nächte im Freien verbracht hatte. Aber jetzt war er drinnen, und gleich welches Zimmer er sich aussuchte, um darin zu kampieren, der Himmel würde verborgen bleiben, unzugänglich selbst an der fernsten Sichtgrenze.

Er gedachte dort zu bleiben, bis er nicht mehr konnte. Er hatte Wasser aus dem Hahn des Waschbeckens, um seinen Durst zu löschen, und damit würde er etwas Zeit gewinnen. Schließlich würde er hungrig werden und essen müssen. Aber er hatte so lange daran gearbeitet, so wenig zu brauchen, und er wußte, daß dieser Augenblick erst in einigen Tagen kommen würde. Er beschloß, nicht daran zu denken, bis er dazu gezwungen war. Es hatte keinen Sinn, sich Sorgen zu machen, dachte er. Es hatte keinen Sinn, sich mit Dingen zu beschäftigen, die ohne Belang waren.

Er versuchte an das Leben zu denken, das er gelebt hatte, bevor die Geschichte begann. Das bereitete ihm viele Schwierigkeiten, denn es schien ihm nun so fern zu sein. Er erinnerte sich an die Bücher, die er unter dem Namen William Wilson geschrieben hatte. Es war seltsam, dachte er, daß er das getan hatte, und er fragte sich nun, warum. In seinem Innern erkannte er, daß Max Work tot war. Er war irgendwo auf dem Weg zu seinem nächsten Fall gestorben, und Quinn konnte sich nicht dazu bringen, Bedauern zu empfinden. Alles schien nun ganz unwichtig zu sein. Er dachte an seinen Schreibtisch und die Tausende von Wörtern, die er dort geschrieben hatte. Er dachte an den Mann, der sein Agent gewesen war, und stellte fest, daß ihm sein Name nicht mehr einfiel. So viele Dinge verschwanden nun, und es war schwer, sie festzuhalten. Quinn versuchte, sich die Aufstellung der Mets ins Gedächtnis zurückzurufen, aber seine Gedanken schweiften ab. Der Centerfielder, soviel wußte er noch, war Mookie Wilson, ein vielversprechender junger Spieler, der in Wirklichkeit William Wilson hieß. Das war gewiß interessant. Quinn verfolgte den Gedanken einige Augenblicke lang, aber dann gab er ihn auf. Die beiden William Wilsons löschten sich gegenseitig aus, und das war alles. Quinn winkte ihnen im Geiste Lebewohl. Die Mets würden wieder auf dem letzten Platz landen, und wem würde das schon etwas ausmachen.

Als er das nächste Mal aufwachte, schien die Sonne ins Zimmer. Neben ihm auf dem Boden stand ein Tablett mit Speisen, die Schüsseln dampften von einem Rindsbraten mit Beilagen. Quinn nahm es ohne Auflehnung zur Kenntnis. Er war weder überrascht noch verwirrt. Ja, sagte er sich, es ist durchaus möglich, daß man ein Essen für mich dagelassen hat. Er war nicht neugierig, wie oder warum das geschehen war. Es kam ihm nicht einmal in den Sinn, das Zimmer zu verlassen und in der übrigen Wohnung nach einer Antwort zu suchen. Er betrachtete vielmehr das Essen auf dem Tablett genauer und sah, daß es neben zwei großen Schnitten gebratenen Rindfleischs noch sieben kleine geröstete Kartoffeln, einen Teller Spargel, ein frisches Brötchen, Salat, eine Karaffe mit Rotwein und als Nachspeise einige Stück Käse und eine Birne gab. Eine weiße Serviette lag dabei, und das Tafelsilber war von feinster Qualität. Quinn aß die Speisen – oder jedenfalls die Hälfte davon, denn mehr konnte er nicht bewältigen.

Nach der Mahlzeit begann er, in seinem roten Notizbuch zu schreiben. Er schrieb, bis die Dunkelheit in den Raum zurückkehrte. In der Mitte der Decke war eine kleine Lampe angebracht, und ein Schalter befand sich neben der Tür, aber der Gedanke, sich ihrer zu bedienen, mißfiel Quinn. Kurz darauf schlief er wieder ein. Als er aufwachte, war das Zimmer voll Sonnenlicht, und auf dem Boden stand wieder ein Tablett mit Speisen. Er aß davon, soviel er konnte, und begann wieder im roten Notizbuch zu schreiben.

Zum größten Teil bestanden seine Eintragungen aus dieser Periode aus nebensächlichen Fragen zum Fall Stillman. Quinn fragte sich zum Beispiel, warum er sich nicht die Mühe gemacht hatte, die Zeitungsberichte über die Verhaftung Stillmans im Jahre 1969 zu lesen. Er untersuchte das Problem, ob die Mondlandung in demselben Jahr irgendwie mit dem, was geschehen war, in Zusammenhang stand. Er fragte sich, warum er Auster aufs Wort geglaubt hatte, daß Stillman tot ist. Er versuchte an Eier zu denken und schrieb Wendungen auf wie «ein Ei legen» oder «einander gleichen wie ein Ei dem anderen». Er fragte sich, was hätte geschehen können, wenn er dem zweiten Stillman und nicht dem ersten gefolgt wäre. Er fragte sich, warum Christophorus, der Schutzpatron der Reisenden, 1969, gerade zur Zeit der Fahrt zum Mond, vom Papst aus der Liste der kanonischen Heiligen gestrichen wurde. Er durchdachte die Frage, warum Don Quijote nicht einfach Bücher wie die, die er liebte, geschrieben hatte, anstatt ihre Abenteuer zu erleben. Er fragte sich, warum er die gleichen Initialen hatte wie Don Quijote. Er überlegte, ob das Mädchen, das in seine Wohnung eingezogen war, nicht vielleicht dasselbe war, das er in der Grand Central Station bei der Lektüre seines Buches angetroffen hatte. Er hätte gern gewußt, ob Virginia Stillman einen anderen Detektiv engagiert hatte, nachdem er nicht mehr mit ihr in Verbindung getreten war. Er fragte sich, warum er Auster geglaubt hatte, daß der Scheck geplatzt war. Er dachte an Peter Stillman und fragte sich, ob er je in dem Zimmer geschlafen hatte, in dem er sich nun befand. Er fragte sich, ob der Fall wirklich abgeschlossen war oder ob er nicht irgendwie noch daran arbeitete. Er fragte sich, wie die Karte aller Schritte, die er in seinem Leben getan hatte, aussehen mochte und was für ein Wort man auf ihr lesen könnte.

Wenn es dunkel war, schlief Quinn, und wenn es hell war, aß er und schrieb in dem roten Notizbuch. Er konnte nie mit Sicherheit sagen, wieviel Zeit jeweils dazwischen vergangen war, denn er beschäftigte sich nicht damit, die Tage oder Stunden zu zählen. Es schien ihm jedoch, daß allmählich die Dunkelheit über das Licht die Oberhand gewann, daß, während anfangs der Sonnenschein vorgeherrscht hatte, nun das Licht immer schwächer und vergänglicher geworden war. Zuerst schrieb er das dem Wechsel der Jahreszeit zu. Die Tagundnachtgleiche war sicherlich schon vorüber, und es ging vielleicht auf die Wintersonnenwende zu. Aber auch nachdem der Winter gekommen war und sich der Prozeß theoretisch hätte umkehren müssen, beobachtete Quinn, daß die Perioden der Dunkelheit immer länger wurden als die Perioden des Lichts. Es schien ihm, daß er immer weniger Zeit hatte, seine Mahlzeit einzunehmen und in seinem roten Notizbuch zu schreiben. Zuletzt hatte er den Eindruck, daß diese Perioden auf Minuten reduziert worden waren. Einmal zum Beispiel hatte er gegessen und stellte fest, daß er gerade noch genug Zeit hatte, um drei Sätze in sein rotes Notizbuch zu schreiben. Als es das nächste Mal hell war, konnte er nur noch zwei Sätze schreiben. Er begann, seine Mahlzeiten zu überspringen und sich ganz dem roten Notizbuch zu widmen, und er aß nur noch, wenn er das Gefühl hatte, daß er den Hunger nicht mehr ertragen konnte. Aber die Zeit wurde immer kürzer, und bald konnte er nur noch ein oder zwei Bissen essen, bevor die Dunkelheit zurückkehrte. Er dachte nicht daran, das elektrische Licht einzuschalten, denn er hatte längst vergessen, daß es da war.

Diese Periode der zunehmenden Dunkelheit fiel mit dem Knappwerden der Seiten im roten Notizbuch zusammen. Allmählich näherte sich Quinn dem Ende. In einem gewissen Augenblick wurde ihm klar: Je mehr er schrieb, desto früher mußte die Zeit kommen, in der er gar nicht mehr schreiben konnte. Er begann seine Worte mit großer Sorgfalt abzuwägen und rang darum, sich so sparsam und klar wie möglich auszudrücken. Er bedauerte, im ersten Teil des roten Notizbuchs so viele Seiten vergeudet zu haben, und es tat ihm leid, daß er überhaupt über den Fall Stillman geschrieben hatte. Denn der Fall lag nun weit hinter ihm, und er dachte nicht mehr an ihn. Er war eine Brücke zu einem anderen Ort in seinem Leben gewesen, und nun, da er sie überschritten hatte, war ihre Bedeutung verlorengegangen. Quinn hatte kein Interesse mehr an sich selbst. Er schrieb über die Sterne, die Erde, seine Hoffnungen für die Menschheit. Er fühlte, daß seine Worte von ihm losgetrennt waren, daß sie nun ein Teil der weiten Welt geworden waren, so wirklich und spezifisch wie ein Stein oder ein See oder eine Blume. Mit ihm hatten sie nichts mehr zu tun. Er erinnerte sich an seine Geburt und wie er sanft aus dem Schoß seiner Mutter gezogen worden war. Er erinnerte sich an die endlose Güte der Welt und aller Menschen, die er je geliebt hatte. Nichts anderes zählte mehr als die Schönheit von alledem. Er hätte gern weiter darüber geschrieben, und es schmerzte ihn zu wissen, daß es nicht möglich sein werde. Er fragte sich, ob er es in sich hatte, ohne Kugelschreiber zu schreiben, ob er statt dessen lernen konnte zu sprechen, die Dunkelheit mit seiner Stimme zu füllen, die Worte in die Luft zu sprechen, in die Wände, in die Stadt hinaus, auch wenn das Licht nicht mehr zurückkehrte.

Der letzte Satz im roten Notizbuch lautet: «Was wird geschehen, wenn in dem roten Notizbuch keine Seiten mehr sind?»

Von hier an wird die Geschichte undurchsichtig. Die Information ist zu Ende, und die Ereignisse, die auf diesen letzten Satz folgten, wird man nie kennen. Es wäre töricht, auch nur raten zu wollen.

Ich kehrte im Februar von meiner Afrikareise zurück, wenige Stunden bevor ein Schneesturm New York heimsuchte. Ich rief an diesem Abend meinen Freund Auster an, und er bat mich eindringlich, ihn aufzusuchen, so rasch ich konnte. Es war etwas so Drängendes in seiner Stimme, daß ich es nicht wagte, mich zu weigern, obwohl ich erschöpft war.

In seiner Wohnung erklärte mir Auster das Wenige, was er über Quinn wußte, und dann beschrieb er den seltsamen Fall, in den er durch Zufall verwickelt worden war. Er lasse ihn nicht mehr los, sagte er, und er wolle meinen Rat hören, was er tun solle. Nachdem ich ihn zu Ende angehört hatte, ereiferte ich mich darüber, daß er Quinn mit solcher Gleichgültigkeit behandelt hatte. Ich machte ihm Vorwürfe, weil er an den Ereignissen nicht stärker teilgenommen hatte, weil er nichts unternommen hatte, um einem Mann zu helfen, der sich so offensichtlich in Schwierigkeiten befand.

Auster schien sich meine Worte zu Herzen zu nehmen, ja, er sagte, eben deshalb habe er mich zu sich gebeten. Er habe sich schuldig gefühlt und müsse sein Gewissen erleichtern. Er sagte, ich sei der einzige Mensch, dem er trauen könne.

Er hatte die letzten Monate damit verbracht, Quinn zu suchen, aber ohne Erfolg. Quinn lebte nicht mehr in seiner Wohnung, und alle Versuche, Virginia Stillman zu erreichen, waren fehlgeschlagen. Da schlug ich vor, die Stillman-Wohnung aufzusuchen. Irgendwie sagte mir mein Gefühl, daß Quinn zuletzt dort angelangt sein mußte.

Wir zogen unsere Mäntel an, gingen hinaus und nahmen ein Taxi zur East 69th Street. Der Schnee fiel seit einer Stunde, und die Straßen waren schon gefährlich glatt. Wir hatten keine Mühe, in das Gebäude zu kommen – wir schlüpften mit einem der Bewohner, der gerade heimkehrte, durch die Tür. Wir gingen hinauf und fanden die Tür zur früheren Stillman-Wohnung. Sie war unverschlossen. Wir traten vorsichtig ein und entdeckten eine Reihe kahler leerer Räume. In einem kleinen Zimmer ganz hinten, das makellos sauber war wie alle anderen, lag das rote Notizbuch auf dem Boden. Auster hob es auf, blätterte kurz darin und sagte, es sei Quinns. Dann gab er es mir und sagte, ich solle es behalten. Das Ganze habe ihn so sehr mitgenommen, daß er Angst davor habe, es selbst aufzubewahren. Ich sagte, ich wolle es verwahren, bis er bereit sei, es zu lesen, aber er schüttelte den Kopf und sagte, er wolle es nie wiedersehen. Dann verließen wir das Haus und gingen in den Schnee hinaus. Die Stadt war nun ganz weiß, und der Schnee fiel weiter, als wollte er nie mehr aufhören.

Was Quinn betrifft, ist es mir unmöglich zu sagen, wo er jetzt ist. Ich habe das rote Notizbuch so gründlich studiert, wie ich nur konnte, und alle Ungenauigkeiten dieser Geschichte müssen mir zum Vorwurf gemacht werden. Es gab Augenblicke, in denen der Text schwer zu entziffern war, aber ich habe mein Bestes getan und mich aller Deutungen enthalten. Das rote Notizbuch ist natürlich nur die halbe Geschichte, wie jeder empfindsame Leser verstehen wird. Was Auster angeht, bin ich überzeugt, daß er sich in der ganzen Sache schlecht benommen hat. Wenn unsere Freundschaft zu Ende ist, so ist er selber schuld. Was mich betrifft, so bleiben meine Gedanken bei Quinn. Er wird immer bei mir sein. Und wohin immer er verschwunden sein mag, ich wünsche ihm Glück.

SCHLAGSCHATTEN

Zunächst ist Blue da. Später kommt White und dann Black, und vor dem Anfang kommt Brown. Brown arbeitete ihn ein, Brown brachte ihm die Kniffe bei, und als Brown alt wurde, übernahm Blue das Geschäft. So beginnt es. Der Ort ist New York, die Zeit ist die Gegenwart, und weder das eine noch das andere wird sich jemals ändern. Blue geht jeden Tag in sein Büro, sitzt an seinem Schreibtisch und wartet darauf, daß etwas geschieht. Lange tut sich nichts, und dann kommt ein Mann namens White zur Tür herein, und so fängt es an.

Der Fall scheint eher einfach zu sein. White will, daß Blue einem Mann namens Black folgt und ihn so lange wie nötig im Auge behält. Während er für Brown arbeitete, wurde Blue für viele Beschattungen eingesetzt, und diese scheint nicht anders, vielleicht sogar leichter zu sein als die meisten.

Blue braucht den Auftrag, und deshalb hört er White zu und stellt nicht viele Fragen. Er vermutet, daß es sich um eine Ehegeschichte handelt und White ein eifersüchtiger Ehemann ist. White läßt sich auf keine Erklärungen ein. Er will einen wöchentlichen Bericht, an das und das Postfach adressiert, in doppelter Ausfertigung auf Seiten getippt, die so und so lang und so und so breit sind. Ein Scheck wird Blue jede Woche mit der Post zugeschickt werden. White sagt Blue, wo Black wohnt, wie er aussieht und so weiter. Als Blue White fragt, wie lange der Fall vermutlich dauern werde, sagt White, er wisse es nicht. Schicken Sie mir die Berichte, bis Sie wieder von mir hören werden, sagt er.

Um Blue gegenüber gerecht zu sein: er findet das alles ein wenig seltsam. Aber zu sagen, daß er in diesem Augenblick böse Vorahnungen hat, würde zu weit gehen. Dennoch fällt ihm an White einiges auf. Der schwarze Bart, zum Beispiel, und die allzu buschigen Brauen. Und dann die Haut, die ungewöhnlich weiß aussieht, wie gepudert. Blue ist kein Amateur in der Kunst der Verkleidung, und es ist ihm ein leichtes, diese hier zu durchschauen. Schließlich war Brown sein Lehrmeister, und zu seiner Zeit war Brown der Beste in der Branche. Daher überlegt sich Blue, daß der Fall vielleicht doch nichts mit einer Ehe zu tun hat. Aber weiter kommt er nicht, denn White spricht noch zu ihm, und er muß sich darauf konzentrieren, seinen Worten zu folgen.

Alles ist schon geregelt, sagt White. Ich habe für Sie eine kleine Wohnung gemietet, der von Black gegenüber auf der anderen Straßenseite. Sie können noch heute einziehen. Die Miete wird bezahlt, bis der Fall abgeschlossen ist.

Eine gute Idee, sagt Blue und nimmt von White den Schlüssel entgegen. Das erspart Beinarbeit.

Genau, antwortet White und streicht sich den Bart.

Und so wird es gemacht. Blue erklärt sich bereit, die Arbeit zu übernehmen, und sie geben einander die Hand darauf. Um ihm sein Vertrauen zu zeigen, gibt White Blue sogar einen Vorschuß von zehn Fünfzigdollarscheinen.

So fängt es also an. Der junge Blue und ein Mann namens White, der offensichtlich nicht der Mann ist, der er zu sein vorgibt. Das spielt keine Rolle, sagt sich Blue, nachdem White gegangen ist. Ich bin sicher, er hat seine Gründe. Und außerdem ist das nicht mein Problem. Das einzige, worum ich mich zu kümmern habe, ist meine Arbeit.

Es ist der 3. Februar 1947. Blue hat natürlich keine Ahnung, daß der Fall Jahre dauern wird. Doch die Gegenwart ist nicht weniger dunkel als die Vergangenheit, und sie ist ebenso geheimnisvoll wie alles, was die Zukunft bringen mag. Das ist der Lauf der Welt: immer nur ein Schritt, ein Wort und dann das nächste. Es gibt gewisse Dinge, die Blue zu diesem Zeitpunkt unmöglich wissen kann. Denn das Wissen kommt langsam, und wenn es kommt, ist es oft mit großem persönlichem Aufwand verbunden.

White verläßt das Büro, und einen Augenblick später hebt Blue den Telefonhörer ab und ruft die zukünftige Mrs. Blue an. Ich tauche unter, sagt er seiner Liebsten. Mach dir keine Sorgen, wenn ich für eine kleine Weile nicht zu erreichen bin. Ich werde immer an dich denken.

Blue nimmt eine kleine graue Mappe vom Regal und packt seinen Achtunddreißiger, einen Feldstecher, ein Notizbuch und andere Utensilien ein. Dann räumt er seinen Schreibtisch auf, bringt seine Papiere in Ordnung und sperrt das Büro ab. Von dort geht er zu der Wohnung, die White für ihn gemietet hat. Die Adresse ist unwichtig. Aber sagen wir Brooklyn Heights, um irgend etwas zu sagen. Eine ruhige, selten befahrene Straße unweit der Brücke – die Orange Street vielleicht. In dieser Straße stellte Walt Whitman 1855 den Schriftsatz der ersten Ausgabe seiner *Grashalme* her, und hier wetterte Henry Ward Beecher von der Kanzel seiner Backsteinkirche gegen die Sklaverei. Soviel zum Lokalkolorit.

Es ist eine kleine Einzimmerwohnung im zweiten Stock eines dreistöckigen Hauses aus braunem Sandstein. Blue stellt zufrieden fest, daß sie vollständig eingerichtet ist, und als er im Zimmer umhergeht, entdeckt er, daß alles neu ist: das Bett, der Tisch, der Stuhl, der Teppich, die Bettwäsche, die Küchenvorräte, alles. Im Schrank hängt ein kompletter Anzug, und Blue, der sich fragt, ob er für ihn gedacht ist, probiert ihn an und sieht, daß er paßt. Es ist zwar nicht der größte Raum, in dem ich je gewesen bin, sagt er sich, während er von einem Ende des Zimmers zum anderen geht, aber er ist recht gemütlich, recht gemütlich.

Er geht wieder nach draußen, überquert die Straße und betritt das gegenüberliegende Haus. Im Flur sucht er nach Blacks Namen auf einem der Briefkästen und findet ihn: Black – 2. Stock. So weit, so gut. Dann kehrt er in sein Zimmer zurück und macht sich an die Arbeit.

Er schiebt die Fenstervorhänge auseinander, blickt hinaus und sieht Black in seinem Zimmer auf der anderen Straßenseite an einem Tisch sitzen. Soweit Blue erkennen kann, schreibt Black. Ein Blick durch den Feldstecher bestätigt es. Die Linsen sind jedoch nicht stark genug, um das Geschriebene lesbar zu vergrößern, und auch wenn sie es wären, zweifelt Blue daran, daß er die Schrift verkehrt herum lesen könnte. Alles, was er mit Sicherheit sagen kann, ist daher, daß Black mit einem roten Füllfederhalter in einem Notizbuch schreibt. Blue holt sein eigenes Notizbuch hervor und trägt ein: 3. Febr., 3 Uhr nachm. Black schreibt an seinem Tisch.

Ab und zu unterbricht Black seine Arbeit und starrt aus dem Fenster. Einmal denkt Blue, daß er ihn direkt ansieht, und er duckt sich zur Seite. Aber dann erkennt er, daß es nur ein leeres Starren ist, eher ein Nachdenken als ein Sehen, ein Blick, der die Dinge unsichtbar macht, sie nicht einläßt. Black steht hin und wieder von seinem Stuhl auf und verschwindet an einer nicht einsehbaren Stelle im Raum, in einer Ecke, vermutet Blue, oder vielleicht im Badezimmer, aber er bleibt nie sehr lange weg und kehrt immer gleich zum Schreibtisch zurück. Das geht mehrere Stunden so weiter, und Blue wird trotz seiner Bemühungen nicht schlauer. Um sechs Uhr schreibt er den zweiten Satz in sein Notizbuch: Das geht mehrere Stunden so weiter.

Blue ist nicht so sehr gelangweilt, er fühlt sich vielmehr enttäuscht. Da er nicht lesen kann, was Black geschrieben hat, ist bisher alles völlig bedeutungslos. Vielleicht, denkt Blue, ist er ein Verrückter, der plant, die Welt in die Luft zu sprengen. Vielleicht hat dieses Schreiben etwas mit seiner geheimen Formel zu tun. Aber Blue ist schon im nächsten Moment peinlich berührt von einer so kindischen Vorstellung. Es ist zu früh, etwas zu wissen, sagt er sich, und fürs erste beschließt er, sich kein Urteil zu bilden.

Er denkt an dies und das, und schließlich kommt ihm die zukünftige Mrs. Blue in den Sinn. Sie hatten vor, heute abend auszugehen, erinnert er sich, und wenn White heute nicht in seinem Büro erschienen wäre und es diesen neuen Fall nicht gäbe, würde er jetzt mit ihr zusammensein. Zuerst das chinesische Restaurant in der 39th Street, wo sie mit den Eßstäbchen gekämpft und sich unter dem Tisch an den Händen gehalten hätten, und dann das Doppelprogramm im Paramount-Kino. Einen kurzen Moment lang sieht er im Geiste ein überraschend klares Bild ihres Gesichts vor sich (lachend, mit gesenkten Augen in gespielter Verlegenheit), und es wird ihm bewußt, daß er viel lieber bei ihr sein als Gott weiß wie lange in diesem Zimmer sitzen würde. Er denkt daran, sie für eine kleine Plauderei anzurufen, zögert und entscheidet sich dagegen. Er will nicht schwach erscheinen. Wenn sie wüßte, wie sehr er sie braucht, würde er seinen Vorteil zu verlieren beginnen, und das wäre nicht gut. Der Mann muß immer der stärkere sein.

Black hat nun seinen Tisch freigeräumt und das Schreibmaterial durch das Abendessen ersetzt. Er sitzt da, kaut langsam und starrt abwesend aus dem Fenster. Blue spürt, daß er hungrig ist, und er sucht im Küchenschrank nach etwas Eßbarem. Er entschließt sich für Schmorfleisch aus der Büchse und tunkt die Soße mit einer Scheibe Weißbrot auf. Nach dem Essen wünscht er sich, daß Black ausgehen möge, und er schöpft Hoffnung, als er eine plötzliche Unruhe in seinem Zimmer bemerkt. Aber es wird nichts daraus. Eine Viertelstunde später sitzt Black wieder an seinem Schreibtisch, und nun liest er ein Buch. Eine Lampe brennt neben ihm, und Blue erkennt sein Gesicht deutlicher als zuvor. Er schätzt, daß Black so alt ist wie er, auf ein oder zwei Jahre genau. Das heißt irgendwo in den späten Zwanzigern oder frühen Dreißigern. Er findet Blacks Gesicht recht angenehm, nichts unterscheidet es von tausend anderen Gesichtern, die man täglich sieht. Das ist eine Enttäuschung für Blue, denn er hofft insgeheim noch zu entdekken, daß Black ein Verrückter ist. Blue blickt durch den Feldstecher und entziffert den Titel des Buches, das Black liest. *Walden* von Henry David Thoreau. Blue hat noch nie davon gehört und schreibt es sorgfältig in sein Notizbuch.

So geht es den Rest des Abends, Black liest, und Blue beobachtet ihn beim Lesen. Mit der Zeit fühlt sich Blue mehr und mehr entmutigt. Er ist ein solches Herumsitzen nicht gewohnt, und nun, da die Dunkelheit über ihn hereinbricht, fängt es an, ihm auf die Nerven zu gehen. Er ist gern auf den Beinen, will sich von einem Ort zum anderen bewegen, etwas tun. Ich bin nicht der Sherlock-Holmes-Typ, sagte er zu Brown, sooft ihm der Boss eine sitzende Beschäftigung auftrug. Gib mir etwas, woran ich mich festbeißen kann. Und nun bekommt er als sein eigener Boss einen Fall, bei dem es nichts zu tun gibt. Denn jemanden beim Lesen und Schreiben zu beobachten, heißt in Wirklichkeit nichts zu tun. Blue könnte nur ein Gefühl dafür bekommen, was geschieht, wenn er sich in Blacks Geist versetzte, um zu erkennen, was er denkt, und das ist natürlich unmöglich. Nach und nach läßt Blue daher seine eigenen Gedanken zu den alten Tagen zurückschweifen. Er denkt an Brown und einige Fälle, die sie zusammen bearbeiteten, und er genießt die Erinnerung an ihre Triumphe. Da war, zum Beispiel, die Redman-Affäre. Sie brachten den Bankkassierer zur Strecke, der eine Viertelmillion Dollar unterschlagen hatte. Blue gab sich damals als Buchmacher aus und verleitete Redman dazu, eine Wette bei ihm abzuschließen. Die Geldscheine wurden zu der Bank zurückverfolgt, der sie fehlten, und der Mann bekam, was ihm zustand. Noch besser war der Fall Gray. Gray wurde seit über einem Jahr vermißt, und seine Frau war schon bereit, ihn als tot aufzugeben. Blue suchte ihn mit allen üblichen Mitteln und Methoden und fand ihn nicht. Dann, eines Tages, als er schon seinen abschließenden Bericht abgeben wollte, stieß er in einer Bar auf Gray, keine zwei Häuserblocks von der Wohnung entfernt, in der seine Frau saß und davon überzeugt war, daß er nie zurückkommen würde. Grays Name war nun Green, aber Blue wußte trotzdem, daß er Gray war, denn er hatte in den vergangenen drei Monaten ein Foto des Mannes mit sich herumgetragen und kannte sein Gesicht auswendig. Es stellte sich heraus, daß Gray unter Gedächtnisschwund litt. Blue brachte ihn zu seiner Frau zurück, und obwohl er sich nicht an sie erinnerte und sich immer noch Green nannte, fand er Gefallen an ihr und machte ihr ein paar Tage später einen Heiratsantrag. Aus Mrs. Gray wurde Mrs. Green, und sie war mit demselben Mann zum zweitenmal verheiratet, und auch wenn sich Gray nie an die Vergangenheit erinnerte – und sich hartnäckig weigerte zuzugeben, daß er etwas vergessen hatte –, so schien ihn das nicht davon abzuhalten, behaglich in der Gegenwart zu leben. Gray war in seinem früheren Leben Ingenieur gewesen; als Green arbeitete er nun als Barmixer in der zwei Häuserblocks entfernten Bar. Es gefiel ihm, die Drinks zu mixen und mit den Leuten zu reden, die hereinkamen, und er konnte sich nicht vorstellen, etwas anderes zu tun. Ich bin der geborene Barmixer, erklärte er Brown und Blue bei der Hochzeitsparty, und wer waren sie, um daran Anstoß nehmen zu dürfen, was ein Mann mit seinem Leben anfing?

Das waren die guten alten Zeiten, sagt sich Blue nun, während er zusieht, wie Black in seinem Zimmer auf der anderen Straßenseite das Licht ausschaltet. Voll seltsamer Wendungen und amüsanter Zufälle. Nun, nicht jeder Fall kann aufregend sein. Man muß das Schlechte mit dem Guten nehmen.

Blue, immer optimistisch, wacht am nächsten Morgen in einer heiteren Stimmung auf. Draußen fällt Schnee auf die stille Straße, und alles ist weiß geworden. Er beobachtet, wie Black an dem Tisch vor dem Fenster frühstückt und noch ein paar Seiten *Walden* liest. Dann sieht er ihn in den hinteren Teil des Zimmers gehen und im Mantel zum Fenster zurückkehren. Es ist kurz nach acht Uhr. Blue nimmt Hut, Mantel, Schal und Stiefel, zieht sich hastig an und kommt weniger als eine Minute nach Black auf die Straße hinunter. Es ist ein Morgen ohne Wind, so still, daß Blue den Schnee auf die Äste der Bäume fallen hören kann. Niemand sonst ist unterwegs, und Blacks Schuhe haben makellose Spuren auf dem weißen Gehsteig hinterlassen. Blue folgt den Spuren um die Ecke, und dann sieht er Black die nächste Straße hinunterschlendern, so als genösse er das Wetter.

Nicht das Verhalten eines Mannes, der flüchten will, denkt Blue, und verlangsamt daher seinen Schritt. Zwei Straßen weiter verschwindet Black in einem kleinen Lebensmittelgeschäft, bleibt zehn oder zwölf Minuten und kommt dann mit zwei sehr vollen braunen Tüten heraus. Ohne Blue zu bemerken, der auf der anderen Straßenseite in einem Hauseingang steht, geht er wieder Richtung Orange Street zurück. Er legt Vorräte für den Sturm an, sagt sich Blue. Dann beschließt er, es zu riskieren, den Kontakt mit Black zu unterbrechen, und betritt den Laden. Wenn es nicht eine Täuschung ist, denkt er, und Black vorhat, die Lebensmittel wegzuwerfen und davonzulaufen, ist es ziemlich sicher, daß er auf dem Heimweg ist. Blue macht daher seine eigenen Einkäufe, nimmt nebenan noch eine Zeitung und mehrere Zeitschriften mit und kehrt dann in sein eigenes Zimmer in der Orange Street zurück. Tatsächlich sitzt Black schon an seinem Tisch beim Fenster und schreibt in demselben Notizbuch wie tags zuvor.

Wegen des Schnees ist die Sicht schlecht, und Blue kann nur mit Mühe erkennen, was in Blacks Zimmer geschieht. Auch der Feldstecher ist keine große Hilfe. Der Tag bleibt dunkel, und durch den endlos fallenden Schnee gesehen, ist Black nicht mehr als ein Schatten. Blue findet sich mit einem langen Warten ab und wendet sich der Zeitung und den Zeitschriften zu. Er ist ein begeisterter Leser von *Wahre Detektivgeschichten* und versucht, nie einen Monat zu versäumen. Nun da er viel Zeit hat, liest er die neue Ausgabe gründlich, sogar die kleinen Notizen und Anzeigen auf den letzten Seiten. Versteckt zwischen den Spezialartikeln über Gangsterjäger und Geheimagenten steht ein kurzer Artikel, der Blue besonders anspricht, und auch als er das Magazin zu Ende gelesen hat, fällt es ihm schwer, nicht daran zu denken. Vor fünfundzwanzig Jahren hatte man in einem Waldstück außerhalb Philadelphias einen kleinen Jungen ermordet aufgefunden. Obwohl die Polizei sofort den Fall aufnahm, gelang es ihr nie, eine Spur zu finden. Sie hatte nicht nur keine Verdächtigen, sie konnte nicht einmal den Jungen identifizieren. Wer er war, woher er gekommen, warum er dort war – alle diese Fragen blieben unbeantwortet. Schließlich wurde der Fall zu den Akten gelegt, und wäre nicht der Leichenbeschauer gewesen, der mit der Autopsie an dem Jungen beauftragt worden war, würde man ihn völlig vergessen haben. Dieser Mann, der Gold hieß, war von dem Mordfall besessen. Bevor das Kind begraben wurde, nahm er ihm eine Totenmaske ab, und seitdem widmete er dem Geheimnis soviel Zeit, wie er erübrigen konnte. Nach zwanzig Jahren erreichte er das Pensionsalter, er gab seine Stellung auf und arbeitete von nun an jeden Augenblick an dem Fall. Aber er hatte kein Glück; er machte keine Fortschritte und kam der Aufklärung des Verbrechens keinen Schritt näher. Der Artikel in *Wahre Detektivgeschichten* beschreibt, wie er nun eine Belohnung von zweitausend Dollar für jeden aussetzt, der Auskunft über den kleinen Jungen geben kann. Abgedruckt ist auch eine körnige, retuschierte Fotografie des Mannes, der die Totenmaske in den Händen hält. Der Blick in seinen Augen ist so gequält und flehend, daß Blue kaum seine eigenen Augen abwenden kann. Gold wird nun alt, und er fürchtet, daß er sterben wird, bevor er den Fall lösen kann. Blue ist tief gerührt. Wenn es möglich wäre, würde er am liebsten aufgeben, was er tut, und versuchen, Gold zu helfen. Es gibt nicht genügend Männer wie ihn, denkt er. Wenn der Junge Golds Sohn wäre, würde das Ganze einen Sinn haben: schlicht und einfach Rache, und das kann jeder verstehen. Aber der Junge war ihm völlig fremd, er ist ihm in keiner Weise persönlich verbunden; es gibt keinen Hinweis auf ein geheimes Motiv. Dieser Gedanke bewegt Blue sehr. Gold weigert sich, eine Welt zu akzeptieren, in der der Mörder eines Kindes ungestraft davonkommt, auch wenn der Mörder selbst nun tot ist, und er ist bereit, sein eigenes Leben, sein eigenes Glück zu opfern, um das Unrecht wiedergutzumachen. Blue denkt eine Weile über den Jungen nach, er versucht, sich vorzustellen, was wirklich geschah, er versucht zu fühlen, was der Junge gefühlt haben mag, und dann dämmert ihm, daß der Mörder der Vater oder die Mutter gewesen sein muß, sonst hätte man den Jungen als vermißt gemeldet. Das macht es nur noch schlimmer, sagt sich Blue, und als ihm beim Gedanken daran übel wird und er nun voll versteht, wie Gold die ganze Zeit zumute gewesen sein muß, wird ihm bewußt, daß er vor fünfundzwanzig Jahren auch ein kleiner Junge war und daß der Junge, wäre er am Leben geblieben, jetzt so alt sein müßte wie er. Ich hätte es auch sein können, denkt Blue. Ich hätte dieser kleine Junge sein können. Da er nicht weiß, was er sonst tun soll, schneidet er das Bild aus dem Magazin und heftet es mit einem Reißnagel an die Wand über seinem Bett.

So vergehen die ersten Tage. Blue beobachtet Black, und es geschieht so gut wie nichts. Black schreibt, liest, ißt, macht kurze Spaziergänge in der Nachbarschaft und scheint nicht zu bemerken, daß Blue da ist. Was Blue anbetrifft, so versucht er, sich keine Sorgen zu machen. Er nimmt an, daß sich Black still verhält und abwartet, bis der richtige Augenblick gekommen ist. Da Blue nur ein einzelner Mann ist, wird ihm klar, daß ständige Wachsamkeit nicht von ihm erwartet werden kann. Schließlich ist es nicht möglich, jemanden vierundzwanzig Stunden am Tag zu beobachten. Man muß Zeit haben zu schlafen, zu essen, sich um die Wäsche zu kümmern und so weiter. Wenn White gewollt hätte, daß Black rund um die Uhr beobachtet wird, würde er zwei oder drei Männer angestellt haben, nicht einen. Aber Blue ist nur einer, und mehr als das Mögliche kann er nicht tun.

Dennoch beginnt er, trotz allem, was er sich sagt, besorgt zu sein. Denn wenn Black beobachtet werden muß, heißt das, daß er jede Stunde eines jeden Tages beobachtet werden muß. Alles, was weniger ist als eine ständige Überwachung, wäre so gut wie gar keine Überwachung. Es braucht nicht viel, überlegt Blue, und das ganze Bild ändert sich. Ein einziger Augenblick der Unaufmerksamkeit – ein Blick zur

Seite, eine Pause, um sich den Kopf zu kratzen, ein bloßes Gähnen –, und schon ist Black auf und davon und begeht die Schandtat, die er im Schilde führt, was immer es sein mag. Und doch wird es notwendigerweise solche Augenblicke geben, hunderte, ja tausende jeden Tag. Blue findet das beunruhigend, denn sooft er sich dieses Problem auch durch den Kopf gehen läßt, er kommt seiner Lösung nicht näher. Aber das ist nicht das einzige, was ihn beunruhigt.

Blue ist es nicht gewohnt stillzusitzen, und durch diese neue Untätigkeit fühlt er sich irgendwie verloren. Zum erstenmal in seinem Leben stellt er fest, daß er ganz auf sich selbst angewiesen ist, ohne etwas, was er mit Händen fassen kann, was einen Augenblick vom nächsten unterscheidet. Er hat über die Welt in seinem Inneren nie viel nachgedacht, und obwohl er immer wußte, daß sie da war, blieb sie eine unbekannte Größe, unerforscht und daher dunkel, sogar für ihn selbst. Er hat sich rasch über die Oberflächen der Dinge hinwegbewegt und hat, solange er sich erinnern kann, seine Aufmerksamkeit nur diesen Oberflächen zugewandt, die eine wahrnehmend und dann zur nächsten übergehend, und er hat immer Freude an der Welt als solcher empfunden und von den Dingen nicht mehr verlangt, als daß sie da sind. Und bis jetzt sind sie da gewesen, mit lebhaften Konturen im Tageslicht, sie haben ihm deutlich gesagt, was sie sind, und waren so vollkommen sie selbst und nichts sonst, daß er nie vor ihnen haltzumachen oder zweimal hinzusehen brauchte. Nun plötzlich, da ihm die Welt gleichsam entrückt ist und er nicht viel mehr zu sehen hat als einen undeutlichen Schatten namens Black, denkt er an Dinge, die ihm nie zuvor eingefallen sind, und auch das beginnt ihn zu beunruhigen. Wenn denken hier vielleicht ein zu starkes Wort ist, so wäre ein etwas bescheidenerer Ausdruck – nachsinnen oder spekulieren zum Beispiel – nicht ganz fehl am Platz. Spekulieren vom lateinischen speculor, was ich spähe aus, ich beobachte heißt und mit dem Wort speculum, Spiegel, zusammenhängt. Denn während er Black auf der anderen Straßenseite beobachtet, ist es, als blicke Blue in einen Spiegel, und anstatt nur einen anderen zu beobachten, findet er, daß er auch sich selbst beobachtet. Das Leben hat sich für ihn so drastisch verlangsamt, daß Blue nun imstande ist, Dinge zu sehen, die früher seiner Aufmerksamkeit entgangen sind. Die Bahn, die das Licht jeden Tag durch sein Zimmer beschreibt, zum Beispiel, und die Art, wie die Sonne zu gewissen Stunden den Schnee am hinteren Ende der Zimmerdecke reflektiert. Der Schlag seines Herzens, das Geräusch seines Atems, das Blinzeln seiner Lider – Blue nimmt nun diese winzigen Ereignisse bewußt auf, und so sehr er versucht, sie zu ignorieren, sie verharren in seinem Geist wie ein unsinniger Satz, der immer und immer wieder wiederholt wird. Er weiß, es kann nicht wahr sein, und doch scheint dieser Satz nach und nach eine Bedeutung anzunehmen.

Über Black, über White, über die Arbeit, für die er engagiert wurde, beginnt Blue nun gewisse Theorien aufzustellen. Er entdeckt, daß das Erfinden von Geschichten nicht nur hilft, die Zeit zu vertreiben, sondern für sich selbst ein Vergnügen sein kann. Er stellt sich vor, daß White und Black vielleicht Brüder sind und daß eine große Geldsumme auf dem Spiel steht – eine Erbschaft, zum Beispiel, oder das in einer Partnerschaft investierte Kapital. Vielleicht will White beweisen, daß Black unzurechnungsfähig ist, und ihn in eine Anstalt einweisen lassen, um das Familienvermögen an sich zu bringen. Aber Black ist zu schlau dafür und versteckt sich und wartet, bis der Druck nachläßt. Nach einer anderen Theorie, die Blue entwickelt, sind White und Black Rivalen, die beide dasselbe Ziel verfolgen – die Lösung eines wissenschaftlichen Problems, zum Beispiel –, und White will, daß Black beobachtet wird, um sicher zu gehen, daß er nicht überlistet wird. Oder White ist ein abtrünniger Agent des FBI oder einer, vielleicht ausländischen, Spionageorganisation und hat sich selbständig gemacht, um eine Untersuchung durchzuführen, die nicht notwendigerweise von seinen Vorgesetzten gebilligt wird. Indem er Blue damit beauftragt, die Arbeit für ihn zu erledigen, kann er die Überwachung Blacks geheimhalten und gleichzeitig weiter seinen normalen Pflichten nachkommen. Tag für Tag wird die Liste dieser Geschichten länger, und Blue kehrt manchmal im Geiste zu einer früheren Geschichte zurück, um gewisse Schnörkel und Details hinzuzufügen, oder er beginnt mit etwas Neuem. Mit Mordplänen, zum Beispiel, und Entführungen mit riesigen Lösegeldern. Während die Tage verstreichen, begreift Blue, daß die Geschichten, die er erzählen kann, ins Endlose gehen. Denn Black ist nicht mehr als eine Art von Leere, ein Loch im Gewebe der Dinge, und eine Geschichte kann dieses Loch ebensogut ausfüllen wie eine andere.

Blue macht sich jedoch nichts vor. Er weiß, daß er mehr als alles andere die wirkliche Geschichte erfahren möchte. Aber in diesem frühen Stadium weiß er auch, daß Geduld vonnöten ist. Deshalb beginnt er allmählich, sich zu vergraben, und mit jedem Tag fühlt er sich ein wenig behaglicher in seiner Situation und ein wenig mehr mit der Tatsache versöhnt, daß er sich auf einen langen Fischzug eingelassen hat.

Unglücklicherweise stören Gedanken an die zukünftige Mrs. Blue gelegentlich seine zunehmende Seelenruhe. Blue vermißt sie mehr denn je, aber irgendwie fühlt er auch, daß es nie wieder so sein wird, wie es war. Woher dieses Gefühl kommt, vermag er nicht zu sagen. Aber während er recht zufrieden ist, wenn er seine Gedanken auf Black, auf sein Zimmer, auf den Fall, an dem er arbeitet, konzentriert, wird er von einer Art Panik ergriffen, sobald die zukünftige Mrs. Blue in sein Bewußtsein tritt. Plötzlich verwandelt sich seine Ruhe in Angst, und ihm ist zumute, als fiele er in irgendeinen dunklen, höhlenartigen Ort, ohne Hoffnung, einen Ausweg zu finden. Beinahe jeden Tag ist er versucht, den Hörer abzuheben und sie anzurufen, weil er denkt, daß ein Moment wirklichen Kontakts vielleicht den Zauber brechen würde. Aber die Tage gehen vorüber, und er ruft nicht an. Auch das beunruhigt ihn, denn er kann sich nicht an eine Zeit in seinem Leben erinnern, in der er sich so sträubte etwas zu tun, was er eindeutig will. Ich verändere mich, sagt er sich. Nach und nach bin ich nicht mehr derselbe. Diese Deutung beruhigt ihn etwas, wenigstens für eine Weile, aber zuletzt bewirkt sie nur, daß er sich noch seltsamer fühlt als zuvor. Es fällt ihm immer schwerer, nicht ständig Bilder der zukünftigen Mrs. Blue in seinem Kopf zu sehen, besonders nachts, und dort in der Dunkelheit seines Zimmers, wenn er mit offenen Augen auf dem Rücken liegt, stellt er sich ihren Körper vor, Stück für Stück; er beginnt bei den Füßen und den Knöcheln, wandert die Beine hinauf und die Schenkel entlang, klettert von ihrem Bauch zu den Brüsten, und dann, glücklich in ihrer Weichheit schweifend, taucht er hinunter zu ihrem Gesäß und streift wieder ihren Rücken hinauf, findet schließlich ihren Hals und dreht sich nach vorn zu ihrem runden, lächelnden Gesicht. Was tut sie jetzt? fragt er sich manchmal. Und was denkt sie von all dem? Aber er findet nie eine zufriedenstellende Antwort. Wenn er imstande ist, eine Menge von Geschichten zu erfinden, die auf Black zutreffen könnten, so ist bei der zukünftigen Mrs. Blue alles Schweigen, Verwirrung und Leere.

Der Tag kommt, an dem er seinen ersten Bericht schreiben muß. Blue hat Erfahrung mit solchen Schreibarbeiten, sie fallen ihm nicht schwer. Seine Methode besteht darin, sich an die äußerlichen Tatsachen zu halten, Ereignisse so zu beschreiben, als entspräche jedes Wort genau dem beschriebenen Ding, und die Sache selbst nicht weiter in Frage zu stellen. Wörter sind für ihn transparent, große Fenster, die zwischen ihm und der Welt stehen, und bis jetzt haben sie nie seine Sicht behindert, ja sie scheinen nicht einmal da zu sein. Oh, es gibt Augenblicke, in denen das Glas ein wenig schmutzig wird, und Blue muß es an der einen oder anderen Stelle polieren, aber sobald er das richtige Wort findet, klärt sich alles auf. Er schöpft aus den Aufzeichnungen, die er zuvor in seinem Notizbuch gemacht hat, überprüft sie sorgfältig, um sein Gedächtnis aufzufrischen und treffende Bemerkungen zu unterstreichen, er versucht, ein zusammenhängendes Ganzes zu schaffen, entfernt die Schlacke und schmückt das Wesentliche aus. In jedem Bericht, den er bisher geschrieben hat, kommt die Handlung vor der Deutung. Zum Beispiel: Die beobachtete Person ging vom Columbus Circle zur Carnegie Hall. Keine Hinweise auf das Wetter, keine Erwähnung des Verkehrs, kein Versuch zu erraten, was die Person vielleicht denkt. Der Bericht beschränkt sich auf bekannte und nachprüfbare Tatsachen, und über diese Grenze versucht er nicht hinauszugehen.

Angesichts der Tatsachen des Falles Black wird sich Blue jedoch seiner mißlichen Lage bewußt. Er hat natürlich das Notizbuch, aber als er es durchblättert, um zu sehen, was er geschrieben hat, ist er enttäuscht, so wenige Einzelheiten zu finden. Es ist, als ob seine Worte die Tatsachen, anstatt sie herauszuarbeiten und greifbar in die Welt zu stellen, zum Verschwinden gebracht hätten. Das ist Blue noch nie zuvor geschehen. Er blickt hinaus über die Straße und sieht Black wie gewöhnlich an seinem Tisch sitzen. Auch Black sieht in diesem Augenblick aus dem Fenster, und Blue erkennt plötzlich, daß er sich nicht mehr auf die alten Methoden verlassen kann. Spuren, Hinweise, Beinarbeit, die Routine der Nachforschung – nichts davon ist noch von Bedeutung. Aber als er sich vorzustellen versucht, was dieses Verfahren ersetzen wird, kommt er nicht weiter. Blue kann in diesem Augenblick nur vermuten, was der Fall nicht ist. Zu sagen, was er ist, geht jedoch über seinen Verstand.

Blue stellt seine Schreibmaschine auf den Tisch und sucht nach Ideen, er versucht, sich ganz der vor ihm liegenden Aufgabe zu widmen. Er denkt, daß eine wahrheitsgemäße Schilderung der vergangenen Woche vielleicht auch die verschiedenen Geschichten mit einschließen müßte, die er sich über Black ausgedacht hat. Da er so wenig anderes zu berichten hat, würden diese Ausflüge ins Erdichtete dem, was geschehen ist, wenigstens etwas Würze verleihen. Aber Blue besinnt sich und sieht ein, daß sie im Grunde nichts mit Black zu tun haben. Dies ist schließlich nicht die Geschichte meines Lebens, sagt er. Über ihn soll ich schreiben, nicht über mich selbst.

Dennoch, es bleibt die launische Versuchung, und Blue muß eine Weile mit sich kämpfen, bis er sie abgewehrt hat. Er geht an den Anfang zurück und arbeitet den Fall Schritt für Schritt durch. Entschlossen, genau das zu tun, was von ihm verlangt wird, stellt er den Bericht gewissenhaft in seinem alten Stil zusammen und behandelt jedes Detail mit soviel Sorgfalt und Präzision, daß viele Stunden vergehen, bevor er zu einem Ende kommt. Als er das Ergebnis durchliest, muß er zugeben, daß alles genau zu sein scheint. Aber warum fühlt er sich so unzufrieden, so verwirrt durch das, was er geschrieben hat? Er sagt sich: was geschehen ist, ist nicht wirklich das, was geschehen ist. Zum erstenmal, seitdem er Berichte schreibt, entdeckt er, daß Wörter nicht notwendigerweise funktionieren, daß sie die Dinge verdunkeln können, die sie zu sagen versuchen. Blue blickt sich im Zimmer um und heftet seine Aufmerksamkeit nacheinander auf verschiedene Objekte. Er sieht die Lampe und sagt vor sich hin: Lampe. Er sieht das Bett und sagt vor sich hin: Bett. Er sieht das Notizbuch und sagt vor sich hin: Notizbuch. Es geht nicht an, die Lampe Bett zu nennen, denkt er, oder das Bett Lampe. Nein, diese Wörter passen genau auf die Dinge, für die sie stehen, und in dem Augenblick, in dem Blue sie ausspricht, fühlt er eine tiefe Befriedigung, als hätte er soeben die Existenz der Welt bewiesen. Dann blickt er über die Straße hinüber und sieht Blacks Fenster. Es ist nun dunkel, und Black schläft. Das ist das Problem, sagt sich Blue und versucht, ein wenig Mut zu finden. Das und sonst nichts. Er ist da, aber es ist unmöglich, ihn zu sehen. Und selbst wenn ich ihn sehe, ist es, als wären die Lichter aus.

Er steckt seinen Bericht in einen Umschlag und geht hinaus. An der Straßenecke wirft er ihn in den Briefkasten. Ich bin vielleicht nicht der klügste Mensch der Welt, sagt er sich, aber ich tue mein Bestes, ich tue mein Bestes.

Der Schnee beginnt zu schmelzen. Am nächsten Morgen scheint die Sonne hell, Schwärme von Spatzen tschilpen in den Bäumen, und Blue kann das angenehme Tropfen des Wassers von der Dachkante, den Zweigen, den Laternenpfählen hören. Der Frühling scheint plötzlich nicht mehr weit zu sein. Noch ein paar Wochen, sagt er sich, und jeder Morgen wird wie dieser sein.

Black nutzt das Wetter aus, um einen weiteren Spaziergang zu machen als je zuvor, und Blue folgt ihm. Blue ist erleichtert, sich wieder bewegen zu können, und als Black immer weiter läuft, hofft Blue, daß die Wanderung lange genug dauern wird, damit er seine steifen Glieder lockern kann. Er ist immer ein begeisterter Geher gewesen, und das Gefühl, wie seine Beine in der Morgenluft ausschreiten, erfüllt ihn mit Glück. Während sie durch die engen Straßen von Brooklyn Heights gehen, faßt Blue Mut, als er sieht, daß sich Black immer weiter von Zuhause entfernt. Aber dann verdüstert sich seine Stimmung plötzlich. Black geht die Treppe hinauf, die zum Fußgängersteg über die Brooklyn-Brücke führt, und Blue kommt auf die Idee, daß er springen will. So etwas kommt vor, sagt er sich. Ein Mann geht auf die Brücke, wirft durch den Wind und die Wolken einen letzten Blick auf die Welt und springt hinunter ins Wasser, die Knochen krachen beim Aufschlag, der Körper bricht auseinander. Blue würgt es bei dieser Vorstellung, er sagt sich, daß er aufpassen muß. Wenn irgend etwas geschieht, beschließt er, wird er seine Rolle als neutraler Zuschauer aufgeben und einschreiten. Denn er will nicht, daß Black tot ist – zumindest noch nicht.

Es ist viele Jahre her, daß Blue die Brooklyn-Brücke zu Fuß überquerte. Das letzte Mal ging er als Junge mit seinem Vater, und die Erinnerung an diesen Tag kehrt nun zu ihm zurück. Er sieht sich, wie er die Hand seines Vaters hielt und neben ihm herging, und er hört den Verkehr unten auf der stählernen Brückenstraße, er erinnert sich, daß er zu seinem Vater sagte, das Geräusch klinge wie das Summen eines riesigen Bienenschwarms. Zu seiner Linken sieht er die Freiheitsstatue, zu seiner Rechten Manhattan, die Gebäude ragen in der Morgensonne so hoch auf, daß sie reine Einbildung zu sein scheinen. Sein Vater wußte viel, und er erzählte Blue die Geschichte von allen Monumenten und Wolkenkratzern, lange Litaneien von Einzelheiten – die Architekten, die Daten, die politischen Intrigen – und daß die Brooklyn-Brücke einmal das größte Bauwerk in Amerika war. Der Alte war in demselben Jahr geboren worden, in dem die Brücke vollendet worden war, und Blue denkt immer an diese Verbindung, so als wäre die Brücke ein Monument zu Ehren seines Vaters. Er mag die Geschichte, die ihm an dem Tag erzählt wurde, an dem er und Blue senior über dieselben Bohlen nach Hause gingen, über die er jetzt geht, und aus irgendeinem Grunde hat er sie nie vergessen. Wie John Roebling, dem Konstrukteur der Brücke, wenige Tage nach Fertigstellung der Pläne ein Fuß zwischen den Dockpfählen und einem Fährboot zerquetscht wurde und er in weniger als drei Wochen an einem Gangrän starb. Er hätte nicht sterben müssen, sagte Blues Vater, aber die einzige Behandlung, die er gelten ließ, war die Hydrotherapie, und die erwies sich als nutzlos, und Blue fand es seltsam, daß ein Mann, der sein Leben damit verbracht hatte, Brücken über Gewässer zu bauen, damit die Menschen nicht naß wurden, glauben konnte, die einzige wahre Medizin bestünde darin, sich in Wasser einzutauchen. Nach John Roeblings Tod übernahm sein Sohn Washington die Stelle des Chefingenieurs, und das war auch eine merkwürdige Geschichte. Washington Roebling war damals erst einunddreißig und hatte, abgesehen von den Holzbrücken, die er während des Bürgerkriegs gebaut hatte, keine Erfahrung, aber er war noch begabter als sein Vater. Nicht lange nachdem mit dem Bau der Brookyln-Brücke begonnen worden war, war er während eines Brandes mehrere Stunden in einem der Unterwasser-Caissons eingeschlossen und zog sich einen schweren Fall von Caissonkrankheit zu, einem qualvollen Leiden, bei dem sich Stickstoffbläschen im Blutstrom sammeln. Der Anfall tötete ihn beinahe, und er war danach ein Invalide, unfähig, das Zimmer im obersten Stockwerk eines Hauses in Brooklyn Heights zu verlassen, in dem er und seine Frau sich eingerichtet hatten. Dort saß Washington Roebling viele Jahre lang jeden Tag und beobachtete den Fortschritt der Brücke durch ein Fernrohr. Jeden Morgen schickte er seine Frau mit seinen Anweisungen hinunter, und er zeichnete kunstvolle Farbbilder für die ausländischen Arbeiter, die nicht Englisch sprachen, damit sie verstanden, was sie als nächstes zu tun hatten. Und das Bemerkenswerte war, daß er die ganze Brücke buchstäblich im Kopf hatte: Jedes Teil hatte er auswendig gelernt bis hinunter zu den winzigsten Stückchen Stahl und Stein, und obwohl Washington Roebling nie den Fuß auf die Brücke setzte, war sie in ihm vollständig gegenwärtig, so als wäre sie am Ende all dieser Jahre irgendwie in seinen Körper hineingewachsen.

Blue denkt nun daran, während er über den Fluß geht und Black vor ihm beobachtet und sich an seinen Vater und seine Kindheit draußen in Gravesend erinnert. Der Alte war Polizist, später Detektiv im 77. Bezirk, und das Leben hätte gut sein können, denkt Blue, wenn nicht der Fall Russo gewesen wäre und die Kugel, die 1927 durch das Gehirn seines Vaters schlug. Vor zwanzig Jahren, sagt er zu sich selbst, plötzlich erschrocken über die Zeit, die vergangen ist, und er fragt sich, ob es einen Himmel gibt, und wenn ja, ob er seinen Vater wiedersehen wird. Er erinnert sich an eine Geschichte aus einem der endlosen Magazine, die er diese Woche gelesen hat, einer neuen Monatsschrift mit dem Titel *Seltsamer als Dichtung*, und das scheint eine Folge all der anderen Gedanken zu sein, die ihm gerade gekommen sind. Irgendwo in den französischen Alpen, erinnert er sich, wurde ein Mann vor zwanzig oder fünfundzwanzig Jahren beim Skilaufen von einer Lawine verschüttet, und seine Leiche wurde nie geborgen. Sein Sohn, der damals ein kleiner Junge war, wuchs auf und wurde ebenfalls Skiläufer. Eines Tages im vorigen Jahr ging er skilaufen; ohne es zu wissen, war er nicht weit von der Stelle, an der sein Vater umgekommen war. Durch die ständigen kleinen Verschiebungen des Eises im Laufe der Jahrzehnte sah das Gelände nun ganz anders aus als früher. Ganz allein da oben in den Bergen, weit von irgendeinem anderen menschlichen Wesen entfernt, stieß der Sohn auf einen Körper im Eis – eine Leiche, völlig unversehrt, wie im Scheintod. Selbstverständlich blieb der junge Mann stehen, um sie zu untersuchen, und als er sich bückte und der Leiche ins Gesicht sah, hatte er den deutlichen und erschreckenden Eindruck, sich selbst zu betrachten. Vor Angst zitternd, wie es in dem Artikel hieß, sah er sich die Leiche, die gleichsam im Eis versiegelt war, genauer an, wie jemanden auf der anderen Seite eines dicken Fensters, und er erkannte seinen Vater. Der Tote war noch jung, jünger als sein Sohn jetzt war, und es hatte, fand Blue, etwas Furchteinflößendes, etwas so Seltsames und Schreckliches, älter zu sein als der eigene Vater, daß er tatsächlich die Tränen zurückhalten mußte, als er den Artikel las. Nun, als Blue sich dem Ende der Brücke nähert, kehren diese Gefühle zurück, und er wünscht, sein Vater könnte da sein, mit ihm über den Fluß gehen und ihm Geschichten erzählen. Dann wird ihm plötzlich bewußt, was in seinem Geist vorgeht, er fragt sich, warum er so sentimental geworden ist, warum ihm alle diese Erinnerungen kommen, nachdem sie ihm so viele Jahre niemals eingefallen sind. Es gehört alles dazu, denkt er, verlegen, weil er so ist. So geht es einem, wenn man niemanden hat, mit dem man sprechen kann.

Am Ende der Brücke weiß er, daß er in bezug auf Black unrecht hatte. Es gibt heute keine Selbstmorde, keine Stürze von Brücken, keine Sprünge ins Unbekannte. Denn da geht sein Mann so munter und unbekümmert, wie man nur sein kann, die Treppe des Fußgängerstegs hinunter und die Straße entlang, die einen Bogen um das Rathaus macht, dann setzt er seinen Weg durch die Centre Street nach Norden fort, am Gericht und anderen städtischen Gebäuden vorbei, und ohne seinen Schritt zu verlangsamen, läuft er durch Chinatown und noch weiter. Dieser Streifzug dauert mehrere Stunden, und nie hat Blue das Gefühl, daß Black irgendein Ziel verfolgt. Er scheint vielmehr seine Lungen auszulüften, zu gehen um des reinen Vergnügens willen, und als die Wanderung kein Ende nimmt, gesteht sich Blue zum erstenmal ein, daß er eine gewisse Zuneigung zu Black entwickelt.

Einmal betritt Black eine Buchhandlung, und Blue folgt ihm. Black schmökert etwa eine halbe Stunde und sammelt dabei einen kleinen Stapel von Büchern, und Blue, der nichts Besseres zu tun hat, blättert ebenfalls in Büchern und versucht während der ganzen Zeit, sein Gesicht vor Black zu verbergen. Die kurzen Blicke, die er riskiert, wenn Black wegzusehen scheint, vermitteln ihm den Eindruck, ihn schon früher einmal gesehen zu haben, aber er kann sich nicht erinnern, wo. Es ist etwas um die Augen, sagt er sich, aber weiter kommt er nicht. Er will nicht auf sich aufmerksam machen, und er ist nicht wirklich sicher, ob etwas daran ist.

Eine Minute später stößt Blue auf ein Exemplar *Walden* von Henry David Thoreau. Als er es aufschlägt, entdeckt er zu seiner Überraschung, daß der Name des Verlegers Black ist: «Veröffentlicht für den Classics Club von Walter J. Black, Inc., Copyright 1942.» Diese Übereinstimmung schockiert Blue im ersten Moment. Er denkt, daß darin vielleicht eine Botschaft für ihn verborgen ist, ein Schimmer von Bedeutung, der etwas an der Sache ändern könnte. Aber dann, als er sich von seinem kleinen Schock erholt hat, überlegt er, daß das eher unwahrscheinlich ist. Der Name ist häufig genug, sagt er sich – und außerdem weiß er sicher, daß Blacks Vorname nicht Walter ist. Es könnte allerdings ein Verwandter sein, fügt er hinzu, oder vielleicht sogar sein Vater. Während er noch über diesen letzten Punkt nachdenkt, beschließt Blue, das Buch zu kaufen. Wenn er schon nicht lesen kann, was Black schreibt, so kann er zumindest lesen, was er liest. Viel wird es nicht bringen, sagt er sich, aber wer weiß, ob er nicht einen Hinweis darauf finden wird, was der Mann vorhat.

So weit, so gut. Black zahlt für seine Bücher, Blue zahlt für sein Buch, und die Wanderung geht weiter. Blue wartet noch immer auf ein Zeichen, auf einen Anhaltspunkt, der ihn zu Blacks Geheimnis führt. Aber er ist ein zu ehrlicher Mann, um sich selbst etwas vorzumachen, und er weiß, daß kein Sinn und Verstand in dem zu entdecken ist, was bisher geschah. Dieses eine Mal ist er deshalb nicht entmutigt. Tatsächlich bemerkt er, als er tiefer in sich hineinhorcht, daß er sich im ganzen eher gekräftigt fühlt. Es ist etwas Schönes daran, im Dunkeln zu sein, entdeckt er, es ist erregend, nicht zu wissen, was als nächstes geschehen wird. Es hält einen wach, denkt er, und das kann nicht schaden, oder? Hellwach und auf Draht, alles aufnehmend, für alles bereit.

Kurz nachdem er diesen Gedanken nachhing, wird ihm endlich eine neue Entwicklung geboten, und der Fall nimmt seine erste Wendung. In der Stadtmitte biegt Black um eine Ecke, geht den halben Häuserblock entlang, zögert kurz, als suche er eine Adresse, macht ein paar Schritte zurück, geht wieder vorwärts und betritt einen Moment später ein Restaurant. Blue folgt ihm und denkt sich nicht viel dabei, denn es ist schließlich Mittag, und man muß etwas essen. Blacks Zögern scheint darauf hinzuweisen, daß er noch nie hier gewesen ist, was wiederum bedeuten kann, daß Black eine Verabredung hat. Der Raum ist dunkel, ziemlich voll, eine Gruppe von Menschen schart sich vorn um die Bar, und im Hintergrund hört man Geplauder und das Klirren von Besteck und Geschirr. Das Lokal sieht teuer aus mit der Holztäfelung an den Wänden und den weißen Tischtüchern, denkt Blue, und er nimmt sich vor, seine Rechnung so niedrig wie möglich zu halten. Es sind noch Tische frei, und Blue nimmt es als gutes Omen, daß er einen Platz in Sichtweite Blacks bekommt, nicht aufdringlich nahe, aber nicht so weit entfernt, daß er nicht beobachten kann, was er tut. Black bestellt zwei Menüs, und drei oder vier Minuten später lächelt er, als eine Frau durch den Raum geht, sich seinem Tisch nähert und ihn auf die Wange küßt, bevor sie sich setzt. Die Frau ist nicht schlecht, denkt Blue. Ein wenig zu mager für seinen Geschmack, aber gar nicht übel. Dann denkt er: Jetzt beginnt der interessante Teil.

Unglücklicherweise wendet die Frau Blue den Rücken zu, so daß er während des Essens ihr Gesicht nicht beobachten kann. Während er sein Salisbury-Steak verzehrt, überlegt er sich, daß vielleicht seine erste Ahnung richtig war und daß es sich schließlich doch um eine Ehegeschichte handelt. Er stellt sich schon seinen nächsten Bericht vor, und es bereitet ihm Vergnügen, die Sätze zu formulieren, die er verwenden wird, um zu beschreiben, was er jetzt sieht. Da nun eine zweite Person in den Fall verwickelt ist, weiß er, daß gewisse Entscheidungen getroffen werden müssen. Zum Beispiel: soll er sich weiter an Black halten oder seine Aufmerksamkeit der Frau zuwenden? Das könnte möglicherweise die Dinge ein wenig beschleunigen, aber gleichzeitig könnte es bedeuten, daß Black die Gelegenheit erhielte, ihm zu entkommen, vielleicht für immer. Mit anderen Worten, ist die Begegnung mit der Frau vielleicht ein Tarnmanöver? Ist sie ein Teil des Falles oder nicht, ist sie eine wesentliche oder eine zufällige Tatsache? Blue denkt eine Weile über diese Fragen nach und kommt zu dem Schluß, daß es zu früh ist, etwas zu sagen. Ja, es könnte das eine sein, sagt er sich. Aber es könnte auch das andere sein.

Als etwa die halbe Mahlzeit vorüber ist, scheint sich die Lage zum Schlechteren zu wenden. Blue bemerkt, daß Black die Frau tieftraurig anschaut, und ehe er es sich versieht, scheint die Frau zu weinen. Jedenfalls schließt Blue das aus der plötzlichen Veränderung ihrer Körperhaltung. Sie läßt die Schultern hängen und senkt den Kopf, bedeckt das Gesicht mit den Händen, ein leichter Schauder läuft ihr über den Rücken. Sie könnte auch einen Lachanfall haben, sagt sich Blue, aber warum würde Black dann so elend dreinsehen? Er sieht so aus, als hätte man ihm gerade den Boden unter den Füßen weggezogen. Die Frau wendet das Gesicht von Black ab, und Blue sieht sie kurz im Profil: Zweifellos Tränen, denkt er, als er beobachtet, wie sie ihre Lider mit einer Serviette betupft, und einen Fleck nasser Wimperntusche auf ihrer Wange glänzen sieht. Sie steht mit einem Ruck auf und geht zur Toilette. Blue hat wieder eine unbehinderte Sicht, und als er diese Traurigkeit in Blacks Augen sieht, diese völlige Niedergeschlagenheit, beginnt er ihm beinahe leid zu tun. Black starrt in Blues Richtung, aber er sieht offensichtlich nichts, und dann schlägt er im nächsten Moment beide Hände vors Gesicht. Blue versucht zu erraten, was vorgeht, aber es ist unmöglich, es zu wissen. Es hat den Anschein, daß es zwischen den beiden aus ist, denkt er, es fühlt sich an, als wäre etwas zu Ende gegangen. Und doch, es konnte trotz allem nur ein Streit sein.

Die Frau kehrt an den Tisch zurück und sieht ein wenig besser aus. Die beiden sitzen einige Minuten da, ohne etwas zu sagen, und rühren die Speisen nicht an. Black seufzt ein- oder zweimal und blickt ins Leere, und schließlich läßt er die Rechnung kommen. Blue bezahlt ebenfalls, und dann folgt er den beiden aus dem Restaurant hinaus. Er sieht, daß Black seine Hand auf ihren Arm gelegt hat, aber das kann auch nur ein Reflex sein, sagt er sich, und bedeutet wahrscheinlich nichts. Sie gehen schweigend die Straße hinunter, und an der Ecke winkt Black ein Taxi heran. Er öffnet der Frau die Tür, und bevor sie einsteigt, berührt er sehr sanft ihre Wange. Sie antwortet mit einem tapferen kleinen Lächeln, aber die beiden sagen noch immer kein Wort. Sie setzt sich auf den Rücksitz, Black schließt die Tür, und das Taxi fährt davon.

Black geht ein paar Minuten hin und her, bleibt kurz vor dem Schaufenster eines Reisebüros stehen, um ein Plakat der White Mountains zu betrachten, und steigt selbst in ein Taxi. Blue hat wieder Glück und findet Sekunden später ein anderes Taxi. Er gibt dem Fahrer die Weisung, Blacks Taxi zu folgen, und dann lehnt er sich zurück, während sich die beiden Wagen langsam ihren Weg durch den Verkehr des Geschäftsviertels bahnen, über die Brooklyn-Brücke fahren und schließlich in der Orange Street ankommen. Blue ist entsetzt über den Fahrpreis und ärgert sich über sich selbst, weil er nicht der Frau gefolgt ist. Er hätte wissen müssen, daß Black nach Hause fährt.

Seine Stimmung hebt sich beträchtlich, als er sein Haus betritt und einen Brief in seinem Briefkasten findet. Das kann nur eines sein, sagt er sich, und tatsächlich, als er die Treppe hinaufgeht und den Umschlag öffnet, ist er da: der erste Scheck, eine Postanweisung, genau auf den Betrag ausgestellt, den er mit White vereinbart hat. Er findet es jedoch ein wenig verwirrend, daß die Zahlungsweise so anonym ist. Warum nicht ein persönlicher Scheck von White? Das führt Blue dazu, mit dem Gedanken zu spielen, daß White vielleicht doch ein abtrünniger Agent ist, der seine Spuren verwischen und daher sichergehen will, daß die Zahlungen nirgends aufscheinen. Blue legt Hut und Mantel ab und streckt sich auf dem Bett aus, und es wird ihm bewußt, daß er ein wenig enttäuscht ist, keinen Kommentar zu seinem Bericht erhalten zu haben. Wenn man bedenkt, wie hart er daran gearbeitet hat, wäre ihm ein Wort der Anerkennung willkommen gewesen. Die Tatsache, daß das Geld bezahlt wurde, bedeutet, daß White nicht unzufrieden war. Aber dennoch – Schweigen ist keine befriedigende Antwort, ganz gleich, was es bedeutet. Wenn es so ist, sagt sich Blue, dann muß ich mich eben daran gewöhnen.

Die Tage vergehen, und alles wird wieder zur reinen Routine. Black schreibt, liest, kauft in der Nachbarschaft ein, besucht das Postamt, macht gelegentlich einen kleinen Spaziergang. Die Frau erscheint nicht wieder, und Black unternimmt keine weiteren Ausflüge nach Manhattan. Blue stellt sich vor, daß er jeden Tag einen Brief bekommen kann mit der Nachricht, daß der Fall abgeschlossen ist. Die Frau ist fort, überlegt er, und das könnte das Ende sein. Aber nichts dergleichen geschieht. Blues peinlich genaue Beschreibung der Szene im Restaurant löst keine besondere Reaktion bei White aus, und eine Woche nach der anderen treffen pünktlich die Schecks ein. Soviel also zum Thema Liebe, sagt sich Blue. Die Frau hat nie etwas bedeutet. Sie war nur ein Ablenkungsmanöver.

In dieser frühen Periode kann Blues Geistesverfassung am besten als ambivalent und konfliktgeladen beschrieben werden. Es gibt Phasen, in denen er sich so vollständig im Einklang mit Black empfindet, so natürlich eins mit dem anderen Mann, daß er nur in sich selbst hineinzuhorchen braucht, um vorauszuahnen, was Black tun wird, um zu wissen, wann er in seinem Zimmer bleiben und wann er ausgehen wird. Ganze Tage vergehen, an denen er sich nicht einmal die Mühe macht, aus dem Fenster zu sehen oder Black auf die Straße zu folgen. Ab und zu gestattet er sich sogar, allein einen Ausflug zu machen, und er weiß, daß sich Black, während er fort ist, nicht von der Stelle rührt. Wie er das weiß, bleibt ein Geheimnis für ihn, aber Tatsache ist, daß er sich nie täuscht, und wenn ihn das Gefühl überkommt, gibt es für ihn keinen Zweifel und kein Zögern. Andererseits ist es nicht immer so. Es gibt Zeiten, in denen er sich Black völlig fern fühlt, auf eine so klare und absolute Weise von ihm abgeschnitten, daß er das Gefühl dafür zu verlieren beginnt, wer er ist. Einsamkeit umgibt ihn, schließt ihn ein, und mit ihr kommt ein Entsetzen, das schlimmer ist als alles, was er je gekannt hat. Es verwirrt ihn, daß er so schnell von einem Zustand zum anderen wechseln kann, und lange pendelt er zwischen den Extremen hin und her und weiß nicht, welches das wahre und welches das falsche ist.

Nach einer Reihe von besonders schlechten Tagen beginnt er, sich nach Gesellschaft zu sehnen. Er setzt sich hin und schreibt Brown einen Brief mit vielen Einzelheiten. Er schildert den Fall und bittet um seinen Rat. Brown hat sich nach Florida zurückgezogen und verbringt die meiste Zeit mit Angeln. Blue weiß, daß es eine ganze Weile dauern wird, bis er eine Antwort bekommt. Dennoch wartet er schon einen Tag, nachdem er den Brief aufgegeben hat, mit einer Ungeduld auf die Antwort, die sich bald zur Besessenheit steigert. Jeden Morgen, ungefähr eine Stunde, bevor die Post zugestellt wird, pflanzt er sich am Fenster auf und wartet darauf, daß der Briefträger um die Ecke kommt, und er setzt all seine Hoffnungen auf das, was Brown ihm raten wird. Was er von diesem Brief erwartet, ist nicht gewiß. Blue stellt sich die Frage nicht einmal, aber sicherlich werden es einige ungeheure, erhellende und außergewöhnliche Worte sein, die ihn in die Welt der Lebenden zurückbringen werden.

Als die Tage und Wochen ohne einen Brief von Brown vergehen, wird Blues Enttäuschung zu einer schmerzenden, irrationalen Verzweiflung. Aber das ist noch nichts, verglichen mit dem, was er fühlt, als der Brief endlich kommt. Denn Brown geht gar nicht auf das ein, was Blue geschrieben hat. Es ist schön, von Dir zu hören, beginnt der Brief, und schön zu wissen, daß Du so hart arbeitest. Klingt wie ein interessanter Fall. Kann allerdings nicht behaupten, daß ich dergleichen vermisse. Hier führe ich ein angenehmes Leben – stehe früh auf und gehe angeln, verbringe eine Weile mit meiner Frau, lese ein wenig, schlafe in der Sonne; nichts, worüber ich mich beklagen könnte. Das einzige, was ich nicht verstehe, ist, warum ich nicht schon vor Jahren hierher gezogen bin.

In diesem Stil geht der Brief mehrere Seiten lang weiter, und nicht ein einziges Mal berührt er den Grund von Blues Qualen und Ängsten. Blue sieht sich von dem Mann verraten, der einmal wie ein Vater zu ihm war, und als er den Brief zu Ende gelesen hat, fühlt er sich leer und völlig aus der

Fassung gebracht. Ich bin auf mich allein gestellt, denkt er, es gibt niemanden mehr, an den ich mich wenden kann. Mehrere Stunden lang verfällt er in Mutlosigkeit und Selbstmitleid und denkt ein- oder zweimal, daß es besser wäre, tot zu sein. Aber schließlich überwindet er seine düstere Stimmung. Denn Blue ist eigentlich ein ausgeglichener Mensch und neigt weniger zu finsteren Gedanken als die meisten, und wer sind wir, daß wir ihm Vorwürfe machen dürften, wenn ihn manchmal der Weltschmerz überkommt? Als es Zeit fürs Abendessen wird, hat er sogar schon angefangen, die guten Seiten zu sehen. Das ist vielleicht sein größtes Talent: nicht, daß er nicht verzweifelt, sondern daß er nie sehr lange verzweifelt ist. Letzten Endes ist es vielleicht in Ordnung so, sagt er sich. Es ist vielleicht besser allein zu sein, als von einem anderen abzuhängen. Blue denkt eine Weile darüber nach und entscheidet, daß es einiges für sich hat. Er ist kein Lehrling mehr. Es gibt keinen Meister mehr über ihm. Ich bin mein eigener Herr, sagt er sich. Ich bin mein eigener Herr und schulde niemandem Rechenschaft außer mir selbst.

Angeregt und erfüllt von dieser neuen Erkenntnis stellt er fest, daß er endlich den Mut hat, mit der zukünftigen Mrs. Blue Verbindung aufzunehmen. Als er aber den Hörer abhebt und ihre Nummer wählt, meldet sich niemand. Er ist enttäuscht, aber bleibt ungerührt. Ich werde es ein andermal wieder versuchen, sagt er. Bald einmal.

Und weiter vergehen die Tage. Wieder nimmt er mit Black den gleichen Schritt auf, vielleicht noch harmonischer als zuvor. Dabei entdeckt er das Paradoxe der Situation. Denn je näher er sich Black fühlt, desto weniger hält er es für nötig, an ihn zu denken. Mit anderen Worten, je tiefer er sich verstrickt, um so freier ist er. Was ihn bedrückt, ist nicht Teilnahme, sondern Trennung. Denn nur wenn Black sich von ihm zu lösen scheint, muß er ausgehen und ihn suchen, und das kostet Zeit und Mühe, um nicht zu sagen Kampf. In den Phasen jedoch, in denen er sich Black ganz nah fühlt, kann er beginnen, so etwas wie ein unabhängiges Leben zu führen. Zuerst ist das, was er sich gestattet, nicht sehr gewagt, aber trotzdem betrachtet er es als eine Art Triumph, beinahe als einen Akt der Tapferkeit. Zum Beispiel das Haus zu verlassen und den Block auf und ab zu gehen. So klein sie sein mag, erfüllt ihn diese Geste doch mit Glück, und während er in dem schönen Frühlingswetter in der Orange Street hin und her geht, ist er auf eine Weise, die er seit Jahren nicht mehr empfunden hat, froh, am Leben zu sein. Von dem einen Ende aus hat man einen Blick auf den Fluß, den Hafen, die Silhouette von Manhattan, die Brücken. Blue findet das alles schön, und an manchen Tagen erlaubt er sich sogar, einige Minuten auf einer der Bänke zu sitzen und auf die Boote hinauszuschauen. Am anderen Ende steht die Kirche, und manchmal geht Blue zu dem kleinen grasbewachsenen Friedhof, um dort eine Weile zu sitzen und die Bronzestatue Henry Ward Beechers zu betrachten. Zwei Sklaven halten Beechers Beine umklammert, als wollten sie ihn bitten, ihnen zu helfen, sie endlich zu befreien, und in die Ziegelmauer dahinter ist ein Porzellanrelief Abraham Lincolns eingelassen. Blue kann nicht umhin, sich durch diese Bilder angesprochen zu fühlen, und jedesmal wenn er zu dem Friedhof kommt, füllt sich sein Kopf mit edlen Gedanken über die Würde des Menschen.

Nach und nach wird er verwegener und entfernt sich weiter von Black. Es ist 1947, das Jahr, in dem Jackie Robinson zu den Dodgers kommt, und Blue verfolgt seinen Fortschritt, er denkt an den Friedhof und weiß, daß es um mehr geht als nur um Baseball. An einem hellen Dienstagnachmittag im Mai beschließt er, einen Ausflug nach Ebbetts Field zu machen, und als er Black in seinem Zimmer in der Orange Street zurückläßt, wie üblich mit Feder und Papieren über seinen Tisch gebeugt, fühlt er keinen Grund zur Sorge; er ist sich sicher, daß alles noch genau so sein wird, wenn er zurückkommt. Er fährt mit der U-Bahn, mischt sich unter die Menge, gibt sich ganz dem Gefühl des Augenblicks hin. Als er im Stadion seinen Platz einnimmt, fallen ihm die klaren Farben um ihn herum auf: das grüne Gras, die braune Erde, der weiße Ball, der blaue Himmel darüber. Jedes Ding unterscheidet sich, ganz für sich und scharf umrissen, von jedem anderen Ding, und die geometrische Einfachheit des Musters beeindruckt Blue mit ihrer Kraft. Während er das Spiel verfolgt, fällt es ihm schwer, den Blick von Robinson abzuwenden, ständig fühlt er sich von der Schwärze seines Gesichts angezogen, und er denkt, es gehört Mut dazu zu tun, was er tut, so allein zu sein vor so vielen Fremden, von denen zweifellos die Hälfte wünscht, er wäre tot. Als das Spiel seinen Lauf nimmt, ertappt sich Blue dabei, daß er zu allem, was Robinson tut, Beifall brüllt, und als der Schwarze im dritten Inning um ein Mal vorrückt, er springt auf, und später, im siebenten, als Robinson einen Zwei-Mal-Lauf macht, schlägt er tatsächlich dem Mann neben ihm vor Freude auf den Rücken. Die Dodgers schaffen es im neunten mit einem Aufopferungsflugball, und als Blue nach Hause fährt, wird ihm bewußt, daß er nicht ein einziges Mal an Black gedacht hat.

Aber Ballspiele sind nur der Anfang. An gewissen Abenden, wenn Blue sicher ist, daß Black nirgendwohin gehen wird, trinkt er ein Bier oder zwei in einer nahegelegenen Bar und genießt die Unterhaltungen mit dem Barmixer, dessen Name Red ist und der Green, dem Barmixer aus dem so weit zurückliegenden Fall Gray, erstaunlich ähnlich sieht. Eine schlampige Nutte namens Violet ist oft dort, und ein- oder zweimal macht Blue sie beschwipst genug, um in ihre Wohnung gleich um die Ecke eingeladen zu werden. Er weiß, daß sie ihn mag, denn sie läßt ihn nie bezahlen, aber er weiß auch, daß es nichts mit Liebe zu tun hat. Sie nennt ihn Liebling, und ihr Fleisch ist weich und füllig, aber immer wenn sie einen Drink zuviel hat, fängt sie an zu weinen, und dann muß Blue sie trösten, und insgeheim fragt er sich, ob es die Mühe wert ist. Seine Schuldgefühle gegenüber der zukünftigen Mrs. Blue sind jedoch nur sehr flüchtig, denn er rechtfertigt seine Besuche bei Violet, indem er sich mit einem Soldaten im Krieg in einem anderen Land vergleicht. Jeder Mann braucht ein wenig Trost, besonders wenn schon morgen seine Stunde schlagen kann. Und außerdem ist er nicht aus Stein, sagt er sich.

Meistens geht Blue jedoch an der Bar vorbei und in das mehrere Häuserblocks entfernte Kino. Nun da der Sommer kommt und die Hitze in seinem kleinen Zimmer unbehaglich wird, ist es erfrischend, in dem kühlen Kino zu sitzen und Filme anzuschauen. Blue mag Filme, nicht nur wegen der Geschichten und der schönen Frauen, sondern auch wegen der Dunkelheit in den Kinos und weil die Bilder auf der Leinwand irgendwie den Gedanken in seinem Kopf gleichen, wenn er die Augen schließt. Auf die Art der Filme kommt es ihm nicht so sehr an. Es ist ihm mehr oder weniger gleichgültig, ob es sich um Komödien oder Dramen handelt oder ob der Film in Schwarzweiß oder in Farbe gedreht ist, aber er hat eine besondere Schwäche für Filme mit Detektiven, weil da eine natürliche Verbindung besteht, und solche Geschichten fesseln ihn mehr als andere. In diesem Sommer sieht er eine Reihe solcher Filme, und sie gefallen ihm alle: *Die Dame im See, Der gefallene Engel, Schwarze Natter, Jagd nach Millionen, Reite auf dem rosa Pferd, Hoffnungslos* und so weiter. Doch für Blue gibt es einen Film, der sich vor allen anderen auszeichnet, und er gefällt ihm so gut, daß er am nächsten Abend wieder ins Kino geht, um ihn noch einmal zu sehen.

Er heißt *Goldenes Gift*, und die Hauptrolle spielt Robert Mitchum als ehemaliger Privatdetektiv, der versucht, sich in einer kleinen Stadt unter einem anderen Namen ein neues Leben aufzubauen. Er hat eine Freundin, ein süßes Mädchen vom Lande namens Ann, und betreibt eine Tankstelle mit Hilfe eines taubstummen Jungen, Jimmy, der ihm treu ergeben ist. Aber die Vergangenheit holt Mitchum ein, und er kann kaum etwas dagegen tun. Vor Jahren bekam er den Auftrag, Jane Greer zu suchen, die Geliebte des Gangsters Kirk Douglas, aber als er sie fand, verliebten sie sich ineinander und flohen, um irgendwo im verborgenen zu leben. Eins führte zum andern – Geld wurde gestohlen, ein Mord wurde begangen –, und schließlich kam Mitchum wieder zur Besinnung und verließ die Greer, weil er endlich das Ausmaß ihrer Verdorbenheit begriff. Nun wird er von Douglas und der Greer erpreßt, ein Verbrechen zu begehen, das aber nur eine abgekartete Sache ist. Er findet heraus, daß sie planen, ihm einen weiteren Mord unterzuschieben. Eine komplizierte Geschichte entwickelt sich, und Mitchum versucht verzweifelt, sich aus der Falle zu befreien. Einmal kehrt er in die kleine Stadt zurück, in der er wohnt, sagt Ann, daß er unschuldig ist, und beteuert ihr, daß er sie liebt. Aber es ist in Wirklichkeit schon zu spät, und Mitchum weiß es. Gegen Ende gelingt es ihm, Douglas zu überreden, die Greer wegen des Mordes anzuzeigen, den sie begangen hat, aber in diesem Augenblick betritt die Greer das Zimmer, zieht ruhig eine Pistole und erschießt Douglas. Sie sagt Mitchum, daß sie zusammengehören, und er, fatalistisch bis zuletzt, scheint auf sie einzugehen. Sie beschließen, zusammen aus dem Land zu fliehen, aber als die Greer geht, um ihre Koffer zu packen, ruft Mitchum die Polizei an. Sie steigen in den Wagen und fahren los, aber bald geraten sie in eine Straßensperre der Polizei. Als die Greer erkennt, daß sie hintergangen worden ist, zieht sie eine Pistole aus ihrer Handtasche und erschießt Mitchum. Dann eröffnet die Polizei das Feuer auf den Wagen, und die Greer wird ebenfalls getötet. Danach kommt die letzte Szene – am nächsten Morgen in der kleinen Stadt Bridgeport. Jimmy sitzt auf einer Bank vor der Tankstelle, und Ann kommt und setzt sich zu ihm. Sag mir eines, Jimmy, sagt sie, das eine muß ich wissen: Wollte er mit ihr fliehen oder nicht? Der Junge denkt eine kleine Weile nach und versucht, zwischen Wahrheit und Güte zu entscheiden. Ist es wichtiger, den guten Ruf seines Freundes zu wahren oder das Mädchen zu schonen? All das dauert nur einen Augenblick. Er sieht dem Mädchen in die Augen und nickt wie um zu sagen, ja, er hat die Greer schließlich doch geliebt. Ann tätschelt Jimmys Arm, dann geht sie zu ihrem früheren Freund, einem anständigen Polizisten, der Mitchum immer verachtet hat. Jimmy sieht zu dem Schild der Tankstelle hinauf, auf dem Mitchums Name steht, und winkt ihm einen freundschaftlichen Gruß zu, dann wendet er sich ab und geht die Straße hinunter. Er ist der einzige, der die Wahrheit kennt, und er wird nie etwas sagen.

In den nächsten Tagen läßt sich Blue diese Geschichte viele Male durch den Kopf gehen. Es ist gut, entscheidet er, daß der Film mit dem taubstummen Jungen endet. Das Geheimnis ist begraben, und Mitchum wird auch im Tode noch ein Außenseiter bleiben. Sein Lebensziel war sehr einfach: Er wollte ein normaler Bürger in einer normalen amerikanischen Stadt werden, das Mädchen von nebenan heiraten und ein ruhiges Dasein fristen. Es ist seltsam, denkt Blue, daß der neue Name, den sich Mitchum aussuchte, Jeff Bailey ist. Das kommt dem Namen einer Figur in einem anderen Film bemerkenswert nahe, den er im vorigen Jahr mit der zukünftigen Mrs. Blue sah – George Bailey, gespielt von James Stewart in *Ist das Leben nicht schön?* Diese Geschichte handelte auch vom kleinstädtischen Amerika, aber vom entgegengesetzten Standpunkt aus: Es ging um die Enttäuschungen eines Mannes, der sein ganzes Leben lang zu entkommen versucht. Aber zuletzt versteht er, daß er ein gutes Leben gehabt, daß er immer das Richtige getan hat. Mitchums Bailey würde zweifellos gern derselbe Mann sein wie Stewarts Bailey. Aber in seinem Fall ist der Name falsch, aus einem Wunschdenken entstanden. Sein wirklicher Name ist Markham. Er wurde gebrandmarkt durch die Vergangenheit und dagegen läßt sich nichts mehr tun. Etwas geschieht, denkt Blue, und dann geschieht es immer wieder. Es kann nie geändert werden, kann nie mehr anders sein. Dieser Gedanke beginnt Blue zu verfolgen, denn er sieht ihn als eine Art Warnung, eine Botschaft, die aus seinem Inneren kommt, und so sehr er versucht, ihn beiseite zu schieben, die Dunkelheit dieses Gedankens verläßt ihn nicht.

Eines Abends schlägt Blue daher schließlich sein Buch *Walden* auf. Die Zeit ist gekommen, sagt er sich, und wenn er jetzt nicht eine Anstrengung unternimmt, wird er es nie tun, das weiß er. Aber der Text ist nicht einfach. Als Blue zu lesen beginnt, hat er das Gefühl, eine fremde Welt zu betreten. Er stapft durch Sümpfe und Dornengestrüpp und klettert düstere Geröllhalden und tückische Felsen hinauf, er fühlt sich wie ein Gefangener auf einem Gewaltmarsch, und sein einziger Gedanke ist zu fliehen. Thoreaus Worte langweilen ihn, und es fällt ihm schwer, sich zu konzentrieren. Ganze Kapitel ziehen vorbei, und als er an ihrem Ende angekommen ist, stellt er fest, daß er nichts behalten hat. Warum sollte jemand fortgehen und allein in den Wäldern leben? Was bedeutet das alles: Bohnen säen und keinen Kaffee trinken und kein Fleisch essen? Warum all diese endlosen Beschreibungen von Vögeln? Blue dachte, er bekäme eine Geschichte erzählt oder zumindest so etwas Ähnliches wie eine Geschichte, aber das ist nicht mehr als Geschwätz, eine endlose Tirade über nichts.

Es wäre jedoch unfair, ihm Vorwürfe zu machen. Blue hat nie viel gelesen außer Zeitungen und Zeitschriften und gelegentlich einen Abenteuerroman, als er noch ein Junge war. Man weiß, daß sogar erfahrene und kultivierte Leser Schwierigkeiten mit *Walden* haben, und kein geringerer als Emerson schrieb einmal in seinem Tagebuch, daß es ihn nervös und elend stimmte, Thoreau zu lesen. Man muß es Blue hoch anrechnen, daß er nicht aufgibt. Am nächsten Tag beginnt er von neuem, und dieser zweite Durchgang ist etwas weniger steinig als der erste. Im dritten Kapitel stößt er auf einen Satz, der ihm endlich etwas sagt – Bücher müssen ebenso bedächtig und zurückhaltend gelesen werden, wie sie geschrieben wurden –, und plötzlich versteht er, daß der Trick darin besteht, langsam voranzugehen, langsamer, als er je mit Worten umgegangen ist. Das hilft in einem gewissen Maße, und manche Abschnitte beginnen klar zu werden: die Sache mit den Kleidern am Anfang, der Kampf zwischen den roten Ameisen und den schwarzen Ameisen, die Argumente gegen die Arbeit. Aber Blue findet die Lektüre noch immer mühsam, und obwohl er widerwillig zugibt, daß Thoreau vielleicht doch nicht so dumm ist, wie er dachte, nimmt er es Black übel, daß er ihm diese Tortur auferlegt hat. Was er nicht weiß, ist, daß, wenn er die Geduld aufbrächte, das Buch in dem Geiste zu lesen, in dem es gelesen werden muß, sein ganzes Leben sich verändern würde, und daß er nach und nach seine Lage voll verstehen würde – das heißt Black, White, den Fall und alles, was ihn selbst betrifft. Aber verpaßte Gelegenheiten sind ebensosehr ein Teil des Lebens wie genutzte Gelegenheiten, und eine Geschichte kann nicht bei dem verweilen, was hätte sein können. Blue wirft das Buch angewidert beiseite, zieht seinen Mantel an (denn es ist jetzt Herbst) und geht aus, um Luft zu schnappen. Er ahnt nicht, daß dies der Anfang vom Ende ist. Denn gleich wird etwas geschehen, und sobald es geschieht, wird nichts mehr jemals wieder dasselbe sein.

Er geht nach Manhattan, entfernt sich weiter von Black als je zuvor, macht seiner Enttäuschung durch Bewegung Luft und hofft, sich zu beruhigen, indem er seinen Körper erschöpft. Er geht nach Norden, allein mit seinen Gedanken, und macht sich nicht die Mühe, die Dinge um ihn herum wahrzunehmen. In der East 26th Street geht sein linker Schnürsenkel auf, und als er sich bückt, um ihn wieder zuzubinden, und ein Knie auf den Boden gesetzt hat, fällt ihm der Himmel auf den Kopf. Denn gerade in diesem Augenblick sieht er niemand anderen als die zukünftige Mrs. Blue. Sie kommt die Straße herauf und hat beide Arme in den rechten Arm eines Mannes eingehängt, den Blue nie zuvor gesehen hat, und sie lächelt strahlend, ganz in Anspruch genommen von dem, was der Mann zu ihr sagt. Blue ist so fassungslos, daß er nicht weiß, ob er den Kopf tiefer senken und sein Gesicht verbergen oder aufstehen und die Frau grüßen soll, die, wie er nun – mit einer Eindeutigkeit, die so plötzlich und unwiderruflich ist wie das Zuschlagen einer Tür – versteht, nie seine Frau sein wird. Es zeigt sich, daß er keines von beidem fertigbringt – zuerst duckt er den Kopf, aber eine Sekunde später will er, daß sie ihn erkennt, und als er sieht, daß sie ihn nicht erkennen wird, weil sie so sehr den Worten ihres Begleiters lauscht, steht Blue mit einem Ruck vom Pflaster auf, als die beiden nur noch zwei Meter von ihm entfernt sind. Es ist, als hätte plötzlich ein Geist vor ihr Gestalt angenommen, und die ehemalige zukünftige Mrs. Blue stößt einen kleinen Schrei aus, bevor sie überhaupt erkennt, wer der Geist ist. Blue sagt ihren Namen mit einer Stimme, die ihm fremd vorkommt, und sie bleibt wie erstarrt stehen. Der Schock steht ihr ins Gesicht geschrieben, bevor sie eine jähe Wut erfaßt.

Du! sagt sie zu ihm. Du!

Bevor er Gelegenheit hat, etwas zu sagen, macht sie sich vom Arm ihres Begleiters frei und schlägt mit den Fäusten auf Blues Brust, sie schreit ihn an wie eine Verrückte und wirft ihm ein gemeines Verbrechen nach dem anderen vor. Blue kann nichts anderes tun, als immer wieder ihren Namen zu wiederholen, so als versuchte er verzweifelt, zwischen der Frau, die er liebt, und dem wilden Tier, das ihn nun angreift, zu unterscheiden. Er fühlt sich völlig wehrlos, und während er weiter attackiert wird, beginnt er, jeden neuen Hieb als gerechte Strafe für sein Verhalten willkommen zu heißen. Der andere Mann macht dem Ganzen jedoch bald ein Ende. Obwohl Blue versucht ist, ihm einen Schlag zu versetzen, ist er zu überrascht, um schnell genug zu handeln, und ehe er es sich versieht, hat der Mann die weinende ehemalige zukünftige Mrs. Blue schon die Straße hinauf und um die Ecke geführt, und das ist das Ende.

Diese kurze, so unerwartete und niederschmetternde Szene bringt Blue völlig durcheinander. Als er endlich seine

Fassung wiedergewinnt und imstande ist, nach Hause zurückzukehren, erkennt er, daß er sein Leben weggeworfen hat. Es ist nicht ihre Schuld, sagt er sich; er will ihr Vorwürfe machen, aber er weiß, daß er es nicht kann. Sie mußte ihn für tot gehalten haben, und wie kann er ihr verübeln, daß sie leben will? Blue spürt, wie ihm die Tränen in die Augen steigen, aber stärker als Kummer empfindet er Zorn auf sich selbst, weil er so ein Narr war. Was immer für eine Chance er hatte, glücklich zu sein, er hat sie vertan, und wenn das der Fall ist, wäre es nicht falsch zu sagen, daß dies wirklich der Anfang vom Ende ist.

Blue kehrt zurück in sein Zimmer in der Orange Street, legt sich auf sein Bett und versucht, die Möglichkeiten abzuwägen. Schließlich dreht er sich mit dem Gesicht zur Wand, und sein Blick fällt auf die Fotografie des Leichenbeschauers aus Philadelphia, Gold. Er denkt an die traurige Leere des ungelösten Falles, an das Kind, das ohne Namen in seinem Grab liegt, und während er die Totenmaske des kleinen Jungen studiert, beginnt er, eine Idee in seinem Kopf hin und her zu wälzen. Vielleicht gibt es doch einen Weg, näher an Black heranzukommen, ohne daß er sich selbst dabei verraten muß. Gott weiß, es muß ihn geben. Maßnahmen, die ergriffen, Pläne, die ausgeführt werden können – vielleicht zwei oder drei gleichzeitig. Kümmere dich nicht um das übrige, sagt er sich. Es ist Zeit, die Seite umzublättern.

Sein nächster Bericht ist übermorgen fällig, und er macht sich daran, um ihn rechtzeitig abschicken zu können. In den letzten Monaten sind seine Berichte äußerst rätselhaft gewesen, nicht mehr als ein oder zwei Absätze lang, das bloße Gerüst und sonst nichts, und diesmal weicht er nicht von dem Schema ab. Unten auf der Seite fügt er jedoch eine dunkle Bemerkung hinzu, als eine Art Test, in der Hoffnung, aus White etwas mehr als Schweigen herauszulocken: Black scheint krank zu sein. Ich fürchte, er könnte sterben. Dann steckt er den Bericht in den Umschlag und sagt sich, daß dies erst der Anfang ist.

Zwei Tage später eilt Blue früh am Morgen zum Postamt Brooklyn, einem schloßähnlichen Gebäude in der Nähe der Manhattan-Brücke. Alle seine Berichte waren an das Schließfach eintausendeins adressiert, und er geht nun wie zufällig darauf zu, schlendert daran vorbei und wirft einen unauffälligen Blick hinein, um zu sehen, ob der Bericht schon angekommen ist. Er ist da, oder jedenfalls ein Brief ist da – ein einsamer weißer Umschlag, der in einem Winkel von fünfundvierzig Grad in dem engen Kästchen steht – und Blue hat keinen Grund zu vermuten, daß es ein anderer Brief ist als der seine. Dann beginnt er, langsam im Kreis umherzugehen, entschlossen zu bleiben, bis White oder jemand, der für White arbeitet, erscheint, die Augen auf die riesige Wand von numerierten Fächern gerichtet, von denen jedes eine andere Kombination hat und ein anderes Geheimnis birgt. Menschen kommen und gehen, öffnen Fächer und schließen sie wieder, und Blue wandert weiter im Kreis herum, bleibt ab und zu an irgendeiner Stelle stehen und geht dann weiter. Alles erscheint ihm braun, so als wäre das Herbstwetter von draußen in den Raum eingedrungen, der angenehm nach Zigarrenrauch riecht. Nach mehreren Stunden wird er hungrig, aber er gibt dem Ruf seines Magens nicht nach, er sagt sich jetzt oder nie, und deshalb bleibt er auf seinem Posten. Er beobachtet jeden, der auf die Reihen der Schließfächer zugeht und konzentriert sich auf jeden, der in die Nähe von eintausendeins kommt, denn er ist sich der Tatsache bewußt, daß es, wenn White nicht selbst den Bericht abholt, jeder sein kann – eine alte Frau, ein kleines Kind, und deshalb darf er nichts als selbstverständlich hinnehmen. Aber keine dieser Möglichkeiten tritt ein, das Fach bleibt die ganze Zeit unberührt, und obwohl Blue nacheinander für jeden Kandidaten, der in die Nähe kommt, augenblicklich eine Geschichte spinnt und sich vorzustellen versucht, wie diese Person mit White oder Black in Verbindung steht, was für eine Rolle er oder sie in dem Fall spielen mag und so fort, muß er nacheinander wieder alle aus seiner Gedankenwelt entlassen und in die Vergessenheit zurückwerfen, aus der sie gekommen sind.

Kurz nach Mittag, als sich das Postamt zu füllen beginnt – mit einem Strom von Menschen, die in ihrer Mittagspause rasch vorbeikommen, um Briefe aufzugeben, Briefmarken zu kaufen oder das eine oder andere Geschäft zu erledigen –, geht ein Mann mit einer Maske vor dem Gesicht durch die Tür. Blue bemerkt ihn zuerst nicht, weil so viele andere zur selben Zeit durch die Tür kommen, aber als sich der Mann von der Menge trennt und auf die numerierten Schließfächer zugeht, erblickt Blue schließlich die Maske – eine Maske von der Art, wie sie Kinder zu Halloween tragen, ein abscheuliches Ungeheuer aus Gummi mit klaffenden Wunden auf der Stirn, blutunterlaufenen Augen und Reißzähnen. Ansonsten ist der Mann normal gekleidet (Mantel aus grauem Tweed, roter Schal um den Hals), und Blue ahnt in diesem ersten Augenblick, daß der Mann hinter der Maske White ist. Als er weiter in die Richtung des Fachs eintausendeins geht, wird die Ahnung zur Gewißheit. Gleichzeitig hat Black den Eindruck, daß der Mann nicht wirklich da ist, daß er, Blue, obwohl er weiß, daß er ihn sieht, vermutlich der einzige ist, der ihn sehen kann. In diesem Punkt irrt sich Blue allerdings, denn als der Mann mit der Maske weitergeht, sieht Blue einige Leute, die lachen und auf ihn zeigen – aber ob das besser oder schlechter ist, vermag er nicht zu sagen. Der Maskierte erreicht das Fach eintausendeins, dreht das Kombinationsrad nach rechts und nach links und wieder nach rechts und öffnet das Fach. Sobald Blue sieht, daß dies eindeutig sein Mann ist, nähert er sich ihm langsam; er weiß noch nicht genau, was er tun will, aber insgeheim denkt er zweifellos daran, ihn zu packen und ihm die Maske vom Gesicht zu reißen. Doch der Mann ist zu wachsam, und sobald er den Umschlag eingesteckt und das Fach geschlossen hat, wirft er einen raschen Blick durch den Raum, sieht Blue auf sich zukommen und rennt auf die Tür zu, so schnell er kann. Blue läuft ihm nach und hofft, ihn von hinten fassen zu können, aber er gerät in ein Gedränge an der Tür, und als es ihm gelingt, sich freizumachen, springt der Maskierte schon die Stufen hinunter, landet auf dem Gehsteig und rennt die Straße entlang. Blue folgt ihm, er holt sogar auf, aber dann erreicht der Mann die Ecke, wo zufällig gerade ein Bus an einer Haltestelle losfährt, und er springt auf, und Blue bleibt zurück und steht atemlos da wie ein Idiot.

Zwei Tage später, als Blue mit der Post seinen Scheck bekommt, liegt endlich eine Nachricht von White bei. Keine komischen Sachen mehr, lautet sie, und obwohl das nicht viel ist, ist Blue glücklich, sie erhalten zu haben, endlich Whites Mauer des Schweigens durchbrochen zu haben. Es ist ihm jedoch nicht klar, ob sich die Worte auf den letzten Bericht oder auf den Zwischenfall im Postamt beziehen. Nachdem er eine Weile darüber nachgedacht hat, entscheidet er, daß das gleichgültig ist. So oder so, der Schlüssel zu dem Fall ist Handeln. Er muß etwas zerbrechen, wo immer er etwas zerbrechen kann, auf jedes Problem einhämmern, bis die ganze Struktur zu wackeln beginnt, bis eines Tages die ganze faule Sache zusammenbricht.

In den nächsten Wochen kehrt Blue mehrere Male in das Postamt zurück in der Hoffnung, White noch einmal zu sehen. Aber daraus wird nichts. Entweder ist der Umschlag schon aus dem Fach genommen worden, wenn er hinkommt, oder White erscheint nicht. Da dieser Teil des Postamts vierundzwanzig Stunden am Tag geöffnet ist, hat Blue nicht viele Möglichkeiten. White ist nun vor ihm auf der Hut, und er wird den gleichen Fehler nicht zweimal machen. Er wird einfach warten, bis Blue fort ist, und wenn Blue nicht sein ganzes Leben im Postamt verbringen will, kann er nicht davon ausgehen, White noch einmal zu erwischen. Die Geschichte ist viel komplizierter, als Blue sie sich jemals vorstellte. Beinahe ein Jahr lang hielt er sich für im wesentlichen frei. Er tat seine Arbeit, so gut es ging, blickte immer geradeaus vor sich hin und studierte Black, wartete auf eine mögliche Erkenntnis, versuchte durchzuhalten, aber während all dieser Zeit machte er sich keine Gedanken darüber, was hinter ihm vorgehen könnte. Nun, nach dem Zwischenfall mit dem maskierten Mann und den weiteren Hindernissen, die darauf folgten, weiß Blue nicht mehr, was er denken soll. Es erscheint ihm vollkommen glaubhaft, daß er ebenfalls überwacht, von einem anderen beobachtet wird auf dieselbe Weise, wie er Black beobachtet. Wenn das der Fall ist, war er nie frei. Von allem Anfang an war er der Mann in der Mitte, eingeengt von vorn und von hinten. Seltsamerweise erinnert ihn dieser Gedanke an einige Sätze aus *Walden*, und er sucht in seinem Notizbuch nach dem genauen Wortlaut, denn er ist ziemlich sicher, daß er sie aufgeschrieben hat. Wir sind nicht, wo wir sind, findet er, sondern in einer falschen Lage. Durch eine Schwäche unserer Natur nehmen wir einen Umstand und versetzen uns in diesen, und daher sind wir in zwei Umständen zugleich, und es ist doppelt schwierig herauszukommen. Das leuchtet Blue ein, und obwohl er ein wenig Angst zu verspüren beginnt, denkt er, daß es vielleicht noch nicht zu spät für ihn ist, etwas dagegen zu tun.

Das wirkliche Problem besteht letzten Endes darin, die Natur des Problems selbst zu erkennen. Zunächst, wer stellt die größere Bedrohung für ihn dar, White oder Black? White hat seinen Teil des Vertrages erfüllt: Die Schecks sind jede Woche pünktlich eingetroffen, und sich jetzt gegen ihn zu wenden, denkt Blue, hieße die Hand beißen, die ihn ernährt. Und doch ist White derjenige, der den ganzen Fall in Gang gesetzt hat – er hat Blue sozusagen in ein leeres Zimmer gestoßen und dann das Licht abgedreht und die Tür zugesperrt. Seither tappt Blue im Dunkeln und tastet blind nach dem Lichtschalter, ein Gefangener des Falles. Alles gut und schön, aber warum sollte White so etwas tun? Als Blue sich diese Frage stellt, kann er nicht mehr denken. Sein Gehirn hört auf zu arbeiten, weiter als bis hierher kommt er nicht.

Nehmen wir also Black. Bis jetzt ist er der ganze Fall gewesen, die augenscheinliche Ursache all seiner Schwierigkeiten. Aber wenn es White in Wirklichkeit auf Blue abgesehen hat und nicht auf Black, dann hat Black vielleicht nichts damit zu tun, dann ist er vielleicht nicht mehr als ein unschuldiger Zuschauer. In diesem Fall nimmt Black die Position ein, die Blue die ganze Zeit für die seine gehalten hat, und Blue übernimmt die Rolle von Black. Dafür spricht einiges. Andererseits ist es auch möglich, daß Black irgendwie im Bunde mit White arbeitet und daß sie sich gegen Blue verschworen haben.

Wenn das so ist, was tun sie ihm an? Nichts sehr Schreckliches – zumindest nicht in einem absoluten Sinne. Sie haben Blue dazu gebracht, nichts zu tun, so untätig zu sein, daß sein Leben auf beinahe gar kein Leben reduziert worden ist. Ja, sagt sich Blue, so fühlt es sich an: wie gar nichts. Ihm ist zumute wie einem Mann, der dazu verurteilt wurde, für den Rest seines Lebens in einem Zimmer zu sitzen und ein Buch zu lesen. Das ist seltsam genug – bestenfalls halb lebendig zu sein, die übrige Welt nur durch Worte zu sehen, nur durch das Leben anderer zu leben. Aber wenn das Buch interessant wäre, würde das vielleicht gar nicht so schlecht sein. Er könnte sozusagen von der Geschichte gefangengenommen werden und nach und nach sich selbst vergessen. Doch dieses Buch bietet ihm nichts. Es gibt keine Geschichte, keine Handlung – nichts als einen Mann, der allein in einem Zimmer sitzt und ein Buch schreibt. Das ist alles, erkennt Blue, und er will nichts mehr damit zu tun haben. Aber wie kommt man heraus? Wie kommt man aus dem Zimmer, welches das Buch ist, das so lange weitergeschrieben wird, wie er in dem Zimmer bleibt?

Was Black angeht, den sogenannten Verfasser dieses Buches, so kann Blue dem, was er sieht, nicht mehr trauen. Ist es möglich, daß es wirklich einen solchen Mann gibt – der nichts tut, der nur in seinem Zimmer sitzt und schreibt? Blue ist ihm überall hin gefolgt, er hat ihn in den fernsten

Winkeln aufgespürt, hat ihn so scharf beobachtet, daß seine Augen zu versagen scheinen. Selbst wenn er wirklich einmal sein Zimmer verläßt, geht Black nie irgendwohin, er tut nie viel: Lebensmittel einkaufen, gelegentlich die Haare schneiden lassen, ins Kino gehen und so weiter. Aber meist schlendert er nur durch die Straßen und schaut sich ein wenig in der Gegend um. Nur ab und zu wendet er sich auch mal Einzelheiten zu. Eine Weile lang sind es Gebäude – er verrenkt sich den Hals, um einen Blick auf die Dächer zu erhaschen, inspiziert Hauseingänge, fährt mit den Händen langsam über die Steinfassaden. Und dann sind es eine Woche oder zwei öffentliche Statuen oder die Boote auf dem Fluß oder die Straßenschilder. Nicht mehr als das, kaum einmal ein Wort zu irgend jemandem und keine Begegnungen mit anderen, abgesehen von dem Mittagessen mit der weinenden Frau, das nun schon so lange zurückliegt. In einem gewissen Sinne weiß Blue über Black alles, was es zu wissen gibt: was für eine Art von Seife er kauft, welche Zeitungen er liest, was für Kleidung er trägt, und all das hat er getreulich in seinem Notizbuch vermerkt. Er hat tausend Einzelheiten erfahren, aber das einzige, was sie ihn gelehrt haben, ist, daß er nichts weiß. Denn es bleibt die Tatsache bestehen, daß nichts davon möglich ist. Es ist nicht möglich, daß ein Mann wie Black existiert.

Folglich steigt in Blue der Verdacht auf, daß Black nicht mehr als ein Trick ist, daß er ebenfalls von White angeheuert und wöchentlich dafür bezahlt wird, in diesem Zimmer zu sitzen und nichts zu tun. Vielleicht ist die ganze Schreiberei nur Täuschung – Seite für Seite: eine Liste aller Namen im Telefonbuch, zum Beispiel, oder jedes Wort aus dem Wörterbuch in alphabetischer Reihenfolge oder eine handschriftliche Kopie von *Walden*. Oder vielleicht sind es nicht einmal Wörter, sondern sinnlose Kritzeleien, zufällige Abdrücke einer Feder, eine wachsende Menge von Unsinn und Verwirrung. Dann wäre White der eigentlich Schreibende – und Black nicht mehr als ein Double, ein Schwindler, ein

Schauspieler ohne eigene Substanz. Und es gibt Zeiten, in denen Blue diesen Gedanken weiter verfolgt und glaubt, daß Black nicht ein Mann ist, sondern mehrere. Zwei, drei, vier Männer, die gleich aussehen und für Blue die Rolle von Black spielen, wobei jeder die ihm zugeteilte Zeit ableistet und dann in die Behaglichkeit von Heim und Herd zurückkehrt. Aber dieser Gedanke ist für Blue zu ungeheuerlich, als daß er ihm sehr lange nachhängen könnte. Monate vergehen, und schließlich sagt er laut zu sich selbst: Ich kann nicht mehr atmen. Das ist das Ende. Ich sterbe.

Es ist Hochsommer 1948. Blue bringt endlich den Mut auf zu handeln, er öffnet seine Tasche mit den Verkleidungen und denkt über eine neue Identität nach. Nachdem er mehrere Möglichkeiten verworfen hat, entschließt er sich für einen alten Mann, der an den Straßenecken in seinem Viertel bettelte, als Blue noch ein Junge war – ein Original namens Jimmy Rose –, und er staffiert sich als Landstreicher aus: ein zerrissener wollener Anzug, Schuhe, die mit Bindfäden zusammengehalten sind, damit die Sohlen nicht herunterhängen, eine verschlissene Reisetasche mit seinem Hab und Gut und schließlich ein wallender weißer Bart und lange weiße Haare. Zuletzt sieht er aus wie ein Prophet aus dem Alten Testament. Blue als Jimmy Rose ist nicht so sehr ein krätziges heruntergekommenes Subjekt als vielmehr ein weiser Narr, ein Heiliger der Armut, der am Rande der Gesellschaft lebt. Ein wenig verrückt vielleicht, aber harmlos: er strahlt einen sanften Gleichmut gegenüber der Welt um ihn herum aus, denn da ihm schon alles widerfahren ist, kann ihn nichts mehr aus der Ruhe bringen.

Blue postiert sich an einer passenden Stelle auf der anderen Straßenseite, nimmt ein Stück eines zerbrochenen Vergrößerungsglases aus der Tasche und beginnt eine verknitterte Zeitung vom Vortag zu lesen, die er in einer der Mülltonnen in der Nähe gefunden hat. Zwei Stunden später erscheint Black. Er kommt die Stufen seines Hauses herunter und wendet sich in Blues Richtung. Black achtet nicht auf den Landstreicher – entweder weil er in Gedanken versunken ist oder weil er ihn absichtlich ignoriert –, und deshalb spricht ihn Black, als er näherkommt, mit einer angenehmen Stimme an.

Haben Sie ein bißchen Kleingeld übrig, Mister?

Black bleibt stehen, mustert das zerlumpte Geschöpf, das eben gesprochen hat, entspannt sich und lächelt, als er erkennt, daß er nicht in Gefahr ist. Dann greift er in die Tasche, holt eine Münze heraus und drückt sie Blue in die Hand.

Hier, nehmen Sie, sagt er.

Gott segne Sie, sagt Blue.

Danke, antwortet Black gerührt.

Keine Angst, sagt Blue. Gott segnet alle.

Und nach diesen beruhigenden Worten zieht Black vor Blue den Hut und setzt seinen Weg fort.

Am nächsten Nachmittag wartet Blue, wieder als Landstreicher verkleidet, an derselben Stelle auf Black. Er ist entschlossen, das Gespräch diesmal, da er nun Blacks Vertrauen gewonnen hat, ein wenig in die Länge zu ziehen, aber ihm wird das Problem abgenommen, da Black selbst den Wunsch zeigt, bei ihm zu verweilen. Es ist schon spät am Tage, noch nicht Dämmerung, aber nicht mehr Nachmittag, die zwielichtige Stunde der langsamen Veränderungen, der glühenden Ziegel und Schatten. Nachdem er den Landstreicher herzlich begrüßt und ihm wieder eine Münze gegeben hat, zögert Black einen Augenblick, als überlegte er, ob er den Sprung wagen soll, und dann sagt er:

Hat Ihnen schon jemand gesagt, daß Sie wie Walt Whitman aussehen?

Walt wer? antwortet Blue, seiner Rolle eingedenk.

Walt Whitman. Ein berühmter Dichter.

Nein, sagt Blue. Ich kann nicht sagen, daß ich ihn kenne.

Sie können ihn nicht kennen, sagt Black. Er lebt nicht mehr. Aber die Ähnlichkeit ist bemerkenswert.

Nun, Sie wissen ja, wie man sagt, sagt Blue. Jeder Mensch

hat irgendwo seinen Doppelgänger. Ich sehe nicht ein, warum meiner nicht ein Toter sein kann.

Das Komische, fährt Black fort, ist, daß Walt Whitman in dieser Straße arbeitete. Er druckte sein erstes Buch hier, nicht weit von der Stelle, an der wir stehen.

Was Sie nicht sagen, sagt Blue und schüttelt gedankenvoll den Kopf. Das stimmt einen nachdenklich, nicht wahr?

Es gibt ein paar merkwürdige Geschichten über Whitman, sagt Black und fordert Blue mit einer Geste auf, sich auf die Treppe des Hauses hinter ihnen zu setzen. Das tut er, und dann setzt sich auch Black, und plötzlich sind nur noch die beiden da draußen im Sommerlicht zusammen und plaudern miteinander wie zwei alte Freunde über dies und das.

Ja, sagt Black und setzt sich bequem zurecht in der Trägheit des Augenblicks, eine Anzahl sehr merkwürdiger Geschichten. Die über Whitmans Gehirn, zum Beispiel. Sein ganzes Leben lang glaubte Whitman an die Wissenschaft der Phrenologie. Sie wissen, das Deuten der Unebenheiten auf dem Schädel. Es war damals sehr populär.

Kann nicht sagen, daß ich je davon gehört habe, antwortet Blue.

Das spielt keine Rolle, sagt Black. Die Hauptsache ist, daß sich Whitman für Gehirne und Schädel interessierte – er glaubte, sie könnten einem alles über den Charakter eines Menschen sagen. Jedenfalls, als Whitman vor ungefähr fünfzig oder sechzig Jahren drüben in New Jersey im Sterben lag, stimmte er zu, daß man eine Autopsie an ihm vornahm, nachdem er gestorben war.

Wie konnte er zustimmen, nachdem er gestorben war?

Ah, ein guter Einwand. Ich habe mich nicht richtig ausgedrückt. Er lebte noch, als er zustimmte. Er wollte, daß sie wußten, daß er nichts dagegen hatte, wenn sie ihn später aufschnitten. Es war sozusagen sein letzter Wunsch.

Berühmte letzte Worte.

Richtig. Viele Leute dachten, er sei ein Genie, sehen Sie,

und sie wollten sich sein Gehirn ansehen, um herauszubekommen, ob irgend etwas Besonderes daran war. Am Tag, nachdem er gestorben war, entfernte ein Arzt Whitmans Gehirn – er schnitt es einfach aus seinem Kopf heraus – und schickte es an die Amerikanische Anthropometrische Gesellschaft, um es dort messen und wiegen zu lassen.

Wie ein riesiger Blumenkohl, wirft Blue ein.

Genau. Wie ein großes graues Gemüse. Aber hier wird die Geschichte interessant. Das Gehirn kommt im Laboratorium an, und als sie sich gerade an die Arbeit machen wollen, läßt es einer der Assistenten auf den Boden fallen.

Ist es auseinandergebrochen?

Natürlich ist es auseinandergebrochen. Ein Gehirn ist nicht sehr zäh, wissen Sie. Es spritzte über den ganzen Boden, und das war's. Das Gehirn des größten Dichters Amerikas wurde zusammengefegt und mit dem Kehricht weggeworfen.

Blue, der daran denkt, seiner Rolle gemäß zu reagieren, stößt ein keuchendes Gelächter hervor – und imitiert damit überzeugend die Heiterkeit eines alten Kauzes. Auch Black lacht, und die Atmosphäre ist so weit aufgetaut, daß jeder annehmen würde, sie wären ihr Leben lang Kumpel gewesen.

Immerhin, es ist traurig, an den armen Walt zu denken, wie er in seinem Grab liegt, sagt Black. Ganz allein und ohne Gehirn.

Genau wie diese Vogelscheuche, sagt Blue.

Richtig, sagt Black. Genau wie diese Vogelscheuche im Lande Oz.

Nachdem sie noch einmal gelacht haben, sagt Black: Und nun erzähle ich Ihnen die Geschichte, wie Thoreau Whitman besuchte. Die ist auch gut.

War er auch ein Dichter?

Nicht gerade das. Aber trotzdem ein großer Schriftsteller. Er ist der, der allein im Wald lebte.

O ja, sagt Blue, der es mit seiner Unwissenheit nicht zu

weit treiben will. Jemand erzählte mir einmal von ihm. Er liebte die Natur. Ist das der Mann, den Sie meinen?

Genau der, antwortet Black. Henry David Thoreau. Er kam für eine kleine Weile von Massachusetts herunter und stattete Whitman in Brooklyn einen Besuch ab. Aber am Tag davor kam er hierher in die Orange Street.

Aus irgendeinem besonderen Grund?

Plymouth Church. Er wollte Henry Ward Beechers Predigt hören.

Ein schöner Ort, sagt Blue und denkt an die angenehmen Stunden, die er auf dem grasbewachsenen Friedhof verbracht hat. Ich gehe selbst gern dorthin.

Viele große Männer sind dorthin gegangen, sagt Black. Abraham Lincoln, Charles Dickens – sie gingen alle diese Straße hinunter und in die Kirche.

Gespenster.

Ja, es gibt Gespenster überall um uns herum.

Und die Geschichte?

Sie ist wirklich sehr einfach. Thoreau und Bronson Alcott, ein Freund von ihm, kamen im Haus der Familie Whitman in der Myrtle Avenue an, und die Mutter schickte sie hinauf in das Schlafzimmer unter dem Dach, das Walt mit seinem geistig zurückgebliebenen Bruder Eddy teilte. Alles war bestens, sie schüttelten einander die Hände, tauschten Begrüßungen aus und so weiter. Aber dann, als sie sich setzten, um ihre Anschauungen über das Leben zu erörtern, entdeckten Thoreau und Alcott einen vollen Nachttopf mitten im Zimmer. Walt war ein großzügiger Geist und achtete nicht auf so etwas, aber den beiden Neuengländern fiel es schwer, mit einem Topf voller Exkremente vor ihrer Nase weiterzusprechen. Sie gingen schließlich hinunter ins Wohnzimmer und setzten dort ihr Gespräch fort. Es ist ein unbedeutendes Detail, ich weiß. Aber immerhin, wenn zwei große Schriftsteller einander begegnen, wird Geschichte gemacht, und es ist wichtig, alle Fakten richtig zu verstehen. Sehen Sie, der Nachttopf erinnert mich irgendwie an das Gehirn auf dem Boden. Und wenn Sie einmal darüber nachdenken, besteht tatsächlich eine gewisse Ähnlichkeit der Form. Die Beulen und Windungen, meine ich. Da gibt es eindeutig eine Verbindung. Gehirn und Eingeweide, das Innere eines Menschen. Wir reden immer davon, daß wir versuchen, uns in einen Schriftsteller hineinzuversetzen, um sein Werk besser zu verstehen. Aber wenn man sich einmal richtig damit befaßt, ist da drinnen nicht viel zu finden – jedenfalls nicht viel, das anders wäre als das, was man in jedem anderen findet.

Sie scheinen viel über diese Dinge zu wissen, sagt Blue, der den Faden von Blacks Gedanken allmählich verliert.

Es ist mein Hobby, sagt Black. Ich weiß gern, wie Schriftsteller leben, vor allem amerikanische Schriftsteller. Es hilft mir, die Dinge zu verstehen.

Ich sehe, sagt Blue, der gar nichts sieht, denn mit jedem Wort, das Black sagt, versteht er immer weniger.

Nehmen Sie, zum Beispiel, Hawthorne, sagt Black. Ein guter Freund von Thoreau und wahrscheinlich der erste wirkliche Schriftsteller, den Amerika hatte. Nachdem er das College abgeschlossen hatte, kehrte er zurück in das Haus seiner Mutter in Salem, schloß sich in seinem Zimmer ein und kam zwölf Jahre nicht mehr heraus.

Was tat er da drinnen?

Er schrieb Geschichten.

Ist das alles? Er schrieb nur?

Schreiben ist ein einsames Geschäft. Es nimmt das ganze Leben in Anspruch. In einem gewissen Sinne hat ein Schriftsteller kein eigenes Leben. Selbst wenn er da ist, ist er nicht wirklich da.

Auch ein Gespenst.

Genau.

Klingt geheimnisvoll.

Ist es auch. Aber, sehen Sie, Hawthorne schrieb großartige Geschichten, und wir lesen sie heute noch, nach mehr als hundert Jahren. In einer von ihnen beschließt ein Mann namens Wakefield, seiner Frau einen Streich zu spielen. Er sagt ihr, daß er für ein paar Tage geschäftlich verreisen muß, aber anstatt die Stadt zu verlassen, geht er nur um die Ecke, mietet ein Zimmer und wartet ab, was geschehen wird. Er kann nicht mit Sicherheit sagen, warum er das tut, aber er tut es trotzdem. Drei oder vier Tage vergehen, aber er fühlt sich noch nicht bereit, nach Hause zurückzukehren, und so bleibt er in dem gemieteten Zimmer. Aus den Tagen werden Wochen, aus den Wochen Monate. Eines Tages geht Wakefield seine alte Straße hinunter und sieht an seinem Haus schwarzen Flor für seine eigene Trauerfeier, und seine Frau ist eine einsame Witwe geworden. Jahre vergehen. Ab und zu kreuzen sich seine Wege mit denen seiner Frau, und einmal, mitten in einer großen Menge, streift er sie sogar. Aber sie erkennt ihn nicht. Noch mehr Jahre vergehen, mehr als zwanzig Jahre, und mittlerweile ist Wakefield ein alter Mann geworden. In einer regnerischen Herbstnacht, als er einen Spaziergang durch die leeren Straßen macht, kommt er zufällig an seinem alten Haus vorbei und guckt durch das Fenster. Im Kamin brennt ein schönes, warmes Feuer, und er denkt sich: wie angenehm wäre es, wenn ich jetzt da drinnen in einem dieser gemütlichen Sessel beim Feuer säße, anstatt hier draußen im Regen zu stehen. Und ohne weiter darüber nachzudenken, geht er die Stufen vor dem Haus hinauf und klopft an die Tür.

Und dann?

Das ist es. Das ist das Ende der Geschichte. Das letzte, was wir sehen, ist, wie die Tür aufgeht und Wakefield mit einem verschmitzten Lächeln eintritt.

Und wir erfahren nicht, was er zu seiner Frau sagt?

Nein. Das ist das Ende. Kein weiteres Wort. Aber er zog wieder ein und blieb ein liebender Gatte bis zu seinem Tode.

Der Himmel hat sich allmählich verdunkelt, und die Nacht kommt schnell heran. Ein letzter Schimmer von Rosa ist noch im Westen zu sehen. Black nimmt die Dunkelheit zum Anlaß aufzustehen.

Es war ein Vergnügen, mit Ihnen zu sprechen, sagt er und streckt Blue die Hand entgegen. Ich hatte keine Ahnung, daß wir schon so lange hier sitzen.

Das Vergnügen war ganz auf meiner Seite, sagt Blue, erleichtert, daß das Gespräch vorüber ist; er ahnt, daß sein Bart gleich verrutschen wird, denn die Sommerhitze und seine Nerven lassen ihn in den Klebstoff schwitzen.

Mein Name ist Black, sagt Black und schüttelt Blue die Hand.

Ich heiße Jimmy, sagt Blue. Jimmy Rose.

Ich werde mich noch lange an unser-kleines Gespräch erinnern, Jimmy, sagt Black.

Ich auch, sagt Blue. Sie haben mir eine Menge zum Nachdenken gegeben.

Gott segne Sie, Jimmy Rose, sagt Black.

Und Gott segne Sie, Sir, sagt Blue.

Und nach einem letzten Händedruck gehen sie in entgegengesetzten Richtungen davon, jeder von seinen eigenen Gedanken begleitet.

Später an diesem Abend, als Blue in sein Zimmer zurückkehrt, beschließt er, Jimmy Rose zu begraben und sich seiner für immer zu entledigen. Der alte Landstreicher hat seinen Zweck erfüllt, und es wäre nicht klug, noch weiter zu gehen.

Blue ist froh, diesen ersten Kontakt hergestellt zu haben, aber die Begegnung hatte nicht ganz die gewünschte Wirkung. Alles in allem ist er ein wenig unruhig. Denn obwohl das Gespräch nichts mit dem Fall zu tun hatte, kann sich Blue des Eindrucks nicht erwehren, daß Black tatsächlich ständig darauf anspielte – er sprach sozusagen in Rätseln, so als versuchte er, Blue etwas zu sagen, was er aber nicht laut auszusprechen wagte. Ja, Black war mehr als freundlich, seine Art war durchaus angenehm, aber Blue wird den Gedanken nicht los, daß ihn der Mann von Anfang an durchschaute. Wenn es so ist, dann ist Black sicherlich einer der Verschwörer – denn warum hätte er sonst so lange mit Blue gesprochen? Gewiß nicht aus Einsamkeit. Wenn man davon ausgeht, daß Black echt ist, kann Einsamkeit kein Problem für ihn sein. Alles an seinem bisherigen Leben war Teil eines bewußt entschiedenen Plans, allein zu bleiben, und es wäre absurd, seine Aufgeschlossenheit als eine Bemühung zu deuten, den Schmerzen der Einsamkeit zu entrinnen. Nicht so spät, nicht, nachdem er mehr als ein Jahr lang jeden menschlichen Kontakt gemieden hat. Wenn Black endlich aus seiner hermetischen Routine ausbrechen wollte, warum würde er dann damit beginnen, daß er mit einem heruntergekommenen alten Mann an einer Straßenecke spricht? Nein, Black wußte, daß er mit Blue sprach. Und wenn er das wußte, dann weiß er auch, wer Blue ist. Es gibt nur die eine Möglichkeit, sagt sich Blue: Er weiß alles.

Als die Zeit kommt, seinen nächsten Bericht zu schreiben, muß sich Blue mit dem Dilemma auseinandersetzen: White sagte nie etwas davon, daß er mit Black Kontakt aufnehmen solle. Blue sollte ihn beobachten, nicht mehr und nicht weniger, und er fragt sich nun, ob er nicht die Regeln der Abmachung gebrochen hat. Wenn er das Gespräch in seinen Bericht aufnähme, könnte White Einwände erheben. Wenn er es andererseits nicht erwähnte und wenn Black tatsächlich mit White zusammenarbeitete, wüßte White augenblicklich, daß Blue lügt. Blue grübelt lange darüber nach, aber er kommt deshalb der Lösung nicht näher. Er steckt in der Klemme, so oder so, und er weiß es. Zuletzt beschließt er, das Gespräch wegzulassen, aber nur, weil er noch die schwache Hoffnung hegt, daß er falsch vermutet hat und daß White und Black nicht Hand in Hand arbeiten. Doch dieser letzte kleine Versuch, optimistisch zu sein, fällt rasch in sich zusammen. Drei Tage, nachdem er den gesäuberten Bericht abgeschickt hat, kommt sein wöchentlicher Scheck mit der Post, und in dem Umschlag steckt auch ein Zettel, auf dem steht: Warum lügen Sie? Und damit hat Blue den über jeden

Schatten eines Zweifels erhabenen Beweis. Und von diesem Augenblick an lebt Blue mit dem Wissen, daß er ertrinkt.

Am nächsten Abend folgt er Black in der U-Bahn nach Manhattan, in normaler Kleidung, denn er hat nicht mehr das Gefühl, daß er etwas verbergen muß. Black steigt am Time Square aus und wandert eine Weile in den hellen Lichtern, dem Lärm und den hin und her drängenden Menschenmengen umher. Blue beobachtet ihn, als ginge es um sein Leben, er ist nie mehr als drei oder vier Schritte hinter ihm. Um neun Uhr betritt Black die Halle des Algonquin-Hotels, und Blue folgt ihm. Es herrscht ein lebhaftes Kommen und Gehen, und Tische sind knapp. Als sich Black an einen Ecktisch setzt, der gerade frei geworden ist, scheint es daher ganz natürlich zu sein, daß Blue auf ihn zutritt und höflich fragt, ob er Platz nehmen darf. Black hat nichts dagegen und deutet mit einem gleichgültigen Schulterzucken an, daß Blue den Sessel ihm gegenüber nehmen kann. Mehrere Minuten sprechen sie nicht miteinander und warten darauf, daß jemand ihre Bestellungen entgegennimmt. Unterdessen betrachten sie die Frauen, die in ihren Sommerkleidern vorübergehen, und atmen die verschiedenen Parfums ein, die hinter ihnen in der Luft schweben, und Blue hat keine Eile, etwas zu unternehmen, er ist es zufrieden abzuwarten und den Dingen ihren Lauf zu lassen. Als der Kellner endlich kommt und nach ihren Wünschen fragt, bestellt Black einen Black and White mit Eis, und Blue kann nicht umhin, das als geheime Botschaft aufzufassen, daß der Spaß beginnt, und er ist verblüfft über Blacks Unverfrorenheit und über sein grobes, aufdringliches Benehmen. Um der Symmetrie willen bestellt Blue den gleichen Drink, und dabei sieht er Black in die Augen, aber der läßt sich nichts anmerken, er sieht Blue mit einem völlig leeren Blick an, mit toten Augen, die zu sagen scheinen, daß nichts hinter ihnen ist und daß Blue nichts finden wird, so scharf er auch hinsieht.

Dieses Vorspiel bricht nichtsdestoweniger das Eis, und sie beginnen, die verschiedenen Scotch-Sorten zu diskutieren. Ein Thema führt zum nächsten, und während sie da sitzen und über die Unannehmlichkeiten des Sommers in New York plaudern, über die Einrichtung des Hotels und die Algonquin-Indianer, die vor langer Zeit hier lebten, als alles noch Feld, Wald und Wiesen war, wächst Blue langsam in die Rolle hinein, die er an diesem Abend spielen will. Er entschließt sich für einen jovialen Aufschneider namens Snow, Lebensversicherungsvertreter aus Kenosha, Wisconsin. Stell dich dumm, sagt sich Blue, denn er weiß, daß es keinen Sinn hätte, zu verraten, wer er ist, obwohl er weiß, daß es Black weiß. Es muß ein Versteckspiel bleiben, sagt er sich, ein Versteckspiel bis zum Ende.

Nach dem ersten Drink bestellen sie noch eine Runde, der noch eine weitere folgt, und während sie über alles mögliche von Versicherungsstatistik bis zur Lebenserwartung von Menschen in verschiedenen Berufen plaudern, läßt Black eine Bemerkung fallen, die dem Gespräch eine andere Wendung gibt.

Ich nehme an, ich würde nicht sehr weit oben auf Ihrer Liste stehen, sagt er.

So? sagt Blue und weiß nicht, was er davon halten soll. Was sind Sie denn von Beruf?

Ich bin Privatdetektiv, sagt Black geradeheraus, ganz kühl und gefaßt, und für einen kurzen Augenblick ist Blue versucht, Black seinen Drink ins Gesicht zu schütten, so verärgert, so wütend ist er über die Frechheit des Mannes.

Was Sie nicht sagen! ruft Blue, der sich rasch wieder unter Kontrolle hat und es fertigbringt, naive Überraschung zu spielen. Privatdetektiv. Man stelle sich das vor. Aus Fleisch und Blut. Denken Sie nur, was meine Frau sagen wird, wenn ich es ihr erzähle. Ich in New York und trinke mit einem Privatdetektiv. Sie wird es nicht glauben.

Was ich damit sagen will, unterbricht ihn Black ziemlich schroff, ist, daß ich nicht glaube, eine sehr hohe Lebenserwartung zu haben. Jedenfalls nicht nach Ihren Statistiken.

Wahrscheinlich nicht, poltert Blue weiter. Aber denken Sie an die Aufregung! Das Leben ist mehr als nur lange leben, wissen Sie. Die Hälfte aller Männer in Amerika würde zehn Jahre ihres Ruhestands hergeben, wenn sie so leben könnte wie Sie. Fälle knacken, sich durchs Leben schlagen, Frauen verführen, gefährliche Ganoven mit Blei vollpumpen – mein Gott, dafür spricht einiges.

Das ist alles nur Schein, sagt Black. Wirkliche Detektivarbeit kann sehr langweilig sein.

Nun ja, jede Arbeit hat ihre Routine, fährt Blue fort. Aber in Ihrem Fall wissen Sie wenigstens, daß die ganze Arbeit schließlich zu etwas Ungewöhnlichem führt.

Manchmal ja, manchmal nein. Die meiste Zeit nicht. Nehmen wir den Fall, an dem ich jetzt arbeite. Ich bin schon über ein Jahr damit beschäftigt, und nichts könnte langweiliger sein. Mir ist so langweilig, daß ich manchmal glaube, ich verliere den Verstand.

Wie das?

Malen Sie sich das selbst aus. Meine Arbeit besteht darin, jemanden zu beobachten, niemand besonderen, soweit ich das beurteilen kann. Jede Woche muß ich einen Bericht über ihn einschicken. Nur das. Diesen Kerl beobachten und über ihn schreiben. Und das ist, verdammt noch mal, alles.

Was ist daran so schrecklich?

Er tut nichts, das ist es. Er sitzt nur den ganzen Tag in seinem Zimmer und schreibt. Das reicht aus, um einen verrückt zu machen.

Es könnte sein, daß er Sie an der Nase herumführt. Sie wissen schon, er will Sie einlullen, bevor er mit einemmal etwas unternimmt.

Das habe ich zuerst auch gedacht. Aber jetzt bin ich sicher, daß nichts geschehen wird – niemals. Ich fühle es in den Knochen.

Zu dumm, sagt Blue voller Mitgefühl. Vielleicht sollten Sie den Fall aufgeben.

Ich denke daran. Ich sollte vielleicht einfach den ganzen

Kram hinwerfen und etwas anderes tun. Eine andere Arbeit. Versicherungen verkaufen oder zum Zirkus gehen.

Ich hätte nie gedacht, daß es so schlimm kommen könnte, sagt Blue und schüttelt den Kopf. Aber sagen Sie, warum beobachten Sie Ihren Mann jetzt nicht? Sollten Sie ihn nicht im Auge behalten?

Das ist es ja gerade, antwortet Black. Ich brauche mir gar keine Mühe mehr zu machen. Ich beobachte ihn nun schon so lange, daß ich ihn besser kenne als mich selbst. Ich brauche nur an ihn zu denken, und ich weiß, was er tut, ich weiß, wo er ist, ich weiß alles. Es ist so weit gekommen, daß ich ihn mit geschlossenen Augen beobachten kann.

Wissen Sie, wo er jetzt ist?

Zu Hause, wie gewöhnlich. Er sitzt in seinem Zimmer und schreibt.

Worüber schreibt er?

Ich bin nicht sicher, aber ich kann es mir ziemlich gut vorstellen. Ich denke, er schreibt über sich selbst. Die Geschichte seines Lebens. Das ist die einzig mögliche Antwort. Nichts anderes würde passen.

Warum dann das ganze Geheimnis?

Ich weiß nicht, sagt Black, und zum erstenmal verrät seine Stimme eine Gefühlsregung und bleibt ein wenig an den Worten hängen.

Dann läuft alles auf eine Frage hinaus, nicht wahr? sagt Blue. Er vergißt Snow und blickt Black gerade in die Augen. Weiß er, daß Sie ihn beobachten, oder weiß er es nicht?

Black wendet sich ab, außerstande, Blue anzusehen, und mit einer plötzlich zitternden Stimme sagt er: Natürlich weiß er es. Das ist doch der wesentliche Punkt, nicht wahr? Er muß es wissen, sonst hat alles keinen Sinn.

Warum?

Weil er mich braucht, sagt Black, immer noch mit abgewandtem Blick. Er braucht meine Augen, die ihn ansehen. Er braucht mich, um zu beweisen, daß er lebt.

Blue sieht eine Träne über Blacks Wangen rinnen, aber

bevor er etwas sagen, bevor er seinen Vorteil nutzen kann, steht Black hastig auf und entschuldigt sich. Er müsse jemanden anrufen, sagt er. Blue wartet in seinem Sessel zehn oder fünfzehn Minuten, aber er weiß, daß er seine Zeit vergeudet. Black wird nicht zurückkommen. Das Gespräch ist beendet, und so lange er auch sitzen bleibt, heute abend wird nichts mehr geschehen.

Blue bezahlt die Drinks und kehrt nach Brooklyn zurück. Als er die Orange Street entlanggeht, schaut er zu Blacks Fenster hinauf und sieht, daß alles dunkel ist. Macht nichts, sagt Blue, er wird bald zurück sein. Wir sind noch nicht am Ende. Die Party beginnt erst. Warte, bis der Champagner aufgemacht wird, dann werden wir sehen, woran wir sind.

Wieder in seinem Zimmer, geht er auf und ab und versucht, seinen nächsten Schritt zu planen. Es scheint ihm, daß Black endlich einen Fehler gemacht hat, aber er ist nicht ganz sicher. Denn trotz der eindeutigen Hinweise kann sich Blue des Gefühls nicht erwehren, daß letztlich alles mit Absicht geschehen ist und daß Black nun begonnen hat, ihn herauszufordern, ihn sozusagen zu gängeln, ihn auf das Ende hinzudrängen, was immer für ein Ende er im Sinn hat.

Dennoch, Blue ist zu etwas durchgestoßen, und zum erstenmal seit Beginn des Falles steht er nicht mehr dort, wo er war. Normalerweise würde Blue solch einen kleinen Triumph feiern, aber heute abend ist er nicht in der Stimmung, sich selbst auf die Schulter zu klopfen. Er ist vor allem traurig und von der Welt enttäuscht und kann sich nicht mehr begeistern. Irgendwie haben ihn die Fakten zuletzt im Stich gelassen; es fällt ihm schwer, es nicht persönlich zu nehmen, und er weiß sehr wohl: wie immer er sich den Fall darstellt, er ist auch ein Teil davon. Dann geht er zum Fenster, blickt über die Straße hinüber und sieht, daß nun in Blacks Zimmer das Licht an ist.

Er legt sich auf das Bett und denkt: Leben Sie wohl, Mr. White. Sie waren nie wirklich da, nicht wahr? Es gab nie einen White. Und dann: armer Black. Arme Seele. Armer verhinderter Niemand. Und dann, als seine Lider schwer werden und ihn der Schlaf überkommt, denkt er, wie seltsam es ist, daß alles seine eigene Farbe hat. Alles, was wir sehen, alles, was wir berühren – alles auf der Welt hat seine eigene Farbe. Er kämpft, um noch ein wenig länger wach zu bleiben, und beginnt, eine Liste aufzustellen. Nehmen wir beispielsweise Blau, sagt er. Es gibt Blauhäher und blaue Reiher. Es gibt Kornblumen und Strandschnecken. Es gibt den Mittag über New York, es gibt Blaubeeren und den Pazifik. Es gibt blaue Bänder und blaues Blut. Eine Stimme singt die Blues. Da ist die Polizeiuniform meines Vaters. Da sind meine Augen und mein Name. Er unterbricht sich, findet plötzlich nichts Blaues mehr und geht weiter zu Weiß. Die Möwen, sagt er, und Seeschwalben und Störche und Kakadus. Die Wände dieses Zimmers und die Leintücher auf meinem Bett. Die Maiglöckchen und Nelken und die Blütenblätter der Gänseblümchen. Die Friedensfahne und die chinesische Trauerfahne. Muttermilch und Sperma. Meine Zähne. Das Weiße in meinen Augen. Es gibt Weißbarsche und Weißkiefern und weiße Ameisen. Das Haus des Präsidenten. Weißfäule und Weißglut. Und ohne Zögern geht er über zu Schwarz; er beginnt mit schwarzen Listen, dem Schwarzmarkt und der Schwarzen Hand. Die Nacht über New York, sagt er. Die Chicago Black Sox. Es gibt Brombeeren und den Schwarzen Dienstag und den Schwarzen Tod. Mein Haar. Die Tinte, die aus der Feder fließt. Die Welt, die ein Blinder sieht. Dann, als er schließlich des Spiels müde wird, beginnt er sich treiben zu lassen und sagt sich, daß es endlos so weitergeht. Er schläft ein, träumt von Dingen, die vor langer Zeit geschahen, und wacht mitten in der Nacht plötzlich auf. Er geht wieder im Zimmer auf und ab und denkt darüber nach, was er als nächstes tun will.

Gegen Morgen fängt er an, sich mit einer anderen Verkleidung zu beschäftigen. Diesmal entscheidet er sich für den Fuller-Bürsten-Mann, ein Trick, den er schon mal angewendet hat, und in den nächsten zwei Stunden stattet er sich nach und nach geduldig mit einer Glatze, einem Schnurrbart und Altersfalten um die Augen und den Mund aus. Er sitzt vor seinem kleinen Spiegel wie ein alter Varietékünstler auf Tournee. Kurz nach elf Uhr nimmt er seinen Koffer mit Bürsten und geht über die Straße zu Blacks Haus. Das Schloß der Eingangstür zu öffnen, ist für Blue ein Kinderspiel, und als er in den Flur schlüpft, kann er nicht umhin, etwas von der alten Spannung zu verspüren. Keine Grobheiten, ermahnt er sich selbst, als er die Treppen zu Blacks Stockwerk hinaufgeht. Dieser Besuch dient nur dazu, einen Blick hineinzuwerfen und den Raum abzustecken. Trotzdem hat der Augenblick etwas Erregendes, das Blue nicht ganz unterdrücken kann. Denn er weiß, es geht nicht nur darum, das Zimmer zu sehen – es ist der Gedanke, selbst dort zu sein, innerhalb dieser vier Wände zu stehen, die gleiche Luft wie Black zu atmen. Von nun an, denkt er, wird alles, was geschieht, alles andere beeinflussen. Die Tür wird sich öffnen, und danach wird Black für immer in ihm sein.

Er klopft, die Tür geht auf, und plötzlich gibt es keine Entfernung mehr, das Ding und der Gedanke an das Ding sind ein und dasselbe. Black steht in der Tür, mit einem Füllfederhalter ohne Kappe in der rechten Hand, so als wäre er bei der Arbeit unterbrochen worden, und doch erkennt Blue an seinem Blick, daß er ihn erwartet hat, daß er sich mit der harten Wahrheit abgefunden hat, daß es ihm aber nichts mehr auszumachen scheint.

Blue beginnt sein Geplapper über die Bürsten, zeigt auf den Koffer, entschuldigt sich, bittet eintreten zu dürfen, alles in einem Atemzug und mit der gleichen Masche, die er schon tausendmal ausprobiert hat. Black läßt ihn ruhig ein und sagt, er könne vielleicht eine Zahnbürste brauchen, und während Blue über die Schwelle tritt, leiert er seine Sprüche über Haarbürsten und Kleiderbürsten herunter, nur damit die Worte fließen, denn so kann er das Zimmer in sich aufnehmen, beobachten, was es zu beobachten gibt, und nachdenken, während er Black von seiner wahren Absicht ablenkt.

Das Zimmer ist ungefähr so, wie er es sich vorgestellt hat, vielleicht noch nüchterner. Es überrascht ihn ein wenig, daß nichts an den Wänden hängt, da er immer dachte, es gäbe ein oder zwei Bilder, irgend etwas, was die Monotonie unterbricht, eine Landschaft vielleicht oder das Porträt von jemandem, den Black einmal geliebt hat. Blue war immer neugierig, was für ein Bild es sein mochte, denn er dachte, es könnte ein wertvoller Hinweis sein, aber nun da er sieht, daß es keines gibt, begreift er, daß er das schon immer hätte erwarten müssen. Abgesehen davon widerspricht sehr wenig seinen früheren Vorstellungen. Es ist die gleiche Mönchszelle, die er im Geiste sah: das kleine, ordentlich gemachte Bett in einer Ecke, die Kochnische in einer anderen Ecke, alles makellos sauber, nicht ein Krümel zu sehen. In der Mitte des Zimmers, dem Fenster gegenüber, steht der hölzerne Tisch und ein einzelner Holzstuhl mit gerader Rückenlehne. Bleistifte, Federn, eine Schreibmaschine. Eine Kommode, ein Nachttisch, eine Lampe. Ein Bücherregal an der Nordwand, aber nur mit wenigen Büchern. *Walden, Grashalme, Zweimal erzählte Geschichten* und ein paar andere. Kein Telefon, kein Radio, keine Zeitschriften. Auf dem Tisch, säuberlich an den Kanten aufgeschichtet, Stapel von Papier, teils leer, teils beschrieben, mit der Schreibmaschine oder mit der Hand. Hunderte von Seiten, vielleicht Tausende. Aber man kann das nicht ein Leben nennen, denkt Blue. Man kann es wirklich gar nichts nennen. Es ist ein Niemandsland, der Ort, an dem man am Ende der Welt ankommt.

Sie sehen die Zahnbürsten durch, und Black wählt schließlich eine rote. Dann beginnen sie die verschiedenen Kleiderbürsten zu prüfen, und Blue führt sie an seinem eigenen Anzug vor. Ich denke, ein Mann, der so sauber ist wie Sie, hält sie für unentbehrlich, sagt Blue. Aber Black sagt, er sei bisher ohne eine ausgekommen. Andererseits könne er vielleicht eine Haarbürste in Betracht ziehen, und so gehen sie die Möglichkeiten im Musterkoffer durch und sprechen über die verschiedenen Größen und Formen, die verschiedenen Arten von Borsten und so fort. Blue ist natürlich mit seinem eigentlichen Geschäft schon fertig, aber er setzt sein Spiel mechanisch fort, denn er will seine Sache richtig machen, auch wenn es nicht darauf ankommt. Als Black die Bürsten bezahlt hat und Blue seinen Koffer packt, um zu gehen, kann er sich jedoch eine kleine Bemerkung nicht versagen. Sie scheinen Schriftsteller zu sein, sagt er und deutet auf den Tisch, und Black sagt ja, das sei richtig, er sei Schriftsteller.

Es sieht nach einem großen Buch aus, fährt Blue fort.

Ja, sagt Black. Ich arbeite seit Jahren daran.

Sind Sie beinahe fertig?

Ich komme allmählich zum Schluß, sagt Black nachdenklich. Aber manchmal ist es schwer zu wissen, wo man ist. Ich denke, ich bin beinahe fertig, und dann erkenne ich, daß ich etwas Wichtiges ausgelassen habe, und muß wieder an den Anfang zurückgehen. Aber, ja, ich träume davon, es eines Tages zu beenden. Vielleicht schon bald.

Ich hoffe, ich bekomme eine Chance, es zu lesen, sagt Blue.

Alles ist möglich, sagt Black. Aber zuerst muß ich es fertigschreiben. Es gibt Tage, an denen ich nicht einmal weiß, ob ich noch so lange lebe.

Ja, das wissen wir nie, nicht wahr? sagt Blue und nickt philosophisch. Den einen Tag leben wir noch, und am nächsten sind wir tot. Das geht uns allen so.

Sehr wahr, sagt Black. Das geht uns allen so.

Sie stehen nun an der Tür, und etwas in Blue möchte weiter solch alberne Bemerkungen von sich geben. Es macht Spaß, den Hanswurst zu spielen, stellt er fest, aber gleichzeitig verspürt er den Drang, mit Black zu spielen und zu beweisen, daß ihm nichts entgangen ist – denn tief im Innern möchte Blue, daß Black weiß, daß er ebenso gerissen ist wie er, daß er sich jederzeit mit ihm messen kann. Doch es gelingt Blue, den starken Wunsch zu unterdrücken und den Mund zu halten. Er nickt höflich als Dank für den Kauf und geht. Das ist das Ende des Fuller-Bürsten-Mannes, und weniger als eine Stunde später ist er ausrangiert und steckt in derselben Tasche wie die Reste von Jimmy Rose. Blue weißt, daß keine Verkleidungen mehr nötig sein werden. Der nächste Schritt ist unvermeidlich, und das einzige, worauf es ankommt, ist, den richtigen Zeitpunkt zu wählen.

Aber drei Abende später, als er endlich seine Chance bekommt, erkennt Blue, daß er Angst hat. Black verläßt um neun Uhr sein Zimmer, geht die Straße hinunter und verschwindet um die Ecke. Obwohl Blue weiß, daß dies ein direktes Signal ist, daß Black ihn sozusagen auffordert, den Schritt zu tun, hat er trotzdem das Gefühl, daß es eine Falle sein könnte, und nun, im letzten möglichen Augenblick, als er eben noch zuversichtlich war, beinahe auftrumpfend im Gefühl seiner eigenen Macht, versinkt er in neuen quälenden Selbstzweifeln. Warum sollte er plötzlich Black vertrauen? Aus welchem erdenklichen Grund sollte er davon ausgehen, daß sie nun beide auf der gleichen Seite arbeiteten? Wie kommt er dazu und warum ist er wieder so unterwürfig und bereit zu tun, was Black will? Wider Erwarten beginnt er, eine andere Möglichkeit in Betracht zu ziehen. Was, wenn er einfach aufgäbe? Wenn er aufstünde, durch die Tür ginge und das ganze Geschäft hinter sich ließe? Er beschäftigt sich eine Weile mit diesem Gedanken, führt ihn im Geiste aus, und nach und nach fängt er an zu zittern, von Entsetzen und Glück ergriffen wie ein Sklave, der plötzlich eine Vision seiner Freiheit hat. Er stellt sich vor, daß er woanders ist, weit weg, daß er mit einer Axt über der Schulter durch die Wälder geht. Allein und frei, endlich sein eigener Herr. Er baut sein Leben ganz neu auf, ein Verbannter, ein Pionier, ein Pilger in der neuen Welt. Aber er kommt nicht weit. Denn kaum wandert er inmitten von nirgendwo durch diese Wälder, fühlt er auch schon, daß Black ebenfalls da ist, sich hinter einem Baum versteckt, unsichtbar durch ein Dickicht schleicht, darauf wartet, daß Blue sich niederlegt und die Augen schließt, um sich heranzupirschen und ihm die Kehle durchzuschneiden. Es geht immer weiter, denkt Blue. Wenn er Black jetzt nicht erledigt, wird es nie ein Ende geben. Das nannten die Alten Schicksal, und jeder Held muß sich ihm unterwerfen. Es gibt keine Wahl, und wenn etwas getan werden kann, so ist es nur das eine, das einem keine Wahl läßt. Aber Blue will es nicht zugeben. Er kämpft dagegen, er weist es von sich, es widert ihn an. Doch das kommt nur daher, daß er es schon weiß, und dagegen anzukämpfen, heißt, es schon akzeptiert zu haben; nein sagen zu wollen, heißt, schon ja gesagt zu haben. Und so fügt sich Blue allmählich; er gibt schließlich der Notwendigkeit dessen, was zu tun ist, nach. Aber das bedeutet nicht, daß er sich nicht fürchtet. Von diesem Augenblick an gibt es nur ein Wort, das auf Blue zutrifft, und dieses Wort ist Angst.

Er hat kostbare Zeit vertan, und nun muß er auf die Straße hinaus und fieberhaft hoffen, daß es nicht zu spät ist. Black wird nicht für immer fort sein, und wer weiß, ob er nicht hinter der Straßenecke lauert und nur auf den Augenblick wartet, sich auf ihn stürzen zu können? Blue rennt die Stufen vor Blacks Haus hinauf, hantiert ungeschickt, als er das Schloß der Eingangstür mit einem Dietrich öffnet, blickt immer wieder über die Schulter zurück und geht dann die Treppen zu Blacks Stockwerk hinauf. Das zweite Schloß macht ihm mehr Mühe als das erste, obwohl es theoretisch einfacher sein müßte, leichte Arbeit für den blutigsten Anfänger. Sein ungeschicktes Hantieren zeigt Blue, daß er die Beherrschung verliert, daß er sich von all dem unterkriegen läßt; aber obwohl er es weiß, kann er kaum mehr tun, als durchhalten und hoffen, daß seine Hände aufhören werden zu zittern. Aber es wird immer schlimmer, und in dem Augenblick, in dem er den Fuß in Blacks Zimmer setzt, fühlt er, wie alles in ihm dunkel wird, so als drücke sich die Nacht durch seine Poren, als säße sie mit einem ungeheuren Gewicht auf ihm, und gleichzeitig scheint sein Kopf größer zu werden, sich mit Luft zu füllen, als wollte er sich vom Körper trennen und davonschweben. Er macht noch einen Schritt in das Zimmer, und dann verliert er das Bewußtsein und bricht zusammen wie ein Toter.

Seine Uhr bleibt mit dem Sturz stehen, und als Blue wieder zu sich kommt, weiß er nicht, wie lange er weg war. Zuerst nur verschwommen, erlangt er das Bewußtsein wieder mit dem Gefühl, schon einmal hier gewesen zu sein, vielleicht vor langer Zeit, und als er die Vorhänge vor dem offenen Fenster wehen und die Schatten seltsam über die Decke huschen sieht, denkt er, er läge zu Hause im Bett, wie damals, als er noch ein kleiner Junge war, und er stellt sich vor, daß er die Stimmen seiner Mutter und seines Vaters, die ruhig im nächsten Zimmer miteinander sprechen, hören kann, wenn er nur aufmerksam genug horcht. Aber das dauert nur einen Moment. Er beginnt den Schmerz in seinem Kopf und seinen aufgewühlten Magen zu spüren, und dann, als er endlich erkennt, wo er ist, befällt ihn wieder Panik. Er rappelt sich schwankend auf, stolpert ein- oder zweimal und sagt sich, daß er hier nicht bleiben kann, ja, er muß gehen, und zwar sofort. Er ergreift die Türklinke, aber dann erinnert er sich plötzlich, warum er überhaupt herkam. Er holt die Taschenlampe hervor, schaltet sie ein und läßt ihr Licht mit unsteten Bewegungen durch das Zimmer wandern, bis es auf einen Stoß von Papieren fällt, die säuberlich an der Kante von Blacks Schreibtisch aufgeschichtet sind. Ohne zu zögern greift Blue die Papiere mit der freien Hand, sagt sich, es spielt keine Rolle, dies ist ein Anfang, und geht dann zur Tür.

Wieder in seinem Zimmer auf der anderen Straßenseite, schenkt sich Blue ein Glas Brandy ein, setzt sich auf das Bett und versucht ruhig zu werden. Er trinkt den Brandy in kleinen Schlucken und schenkt sich noch ein Glas ein. Als sich seine Panik langsam legt, bleibt ein Gefühl der Scham zurück. Er hat es verpfuscht, sagt er sich. Zum erstenmal in seinem Leben war er der Situation nicht gewachsen, und er empfindet es als einen Schock, sich als Versager zu sehen, zu erkennen, daß er im Grunde ein Feigling ist.

Er nimmt die Papiere, die er gestohlen hat, und hofft, sich von diesen Gedanken abzulenken. Aber das Problem spitzt sich nur noch mehr zu, denn als er sie zu lesen beginnt, stellt er fest, daß sie nichts weiter sind als seine eigenen Berichte. Da sind sie, einer nach dem anderen, seine wöchentlichen Berichte, schwarz auf weiß, und sie bedeuten nichts, sie sagen nichts, sie sind von der Wahrheit des Falles ebenso weit entfernt, wie es Schweigen wäre. Blue stöhnt, er sinkt tief in sich hinein, und dann, angesichts dessen, was vor ihm liegt, beginnt er zu lachen, leise zuerst, aber dann immer lauter, bis er um Atem ringt, beinahe erstickt, so als versuchte er, sich ein für allemal auszulöschen. Er nimmt die Papiere fest in die Hand, wirft sie zur Decke hinauf und sieht zu, wie der Stoß auseinanderbricht und eine elende Seite nach der anderen zu Boden flattert.

Es ist nicht sicher, ob sich Blue jemals wirklich von den Ereignissen dieses Abends erholen wird. Und selbst wenn, so muß festgestellt werden, daß mehrere Tage vergehen, bevor er eine Ähnlichkeit mit seinem früheren Ich wiedergewinnt. In dieser Zeit rasiert er sich nicht, er wechselt seine Wäsche nicht, er denkt nicht einmal daran, sich aus seinem Zimmer zu rühren. Als der Tag kommt, an dem er den nächsten Bericht schreiben muß, läßt er sich nicht darauf ein. Es ist jetzt vorbei, sagt er und tritt nach den Papieren auf dem Boden, und ich will verdammt sein, wenn ich noch einmal so etwas schreibe.

Meistens liegt er auf dem Bett, oder er geht im Zimmer auf und ab. Er sieht sich die verschiedenen Bilder an, die er seit dem Beginn des Falles an die Wände geheftet hat, studiert der Reihe nach jedes für sich und denkt darüber nach, so lange er kann, dann geht er zum nächsten weiter. Der Leichenbeschauer aus Philadelphia, Gold, mit der Totenmaske des kleinen Jungen. Ein schneebedeckter Berg und in der rechten oberen Ecke der Fotografie ein zweites Bild von dem französischen Skiläufer, sein Gesicht ist von einem kleinen Kästchen eingerahmt. Die Brooklyn-Brücke, und daneben hängen die beiden Roeblings, Vater und Sohn. Blues Vater in Polizeiuniform, wie er eine Medaille vom Bürgermeister von New York, Jimmy Walker, erhält. Dann noch einmal Blues Vater, diesmal in Zivil; er legt den Arm um Blues Mutter, und beide lächeln als noch junges Glück strahlend in die Kamera. Ein Bild von Brown, der den Arm um Blue legt, aufgenommen vor ihrem Büro an dem Tag, an dem Blue sein Partner wurde. Darunter hängt ein Schnappschuß von Jackie Robinson, wie er auf das zweite Mal zuläuft. Daneben kommt ein Porträt von Walt Whitman. Und direkt links von dem Dichter hängt ein Standfoto von Robert Mitchum aus einem der Fan-Magazine: Mit dem Revolver in der Hand sieht er aus, als stürzte gleich die ganze Welt über ihm zusammen. Es gibt kein Bild der ehemaligen zukünftigen Mrs. Blue, aber jedesmal wenn Blue die Runde um seine kleine Galerie macht, bleibt er vor einer bestimmten leeren Stelle an der Wand stehen und tut so, als ob auch sie da sei.

Mehrere Tage lang macht Blue sich nicht die Mühe, aus dem Fenster zu sehen. Er hat sich so vollständig in seine eigenen Gedanken eingeschlossen, daß Black nicht mehr da zu sein scheint. Das Drama ist jetzt allein Blues Drama, und wenn Black in einem gewissen Sinne seine Ursache ist, so ist es, als hätte er seine Rolle schon gespielt, als hätte er seine Sätze gesagt und wäre von der Bühne abgetreten. Denn Blue kann nun Blacks Existenz nicht mehr akzeptieren, und deshalb leugnet er sie. Nachdem er in Blacks Zimmer eingedrungen, nachdem er sozusagen in der innersten Sphäre von Blacks Einsamkeit gewesen ist, kann er auf die Dunkelheit dieses Augenblicks nicht anders reagieren, als sie durch seine eigene Einsamkeit zu ersetzen. In Black einzudringen war soviel wie in sich selbst einzudringen, und sobald er einmal in sich selbst ist, kann er sich nicht mehr vorstellen, anderswo zu sein. Aber ebendort ist Black, auch wenn Blue es nicht weiß.

Eines Nachmittags kommt Blue daher wie durch Zufall

näher an das Fenster heran als seit vielen Tagen, er bleibt davor stehen und dann, wie um der alten Zeiten willen, schiebt er die Vorhänge auseinander und wirft einen Blick hinaus. Das erste, was er sieht, ist Black. Er ist nicht in seinem Zimmer, sondern sitzt auf den Stufen seines Hauses auf der anderen Straßenseite und schaut zu Blues Fenster hinauf. Ist er am Ende? fragt sich Blue. Heißt das, daß es vorbei ist?

Blue holt seinen Feldstecher und kehrt zum Fenster zurück. Er stellt ihn auf Black scharf ein und studiert das Gesicht des Mannes mehrere Minuten lang, einen Zug nach dem anderen, die Augen, die Lippen, die Nase und so fort, er nimmt das Gesicht auseinander und setzt es dann wieder zusammen. Er ist gerührt von der Tiefe der Traurigkeit, von seinem Blick ohne jede Hoffnung, und wider Willen, überrascht von diesem Bild, fühlt Blue Erbarmen in sich aufsteigen, eine Anwandlung von Mitleid mit dieser verlorenen Gestalt auf der anderen Straßenseite. Er wünscht, es wäre nicht so, er wünscht, er hätte den Mut, seinen Revolver zu laden, auf Black zu zielen und ihm eine Kugel durch den Kopf zu jagen. Er würde nie wissen, was ihm geschehen ist, denkt Blue, er würde im Himmel sein, bevor er den Boden berührt. Aber sobald er diese kleine Szene in seinem Geist durchgespielt hat, schreckt er davor zurück. Nein, erkennt er, das wünscht er keineswegs. Aber wenn nicht das – was dann? Immer noch gegen die aufwallenden zarten Gefühle ankämpfend, sagt er sich, daß er allein gelassen werden will, daß alles, was er wünscht, Ruhe und Frieden ist. Allmählich wird ihm bewußt, daß er tatsächlich seit mehreren Minuten da steht und sich gefragt hat, ob es nicht eine Möglichkeit gäbe, Black zu helfen, ob es nicht möglich wäre, ihm in Freundschaft die Hand zu reichen. Das würde sicherlich den Spieß umdrehen, denkt Blue, das würde gewiß alles auf den Kopf stellen. Aber warum nicht? Warum nicht das Unerwartete tun? An die Tür klopfen, die ganze Geschichte auslöschen – es ist nicht weniger absurd als alles andere. Denn die Wahrheit ist, daß Blue des Kampfes müde ist. Er erträgt ihn nicht mehr. Und allem Anschein nach erträgt ihn auch Black nicht mehr. Sieh ihn dir nur an, sagt sich Blue. Er ist das traurigste Geschöpf der Welt. Und dann, in dem Augenblick, in dem er diese Worte sagt, versteht er, daß er auch von sich selbst spricht.

Lange nachdem Black von den Stufen aufgestanden und wieder ins Haus gegangen ist, starrt Blue noch auf die leere Stelle. Eine Stunde oder zwei vor Anbruch der Dämmerung wendet er sich endlich vom Fenster ab, sieht die Unordnung, die er in seinem Zimmer geduldet hat, und verbringt die nächste Stunde damit aufzuräumen – er spült das Geschirr, macht das Bett, hängt seine Kleider in den Schrank und hebt die alten Berichte vom Boden auf. Dann geht er ins Badezimmer, duscht lange, rasiert sich und zieht frische Sachen an. Er wählt seinen besten blauen Anzug aus. Alles ist für ihn nun anders, plötzlich und unwiderruflich anders. Es gibt keine Angst, kein Zittern mehr. Nichts als ruhige Sicherheit, ein Gefühl, daß das, was er tun will, richtig ist.

Kurz nach Anbruch der Nacht zieht er vor dem Spiegel ein letztes Mal seine Krawatte zurecht, und dann verläßt er das Zimmer, geht über die Straße und betritt Blacks Haus. Er weiß, daß Black da ist, denn in seinem Zimmer brennt eine kleine Lampe, und während er die Treppe hinaufgeht, versucht er sich den Ausdruck in Blacks Gesicht vorzustellen, wenn er ihm sagt, was er vorhat. Er klopft zweimal an die Tür, sehr höflich, und dann hört er von drinnen Blacks Stimme: Die Tür ist offen. Kommen Sie herein.

Es ist schwer zu sagen, was Blue eigentlich vorzufinden erwartete – aber es war auf jeden Fall nicht das, was er vor sich sieht, als er das Zimmer betritt. Black sitzt auf seinem Bett, und er trägt wieder die Maske, dieselbe, die Blue an dem Mann im Postamt sah, und in der rechten Hand hält er einen Revolver, einen Achtunddreißiger, der genügt, um einen Mann aus so kurzer Entfernung in Stücke zu schießen, und er richtet ihn direkt auf Blue. Blue bleibt mit einem Ruck stehen und sagt nichts. Das heißt, das Kriegsbeil begraben, denkt er. Das heißt, den Spieß umdrehen.

Setzen Sie sich auf den Stuhl, Blue, sagt Black und deutet mit dem Revolver auf den hölzernen Stuhl vor dem Schreibtisch.

Blue hat keine Wahl, und er setzt sich Black gegenüber, aber zu weit weg und zu ungeschickt placiert, um etwas gegen den Revolver tun zu können.

Ich habe auf Sie gewartet, sagt Black. Ich bin froh, daß Sie endlich gekommen sind.

Ich habe es mir gedacht, antwortet Blue.

Sind Sie überrascht?

Nicht wirklich. Jedenfalls nicht über Sie. Über mich selbst vielleicht – aber nur weil ich so dumm bin. Sehen Sie, ich bin heute abend in Freundschaft gekommen.

Aber natürlich, sagt Black mit einer leicht spöttischen Stimme. Natürlich sind wir Freunde. Wir waren Freunde von Anfang an, nicht wahr? Die allerbesten Freunde.

Wenn Sie so Ihre Freunde behandeln, sagt Blue, ist es ein Glück für mich, daß ich nicht einer Ihrer Feinde bin.

Sehr spaßig.

Richtig, ich bin ein echter Spaßvogel. Sie können immer mit viel Spaß rechnen, wenn ich dabei bin.

Und die Maske – wollen Sie mich nicht nach der Maske fragen?

Ich wüßte nicht, warum. Wenn Sie das Ding tragen wollen, ist es nicht mein Problem.

Aber Sie müssen sie ansehen, nicht wahr?

Warum Fragen stellen, wenn Sie die Antwort schon kennen?

Sie ist grotesk, nicht wahr?

Natürlich ist sie grotesk.

Und schrecklich anzusehen.

Ja, sehr schrecklich.

Gut. Ich mag Sie, Blue. Ich habe immer gewußt, daß Sie der Richtige für mich sind. Ein Mann nach meinem Herzen.

Wenn Sie aufhörten, mit dem Revolver herumzufuchteln, könnte ich vielleicht anfangen, dasselbe für Sie zu empfinden.

Tut mir leid, das kann ich nicht. Es ist jetzt zu spät.

Das bedeutet?

Ich brauche Sie nicht mehr, Blue.

Es ist vielleicht nicht so leicht, mich loszuwerden, wissen Sie. Sie haben mich in die Sache reingezogen, und jetzt haben Sie mich am Hals.

Nein, Blue, Sie irren sich. Jetzt ist alles vorbei.

Drücken Sie sich klar aus.

Es ist zu Ende. Das ganze Spiel ist aus. Es gibt nichts mehr zu tun.

Seit wann?

Seit jetzt. Seit diesem Augenblick.

Sie sind nicht bei Sinnen.

Nein, Blue. Ich bin bei Sinnen, nur zu sehr bei Sinnen. Es hat mich erschöpft, und nun ist nichts mehr übrig. Aber Sie wissen das, Blue, Sie wissen es besser als irgend jemand.

Warum drücken Sie dann nicht einfach ab?

Wenn ich so weit bin, werde ich es tun.

Und dann gehen Sie und lassen meine Leiche hier auf dem Boden liegen? Das sind ja schöne Aussichten!

O nein, Blue. Sie verstehen nicht. Wir beide zusammen werden es sein, so wie immer.

Aber Sie vergessen etwas, nicht wahr?

Was vergesse ich?

Sie müssen mir die Geschichte erzählen. Soll es nicht so enden? Sie erzählen mir die Geschichte, und dann sagen wir Lebewohl.

Sie kennen sie schon, Blue. Verstehen Sie das nicht? Sie kennen die Geschichte auswendig.

Warum haben Sie sich dann überhaupt die Mühe gemacht?

Stellen Sie keine dummen Fragen.

Und ich – wozu war ich da? Als komische Abwechslung?

Nein, Blue, ich habe Sie von Anfang an gebraucht. Wenn Sie nicht gewesen wären, hätte ich es nicht tun können.

Wozu haben Sie mich gebraucht?

Um mich an das zu erinnern, was ich zu tun hatte. Jedesmal wenn ich aufblickte, waren Sie da, Sie beobachteten mich, Sie folgten mir, immer in Sichtweite. Sie bohrten Ihre Augen in mich. Sie waren die ganze Welt für mich, Blue, und ich verwandelte Sie in meinen Tod. Sie sind das Eine, das sich nicht ändert, das Eine, das alles von innen nach außen kehrt.

Und jetzt ist nichts mehr übrig. Sie haben Ihren Selbstmordbrief geschrieben, und das ist das Ende.

Richtig.

Sie sind ein Narr, Sie sind ein gottverdammter, elender Narr.

Das weiß ich. Aber kein größerer als sonst jemand. Wollen Sie da sitzen und mir sagen, daß Sie klüger sind als ich? Ich weiß wenigstens, was ich getan habe. Ich hatte meine Arbeit, und ich habe sie erledigt. Aber Sie sind nirgendwo, Blue. Sie waren verloren vom ersten Tag an.

Warum drücken Sie dann nicht ab, Sie Bastard? sagt Blue. Er steht plötzlich auf und schlägt sich wütend gegen die Brust, er fordert Black heraus, ihn zu töten. Warum erschießen Sie mich nicht und bringen es hinter sich?

Dann macht Blue einen Schritt auf Black zu, und als keine Kugel kommt, macht er noch einen Schritt und dann noch einen, und er schreit den Maskierten an, er solle doch schießen, es liege ihm nichts mehr daran, ob er lebe oder sterbe. Einen Augenblick später steht er unmittelbar vor ihm. Ohne zu zögern schlägt er Black den Revolver aus der Hand, packt ihn am Kragen und reißt ihn in die Höhe. Black versucht, Widerstand zu leisten, sich gegen Blue zu wehren, aber Blue, außer sich vor leidenschaftlicher Wut, wie in einen anderen verwandelt, ist zu stark und schlägt ihm ins Gesicht, in die Leisten, in den Magen. Black kann nichts tun, und kurz darauf liegt er bewußtlos auf dem Boden.

Doch das hindert Blue nicht daran, weiterzumachen, er tritt den Ohnmächtigen mit den Füßen, hebt ihn auf und schlägt seinen Kopf auf den Boden, bearbeitet seinen Körper mit einem Fausthieb nach dem anderen. Schließlich, als Blues Wut allmählich nachläßt und er sieht, was er getan hat, ist er nicht sicher, ob Black lebt oder tot ist. Er nimmt ihm die Maske vom Gesicht, legt ein Ohr an seinen Mund und horcht auf seine Atemgeräusche. Da scheint etwas zu sein, aber er kann nicht sagen, ob es von Black oder von ihm selbst kommt. Wenn er noch am Leben ist, denkt Blue, ist er es nicht mehr lange. Und wenn er tot ist, dann soll es so sein.

Blue steht auf, sein Anzug ist zerfetzt, und er beginnt, die Seiten von Blacks Manuskript auf dem Schreibtisch zu sammeln. Das dauert mehrere Minuten. Als er sie alle hat, schaltet er die Lampe in der Ecke aus und verläßt das Zimmer, ohne sich noch einmal nach Black umzuschauen.

Mitternacht ist vorüber, als Blue in sein Zimmer auf der anderen Straßenseite zurückkehrt. Er legt das Manuskript auf den Tisch, geht ins Badezimmer und wäscht sich das Blut von den Händen. Dann zieht er sich um, gießt sich ein Glas Scotch ein und setzt sich mit Blacks Buch an den Tisch. Die Zeit ist knapp. Sie werden eher kommen, als er denkt, und dann wird er teuer bezahlen müssen. Aber er läßt sich dadurch nicht stören.

Er liest die ganze Geschichte, jedes Wort vom Anfang bis zum Ende. Als er fertig ist, dämmert es schon, und es wird hell in seinem Zimmer. Er hört einen Vogel singen, er hört Schritte auf der Straße, er hört einen Wagen über die Brooklyn-Brücke fahren. Black hatte recht, sagt er sich. Ich kannte alles auswendig.

Aber die Geschichte ist noch nicht zu Ende. Es bleibt noch der letzte Augenblick, und der wird erst kommen, wenn Blue das Zimmer verlassen wird. Das ist der Lauf der Welt: nicht einen Augenblick mehr, nicht einen Augenblick weniger. Wenn Blue von seinem Stuhl aufstehen, den

Hut aufsetzen und durch die Tür gehen wird – das wird das Ende sein.

Wohin er danach gehen wird, ist nicht wichtig. Denn wir müssen uns erinnern, daß sich das alles vor mehr als dreißig Jahren zutrug, in den Tagen unserer frühesten Kindheit. Daher ist alles möglich. Ich selbst ziehe es vor zu denken, daß er weit fort ging, daß er an diesem Morgen einen Zug nahm und nach Westen fuhr, um ein neues Leben zu beginnen. Es ist sogar möglich, daß Amerika nicht das Ende war. In meinen geheimen Träumen denke ich gern, daß Blue eine Passage auf einem Schiff buchte und nach China fuhr. Nach China also, lassen wir es dabei. Denn nun kommt der Augenblick, in dem Blue vom Stuhl aufsteht, seinen Hut aufsetzt und durch die Tür geht. Und von diesem Augenblick an wissen wir nichts mehr.

HINTER VERSCHLOSSENEN TÜREN

I

Es scheint mir jetzt, daß Fanshawe immer da war. Er ist der Ort, an dem alles für mich beginnt, und ohne ihn würde ich kaum wissen, wer ich bin. Wir waren einander begegnet, bevor wir sprechen konnten, als Babys, die in Windeln durch das Gras krochen. Als wir sieben waren, stachen wir mit Nadeln in unsere Finger und schlossen Blutsbrüderschaft fürs Leben. Immer wenn ich an meine Kindheit denke, sehe ich Fanshawe. Er war es, der bei mir war, der meine Gedanken teilte, den ich sah, sooft ich von mir selbst aufblickte.

Doch das ist lange her. Wir wuchsen auf, gingen getrennte Wege, trieben auseinander. Nichts davon ist außergewöhnlich, denke ich. Unser Leben trägt uns auf eine Weise mit sich, die wir nicht kontrollieren können, und beinahe nichts bleibt bei uns. Es stirbt, wenn wir sterben, und der Tod ist etwas, was uns jeden Tag widerfährt.

In diesem November vor sieben Jahren bekam ich einen Brief von einer Frau namens Sophie Fanshawe. «Sie kennen mich nicht», begann sie, «und ich entschuldige mich dafür, daß ich Ihnen so unvermittelt schreibe. Aber es ist etwas geschehen, und unter diesen Umständen habe ich keine große Wahl.» Es stellte sich heraus, daß sie Fanshawes Frau war. Sie wußte, daß ich mit ihrem Mann aufgewachsen war, und sie wußte auch, daß ich in New York lebte, denn sie hatte viele der Artikel gelesen, die ich in Zeitschriften veröffentlicht hatte.

Die Erklärung kam im zweiten Absatz, geradeheraus und ohne Einleitung: Fanshawe war verschwunden, und sie hatte ihn vor mehr als sechs Monaten zum letztenmal gesehen. Nicht ein Wort in all der Zeit und nicht der geringste Hinweis darauf, wo er sein könnte. Die Polizei hatte keine Spur von ihm gefunden, und der Privatdetektiv, den sie beauftragt hatte, ihn zu suchen, war ebenfalls gescheitert. Mit Sicherheit ließ sich nichts sagen, aber die Tatsachen schienen für sich selbst zu sprechen. Fanshawe war wahrscheinlich tot, es war sinnlos zu denken, er würde zurückkommen. Im Zusammenhang mit all dem, schrieb sie, gebe es etwas Wichtiges, worüber sie mit mir sprechen müsse, und sie fragte mich, ob ich bereit sei, sie aufzusuchen.

Dieser Brief löste eine Reihe kleiner Schocks in mir aus. Zuviel Information mußte ich auf einmal aufnehmen, zu viele Kräfte zogen mich in unterschiedliche Richtungen. Aus dem Nirgendwo war Fanshawe plötzlich wieder in meinem Leben aufgetaucht. Aber kaum war sein Name erwähnt worden, verschwand er auch schon wieder. Er war verheiratet, er hatte in New York gelebt – und ich wußte nichts mehr von ihm. Selbstsüchtig fühlte ich mich verletzt, weil er sich nicht die Mühe gemacht hatte, sich mit mir in Verbindung zu setzen. Ein Anruf, eine Postkarte, ein Drink, um der alten Zeiten zu gedenken – das hätte sich unschwer einrichten lassen. Aber die Schuld lag ebensosehr auf meiner Seite. Ich wußte, wo Fanshawes Mutter lebte, und wenn ich ihn hätte finden wollen, hätte ich sie fragen können. Tatsache war, daß ich mich von Fanshawe gelöst hatte. Sein Leben hatte für mich von dem Moment an aufgehört, als wir getrennte Wege eingeschlagen hatten, und er gehörte nun für mich zur Vergangenheit, nicht zur Gegenwart. Er war ein Geist, den ich in mir trug, eine Märchengestalt aus grauer Vorzeit, etwas, das nicht mehr wirklich war. Ich versuchte vergeblich, mich an unsere letzte Begegnung zu erinnern. Meine Gedanken wanderten mehrere Minuten und hielten plötzlich inne, richteten sich auf den Tag, an dem sein Vater starb. Wir waren damals in der High School und konnten nicht mehr als siebzehn Jahre alt gewesen sein.

Ich rief Sophie Fanshawe an und sagte ihr, ich würde sie gern besuchen, wann immer es ihr passe. Wir verabredeten uns für den nächsten Tag, und ihre Stimme klang dankbar, obwohl ich ihr erklärte, daß ich nichts von Fanshawe gehört und keine Ahnung habe, wo er sei.

Sie wohnte in einem Mietshaus aus rotem Backstein in Chelsea, einem alten Gebäude ohne Fahrstuhl mit einem düsteren Treppenhaus und Wänden, von denen die Farbe abblätterte. Ich stieg die fünf Treppen zu ihrem Stockwerk hinauf und hörte aus den verschiedenen Wohnungen Radiogeplärre, lautes Gezeter und rauschende Toilettenspülungen. Oben angekommen, blieb ich stehen, um Atem zu schöpfen, und klopfte. Ein Auge blickte durch das Guckloch in der Tür, klirrend wurden die Riegel zurückgeschoben, und dann stand Sophie Fanshawe vor mir und hielt ein kleines Baby im Arm. Als sie mich anlächelte und mich bat, einzutreten, zupfte das Baby an ihrem langen braunen Haar. Sie wich sanft aus, nahm das Kind mit beiden Händen und drehte es mit dem Gesicht mir zu. Das sei Ben, erklärte sie, Fanshawes Sohn, und er sei vor gerade dreieinhalb Monaten geboren worden. Ich gab vor, das Baby zu bewundern, das mit den Armen ruderte und dem weißlicher Speichel vom Kinn tropfte, aber ich war mehr an seiner Mutter interessiert. Fanshawe hatte Glück gehabt. Die Frau war schön, sie hatte dunkle, intelligente, mit ihrem festen Blick beinahe wilde Augen. Sie war schmächtig, nicht mehr als durchschnittlich groß, und es lag etwas Langsames in ihren Bewegungen, was sie zugleich sinnlich und aufmerksam wirken ließ, so als betrachtete sie die Welt aus einer tiefen inneren Wachsamkeit heraus. Kein Mann würde diese Frau aus eigenem, freien Willen verlassen haben – vor allem nicht, wenn sie sein Kind erwartete. Soviel stand für mich fest. Noch bevor ich die Wohnung betrat, wußte ich, daß Fanshawe tot sein mußte.

Es war eine kleine Vierzimmerwohnung, spärlich möbliert; in einem Zimmer standen Bücherregale und ein Arbeitstisch, eines war als Wohnzimmer eingerichtet, die letzten beiden waren Schlafzimmer. Alles war sauber aufgeräumt, im einzelnen etwas heruntergekommen, aber im ganzen nicht ungemütlich. Wenn schon sonst nichts, so bewies es, daß Fanshawe seine Zeit nicht damit verbracht hatte, Geld zu verdienen. Aber ich war keiner, der auf Schäbigkeit verächtlich herabblickte. Meine eigene Wohnung war noch enger und dunkler als diese, und ich wußte, was es heißt, jeden Monat zu kämpfen, um die Miete aufbringen zu können.

Sophie Fanshawe bot mir einen Sessel an, schenkte mir eine Tasse Kaffee ein und setzte sich dann auf das verschlissene blaue Sofa. Mit dem Baby auf dem Schoß erzählte sie mir die Geschichte von Fanshawes Verschwinden.

Sie hatten sich vor drei Jahren in New York kennengelernt. Innerhalb eines Monats waren sie zusammengezogen, und weniger als ein Jahr danach hatten sie geheiratet. Fanshawe war kein Mann, mit dem es sich leicht leben ließ, aber sie liebte ihn, und in seinem Verhalten hatte es nie etwas gegeben, was darauf deutete, daß er sie nicht liebte. Sie waren glücklich gewesen; er hatte sich auf die Geburt des Babys gefreut. Es hatte kein böses Blut zwischen ihnen gegeben. Eines Tages im April sagte er ihr, er wolle am Nachmittag nach New Jersey fahren, um seine Mutter zu besuchen, und dann kam er nicht zurück. Als Sophie ihre Schwiegermutter spät an diesem Abend anrief, erfuhr sie, daß Fanshawe sie gar nicht besucht hatte. So etwas war noch nie geschehen, aber Sophie beschloß zu warten. Sie wollte keine dieser Frauen sein, die in Panik geraten, wenn ihr Mann einmal nicht nach Hause kommt, und sie wußte, daß Fanshawe mehr Raum zum Atmen brauchte als die meisten Männer. Sie beschloß sogar, keine Fragen zu stellen, wenn er wieder heimkommen würde. Aber dann verging eine Woche und noch eine Woche, und schließlich ging sie zur Polizei. Wie sie erwartet hatte, war man nicht sonderlich beunruhigt wegen ihres Problems. Wenn es keinen Hinweis auf ein Verbrechen gab, konnte man wenig tun. Jeden Tag verließen Männer ihre Frauen, und die meisten wollten nicht gefunden werden. Die Polizei zog einige routinemäßige Erkundigungen ein, erfuhr nichts und schlug ihr vor, einen Privatdetektiv anzustellen. Mit der Unterstützung ihrer Schwiegermutter, die anbot, die Kosten zu übernehmen, nahm sie die Dienste eines Mannes namens Quinn an. Quinn arbeitete fünf oder sechs Wochen lang hartnäckig an dem Fall, aber zuletzt gab er auf und wollte ihr Geld nicht mehr. Er sagte Sophie, daß Fanshawe höchstwahrscheinlich noch im Lande sei, aber ob lebendig oder tot, könne er nicht sagen. Quinn war kein Scharlatan. Sophie fand ihn sympathisch, er war ein Mann, der wirklich helfen wollte, und als er an jenem letzten Tag zu ihr kam, erkannte sie, daß es unmöglich war, gegen seinen Urteilsspruch anzugehen. Man konnte nichts tun. Wenn Fanshawe beschlossen hätte, sie zu verlassen, würde er sich nicht ohne ein Wort davongeschlichen haben. Es sah ihm nicht ähnlich, vor der Wahrheit zurückzuscheuen, unangenehmen Gesprächen auszuweichen. Sein Verschwinden konnte daher nur eines bedeuten: daß ihm etwas Schlimmes zugestoßen war.

Aber Sophie hoffte noch immer, daß etwas zutage kommen würde. Sie hatte von Fällen von Amnesie gelesen, und eine Zeitlang klammerte sie sich verzweifelt an diese Möglichkeit: an den Gedanken, daß Fanshawe irgendwo umherlief und nicht wußte, wer er war, seines Lebens beraubt, aber nichtsdestoweniger lebendig, vielleicht kurz davor, zu sich selbst zurückzukehren. Noch mehr Wochen vergingen, und dann nahte das Ende ihrer Schwangerschaft. Sie erwartete das Baby in weniger als einem Monat – was bedeutete, daß es jederzeit kommen konnte –, und nach und nach nahm das ungeborene Kind alle ihre Gedanken in Anspruch, so als wäre kein Platz mehr in ihr für Fanshawe. Mit diesen Worten beschrieb sie ihr Gefühl – kein Platz mehr in ihr –, und dann sagte sie, das bedeute wahrscheinlich, daß sie trotz allem wütend auf Fanshawe sei, wütend, weil er sie verlassen habe, auch wenn es nicht seine Schuld sei. Dies war, fand ich, eine Feststellung von brutaler Ehrlichkeit. Ich hatte noch niemanden so über persönliche Gefühle sprechen hören – so schonungslos, so ohne Rücksicht auf herkömmliche Pietät –, und während ich dies nun schreibe, wird mir bewußt, daß ich schon an diesem ersten Tag durch ein Loch in der Erde rutschte, daß ich landete, wo ich nie zuvor gewesen war.

Eines Morgens erwachte Sophie nach einer schweren Nacht und begriff, daß Fanshawe nicht zurückkommen würde. Es war eine plötzliche, absolute Wahrheit, die nie wieder in Frage gestellt werden sollte. Sie weinte damals, und sie weinte eine ganze Woche und trauerte um Fanshawe wie um einen Toten. Als die Tränen versiegten, stellte sie jedoch fest, daß sie nichts bedauerte. Fanshawe war ihr für einige Jahre gegeben worden, entschied sie, und das war alles. Nun mußte sie an das Kind denken, und nichts anderes war wirklich von Bedeutung. Sie wußte, daß das ziemlich pathetisch klang – aber es war eine Tatsache, daß sie mit diesem Gefühl lebte, und es machte ihr auch weiterhin das Leben möglich.

Ich stellte ihr eine Reihe von Fragen, und sie beantwortete jede ruhig und überlegt, so als gäbe sie sich Mühe, die Antworten nicht durch ihre eigenen Gefühle zu beeinflussen. Wie sie gelebt hatten, zum Beispiel, was für einer Arbeit Fanshawe nachgegangen war und was mit ihm in den Jahren geschehen war, seitdem ich ihn zum letztenmal gesehen hatte. Das Baby begann auf dem Sofa zu zappeln, und ohne das Gespräch zu unterbrechen öffnete Sophie ihre Bluse und stillte es, zuerst an der einen Brust und dann an der anderen.

Sie wußte nichts Näheres über die Zeit vor ihrer ersten Begegnung mit Fanshawe. Sie wußte, daß er das College nach zwei Jahren aufgegeben hatte, daß es ihm gelungen war, vom Militärdienst freigestellt zu werden, und daß er eine Zeitlang auf irgendeinem Schiff gearbeitet hatte. Auf einem Öltanker, meinte sie, oder vielleicht auf einem Frachter. Danach hatte er mehrere Jahre in Frankreich gelebt – zuerst in Paris und dann als Hauswart eines Anwesens im Süden. Aber all das war für sie unklar, denn Fanshawe sprach nie viel über die Vergangenheit. Zu der Zeit, als sie sich kennenlernten, war er erst seit acht oder zehn Monaten wieder in Amerika. Sie rannten buchstäblich ineinander – an einem nassen Samstagnachmittag standen beide vor der Tür einer Buchhandlung in Manhattan, sahen durch die Schaufensterscheibe und warteten darauf, daß es aufhören würde zu regnen. So fing es an, und von diesem Tag an bis zu dem Tag, an dem Fanshawe verschwand, waren sie beinahe die ganze Zeit zusammengewesen.

Fanshawe hatte nie eine regelmäßige Arbeit, nichts, was man eine richtige Stellung nennen konnte. Geld bedeutete ihm nicht viel, und er versuchte, sowenig wie möglich daran zu denken. In den Jahren, bevor er Sophie kennenlernte, hatte er alles mögliche getan – eine Zeitlang war er in der Handelsmarine gewesen, und dann hatte er in einem Lagerhaus gearbeitet, Privatunterricht gegeben, als «Neger» für andere geschrieben, serviert, Wohnungen ausgemalt, für einen Spediteur Möbel transportiert –, aber jede Arbeit war nur vorübergehend gewesen, und sobald er genug verdient hatte, um einige Monate davon leben zu können, hatte er sie aufgegeben. Als er und Sophie zusammenlebten, arbeitete Fanshawe gar nicht. Sie hatte eine Stellung als Musiklehrerin an einer Privatschule, und ihr Gehalt reichte für beide. Sie mußten natürlich sparsam sein, aber es stand immer etwas zu essen auf dem Tisch, und keiner von beiden beklagte sich.

Ich unterbrach Sophie nicht. Es war mir klar, daß diese Aufzählung nur ein Anfang war, daß dies nur Einzelheiten waren, die erledigt werden mußten, bevor man zur Sache kam. Was immer Fanshawe mit seinem Leben gemacht hatte, es hatte wenig mit diesen Gelegenheitsarbeiten zu tun. Ich wußte es, bevor noch etwas gesagt wurde. Wir sprachen schließlich nicht von irgend jemandem, wir sprachen von Fanshawe, und die Vergangenheit lag nicht so weit zurück, daß ich mich nicht mehr erinnern konnte, wer er war.

Sophie lächelte, als sie merkte, daß ich ihr voraus war und daß ich wußte, was kommen würde. Ich glaube, sie hatte von mir erwartet, daß ich es wußte, und ihre Erwartung wurde nun bestätigt, und alle Zweifel, die sie gehabt haben mochte, als sie mich bat zu kommen, wurden ausgelöscht. Ich wußte es, ohne daß man es mir sagen mußte, und das gab mir das Recht, da zu sein, zu hören, was sie mir mitzuteilen hatte.

«Er schrieb weiter», sagte ich. «Er wurde Schriftsteller, nicht wahr?»

Sophie nickte. Genau das war es. Oder jedenfalls zum Teil. Was mich erstaunte, war, daß ich nie von ihm gehört hatte. Wenn Fanshawe Schriftsteller war, hätte ich doch sicherlich irgendwo auf seinen Namen gestoßen sein müssen. Es war mein Geschäft, solche Dinge zu wissen, und ich fand es unwahrscheinlich, daß ausgerechnet Fanshawe meiner Aufmerksamkeit entgangen sein sollte. Ich fragte mich, ob es ihm nicht gelungen war, einen Verleger für seine Arbeiten zu finden. Es war die einzige folgerichtige Frage.

Sophie erklärte mir, daß es komplizierter gewesen sei. Er hatte nie versucht, etwas zu veröffentlichen. Als ganz junger Mann war er zu schüchtern gewesen, um etwas aus der Hand zu geben. Er hatte das Gefühl gehabt, daß seine Arbeit nicht gut genug gewesen war. Aber auch später, als sein Selbstvertrauen gewachsen war, zog er es vor, im verborgenen zu bleiben. Es würde ihn ablenken, einen Verleger zu suchen, sagte er, und er würde seine Zeit viel lieber auf die Arbeit selbst verwenden. Sophie ärgerte sich über diese Gleichgültigkeit, aber immer wenn sie ihn drängte, antwortete er mit einem Achselzucken: keine Eile, früher oder später würde er schon soweit sein.

Ein- oder zweimal überlegte sie sich tatsächlich, die Sache selbst in die Hand zu nehmen und ein Manuskript zu einem Verleger hinauszuschmuggeln, aber sie führte ihren Plan nie aus. Es gab für sie Regeln in einer Ehe, die nicht gebrochen werden durften, und so verbohrt seine Einstellung auch war, sie hatte keine andere Wahl, als auf ihn einzugehen. Es war eine umfangreiche Arbeit, und die Vorstellung mache sie verrückt, daß sie einfach nur dort im Schrank lag, aber Fanshawe verdiente ihre Loyalität, und sie tat ihr Bestes, nichts zu sagen.

Eines Tages, etwa drei oder vier Monate, bevor er verschwand, bot Fanshawe ihr einen Kompromiß an. Er gab ihr sein Wort, daß er innerhalb eines Jahres etwas unternehmen werde, und um zu beweisen, daß er es ernst meinte, sagte er ihr, falls er aus irgendeinem Grunde seinen Teil der Abmachung nicht einhalte, solle sie alle seine Manuskripte mir bringen und in meine Hände legen. Ich sei der Hüter seines Werkes, sagte er, und es liege bei mir zu entscheiden, was damit geschehen solle. Wenn ich dächte, seine Arbeit sei es wert, veröffentlicht zu werden, beuge er sich meinem Urteil. Außerdem, sagte er, wenn ihm in der Zwischenzeit etwas zustieße, solle sie mir die Manuskripte sofort geben und mir erlauben, das Nötige zu veranlassen, unter der Bedingung, daß ich fünfundzwanzig Prozent von dem Geld erhalte, das seine Arbeit eventuell einbringen werde. Wenn ich dächte, daß es seine Schriften nicht wert seien, veröffentlicht zu werden, solle ich die Manuskripte Sophie zurückgeben, und sie solle sie bis zur letzten Seite vernichten.

Diese Erklärungen überraschten Sophie, und sie lachte beinahe über Fanshawe, weil er so feierlich-ernst war. Die ganze Szene paßte so gar nicht zu ihm, und sie fragte sich, ob es etwas damit zu tun hatte, daß sie gerade schwanger geworden war. Vielleicht hatte ihn der Gedanke an die Vaterschaft ernüchtert und mit einem neuen Verantwortungsbewußtsein erfüllt; vielleicht war er so fest entschlossen, seine guten Absichten zu beweisen, daß er übertrieb. Was immer der Grund war, sie war froh, daß er seine Meinung geändert hatte. Bald begann sie sogar, im geheimen von Fanshawes Erfolg zu träumen, und sie hoffte, ihre Stellung aufgeben und das Kind ohne finanzielle Not großziehen zu können. Natürlich lief dann alles schief, und Fanshawes Arbeit war bald vergessen, untergegangen in dem Aufruhr nach seinem Verschwinden. Später, als sich der Staub zu legen begann, sträubte sie sich dagegen, seine Anweisungen auszuführen – aus Angst, damit jede Chance, ihn wiederzusehen, zu vertun. Aber schließlich gab sie nach, sie wußte, daß Fanshawes Wort respektiert werden mußte. Deshalb schrieb sie mir. Deshalb saß ich nun bei ihr.

Ich wußte nicht, wie ich reagieren sollte. Der Vorschlag war zu unerwartet gekommen, und ein oder zwei Minuten saß ich einfach da und rang mit der Ungeheuerlichkeit dessen, was mir da aufgedrängt worden war. Soviel ich sagen konnte, hatte es für Fanshawe keinen erfindlichen Grund gegeben, mich für diese Aufgabe auszuwählen. Ich hatte ihn mehr als zehn Jahre lang nicht gesehen, und ich war beinahe überrascht zu erfahren, daß er sich noch erinnerte, wer ich war. Wie konnte man von mir erwarten, daß ich eine solche Verantwortung übernahm – daß ich über einen Mann urteilte und sagte, ob sein Leben lebenswert gewesen war? Sophie versuchte zu erklären. Fanshawe hatte zwar keine Verbindung mit mir gehabt, aber er hatte mit ihr oft über mich gesprochen, und jedesmal wenn mein Name erwähnt worden war, hatte er mich als seinen besten Freund auf der Welt beschrieben – den einzigen wahren Freund, den er je gehabt hatte. Er hatte sich über meine Arbeit auf dem laufenden gehalten und immer die Zeitschriften gekauft, in denen meine Artikel erschienen, und manchmal hatte er sie ihr sogar vorgelesen. Er habe meine Arbeit bewundert, sagte Sophie; er sei stolz auf mich gewesen, und er habe das Gefühl gehabt, daß ich imstande sei, etwas Großes zu leisten.

All dieses Lob machte mich verlegen. In Sophies Stimme lag soviel Nachdruck, daß ich irgendwie den Eindruck hatte, Fanshawe selbst spräche durch sie, sagte mir all das mit seinen eigenen Lippen. Ich gebe zu, daß ich geschmeichelt war, und das war unter diesen Umständen zweifellos eine natürliche Empfindung. Ich lebte damals gerade eine schwere Zeit durch und war nicht sehr überzeugt von mir. Ich hatte zwar sehr viele Artikel geschrieben, aber ich sah darin keinen Grund zum Feiern und war auch nicht besonders stolz darauf. In meinen Augen war das kaum mehr als Lohnschreiberei. Ich hatte mit großen Hoffnungen begonnen und gedacht, daß ich ein Romanschriftsteller werden würde, ich hatte gedacht, daß ich eines Tages etwas schreiben würde, was die Menschen bewegt und ihr Leben verändert. Aber nach einiger Zeit hatte ich nach und nach erkannt, daß es nicht dazu kommen würde. Ich hatte kein solches Buch in mir, und irgendwann hatte ich mir gesagt, daß ich meine Träume aufgeben müsse. Es war auf jeden Fall einfacher, weiter Artikel zu schreiben. Durch harte Arbeit, indem ich stetig von einem Artikel zum nächsten weiterging, konnte ich mir mehr oder weniger meinen Lebensunterhalt verdienen – und was immer es wert war, ich hatte das Vergnügen, meinen Namen beinahe ständig gedruckt zu sehen. Ich hatte begriffen, daß die Lage weit trostloser hätte sein können, als sie es war. Ich war noch nicht ganz dreißig und genoß schon einen gewissen Ruf. Ich hatte mit Besprechungen von Lyrik und Romanen begonnen, und nun konnte ich über beinahe alles schreiben und etwas Anerkennenswertes leisten. Filme, Theaterstücke, Kunstausstellungen, Konzerte, Bücher, sogar Baseballspiele – man brauchte es nur von mir zu verlangen, und ich tat es. Man sah in mir einen begabten jungen Mann, einen neuen aufstrebenden Kritiker, aber innerlich fühlte ich mich alt, schon verbraucht. Was ich bisher getan hatte, war ein Bruchteil von gar nichts. Es war alles nur Sand, und der leiseste Wind würde ihn fortwehen.

Fanshawes Lob löste daher gemischte Gefühle in mir aus. Einerseits wußte ich, daß er sich irrte. Andererseits (und hier wird es trübe) wollte ich glauben, daß er recht hatte. Ich dachte: Ist es möglich, daß ich mir gegenüber zu hart war? Und sobald ich das zu denken begann, war ich verloren. Aber wer würde nicht die Chance ergreifen, sich selbst zu erlösen – welcher Mann ist stark genug, um die Möglichkeit der Hoffnung zurückzuweisen? Der Gedanke flackerte in mir auf, daß ich eines Tages in meinen eigenen Augen wieder zum Leben erweckt werden könnte, und ich fühlte eine plötzliche Anwandlung von freundschaftlichen Gefühlen für Fanshawe, über die Jahre hinweg, durch all das Schweigen der Jahre, die uns getrennt hatten.

So passierte es. Ich erlag der Schmeichelei eines Mannes, der nicht da war, und in diesem Moment der Schwäche sagte ich ja. Ich würde die Arbeiten gern lesen, sagte ich, und tun, was ich könne, um zu helfen. Sophie lächelte – ob vor Glück oder Enttäuschung konnte ich nicht sagen –, und dann stand sie auf und brachte das Baby ins nächste Zimmer. Sie blieb vor einem großen Schrank aus Eichenholz stehen und klinkte die Tür auf. «Da haben Sie alles», sagte sie. Die Fächer waren vollgestopft mit Schachteln und Mappen und Ordnern und Notizbüchern – mit mehr Papieren, als ich es für möglich gehalten hatte. Ich erinnere mich, daß ich verlegen lachte und einen schwachen Scherz machte. Dann sprachen wir ganz sachlich darüber, wie ich die Manuskripte am besten aus der Wohnung schaffte, und entschieden uns schließlich für zwei große Koffer. Wir brauchten fast eine ganze Stunde, aber zuletzt gelang es uns, alles hineinzuquetschen. Natürlich werde es eine ganze Weile dauern, das Material zu sichten, sagte ich. Sophie meinte, ich solle mir darüber keine Gedanken machen, und dann entschuldigte sie sich dafür, daß sie mir eine solche Arbeit aufbürdete. Ich sagte, ich verstünde das, sie könne sich nicht weigern, Fanshawes Bitte zu erfüllen. Es war alles sehr dramatisch und zugleich schauerlich und beinahe komisch. Die schöne Sophie setzte das Baby sanft auf den Boden, umarmte mich aus Dankbarkeit und küßte mich auf die Wange. Einen Augenblick dachte ich, sie würde gleich weinen, aber der Augenblick ging vorüber, und es gab keine Tränen. Dann schleppte ich die beiden Koffer langsam die Treppen hinunter und auf die Straße hinaus. Zusammen waren sie so schwer wie ein Mann.

2

Die Wahrheit ist weit weniger einfach, als ich es gern hätte. Daß ich Fanshawe liebte, daß er mein engster Freund war, daß ich ihn besser kannte als sonst jemanden – das sind Tatsachen, und nichts, was ich sage, kann sie jemals abschwächen. Aber das ist nur ein Anfang, und in meinem Bemühen, mich an die Dinge zu erinnern, wie sie wirklich waren, erkenne ich jetzt, daß ich mich von Fanshawe zurückhielt, daß ein Teil von mir sich gegen ihn auflehnte. Besonders als wir älter wurden, glaube ich, fühlte ich mich in seiner Gegenwart nie ganz wohl. Wenn Neid ein zu starkes Wort für das ist, was ich zu beschreiben versuche, dann würde ich es Argwohn nennen, ein unterschwelliges Gefühl, daß Fanshawe irgendwie besser war als ich. All das war mir damals nicht bewußt, und es gab nie einen besonderen Anlaß, auf den ich hinweisen könnte. Und doch setzte sich das Gefühl in mir fest, daß er von Natur aus ein besserer Mensch war als andere, daß ihn ein unauslöschliches Feuer lebendig erhielt, daß er mehr er selbst war, als ich es je hoffen durfte zu sein.

Schon früh war sein Einfluß sehr deutlich, sogar in bezug auf ganz kleine Dinge. Wenn Fanshawe seine Gürtelschnalle auf der Seite trug, drehte ich meinen Gürtel ebenfalls auf die Seite. Wenn Fanshawe in schwarzen Turnschuhen auf den Spielplatz kam, bat ich auch um schwarze Turnschuhe, als meine Mutter das nächste Mal mit mir ins Schuhgeschäft ging. Wenn Fanshawe ein Exemplar von *Robinson Crusoe* mit in die Schule brachte, begann ich noch am selben Abend zu Hause *Robinson Crusoe* zu lesen. Ich war nicht der einzige, der sich so benahm, aber ich war vielleicht der ergebenste, derjenige, der am willigsten der Macht nachgab, die er über uns hatte. Fanshawe selbst war sich dieser Macht nicht bewußt, und das war zweifellos der Grund dafür, daß er sie behielt. Die Aufmerksamkeit, die ihm geschenkt wurde, war ihm nicht wichtig. Er ging ruhig seiner Wege und nutzte seinen Einfluß nie aus. Er machte nicht bei den Streichen mit, die wir anderen spielten, er stellte nie etwas an, er bekam keine Schwierigkeiten mit den Lehrern. Aber niemand warf ihm das vor. Fanshawe stand abseits, und doch war er es, der uns zusammenhielt, an den wir uns wandten, damit er unsere Auseinandersetzungen schlichtete, von dem wir erwarten konnten, daß er gerecht war und unseren nichtigen Streitigkeiten ein Ende setzte. Er hatte etwas so Anziehendes, daß man ihn immer an der Seite haben wollte, so als könnte man innerhalb seiner Sphäre leben und von dem berührt werden, was er war. Er war für einen da, und zugleich war er unzugänglich. Man fühlte, daß es einen geheimen Kern in ihm gab, in den man nie eindringen konnte, ein mysteriöses Zentrum im Verborgenen. Ihn nachahmen, hieß irgendwie an diesem Geheimnis teilhaben, aber es hieß auch einsehen, daß man ihn nie wirklich kennen konnte.

Ich spreche von unserer sehr frühen Kindheit – als wir fünf, sechs, sieben Jahre alt waren. Vieles davon ist jetzt vergessen, und ich weiß, daß auch Erinnerungen falsch sein können. Dennoch glaube ich nicht, daß ich mich irre, wenn ich sage, daß ich die Atmosphäre jener Tage in mir bewahrt habe, und soweit ich nachempfinden kann, was ich damals fühlte, glaube ich nicht, daß diese Gefühle täuschen können. Was immer aus Fanshawe schließlich wurde, war nach meinem Empfinden schon damals angelegt. Er entwickelte sich sehr rasch, war schon eine Persönlichkeit, als wir anfingen zur Schule zu gehen. Fanshawe war sichtbar, während wir anderen formlose Geschöpfe waren, in ständigem Aufruhr, blind von einem Augenblick zum nächsten tappend. Ich will damit nicht sagen, daß er schnell heranreifte – er sah nie älter aus, als er war –, sondern daß er schon er selbst war, bevor er heranreifte. Aus dem einen oder anderen Grunde war er nicht den gleichen Umwälzungen unterworfen wie wir anderen alle. Seine Dramen waren von einer anderen Art – innerlicher, zweifellos brutaler –, aber ohne die abrupten Veränderungen, die das Leben aller anderen unterbrachen.

Einen Zwischenfall habe ich besonders lebhaft vor Augen, eine Geburtstagsparty, zu der Fanshawe und ich eingeladen waren, als wir in die erste oder zweite Klasse gingen, das heißt gerade zu Beginn der Periode, über die ich mit einiger Genauigkeit sprechen kann: Es war ein Samstagnachmittag im Frühling, und wir gingen mit einem anderen Jungen zu der Party, einem Freund von uns, der Dennis Walden hieß. Dennis hatte ein viel schwereres Leben als wir beide: eine trinkende Mutter, einen überarbeiteten Vater, zahllose Brüder und Schwestern. Ich war zwei- oder dreimal in seinem Haus gewesen – einem großen, dunklen, verfallenen Gebäude –, und ich kann mich erinnern, daß mir seine Mutter angst machte und mich an eine Hexe aus dem Märchen denken ließ. Sie verbrachte den ganzen Tag hinter der verschlossenen Tür ihres Zimmers, immer im Bademantel, ihr Gesicht war voller Runzeln, und ab und zu streckte sie den Kopf heraus, um den Kindern etwas zuzuschreien. Am Tag der Party waren Fanshawe und ich mit Geschenken für das Geburtstagskind ausgestattet worden, die in buntem Papier verpackt und mit Bändern zugeschnürt waren. Dennis hatte jedoch nichts, und er litt darunter. Ich erinnere mich, daß ich ihn mit leeren Phrasen zu trösten versuchte: es spiele keine Rolle, niemandem mache es wirklich etwas aus, in dem ganzen Durcheinander würde es nicht bemerkt werden. Aber es machte Dennis etwas aus, und das war es, was Fanshawe sofort verstand. Ohne eine Erklärung wandte er sich Dennis zu und gab ihm sein Geschenk. «Hier», sagte er, «nimm das, ich werde sagen, ich hätte meines zu Hause gelassen.» Zuerst dachte ich, Dennis würde ihm die Geste übelnehmen, er würde sich durch Fanshawes Mitleid gekränkt fühlen. Aber ich irrte mich. Er zögerte einen Augenblick, versuchte, diese plötzliche Wendung zu begreifen, und nickte dann, wie um die Weisheit dessen anzuerkennen, was Fanshawe getan hatte. Es war nicht so sehr ein Akt der Barmherzigkeit als vielmehr ein Akt der Gerechtigkeit, und aus diesem Grunde konnte ihn Dennis annehmen, ohne sich gedemütigt zu fühlen. Das eine war in das andere verwandelt worden. Es war ein Stück Magie, eine Mischung aus Lässigkeit und tiefer Überzeugung, und ich bezweifle, daß es ein anderer als Fanshawe fertiggebracht hätte.

Nach der Party ging ich mit Fanshawe zu ihm nach Hause. Seine Mutter war da, sie saß in der Küche und fragte uns, wie die Party gewesen sei und ob dem Jungen das Geschenk gefallen habe. Bevor Fanshawe dazu kam, etwas zu sagen, platzte ich mit der Geschichte heraus und erzählte, was er getan hatte. Ich hatte nicht die Absicht, ihn in Schwierigkeiten zu bringen, aber es war mir unmöglich, es für mich zu behalten. Fanshawes Geste hatte eine ganz neue Welt für mich eröffnet: die Art, wie jemand sich in die Gefühle eines anderen hineinversetzen und sie so völlig annehmen kann, daß seine eigenen nicht mehr wichtig sind. Es war die erste wirklich moralische Tat, die ich erlebt hatte, und sie war es wert, daß man darüber redete. Fanshawes Mutter war jedoch nicht so begeistert. Ja, sagte sie, es sei gut und großzügig, das zu tun, aber es sei auch falsch. Das Geschenk habe sie Geld gekostet, und indem er es hergegeben habe, habe Fanshawe dieses Geld in einem gewissen Sinne ihr gestohlen. Darüber hinaus habe Fanshawe sich unhöflich benommen, weil er ohne Geschenk erschienen sei – was ein schlechtes Licht auf sie werfe, da sie für seine Handlungen verantwortlich sei. Fanshawe hörte seiner Mutter aufmerksam zu und sagte kein Wort. Als sie fertig war, sprach er noch immer nicht, und sie fragte ihn, ob er sie verstanden habe. Ja, sagte er, er habe sie verstanden. Damit wäre die Sache wahrscheinlich erledigt gewesen, aber dann, nach einer kurzen Pause, sagte Fanshawe, er denke immer noch, daß er recht habe. Es sei ihm gleichgültig, was sie davon halte: er würde dasselbe das nächste Mal wieder tun. Auf diesen kleinen Wortwechsel folgte eine Szene. Mrs. Fanshawe war wütend über seine Frechheit, aber Fanshawe blieb standhaft und weigerte sich, unter dem Hagel ihrer Vorwürfe nachzugeben. Zuletzt wurde er auf sein Zimmer geschickt, und mir befahl man, das Haus zu verlassen. Ich war entsetzt über die Ungerechtigkeit seiner Mutter, aber als ich etwas zu seiner Verteidigung zu sagen versuchte, winkte Fanshawe ab. Anstatt weiter zu protestieren, nahm er seine Strafe lieber schweigend hin und verschwand in seinem Zimmer.

Die ganze Episode war typisch für Fanshawe: der spontane Akt der Güte, der unerschütterliche Glaube an das, was er getan hatte, und die stumme, beinahe passive Hinnahme der Folgen. So bemerkenswert sein Verhalten auch sein mochte, man hatte immer das Gefühl, daß er davon losgelöst war. Mehr als alles andere war es diese Eigenschaft, die mich manchmal vor ihm zurückschrecken ließ. Ich kam Fanshawe oft so nahe, ich bewunderte ihn so heftig, ich wünschte so verzweifelt, an ihn heranzureichen – und dann kam plötzlich ein Moment, in dem ich erkannte, daß er mir fremd war, daß die Art, wie er innerlich lebte, nie der Art entsprechen konnte, wie ich lebte. Ich wollte zu viel von den Dingen, ich hatte zu viele Sehnsüchte, ich lebte zu sehr im Banne des Augenblicks, um je einen solchen Gleichmut zu erreichen. Mir kam es darauf an, meine Sache gut zu machen, andere Menschen mit den leeren Zeichen meines Ehrgeizes zu beeindrucken: gute Noten, Preise und Auszeichnungen für alles, wofür man uns in dieser oder jener Woche gerade beurteilte. Fanshawe hielt sich von alldem fern, er stand ruhig in seiner Ecke und achtete nicht darauf. Wenn er gut war, so war er es immer trotz seiner selbst, ohne Kampf, ohne Anstrengung, ohne Anteilnahme an dem, was er getan hatte. Diese Haltung konnte entnervend sein, und ich brauchte lange, um zu lernen, daß das, was gut für Fanshawe war, nicht notwendigerweise auch gut für mich war.

Ich will jedoch nicht übertreiben. Wenn Fanshawe und ich auch gelegentlich unsere Differenzen hatten, so ist das, woran ich mich aus unserer Kindheit am meisten erinnere, die Leidenschaft unserer Freundschaft. Wir wohnten nebeneinander, und unsere nicht eingezäunten Gärten hinter den Häusern gingen in eine einzige große Fläche von Wiese, Kies und Erde über, so als gehörte alles zum selben Haushalt. Unsere Mütter waren eng befreundet, unsere Väter waren Tennispartner, keiner von uns hatte einen Bruder: ideale Bedingungen daher, nichts stand zwischen uns. Wir wurden im Abstand von weniger als einer Woche geboren und verbrachten unsere Babyzeit zusammen im Garten, erkundeten das Gras auf allen vieren, zerrupften die Blumen und standen am selben Tag auf und machten unsere ersten Schritte. (Es gibt Fotografien, die das bezeugen.) Später lernten wir zusammen im Garten Baseball und Fußball. Wir bauten unsere Festungen, spielten unsere Spiele, erfanden unsere Welt im Garten, und später kamen unsere Streifzüge durch die Stadt, die langen Nachmittage auf unseren Fahrrädern, die endlosen Gespräche. Ich glaube, niemanden so gut zu kennen, wie ich damals Fanshawe kannte. Meine Mutter erinnert sich, daß wir so aneinander hingen, daß wir sie einmal, als wir sechs Jahre alt waren, fragten, ob Männer einander heiraten können. Wir wollten zusammenleben, wenn wir erwachsen sein würden, und wer tat das außer Ehepaaren? Fanshawe wollte Astronom werden und ich Tierarzt. Wir dachten an ein großes Haus auf dem Lande – an einen Ort, wo der Himmel nachts so dunkel war, daß man alle

Sterne sehen konnte, und wo es keinen Mangel an Tieren gab, derer man sich annehmen konnte.

Rückblickend finde ich es natürlich, daß Fanshawe Schriftsteller wurde. Die Strenge seiner Innerlichkeit schien es beinahe zu fordern. Schon in der Mittelschule schrieb er kleine Geschichten, und ich denke, daß es, seit er zehn oder elf Jahre alt war, nie eine Zeit gab, in der er sich nicht als Schriftsteller sah. Anfangs schien es nicht viel zu bedeuten. Poe und Stevenson waren seine Vorbilder, und was dabei herauskam, war die übliche kindliche Effekthascherei. «Eines Abends, im Jahre unseres Herrn siebzehnhundertundeinundfünfzig, ging ich durch einen mörderischen Blizzard zum Hause meiner Ahnen, als ich auf eine geisterhafte Gestalt im Schnee stieß.» In diesem Stil, mit überladenen Sätzen und ausgefallenen Handlungen. In der sechsten Klasse, erinnere ich mich, schrieb Fanshawe einen kurzen Detektivroman von etwa fünfzig Seiten, den ihn der Lehrer jeden Tag nach dem Ende des Unterrichts in Raten von zehn Minuten der Klasse vorlesen ließ. Wir waren alle stolz auf Fanshawe und überrascht über die dramatische Art, wie er las und die Rolle jeder der Figuren spielte. Die Geschichte ist mir entfallen, aber ich weiß noch, daß sie unendlich kompliziert war und daß der Ausgang etwas mit den verwechselten Identitäten zweier Zwillingspaare zu tun hatte.

Fanshawe war jedoch kein Bücherwurm. Dafür war er zu gut im Sport, und er stand zu sehr im Mittelpunkt, um sich ganz in sich selbst zurückzuziehen. In all diesen frühen Jahren hatte man den Eindruck, daß es nichts gab, was er nicht gut machte, nichts, was er nicht besser machte als alle anderen. Er war der beste Baseballspieler, der beste Schüler und der bestaussehende Junge. Jedes für sich allein würde genügt haben, um ihm eine besondere Stellung zu sichern – aber alles zusammen ließ ihn als Held erscheinen, als ein Kind, das von den Göttern geliebt wurde. Aber so ungewöhnlich er war, er blieb einer von uns. Fanshawe war kein kleines

Genie oder Wunderkind; er hatte keine wunderbare Begabung, die ihn von den Kindern seines Alters unterschieden hätte. Er war ein vollkommen normales Kind – aber normaler, wenn das möglich ist, mehr in Harmonie mit sich selbst, auf idealere Weise ein normales Kind als wir anderen.

Eigentlich war der Fanshawe, den ich kannte, nicht verwegen. Trotzdem schockierte er mich manchmal damit, daß er sich bereitwillig gefährlichen Situationen stellte. Hinter all der äußerlichen Gelassenheit schien es eine starke dunkle Seite zu geben: einen Drang, sich selbst auf die Probe zu stellen, Gefahren auf sich zu nehmen. Als Junge spielte er leidenschaftlich gern auf Baustellen, er kletterte auf Leitern und Gerüste, balancierte auf Planken über einen Abgrund von Maschinen, Sandsäcken und Schlamm. Ich hielt mich im Hintergrund zurück, während Fanshawe diese Kunststücke vollführte, flehte ihn im stillen an aufzuhören, sagte aber nie etwas – ich wollte weggehen, wagte es aber nicht aus Furcht, daß er abstürzen könnte. Mit der Zeit kam dieser Trieb noch klarer zum Ausdruck. Fanshawe sprach zu mir von der Notwendigkeit, «das Leben zu schmecken». Sich die Dinge schwermachen, sagte er, das Unbekannte erkunden – das war es, was er wollte, immer mehr, je älter er wurde. Einmal, als wir ungefähr fünfzehn waren, überredete er mich dazu, mit ihm das Wochenende in New York zu verbringen – wir streiften durch die Straßen, schliefen auf einer Bank in der alten Penn Station, sprachen mit Stadtstreichern, wollten sehen, wie lange wir ohne zu essen auskommen würden. Ich erinnere mich, daß ich am Sonntagmorgen um sieben Uhr im Central Park betrunken war und ins Gras kotzte. Für Fanshawe war das ein wichtiges Unternehmen – ein weiterer Schritt der Selbsterprobung –, aber für mich war es nur ein schmutziges, jämmerliches Ausgleiten in etwas, was ich nicht war. Dennoch folgte ich ihm weiter, ein benebelter Zeuge, der an der Suche teilnahm und doch nicht ganz Teil davon war, ein junger Sancho auf seinem Esel, der zusah, wie sein Freund mit sich selbst kämpfte.

Ein oder zwei Monate nach diesem Wochenende als Landstreicher nahm mich Fanshawe in ein Bordell in New York mit (ein Freund von ihm hatte den Besuch arrangiert), und dort verloren wir unsere Unschuld. Ich erinnere mich an eine kleine Wohnung in einem Haus aus braunem Sandstein auf der Upper West Side in der Nähe des Flusses – eine kleine Küche und ein dunkles Schlafzimmer mit einem dünnen Vorhang zwischen den beiden Räumen. Zwei schwarze Frauen waren dort, eine fett und alt, die andere jung und hübsch. Da keiner von uns die ältere Frau wollte, mußten wir entscheiden, wer zuerst gehen sollte. Wenn ich mich recht erinnere, gingen wir tatsächlich in den Flur hinaus und warfen eine Münze. Fanshawe gewann natürlich, und zwei Minuten später saß ich in der Küche bei der fetten Madame. Sie nannte mich Schätzchen und erinnerte mich immer wieder daran, daß sie noch zu haben sei, falls ich es mir anders überlegte. Ich war zu nervös, um etwas anderes zu tun, als den Kopf zu schütteln, und dann saß ich einfach da und horchte auf Fanshawes heftiges und schnelles Atmen auf der anderen Seite des Vorhangs. Ich konnte nur an eines denken: daß mein Schwanz dahin gehen würde, wo jetzt Fanshawes war. Dann war ich an der Reihe, und bis heute habe ich keine Ahnung, wie das Mädchen hieß. Sie war die erste nackte Frau, die ich in Fleisch und Blut sah, und sie war so ungezwungen und freundlich in ihrer Nacktheit, daß vielleicht alles gutgegangen wäre, wenn mich nicht Fanshawes Schuhe abgelenkt hätten, die in dem Spalt zwischen Vorhang und Boden zu sehen waren und wie von seinem Körper losgelöst im Licht der Küche glänzten. Das Mädchen war lieb und tat sein Bestes, um mir zu helfen, aber es war ein langer Kampf, und selbst am Ende empfand ich keine wirkliche Lust. Später, als Fanshawe und ich in die Dämmerung hinausgingen, hatte ich meinerseits nicht viel zu sagen. Fanshawe jedoch schien recht zufrieden zu sein, so als hätte das Erlebnis irgendwie seine Theorie bestätigt, daß man das Leben schmecken muß. Ich erkannte, daß Fanshawe viel hungriger war, als ich es jemals sein konnte.

Wir führten ein behütetes Leben draußen in der Vorstadt. New York war nur zwanzig Meilen entfernt, aber es hätte China sein können, so wenig hatte es mit unserer kleinen Welt von Rasenflächen und Holzhäusern zu tun. Als er dreizehn oder vierzehn war, ging Fanshawe in eine Art von innerem Exil. Er legte ein pflichtbewußtes Verhalten an den Tag, aber er war von seiner Umgebung abgeschnitten und verachtete das Leben, das ihm auferlegt worden war. Er wurde nicht schwierig oder begehrte auf, er zog sich einfach zurück. Nachdem er als Kind soviel Aufmerksamkeit auf sich gelenkt und immer im genauen Mittelpunkt gestanden hatte, verschwand Fanshawe beinahe, als wir die High School erreichten, und mied das Scheinwerferlicht zugunsten einer eigensinnigen Existenz am Rande. Ich wußte, daß er damals ernsthaft schrieb (obwohl er mit sechzehn aufgehört hatte, seine Arbeiten jemandem zu zeigen), aber ich sehe darin eher ein Symptom als eine Ursache. In unserem zweiten Jahr an der High School, beispielsweise, war Fanshawe der einzige aus unserer Klasse, der in die Baseballmannschaft aufgenommen wurde. Er spielte mehrere Wochen lang außerordentlich gut, und dann verließ er die Mannschaft aus keinem ersichtlichen Grund. Ich erinnere mich, daß ich ihm zuhörte, wie er mir den Vorfall einen Tag später beschrieb: wie er nach dem Training in das Büro des Trainers ging und seinen Dreß abgab. Der Trainer hatte gerade geduscht, und als Fanshawe den Raum betrat, stand er splitternackt neben seinem Schreibtisch, eine Zigarre im Mund und die Baseballmütze auf dem Kopf. Fanshawe genoß die Beschreibung, er verweilte bei der Absurdität der Szene, schmückte sie mit Einzelheiten über den untersetzten, dicklichen Körper des Trainers, über das Licht im Raum, die Wasserpfütze auf dem grauen Betonboden aus – aber es war nur das, eine Beschreibung, eine Reihe von Wörtern, losgelöst von allem, was Fanshawe selbst hätte betreffen können. Ich war enttäuscht, weil er aufgegeben hatte, aber er erklärte nie wirklich, was er getan hatte; er sagte nur, daß er Baseball langweilig fand.

Wie bei vielen begabten Menschen kam der Punkt, an dem Fanshawe nicht mehr damit zufrieden war zu tun, was ihm leichtfiel. Nachdem er in einem frühen Alter alles gemeistert hatte, was von ihm verlangt worden war, war es wahrscheinlich natürlich, daß er begann, anderswo nach Herausforderungen zu suchen. Sein Leben als Schüler in einer kleinen Stadt schränkte ihn ein, und so ist es weder überraschend noch ungewöhnlich, daß er dieses Anderswo in sich selbst fand. Aber ich glaube, es war mehr als das. Um diese Zeit passierten in Fanshawes Familie Dinge, die zweifellos eine Veränderung mit sich brachten, und es wäre falsch, sie nicht zu erwähnen. Ob sie eine wesentliche Veränderung mit sich brachten, ist eine andere Geschichte, aber ich neige dazu zu denken, daß alles zählt. Am Ende ist jedes Leben nicht mehr als die Summe von Zufällen, eine Chronologie von unerwarteten Überschneidungen, glücklichen Zufällen, wahllosen Ereignissen, die nichts als ihre eigene Planlosigkeit enthüllen.

Als Fanshawe sechzehn war, entdeckte man, daß sein Vater Krebs hatte. Anderthalb Jahre sah er zu, wie sein Vater starb, und während dieser Zeit löste sich die Familie langsam auf. Am schwersten traf es vielleicht Fanshawes Mutter. Stoisch wahrte sie den Schein, widmete sich den ärztlichen Konsultationen, den finanziellen Regelungen, und versuchte den Haushalt aufrechtzuerhalten, und sie schwankte zwischen großem Optimismus, daß ihr Mann wieder gesund werden würde, und einer Art von lähmender Verzweiflung hin und her. Wie Fanshawe sagte, war sie nie imstande, die eine unentrinnbare Tatsache zu akzeptieren, die ihr ins Gesicht starrte. Sie wußte, was geschehen würde, aber sie hatte nicht die Kraft einzugestehen, daß sie es wußte, und mit der Zeit begann sie zu leben, als hielte sie den Atem an. Ihr Verhalten wurde immer exzentrischer:

nächtelanger manischer Hausputz, Angst, allein im Haus zu sein (kombiniert mit plötzlichem Verschwinden, ohne daß sie Bescheid sagte), und eine ganze Reihe eingebildeter Krankheiten (Allergien, hoher Blutdruck, Schwindelanfälle). Gegen Ende begann sie sich für verschiedene verschrobene Theorien über den Einfluß der Sterne, parapsychologische Phänomene, vage spiritistische Vorstellungen von der Seele zu interessieren, bis es nicht mehr möglich war, mit ihr zu sprechen, ohne zum Schweigen gebracht zu werden, während sie Vorträge über die Fäulnis des menschlichen Körpers hielt.

Die Beziehungen zwischen Fanshawe und seiner Mutter wurden gespannt. Sie klammerte sich an ihn als Stütze und benahm sich so, als gehörte der Schmerz der Familie ihr allein. Fanshawe mußte der Starke im Hause sein; er hatte nicht nur für sich selbst zu sorgen, er mußte auch noch die Verantwortung für seine Schwester übernehmen, die damals gerade zwölf war. Aber das brachte weitere Probleme mit sich – denn Ellen war ein verwirrtes, labiles Kind, und wegen der fehlenden Präsenz der Eltern, die sich aus der Krankheit ergab, erwartete sie alles von Fanshawe. Er wurde ihr Vater, ihre Mutter, ihr Bollwerk der Weisheit und des Trostes. Fanshawe begriff, wie ungesund ihre Abhängigkeit von ihm war, aber er konnte wenig dagegen tun, ohne sie auf eine nicht wiedergutzumachende Weise zu verletzen. Ich erinnere mich, wie meine eigene Mutter von der «armen Jane» (Mrs. Fanshawe) sprach und davon, wie schrecklich das Ganze für das «Baby» sei. Aber ich wußte, daß es eigentlich Fanshawe war, der am meisten litt. Er hatte nur keine Gelegenheit, es zu zeigen.

Was Fanshawes Vater angeht, kann ich wenig mit Gewißheit sagen. Er hatte für mich keinerlei Bedeutung; er war ein stiller, geistesabwesender Mann, der Wohlwollen ausstrahlte. Ich lernte ihn nie gut kennen. Während mein Vater viel zu Hause war, besonders an den Wochenenden, war Fanshawes Vater selten zu sehen. Er war ein Anwalt von einigem Ansehen und hatte einmal politische Ambitionen gehabt – aber diese hatten mit einer Reihe von Enttäuschungen geendet. Er arbeitete gewöhnlich bis spät am Abend, und sein Wagen erschien erst um acht oder neun Uhr in der Einfahrt, und oft verbrachte er den Samstag und einen Teil des Sonntags in seinem Büro. Ich bezweifle, daß er je so recht wußte, was er mit seinem Sohn anfangen sollte, denn er schien ein Mann mit wenig Gefühl für Kinder zu sein, jemand, der die Erinnerung daran verloren hatte, daß er selbst einmal ein Kind gewesen war. Mr. Fanshawe war so durch und durch erwachsen, so vollständig von ernsten Angelegenheiten in Anspruch genommen, daß es ihm sicherlich schwerfiel, in uns nicht Wesen aus einer anderen Welt zu sehen.

Er war noch keine fünfzig, als er starb. Während der letzten sechs Monate seines Lebens, nachdem die Ärzte die Hoffnung aufgegeben hatten, ihn noch retten zu können, lag er in dem Gästeschlafzimmer des Fanshaweschen Hauses, betrachtete durch das Fenster den Garten, las gelegentlich ein Buch, nahm seine schmerzstillenden Tabletten und döste. Fanshawe verbrachte den größten Teil seiner freien Zeit bei ihm, und obwohl ich nur vermuten kann, was vor sich ging, nehme ich an, daß sich zwischen ihnen etwas änderte. Zumindest weiß ich, wie sehr er sich darum bemühte, er kam oft nicht in die Schule, um bei ihm sein zu können, versuchte, sich unentbehrlich zu machen, und pflegte ihn mit unerschütterlicher Aufmerksamkeit. Was Fanshawe durchmachte, war grausam, vielleicht zu viel für ihn, und obwohl er es gut zu verkraften schien und eine Tapferkeit aufbot, zu der nur sehr junge Menschen fähig sind, frage ich mich manchmal, ob er es jemals ganz überwunden hat.

Nur eines möchte ich hier noch erzählen. Am Ende dieser Zeit – ganz am Ende, als niemand mehr erwartete, daß Fanshawes Vater noch mehr als ein paar Tage leben würde – machten Fanshawe und ich nach der Schule eine Fahrt mit dem Wagen. Es war Februar, und kurz nachdem wir losgefahren waren, fing es an, leicht zu schneien. Wir fuhren ziellos umher, kurvten durch die Straßen in den Nachbarstädten und achteten kaum darauf, wo wir waren. Zehn oder fünfzehn Meilen von zu Hause entfernt kamen wir an einen Friedhof. Das Tor stand offen, und aus keinem besonderen Grund beschlossen wir hineinzufahren. Nach einer Weile hielten wir und liefen zu Fuß weiter. Wir lasen die Inschriften auf den Steinen, stellten Betrachtungen darüber an, wie jedes dieser Leben gewesen sein mochte, schwiegen, gingen weiter, sprachen und schwiegen wieder. Es schneite nun in dichten Flocken, und der Boden wurde weiß. Irgendwo in der Mitte des Friedhofs kamen wir an ein frisch ausgehobenes Grab, und Fanshawe und ich blieben am Rand stehen und sahen hinein. Ich erinnere mich, wie still es war, wie weit die Welt von uns entfernt zu sein schien. Lange sprach keiner von uns, und dann sagte Fanshawe, er wolle sehen, wie es unten auf dem Boden sei. Ich gab ihm meine Hand und hielt ihn fest, während er in das Grab hinunterstieg. Als seine Füße den Boden berührten, sah er mit einem leichten Lächeln zu mir herauf, und dann legte er sich auf den Rükken, als gäbe er vor, tot zu sein. Ich sehe es noch vollkommen lebendig vor mir: Ich schaute auf Fanshawe hinunter, während er zum Himmel hinaufblickte und heftig blinzelte, als der Schnee auf sein Gesicht fiel.

Dunkel erinnerte ich mich an eine Zeit, als wir noch sehr klein gewesen waren – nicht mehr als vier oder fünf Jahre alt: Fanshawes Eltern hatten irgendein neues Gerät gekauft, einen Fernsehapparat vielleicht, und mehrere Monate lang behielt Fanshawe die Pappschachtel in seinem Zimmer. Er teilte seine Spielsachen immer großzügig mit mir, aber diese Schachtel war für mich verboten, ich durfte nie hineinkriechen. Sie sei sein Geheimplatz, sagte er, und wenn er drinnen sitze und sie um sich herum zumache, könne er gehen, wohin er wolle, und sein, wo er wolle. Aber wenn jemals ein anderer seine Schachtel beträte, würde ihr Zauber für immer verloren sein. Ich glaubte ihm diese Geschichte und drängte ihn nie, mich auch einmal hineinzulassen, obwohl es mir beinahe das Herz brach. Wir spielten in seinem Zimmer, stellten Soldaten auf oder zeichneten Bilder, und unvermittelt erklärte Fanshawe, er gehe nun in seine Schachtel. Ich versuchte, mich weiter mit dem zu beschäftigen, was ich gerade tat, aber ich brachte es nie fertig. Nichts interessierte mich so sehr wie das, was mit Fanshawe in der Schachtel geschah, und ich verbrachte diese Minuten mit dem verzweifelten Versuch, mir vorzustellen, was für Abenteuer er erlebte. Doch ich erfuhr nie, welcher Art sie waren, da es für Fanshawe auch gegen die Regeln war, darüber zu sprechen, wenn er wieder herausgestiegen war.

Etwas Ähnliches geschah nun in dem offenen Grab im Schnee. Fanshawe war allein da unten, war versunken in seine Gedanken, erlebte diese Augenblicke für sich selbst, und obwohl ich anwesend war, blieb das Erlebnis vor mir verschlossen, so als wäre ich in Wirklichkeit gar nicht da. Ich begriff, daß dies Fanshawes Art war, sich den Tod seines Vaters vorzustellen. Wieder war es ein reiner Zufall: das offene Grab war da, und Fanshawe hatte gespürt, wie es ihn rief. Geschichten geschehen nur denen, die imstande sind, sie zu erzählen, hat einmal jemand gesagt. Auf die gleiche Weise werden vielleicht Erlebnisse nur denen zuteil, die imstande sind, sie zu haben. Aber das ist eine schwierige Frage, und ich kann meiner Sache nicht sicher sein. Ich stand da, wartete darauf, daß Fanshawe wieder heraufkommen würde, und versuchte mir vorzustellen, was er dachte, versuchte, einen kurzen Moment lang zu sehen, was er sah. Dann wandte ich das Gesicht zum dunkler werdenden Winterhimmel hinauf – in ein Chaos von Schnee, das auf mich herabstürzte.

Als wir zum Wagen zurückgingen, war die Sonne schon untergegangen. Wir stolperten über den Friedhof und sprachen nicht miteinander. Mehrere Zentimeter Schnee waren gefallen, und es schneite immer mehr, so als wollte es nie aufhören. Wir erreichten den Wagen, stiegen ein und mußten feststellen, daß wir nicht losfahren konnten, weil die Hinterräder in einem flachen Graben festsaßen, und nichts, was wir unternahmen, änderte etwas daran. Wir schoben und stießen, und immer noch drehten die Hinterräder mit einem scheußlichen Geräusch durch. Eine halbe Stunde verging, dann gaben wir es auf und beschlossen widerwillig, den Wagen stehenzulassen. Wir fuhren in dem Sturm per Anhalter nach Hause, und zwei weitere Stunden vergingen, bis wir endlich ankamen. Erst dann erfuhren wir, daß Fanshawes Vater im Laufe des Nachmittags gestorben war.

3

Mehrere Tage vergingen, bevor ich den Mut fand, die Koffer zu öffnen. Ich schrieb den Artikel zu Ende, an dem ich gerade arbeitete, ich ging ins Kino, ich nahm Einladungen an, die ich normalerweise abgelehnt hätte. Diese Taktiken täuschten mich jedoch nicht. Zu viel hing von meiner Reaktion ab, und die Möglichkeit, enttäuscht zu werden, war etwas, dem ich mich nicht aussetzen mochte. Den Auftrag zu geben, Fanshawes Arbeit zu vernichten oder ihn mit meinen eigenen Händen zu töten, war für mich ein und dasselbe. Man hatte mir die Macht gegeben, einen Menschen auszulöschen, eine Leiche aus ihrem Grab zu stehlen und in Stücke zu zerreißen. Ich war in einer unerträglichen Lage und wollte mit all dem nichts zu tun haben. Solange ich die Koffer unberührt ließ, wurde mein Gewissen geschont. Andererseits hatte ich ein Versprechen gegeben, und ich wußte, daß ich nicht ewig zögern konnte. Gerade in dem Moment, als ich mich aufraffte, mich darauf vorbereitete, es zu tun, ergriff mich eine neue Angst. Wenn ich nicht wollte, daß Fanshawes Arbeit schlecht war, so wollte ich auch nicht, daß sie gut war. Dieses Gefühl kann ich nur schwer erklären. Alte Rivalitäten hatten zweifellos etwas damit zu tun und der Wunsch, nicht durch Fanshawes brillanten Geist gedemütigt zu werden – aber ich glaubte auch, in eine Falle gegangen zu sein. Ich hatte mein Wort gegeben. Sobald ich die Koffer öffnete, wurde ich Fanshawes Sprecher – und mußte weiter für ihn sprechen, ob ich wollte oder nicht. Beide Möglichkeiten erschreckten mich. Ein Todesurteil zu fällen, war schlimm genug, aber für einen Toten zu arbeiten, schien kaum besser zu sein. Mehrere Tage lang schwankte ich zwischen diesen Ängsten hin und her. Schließlich öffnete ich natürlich die Koffer. Aber das hatte wahrscheinlich weniger mit Fanshawe als mit Sophie zu tun. Ich wollte sie wiedersehen, und je rascher ich mich an die Arbeit machte, desto eher hatte ich einen Grund, sie anzurufen.

Ich habe nicht vor, hier ins einzelne zu gehen. Jeder kennt heute Fanshawes Werk. Es ist gelesen und diskutiert worden, man hat darüber Artikel und Studien geschrieben, es ist zum öffentlichen Eigentum geworden. Wenn es etwas zu sagen gibt, so ist es nur das, daß ich nicht mehr als ein oder zwei Stunden brauchte, um zu begreifen, daß meine Gefühle völlig fehl am Platze waren. Sich für Sprache zu begeistern, ein Interesse an Geschriebenem zu haben, an die Macht von Büchern zu glauben – das ist stärker als alles andere, und daneben wird das eigene Leben sehr unbedeutend. Ich sage das nicht, um mich selbst zu beglückwünschen oder um meine Tat in ein besseres Licht zu stellen. Ich war der erste, aber darüber hinaus sehe ich nichts, was mich von anderen unterscheidet. Wäre Fanshawes Werk weniger gewesen, als es war, dann wäre auch meine Rolle eine andere gewesen – wichtiger vielleicht, entscheidender für den Ausgang der Geschichte. Aber so, wie es war, war ich nicht mehr als ein unsichtbares Werkzeug. Etwas war geschehen, und wenn ich es nicht abstritt, wenn ich nicht vorgab, die Koffer nicht geöffnet zu haben, würde es weiter geschehen, niederschlagen, was ihm im Wege stand, und sich mit eigener Triebkraft bewegen.

Ich brauchte ungefähr eine Woche, um das Material zu systematisieren, fertige Arbeiten von Entwürfen zu trennen, die Manuskripte in eine einigermaßen chronologische Ordnung zu bringen. Der früheste Text war ein Gedicht aus dem Jahre 1963 (als Fanshawe sechzehn war), und der letzte war 1976 geschrieben worden (einen Monat, bevor er verschwand). Alles in allem fand ich über hundert Gedichte, drei Romane (zwei kurze und einen langen) und fünf Einakter – dazu dreizehn Notizbücher mit Entwürfen zu Theaterstücken, Skizzen, Notizen, Bemerkungen über die Bücher, die Fanshawe gelesen hatte, und Ideen für künftige Projekte. Es gab keine Briefe, keine Tagebücher, keine Einblicke in Fanshawes Privatleben. Aber das hatte ich erwartet. Ein Mann verbringt seine Zeit nicht damit, sich vor der Welt zu verbergen, ohne seine Spuren zu verwischen. Immerhin hatte ich gedacht, daß es irgendwo in den Papieren einen Hinweis auf mich geben würde – und wenn es nur ein Brief mit Anweisungen wäre oder eine Eintragung in einem Notizbuch, die mich als seinen literarischen Testamentsvollstrecker nannte. Aber es gab nichts dergleichen. Fanshawe hatte mich völlig mir selbst überlassen.

Ich rief Sophie an und verabredete mich mit ihr für den folgenden Abend zum Essen. Da ich ein elegantes französisches Restaurant vorschlug (das bei weitem überstieg, was ich mir leisten konnte), denke ich, daß sie meine Reaktion auf Fanshawes Arbeit erraten konnte. Aber abgesehen von diesem Hinweis auf eine Feier sagte ich so wenig wie möglich. Ich wollte, daß alles in seinem eigenen Tempo fortschritt – keine voreiligen Schritte, keine verfrühten Gesten. Ich war mir schon sicher in bezug auf Fanshawes Arbeit, aber ich fürchtete, mit Sophie etwas zu überstürzen. Zu viel hing davon ab, wie ich mich verhielt, zu viel konnte durch einen Fehler zu Beginn zerstört werden. Sophie und ich waren nun miteinander verbunden, ob sie es wußte oder nicht – und wenn nur in dem Maße, in dem wir Partner bei der Förderung von Fanshawes Werk sein würden. Aber ich wollte mehr als das, und ich wollte, daß es auch Sophie wollte. Gegen meine Ungeduld ankämpfend, mahnte ich mich zur Vorsicht, sagte ich mir, daß ich vorausdenken mußte.

Sie trug ein schwarzes Seidenkleid und winzige silberne Ohrringe, und sie hatte das Haar zurückgekämmt, um die Linie ihres Halses zu zeigen. Als sie das Restaurant betrat und mich an der Bar sitzen sah, schenkte sie mir ein warmes, komplicenhaftes Lächeln, so als wollte sie mir sagen, daß sie wußte, wie schön sie war, und als wollte sie zugleich aber auch das Unheimliche des Anlasses kommentieren. Irgendwie genoß sie die Situation, offensichtlich empfänglich für die seltsamen Begleiterscheinungen des Augenblicks. Ich sagte ihr, daß sie hinreißend aussehe, und sie antwortete beinahe launenhaft, daß sie das erste Mal seit Bens Geburt ausgehe – und daß sie «anders aussehen» wolle. Danach wurde ich sachlich und versuchte mich zurückzuhalten. Als wir zu unserem Tisch geführt wurden und unsere Plätze zugewiesen bekamen (weißes Tischtuch, schweres Tafelsilber, eine rote Tulpe in einer schlanken Vase zwischen uns), antwortete ich auf ihr zweites Lächeln, indem ich über Fanshawe sprach.

Nichts, was ich sagte, schien sie zu überraschen. Es war eine bekannte Neuigkeit für sie, eine Tatsache, auf die sie sich schon eingestellt hatte, und was ich ihr sagte, bestätigte ihr nur, was sie schon die ganze Zeit gewußt hatte. Seltsamerweise schien es sie nicht zu erregen. Ihre Haltung drückte eine Vorsicht aus, die mich verwirrte, und einige Minuten lang war ich verloren. Dann begann ich langsam zu verstehen, daß ihre Gefühle nicht sehr viel anders waren als meine. Fanshawe war aus ihrem Leben verschwunden, und ich sah, daß sie gute Gründe haben konnte, die Bürde abzulehnen, die ihr auferlegt worden war. Dadurch, daß sie Fanshawes Werk veröffentlichte und sich einem Mann widmete, der nicht mehr da war, würde sie gezwungen sein, in der Vergangenheit zu leben, und jede Zukunft, die sie sich aufbauen wollte, würde beeinträchtigt werden durch die Rolle, die sie zu spielen hatte: die offizielle Witwe, die Muse des toten Schriftstellers, die schöne Heldin in einer tragischen Geschichte. Niemand will Teil einer Fiktion sein, um so weniger, wenn diese Fiktion Wirklichkeit ist. Sophie war gerade sechsundzwanzig Jahre alt. Sie war zu jung, um durch einen anderen zu leben, zu intelligent, um sich nicht ein Leben zu wünschen, das ganz ihr eigenes war. Die Tatsache, daß sie Fanshawe geliebt hatte, spielte dabei keine Rolle. Fanshawe war tot, und es war Zeit für sie, ihn hinter sich zu lassen.

Nichts davon wurde ausgesprochen. Aber das Gefühl war da, und es wäre sinnlos gewesen, es zu ignorieren. In Anbetracht meiner eigenen Vorbehalte war es seltsam, daß gerade ich die Fahne hochhalten sollte, aber ich sah, daß die Aufgabe nie erledigt werden würde, wenn ich die Sache nicht in die Hand nahm und sie in Gang brachte.

«Sie brauchen sich nicht wirklich damit zu befassen», sagte ich. «Wir werden uns natürlich besprechen müssen, aber das sollte nicht viel von Ihrer Zeit in Anspruch nehmen. Wenn Sie bereit sind, die Entscheidungen mir zu überlassen, denke ich, daß es gar nicht so schlimm werden wird.»

«Natürlich überlasse ich sie Ihnen», sagte sie. «Ich verstehe von all dem überhaupt nichts. Wenn ich es selbst zu tun versuchte, wäre ich in den ersten fünf Minuten schon verloren.»

«Es ist nur wichtig zu wissen, daß wir auf derselben Seite stehen», sagte ich. «Ich nehme an, es läuft letzten Endes darauf hinaus, ob Sie mir vertrauen können oder nicht.»

«Ich vertraue Ihnen», sagte sie.

«Ich habe Ihnen keinen Grund dafür gegeben», sagte ich. «Jedenfalls noch nicht.»

«Das weiß ich, aber ich vertraue Ihnen trotzdem.»

«Einfach so?»

«Ja. Einfach so.»

Sie lächelte wieder, und während des restlichen Essens sagten wir nichts mehr über Fanshawes Arbeit. Ich hatte mir vorgenommen, auf alle Einzelheiten einzugehen – wie man am besten anfing, welche Verleger interessiert sein könnten, mit was für Leuten man Verbindung aufnehmen mußte –, aber das schien nicht mehr wichtig zu sein. Sophie war es zufrieden, nicht daran zu denken, und nun da ich ihr versichert hatte, daß sie das auch nicht brauchte, kehrte allmählich ihre Munterkeit zurück. Nach so vielen schweren Monaten hatte sie endlich Gelegenheit, für eine Weile zu vergessen, und ich konnte sehen, wie entschlossen sie war, sich den einfachen Freuden dieses Augenblicks hinzugeben. Das Restaurant, das Essen, das Gelächter der Menschen um uns her, die Tatsache, daß sie hier war und nicht anderswo: sie wollte das alles genießen, und warum sollte ich nicht auf sie eingehen?

Ich war an diesem Abend gut in Form. Sophie inspirierte mich, und ich brauchte nicht lange, um warm zu werden. Ich machte Witze, erzählte Geschichten und führte kleine Tricks mit dem Besteck vor. Die Frau war so schön, daß es mir schwerfiel, sie nicht unentwegt anzustarren. Ich wollte sehen, wie sie lachte, wie ihr Gesicht auf das, was ich sagte, reagierte, ich wollte ihre Augen beobachten, ihre Gesten studieren. Gott allein weiß, was für unsinniges Zeug ich von mir gab, aber ich tat mein Bestes, um mich zu beherrschen, um meine wahren Motive unter diesem Ansturm von Charme zu begraben. Das war das Schwierige. Ich wußte, daß Sophie einsam war, daß sie den Trost eines warmen Körpers neben sich wollte – aber ich war nicht auf ein kurzes Abenteuer aus, und wenn ich zu schnell vorging, wäre das wahrscheinlich alles, was dabei herauskommen würde. In diesem frühen Stadium war Fanshawe noch bei uns, das unausgesprochene Bindeglied, die unsichtbare

Kraft, die uns zusammengebracht hatte. Es würde noch eine Weile dauern, bis er verschwand, und solange war ich bereit zu warten.

All das schuf eine köstliche Spannung. Als der Abend fortschritt, nahmen die beiläufigsten Bemerkungen einen erotischen Unterton an. Worte waren nicht mehr einfach Worte, sondern ein Code von Schweigen, eine Art sich zu verständigen, die sich ständig um das bewegte, was gerade gesagt wurde. Solange wir das eigentliche Thema mieden, würde der Zauber nicht gebrochen werden. Wir gingen beide ganz selbstverständlich auf diese Art, uns zu necken, ein, und sie wurde um so wirksamer, als keiner von uns die Scharade aufgab. Wir wußten, was wir taten, aber gleichzeitig gaben wir vor, es nicht zu wissen. So begann mein Werben um Sophie – langsam, schicklich, nur ganz allmählich sich steigernd.

Nach dem Essen spazierten wir etwa zwanzig Minuten lang durch die Dunkelheit des späten Novembers; dann beendeten wir den Abend mit Drinks in einer Bar. Ich rauchte eine Zigarette nach der anderen, aber das war der einzige Hinweis auf meine Erregung. Sophie sprach eine Weile über ihre Familie in Minnesota, ihre drei jüngeren Schwestern, ihre Ankunft in New York vor acht Jahren, ihre Musik, ihren Unterricht, den sie nächsten Herbst wieder aufnehmen wollte – aber wir waren so sehr in unserer scherzhaften Stimmung befangen, daß jede Bemerkung wieder Lachen auslöste. Es wäre noch so weitergegangen, aber wir mußten an den Babysitter denken, und deshalb ließen wir es um Mitternacht gut sein. Ich brachte sie bis zur Tür ihrer Wohnung und unternahm meine letzte große Anstrengung des Abends.

«Danke, Doktor», sagte Sophie. «Die Operation war ein Erfolg.»

«Meine Patienten überleben immer», sagte ich. «Es ist das Lachgas. Ich drehe einfach das Ventil auf, und nach und nach geht es ihnen besser.»

«Das Gas könnte süchtig machen.»

«Das ist es eben. Die Patienten kommen zurück, um mehr zu bekommen – manchmal zwei oder drei Operationen die Woche. Was glauben Sie, wie ich meine Wohnung in der Park Avenue und meinen Sommersitz in Frankreich bezahlt habe?»

«Es gibt also ein verborgenes Motiv?»

«Selbstverständlich. Ich werde von Habgier getrieben.»

«Ihre Praxis muß blühen.»

«Sie tat es. Aber ich habe mich jetzt mehr oder weniger zurückgezogen. Zur Zeit habe ich nur eine Patientin – und ich bin nicht sicher, ob sie wiederkommen wird.»

«Sie wird wiederkommen», sagte Sophie mit dem schüchternsten, strahlendsten Lächeln, das ich je gesehen hatte. «Sie können sich darauf verlassen.»

«Es tut gut, das zu hören», sagte ich. «Meine Sekretärin wird sie anrufen, um den nächsten Termin auszumachen.»

«Je eher, desto besser. Bei diesen langfristigen Behandlungen darf man keinen Augenblick vergeuden.»

«Ein ausgezeichneter Rat. Ich werde daran denken, einen neuen Vorrat an Lachgas zu bestellen.»

«Tun Sie das, Doktor. Ich glaube wirklich, ich brauche es.»

Wir lächelten uns wieder an, und dann nahm ich sie fest in die Arme, gab ihr einen flüchtigen Kuß auf die Lippen und lief die Treppen hinunter, so schnell ich konnte.

Ich ging geradewegs nach Hause, erkannte, daß das Bett für mich noch nicht in Frage kam, und verbrachte zwei Stunden vor dem Fernsehapparat und sah einen Film über Marco Polo. Gegen vier Uhr, mitten in einer Wiederholung von *Unheimliche Schattenlichter*, döste ich endlich ein.

Mein erster Schritt war, mit Stuart Green Verbindung aufzunehmen, einem Lektor bei einem der größeren Verlage. Ich kannte ihn nicht sehr gut, aber wir waren in derselben Stadt aufgewachsen, und sein jüngerer Bruder, Roger, war mit mir und Fanshawe zur Schule gegangen. Ich nahm an, Stuart würde sich erinnern, wer Fanshawe war, und das schien mir ein guter Anfang zu sein. Ich war ihm im Laufe der Jahre bei verschiedenen Gelegenheiten begegnet, vielleicht drei- oder viermal, und er war immer freundlich gewesen, hatte von den guten alten Zeiten (wie er sie nannte) geredet und mir immer versprochen, Roger meine Grüße zu bestellen, wenn er ihn das nächste Mal sehen würde. Ich hatte keine Ahnung, was ich von Stuart zu erwarten hatte, aber er schien sich zu freuen, von mir zu hören, als ich ihn anrief. Wir verabredeten ein Treffen in seinem Büro an einem Nachmittag derselben Woche.

Er brauchte einen Augenblick, um Fanshawes Namen unterzubringen. Er komme ihm bekannt vor, sagte er, aber er wisse nicht, woher. Ich half seinem Gedächtnis ein wenig nach, erwähnte Roger und seine Freunde, und dann fiel es ihm plötzlich wieder ein. «Ja, ja, natürlich», sagte er. «Fanshawe. Der ungewöhnliche kleine Junge. Roger bestand darauf, daß er einmal Präsident sein wird.» Daraufhin erzählte ich ihm die Geschichte.

Stuart war ein smarter Bursche, ein Harvard-Typ, der Fliegen und Tweedjacken trug, und obwohl er eigentlich ein Geschäftsmann war, galt er in der Welt des Verlagswesens als Intellektueller. Er hatte es schon weit gebracht – war Cheflektor mit Anfang Dreißig und ein solider und verantwortungsbewußter junger Arbeiter –, und es bestand kein Zweifel daran, daß er eine Karriere vor sich hatte. Ich sage das alles nur, um zu zeigen, daß er niemand war, der ohne weiteres empfänglich für die Art von Geschichte war, die ich ihm erzählte. Es war sehr wenig Romantisches an ihm, sehr wenig, was nicht vorsichtig und geschäftsmäßig war – aber ich konnte fühlen, daß er interessiert war, und als ich weitersprach, schien er sogar begeistert zu sein.

Er hatte natürlich nichts zu verlieren. Wenn ihm Fanshawes Arbeit nicht gefiel, wäre es einfach genug für ihn, sie abzulehnen. Ablehnungen waren das A und O seines Berufes, und er würde es sich nicht lange überlegen müssen. Andererseits, wenn Fanshawe ein so guter Schriftsteller war, wie ich behauptete, konnte es nur Stuarts Ruf zugute kommen, ihn zu veröffentlichen. Er würde an dem Ruhm teilhaben, ein unbekanntes amerikanisches Genie entdeckt zu haben, und er würde von diesem Coup jahrelang zehren können.

Ich übergab ihm das Manuskript von Fanshawes großem Roman. Letzten Endes, sagte ich, müsse es alles oder gar nichts sein – die Gedichte, die Theaterstücke, die beiden anderen Romane – aber dies sei Fanshawes größtes Werk, und es sei logisch, daß es als erstes herauskommen müsse. Ich bezog mich natürlich auf *Niemalsland*. Stuart sagte, der Titel gefalle ihm, aber als er mich bat, das Buch zu beschreiben, sagte ich, das würde ich lieber nicht tun, es sei besser, wenn er sich selbst einen Eindruck verschaffe. Er hob als Antwort eine Braue (ein Trick, den er wahrscheinlich während seines Jahrs in Oxford gelernt hatte), wie um zu sagen, ich solle keine Scherze mit ihm treiben. Das tat ich auch nicht. Ich wollte ihm nur nichts aufzwingen. Das Buch konnte für sich selbst sprechen, und ich sah keinen Grund, ihn um das Vergnügen zu bringen, es unbefangen zu betreten: ohne Karte, ohne Kompaß, ohne jemanden, der ihn an der Hand führte.

Es dauerte drei Wochen, bis er sich wieder bei mir meldete. Die Nachricht war weder gut noch schlecht, aber, wie es schien, hoffnungsvoll. Es gebe wahrscheinlich genug Unterstützung unter den Lektoren, um das Buch durchzubringen, sagte Stuart, aber bevor sie ihre Entscheidung treffen würden, wollten sie das andere Material sehen. Ich hatte das erwartet – eine gewisse Vorsicht, um sicherzugehen – und sagte Stuart, ich würde am nächsten Nachmittag vorbeikommen und ihm die Manuskripte bringen.

«Es ist ein seltsames Buch», sagte er und zeigte auf das Exemplar von *Niemalsland* auf seinem Schreibtisch. «Ganz und gar kein typischer Roman. Überhaupt nicht typisch. Es ist noch nicht klar, ob wir es machen, aber wenn wir es veröffentlichen, ist es ein gewisses Risiko.»

«Das weiß ich», sagte ich. «Aber das macht es interessant.»

«Wirklich schade, daß Fanshawe nicht da ist. Ich würde gern mit ihm arbeiten. Es gibt einiges in dem Buch, das geändert werden sollte, denke ich, gewisse Abschnitte, die man streichen sollte. Es würde das Buch noch stärker machen.»

«Das ist nur dein Lektorenstolz», sagte ich. «Es ist schwer für dich, ein Manuskript zu sehen und es nicht mit dem Rotstift zu attackieren. Ich glaube, du wirst in den Stellen, die du jetzt beanstandest, zuletzt doch einen Sinn finden und froh sein, daß du sie nicht anrühren durftest.»

«Die Zeit wird es zeigen», sagte Stuart, nicht bereit nachzugeben. «Aber es ist keine Frage», fuhr er fort, «keine Frage, daß der Mann schreiben konnte. Ich habe das Buch vor mehr als zwei Wochen gelesen, und seither ist es immer bei mir. Es geht mir nicht aus dem Sinn. Es kommt immer wieder zu mir zurück, und immer in den seltsamsten Augenblicken. Wenn ich aus der Dusche komme, die Straße entlanggehe, abends ins Bett krieche – immer wenn ich nicht bewußt an etwas denke. Das kommt nicht sehr oft vor, weißt du. Man liest so viele Bücher in diesem Geschäft, daß sie alle miteinander verschwimmen. Aber Fanshawes Buch ragt heraus. Es steckt etwas Kraftvolles darin, und das Seltsame ist, daß ich nicht einmal weiß, was es ist.»

«Das ist wahrscheinlich die wahre Herausforderung», sagte ich. «Mir geht es ebenso. Das Buch bleibt irgendwo im Hirn stecken, und man wird es nicht mehr los.»

«Und das andere Material?»

«Es ist genauso», sagte ich. «Man kann nicht aufhören, daran zu denken.»

Stuart schüttelte den Kopf, und zum erstenmal sah ich, daß er ehrlich beeindruckt war. Es dauerte nur einen Moment, aber in diesem Moment verschwanden plötzlich seine Arroganz und seine Pose, und ich stellte fest, daß ich beinahe den Wunsch hatte, ihn zu mögen.

«Ich glaube, wir haben da etwas», sagte er. «Wenn das, was du sagst, wahr ist, glaube ich wirklich, wir haben da etwas.»

Wie sich dann zeigte, hatten wir mehr, als sich Stuart vorgestellt hatte. *Niemalsland* wurde später in diesem Monat angenommen, und der Verlag sicherte sich auch die Option für die anderen Bücher. Mein Viertel des Vorschusses war genug, um mir etwas Zeit zu kaufen, und ich verwendete sie darauf, an der Herausgabe der Gedichte zu arbeiten. Ich ging auch zu einer Reihe von Regisseuren, um zu sehen, ob ein Interesse an den Stücken bestand. Schließlich hatte ich Erfolg, und drei Einakter sollten in einem kleinen Theater in der Innenstadt aufgeführt werden – ungefähr sechs Wochen nach dem Erscheinen von *Niemalsland*. In der Zwischenzeit überredete ich den Herausgeber einer der größeren Zeitschriften, für die ich gelegentlich arbeitete, mich einen Artikel über Fanshawe schreiben zu lassen. Es wurde ein langer, ziemlich exotischer Artikel, und ich hatte damals das Gefühl, daß er mit zum Besten gehörte, was ich je geschrieben hatte. Er sollte zwei Monate vor der Veröffentlichung von *Niemalsland* erscheinen – und plötzlich schien es, als geschähe alles auf einmal.

Ich gebe zu, daß ich überrumpelt war. Es führte eins zum anderen, und ehe ich mich's versah, war eine kleine Industrie in Gang gesetzt worden. Ich glaube, es war für mich wie eine Art Delirium. Ich fühlte mich wie ein Ingenieur, der Knöpfe drückte und Hebel betätigte, von Ventilkammern zu Schaltkästen eilte, hier einen Teil regulierte, dort eine Verbesserung entwarf, horchte, wie der Apparat summte und puffte und surrte, taub für alles außer für den Lärm meines Geistesproduktes. Ich war der verrückte Wissenschaftler, der die große Hokuspokusmaschine erfunden hatte, und je mehr Rauch ihr entströmte, je mehr Lärm sie produzierte, desto glücklicher war ich.

Vielleicht war das unvermeidlich. Vielleicht mußte ich

ein wenig verrückt sein, um in Gang zu kommen. In Anbetracht der Anstrengung, die es mich kostete, mich mit dem Projekt zu versöhnen, war es wahrscheinlich nötig für mich, Fanshawes Erfolg meinem eigenen gleichzusetzen. Ich war in eine Sache hineingestolpert, in etwas, was mich rechtfertigte und mir das Gefühl gab, wichtig zu sein, und je mehr ich in meinen Ambitionen für Fanshawe aufging, desto schärfer geriet ich für mich selbst in den Brennpunkt. Das ist keine Entschuldigung; es ist nur eine Beschreibung dessen, was geschah. Später sah ich ein, daß ich das Schicksal herausforderte, aber damals wußte ich nichts davon. Was noch wichtiger ist: selbst wenn ich es gewußt hätte, bezweifle ich, daß es etwas ausgemacht hätte.

Unter all dem verbarg sich der Wunsch, mit Sophie in Verbindung zu bleiben. Mit der Zeit wurde es vollkommen natürlich für mich, sie drei- oder viermal die Woche anzurufen, mit ihr zu Mittag zu essen, sie zu besuchen, um mit ihr und Ben einen Nachmittagsspaziergang in der Nachbarschaft zu machen. Ich stellte sie Stuart Green vor, besuchte mit ihr den Regisseur, fand für sie einen Anwalt, der sich um die Verträge und andere juristische Angelegenheiten kümmerte. Sophie bewältigte das alles mühelos, für sie waren diese Begegnungen eher gesellschaftliche Ereignisse als geschäftliche Besprechungen. Sie machte den Leuten, die wir trafen, klar, daß ich derjenige sei, der für alles die Verantwortung trage. Ich begriff, daß sie entschlossen war, sich Fanshawe nicht verpflichtet zu fühlen, daß sie, was immer geschah oder nicht geschah, ihren Abstand hielt. Das Geld machte sie natürlich glücklich, aber sie brachte es nie wirklich mit Fanshawes Arbeit in Verbindung. Es war ein wunderbares Geschenk, ein Lotteriegewinn, der vom Himmel gefallen war, und das war alles. Sophie sah von allem Anfang an durch den Wirbelwind hindurch. Sie verstand das Absurde an der Situation, und da sie keine Habgier und keinen Drang, ihren eigenen Vorteil auszunutzen, kannte, verlor sie nicht den Kopf.

Ich gab mir Mühe, um sie zu werben. Mein Ansinnen war zweifellos zu durchschauen, aber das war vielleicht gut so. Sophie wußte, daß ich mich in sie verliebt hatte, und daß ich mich nicht auf sie stürzte, daß ich sie nicht zwang, ihre Gefühle für mich zu erklären, trug wahrscheinlich mehr als alles andere dazu bei, sie davon zu überzeugen, daß es mir ernst war. Doch ich konnte nicht ewig warten. Taktgefühl ist wichtig, aber zuviel davon kann verhängnisvoll sein. Es kam ein Moment, in dem ich fühlen konnte, daß wir nicht mehr miteinander rangen, daß zwischen uns bereits alles geregelt war. Wenn ich jetzt an diesen Moment denke, bin ich versucht, die traditionelle Sprache der Liebe zu gebrauchen. Ich möchte in Metaphern von Glut sprechen, von Brennen, von Barrieren, die angesichts von unwiderstehlichen Leidenschaften schmolzen. Mir ist bewußt, wie übertrieben diese Formulierungen klingen, aber letzten Endes glaube ich, daß sie zutreffen. Alles hatte sich für mich verändert, und Worte, die ich zuvor nie verstanden hatte, ergaben plötzlich einen Sinn. Das kam wie eine Offenbarung, und als ich endlich Zeit hatte, sie in mich aufzunehmen, fragte ich mich, wie ich so lange hatte leben können, ohne diese einfache Sache zu lernen. Ich spreche nicht so sehr von Verlangen als vielmehr von Wissen, von der Entdeckung, daß zwei Menschen durch das Verlangen etwas schaffen können, was mächtiger ist als alles, was jeder für sich allein schaffen kann. Ich glaube, dieses Wissen veränderte mich und bewirkte, daß ich mich menschlicher fühlte. Ich begriff allmählich, daß ich, indem ich Sophie gehörte, ebenso auch allen anderen gehörte. Mein wahrer Platz in der Welt war irgendwo jenseits meines eigenen Ichs, und wenn dieser Platz in mir selbst war, so war er doch unbestimmbar. Dies war das winzige Loch zwischen Selbst und Nichtselbst, und zum erstenmal in meinem Leben sah ich dieses Nirgendwo als das Zentrum der Welt.

Ich hatte meinen dreißigsten Geburtstag. Damals kannte ich Sophie seit etwa drei Monaten und sie bestand darauf, ihn zu feiern. Ich zögerte zuerst, denn ich hatte mir nie viel aus Geburtstagen gemacht, aber Sophies Gefühl für besondere Anlässe überzeugte mich zuletzt. Sie kaufte mir eine teure illustrierte Ausgabe von *Moby Dick*, führte mich zum Abendessen in einem guten Restaurant aus und besuchte dann mit mir eine Vorstellung von *Boris Godunow* in der Met. Dieses eine Mal ließ ich mich treiben, ich versuchte nicht, mein Glück zu hinterfragen, versuchte nicht, einen kühlen Kopf zu behalten oder meine Gefühle auszuklammern. Vielleicht begann ich einen neuen Mut in Sophie zu spüren; vielleicht gab sie mir zu verstehen, daß sie selbst einen Entschluß gefaßt hatte, daß es zu spät für jeden von uns beiden war, sich zurückzuziehen. Was immer es war, das war der Abend, an dem sich alles änderte, an dem es keine Frage mehr gab, was wir tun würden. Wir kehrten um halb zwölf in ihre Wohnung zurück, Sophie bezahlte den schläfrigen Babysitter, und dann gingen wir auf Zehenspitzen in Bens Zimmer und standen eine Weile da und betrachteten ihn, wie er in seinem Gitterbett schlief. Ich erinnere mich deutlich, daß keiner von uns etwas sagte und daß das einzige Geräusch, das ich hörte, das leise Gurgeln von Bens Atem war. Wir lehnten uns über das Gitter und studierten die Form seines kleinen Körpers – er lag auf dem Bauch, reckte den Po in die Höhe und hatte die Beine unter sich eingezogen und zwei oder drei Finger in den Mund gesteckt. Wir schienen lange so zu stehen, aber es waren wahrscheinlich nicht mehr als ein oder zwei Minuten. Dann richteten wir uns plötzlich auf, wandten uns einander zu und küßten uns. Es ist schwer für mich zu sagen, was danach geschah. So etwas hat wenig mit Worten zu tun, so wenig, daß es sinnlos ist zu versuchen, es auszudrücken. Ich würde sagen, daß wir ineinander stürzten, daß wir so schnell und so weit stürzten, daß uns nichts aufzufangen vermochte. Wieder verfalle ich in eine Metapher. Aber das ist wahrscheinlich ohne Bedeutung. Denn ob ich darüber sprechen kann oder nicht, ändert nichts an der Wahrheit dessen, was geschah.

Tatsache ist, daß es nie einen solchen Kuß gab, und ich zweifle daran, daß es in meinem ganzen Leben jemals wieder einen solchen Kuß geben kann.

4

Ich verbrachte diese Nacht mit Sophie, und von da an war es mir unmöglich, sie zu verlassen. Ich ging tagsüber in meine eigene Wohnung, um zu arbeiten, aber jeden Abend kehrte ich zu Sophie zurück. Ich wurde ein Teil ihres Haushalts – kaufte für das Abendessen ein, wechselte Bens Windeln, trug den Müll hinaus – und lebte enger mit einem anderen Menschen zusammen als je zuvor. Die Monate vergingen, und zu meiner Verwunderung entdeckte ich, daß ich eine Gabe für diese Art von Leben hatte. Ich war geboren worden, um mit Sophie zusammenzusein, und nach und nach konnte ich fühlen, wie ich stärker wurde, wie sie aus mir einen besseren Menschen machte. Es war seltsam, wie Fanshawe uns zusammengebracht hatte. Wenn er nicht verschwunden wäre, würde nichts von all dem geschehen sein. Ich stand in seiner Schuld, hatte aber keine Gelegenheit, ihm etwas zurückzugeben, außer daß ich für seine Arbeit tat, was ich konnte.

Mein Artikel wurde veröffentlicht und schien die gewünschte Wirkung zu haben. Stuart Green rief mich an, um mir zu sagen, daß der Artikel ein «großer Auftrieb» sei – was, wie ich annahm, bedeuten sollte, daß er sich nun sicherer fühlte, das Buch angenommen zu haben. Bei all dem Interesse, das der Artikel weckte, schien Fanshawe kein so großes Risiko mehr zu sein. Dann kam *Niemalsland* heraus, und die Besprechungen waren einhellig gut, manche sogar ausgezeichnet. Es war alles, was man sich erhoffen konnte, das Märchen, von dem jeder Autor träumt, und ich gebe zu, daß sogar ich ein wenig ergriffen war. Solche Dinge kommen eigentlich im wirklichen Leben nicht vor. Nur wenige Wochen nach dem Erscheinen verkaufte sich das Buch besser, als man erwartet hatte. Eine zweite Auflage wurde gedruckt, in Zeitungen und Zeitschriften erschienen Anzeigen, und dann wurden die Rechte für eine Neuveröffentlichung im folgenden Jahr an einen Taschenbuchverlag verkauft. Ich will damit nicht sagen, daß das Buch nach kommerziellen Maßstäben ein Bestseller war oder daß Sophie auf dem Wege war, Millionärin zu werden, aber in Anbetracht des Ernstes und des anspruchsvollen Niveaus von Fanshawes Werk und in Anbetracht der Neigung des Publikums, sich solchen Werken fernzuhalten, war es ein Erfolg, der alles übertraf, was wir für möglich gehalten hatten.

Im Grunde sollte damit die Geschichte enden. Das junge Genie ist tot, aber sein Werk wird weiterleben, man wird sich in kommenden Jahren seines Namens erinnern. Sein Jugendfreund hat die schöne junge Witwe gerettet, und die beiden werden glücklich leben bis an ihr seliges Ende. Das wäre so ziemlich alles, und es fehlt nur noch ein letzter Applaus. Doch es zeigt sich, daß dies erst der Anfang ist. Was ich bisher geschrieben habe, ist nicht mehr als ein Vorspiel, eine rasche Zusammenfassung von allem, was vor der Geschichte kommt, die ich zu erzählen habe. Wenn nicht mehr daran wäre als das, gäbe es überhaupt nichts – denn nichts hätte mich dazu gebracht anzufangen. Nur die Dunkelheit hat die Kraft, einen Mann dazu zu bringen, sein Herz der Welt zu öffnen, und Dunkelheit umgibt mich, wenn ich an das denke, was geschah. Wenn ich Mut brauche, darüber zu schreiben, so weiß ich auch, daß Schreiben meine einzige Chance ist zu entkommen. Aber ich bezweifle, daß das passieren wird, selbst wenn es mir gelingt, die Wahrheit zu sagen. Geschichten ohne Ende können nur immer weiter und weiter gehen, und in einer gefangen zu sein, bedeutet, daß man sterben muß, bevor man seine Rolle darin zu Ende gespielt hat. Meine einzige Hoffnung ist, daß das, was ich zu sagen im Begriff bin, ein Ende hat, daß ich irgendwo eine Lücke in der Dunkelheit finden werde. Diese Hoffnung bezeichne ich als Mut, aber ob es Grund zur Hoffnung gibt, ist eine ganz andere Frage.

Es war etwa drei Wochen nach Eröffnung der Theatersaison. Ich verbrachte die Nacht wie üblich in Sophies Wohnung und fuhr am Morgen zu mir nach Hause, um zu arbeiten. Ich erinnere mich, daß ich einen Artikel über vier oder fünf Bände Lyrik beenden mußte – eine dieser frustrierenden Mischmasch-Rezensionen –, und es fiel mir schwer, mich zu konzentrieren. Meine Gedanken schweiften ständig von den Büchern auf meinem Schreibtisch ab, und alle fünf Minuten sprang ich auf und ging im Zimmer auf und ab. Eine komische Geschichte hatte mir Stuart Green tags zuvor erzählt, und es fiel mir schwer, nicht daran zu denken. Laut Stuart munkelte man, daß es eine Person wie Fanshawe gar nicht gebe. Es ging das Gerücht, daß ich ihn erfunden hätte, um die Leute zum besten zu halten, und daß ich die Bücher in Wirklichkeit selbst geschrieben hätte. Im ersten Moment hatte ich gelacht und einen Witz darüber gemacht, daß ja auch Shakespeare keine Stücke geschrieben hatte. Aber nun, da ich ein wenig darüber nachgedacht hatte, wußte ich nicht, ob ich mich durch dieses Gerede gekränkt oder geschmeichelt fühlen sollte. Trauten mir die Leute nicht zu, daß ich die Wahrheit sagte? Warum sollte ich mir die Mühe machen, ein umfangreiches Werk zu schaffen, und dann nicht die Ehre dafür einstreichen? Und doch – glaubten die Leute wirklich, ich sei fähig, ein so gutes Buch wie *Niemalsland* zu schreiben? Mir wurde klar, daß es mir, sobald einmal alle Manuskripte Fanshawes veröffentlicht sein würden, ohne weiteres möglich wäre, noch ein oder zwei Bücher unter seinem Namen zu schreiben – die Arbeit selbst zu tun und sie als die seine auszugeben. Ich hatte das natürlich nicht vor, aber der bloße Gedanke daran löste faszinierende Fragen aus: Was bedeutet es, wenn ein

Autor seinen Namen auf ein Buch setzt? Warum verstecken sich manche Autoren hinter einem Pseudonym? Hat ein Schriftsteller überhaupt ein richtiges Leben oder nicht? Es kam mir in den Sinn, daß es mir gefallen könnte, unter einem anderen Namen zu schreiben – eine geheime Identität für mich zu erfinden –, und ich fragte mich, warum ich diese Idee so anziehend fand. Ein Gedanke führte zum anderen, und als das Thema erschöpft war, entdeckte ich, daß ich den größten Teil des Vormittags vergeudet hatte.

Es war halb zwölf geworden – die Stunde der Post –, und ich machte im Fahrstuhl meinen rituellen Ausflug nach unten, um zu sehen, ob etwas in meinem Briefkasten war. Dies war immer ein entscheidender Augenblick für mich, und es war mir nicht möglich, ihm ruhig entgegenzusehen. Es bestand immer die Hoffnung, daß dort eine gute Nachricht auf mich wartete – ein unerwarteter Scheck, ein Arbeitsangebot, ein Brief, der irgendwie mein Leben verändern würde –, und allmählich hatte ich diese Erwartung so sehr verinnerlicht, daß ich kaum meinen Briefkasten sehen konnte, ohne daß mir das Blut zu Kopf stieg. Das war mein Versteck, der eine Ort auf der Welt, der ganz mir gehörte. Und doch verband er mich mit der übrigen Welt, und in seiner magischen Dunkelheit lag die Kraft, Dinge geschehen zu lassen.

An diesem Tag bekam ich nur einen Brief, in einem einfachen weißen Umschlag mit dem New Yorker Poststempel und ohne Absender. Die Handschrift war mir unbekannt (mein Name und meine Adresse waren in Blockschrift geschrieben), und ich konnte nicht erraten, von wem er war. Ich öffnete den Umschlag im Aufzug – und dort, auf dem Weg zum neunten Stock, fiel die Welt über mir zusammen.

«Sei mir nicht böse, daß ich Dir schreibe», begann der Brief. «Auch auf die Gefahr hin, daß Du einen Herzanfall bekommst, wollte ich Dir ein letztes Wort schicken – um Dir für alles zu danken, was Du getan hast. Ich wußte, daß Du der Mensch bist, den ich darum bitten konnte, aber es ist alles noch besser gekommen, als ich erwartet hatte. Du hast mehr getan als das Mögliche, und ich stehe in Deiner Schuld. Sophie und das Kind sind in guten Händen, und deshalb kann ich mit einem reinen Gewissen leben.

Ich werde mich hier nicht erklären. Trotz dieses Briefes möchte ich, daß Du mich weiterhin für tot hältst. Nichts ist wichtiger als das, und Du darfst niemandem sagen, daß Du von mir gehört hast. Ich will nicht gefunden werden, und davon zu sprechen, würde nur zu mehr Schwierigkeiten führen, als die Sache wert ist. Sag vor allem Sophie nichts. Sieh zu, daß sie sich von mir scheiden läßt, und heirate sie, sobald Du kannst. Ich vertraue darauf, daß Du das tust – und ich gebe Dir meinen Segen. Das Kind braucht einen Vater, und Du bist der einzige, auf den ich mich verlassen kann.

Ich möchte, daß Du verstehst, daß ich nicht den Verstand verloren habe. Ich habe gewisse Entscheidungen getroffen, die nötig waren, und obwohl Menschen gelitten haben, war mein Fortgehen das Beste und Gütigste, was ich je getan habe.

Sieben Jahre nach dem Tag meines Verschwindens werde ich sterben. Ich habe mich selbst verurteilt, und es gibt keine Berufung.

Ich bitte Dich, nicht nach mir zu suchen. Ich habe nicht den Wunsch, gefunden zu werden, und ich denke, daß ich das Recht habe, den Rest meines Lebens so zu leben, wie ich es für richtig halte. Drohungen sind mir zuwider – aber ich habe keine andere Wahl, als Dich zu warnen: Falls es Dir durch ein Wunder gelingt, mich aufzuspüren, werde ich Dich töten.

Es freut mich, daß man sich so sehr für meine Schriften interessiert. Ich hatte nie die leiseste Ahnung, daß so etwas möglich sein könnte. Aber es scheint mir jetzt alles so weit weg zu sein. Das Bücherschreiben gehört zu einem anderen Leben, und es läßt mich kalt, wenn ich jetzt daran denke. Ich werde nie versuchen, etwas von dem Geld zu beanspruchen – und ich gebe es gern Dir und Sophie. Das Schreiben war eine Krankheit, die mich lange quälte, aber jetzt bin ich davon geheilt.

Sei versichert, daß ich mich nicht mehr mit Dir in Verbindung setzen werde. Du bist jetzt von mir befreit, und ich wünsche Dir ein langes und glückliches Leben. Um wieviel besser ist es, daß alles so gekommen ist. Du bist mein Freund, und meine Hoffnung ist, daß Du immer der sein wirst, der Du bist. Bei mir ist das eine andere Geschichte. Wünsche mir Glück.»

Der Brief war nicht unterschrieben, und während der nächsten ein oder zwei Stunden versuchte ich mir einzureden, daß er ein böser Scherz war. Warum sollte Fanshawe, wenn er ihn geschrieben hatte, es versäumt haben, ihn mit seinem Namen zu unterzeichnen? Ich klammerte mich daran als Beweis für einen Trick und suchte verzweifelt nach einem Vorwand, um leugnen zu können, was geschehen war. Aber dieser Optimismus hielt nicht sehr lange an, und nach und nach zwang ich mich dazu, den Tatsachen ins Gesicht zu sehen. Es konnte eine ganze Anzahl von Gründen dafür geben, den Namen wegzulassen, und je länger ich darüber nachdachte, desto klarer sah ich, daß der Brief gerade deshalb für echt gehalten werden mußte. Ein Witzbold würde besonders darauf geachtet haben, den Namen hinzuzufügen, aber die wirkliche Person würde nicht einmal darüber nachdenken. Nur jemand, der nicht darauf aus war, mich zu täuschen, konnte die Selbstsicherheit haben, einen solchen offensichtlichen Fehler zu begehen. Und dann waren da die letzten Sätze des Briefes: «... meine Hoffnung ist, daß Du immer der sein wirst, der Du bist. Bei mir ist das eine andere Geschichte.» Bedeutete das, daß Fanshawe ein anderer geworden war? Zweifellos lebte er unter einem anderen Namen – aber wie lebte er und wo? Der New Yorker Poststempel war vielleicht ein Hinweis, aber er konnte ebensogut eine Täuschung sein, eine falsche Information, um mich von der Spur abzulenken. Fanshawe war äußerst vorsichtig gewesen. Ich las den Brief immer und immer wieder, versuchte ihn auseinanderzunehmen, suchte nach einer Möglichkeit, zwischen den Zeilen zu lesen – aber es kam nichts dabei heraus. Der Brief blieb undurchsichtig, ein Block von Dunkelheit, der jeden Versuch einzudringen vereitelte. Zuletzt gab ich es auf, legte den Brief in eine Schublade meines Schreibtischs und gab zu, daß ich verloren war, daß für mich nichts jemals wieder dasselbe sein würde.

Ich glaube, was mich am meisten ärgerte, war meine eigene Dummheit. Wenn ich jetzt zurückblicke, sehe ich, daß mir von Anfang an – schon bei meiner ersten Begegnung mit Sophie – alle Fakten bekannt gewesen waren. Jahrelang veröffentlicht Fanshawe nichts, dann sagt er seiner Frau, was sie tun solle, falls ihm etwas zustoße (mit mir Verbindung aufnehmen, dafür sorgen, daß seine Arbeiten veröffentlicht werden), und dann verschwindet er. Es war alles so offensichtlich. Der Mann wollte fortgehen, und er ging fort. Er stand eines Tages einfach auf und ging und ließ seine schwangere Frau im Stich, und weil sie ihm vertraute, weil es für sie unvorstellbar war, daß er so etwas tun könnte, blieb ihr keine andere Wahl als zu denken, daß er tot wäre. Sophie hatte sich etwas vorgemacht. Aber was hätte sie in Anbetracht der Situation tun sollen? Ich dagegen hatte keine solche Entschuldigung. Nicht ein einziges Mal von allem Anfang an hatte ich die Zusammenhänge durchdacht. Ich hatte mich ihrer Meinung angeschlossen, hatte nur zu gern ihre Fehldeutungen übernommen, und dann hatte ich zu denken aufgehört. Es sind schon Menschen wegen kleinerer Verbrechen erschossen worden.

Die Tage vergingen. Alle meine Instinkte sagten mir, daß ich mich Sophie anvertrauen, daß ich den Brief mit ihr teilen sollte, und doch konnte ich mich nicht dazu überwinden. Ich hatte zu viel Angst, ich wußte nicht, wie sie reagieren würde. In den Momenten, in denen ich mich stärker fühlte, sagte ich mir, daß Schweigen die einzige Möglichkeit war, sie zu schützen. Was hätte sie davon, wenn sie wüßte, daß Fanshawe sie im Stich gelassen hatte? Sie würde sich selbst die Schuld an dem geben, was geschehen war, und ich wollte nicht, daß sie verletzt wurde. Unter diesem edlen Schweigen verbarg sich jedoch ein zweites Schweigen aus Panik und Angst. Fanshawe lebte – und wenn ich es Sophie wissen ließe, was würde dann dieses Wissen mit uns machen? Der Gedanke, daß Sophie ihn vielleicht zurückhaben wollte, war zu viel für mich, und ich hatte nicht den Mut, herauszufinden, ob es so war. Das war vielleicht mein größtes Versäumnis. Wenn ich genug an Sophies Liebe zu mir geglaubt hätte, wäre ich bereit gewesen, alles zu riskieren. Aber damals schien ich keine andere Wahl zu haben, und so tat ich, was Fanshawe von mir verlangt hatte – nicht für ihn, sondern für mich selbst. Ich verschloß das Geheimnis in mir und lernte, den Mund zu halten.

Weitere Tage vergingen, und dann bat ich Sophie, meine Frau zu werden. Wir hatten schon zuvor darüber gesprochen, aber diesmal machte ich ihr klar, daß ich es sehr ernst meinte. Mir war bewußt, daß ich aus meiner Rolle fiel (ich war humorlos, steif), aber ich konnte mir nicht helfen. Es war mir nicht mehr möglich, mit der Ungewißheit zu leben, und ich fühlte, daß ich auf der Stelle Klarheit schaffen mußte. Sophie bemerkte natürlich diese Veränderung in mir, aber da sie den Grund nicht kannte, deutete sie sie als ein Übermaß von Leidenschaft – als das Verhalten eines unruhigen, allzu hitzigen Mannes, der nach dem lechzte, was er sich am meisten wünschte (was auch stimmte). Ja, sagte sie, sie wolle mich heiraten. Hatte ich wirklich gedacht, sie würde mich abweisen?

«Und ich möchte auch Ben adoptieren», sagte ich. «Ich will, daß er meinen Namen trägt. Es ist wichtig, daß er in dem Glauben aufwächst, daß ich sein Vater bin.»

Sophie antwortete, daß sie es nicht anders haben wolle. Es sei das einzig Sinnvolle – für uns alle drei.

«Und ich möchte, daß es bald geschieht», fuhr ich fort. «So bald wie möglich. In New York zieht sich die Scheidung ein Jahr lang hin – und das ist zu lange, ich könnte es nicht aushalten, so lange zu warten. Aber es gibt andere Orte. In Alabama, Nevada, Mexiko. Gott weiß, wo. Wir könnten eine Urlaubsreise machen, und wenn wir zurückkommen, bist du frei, mich zu heiraten.»

Sophie sagte, es gefalle ihr, wie das klinge – «frei, mich zu heiraten». Wenn das bedeute, für eine Weile irgendwohin zu fahren, wolle sie fahren. Sie würde hingehen, wohin immer ich wolle.

«Schließlich», sagte ich, «ist er nun mehr als ein Jahr fort, beinahe anderthalb Jahre. Es dauert sieben Jahre, bis ein Toter offiziell für tot erklärt werden kann. Das Leben geht weiter. Denk einmal nach: Wir kennen uns beinahe ein Jahr.»

«Um genau zu sein», antwortete Sophie, «du kamst am fünfundzwanzigsten November neunzehnhundertsechsundsiebzig zum erstenmal durch diese Tür herein. In acht Tagen ist es genau ein Jahr.»

«Du erinnerst dich noch?»

«Natürlich erinnere ich mich. Es war der wichtigste Tag meines Lebens.»

Wir nahmen am siebenundzwanzigsten November ein Flugzeug nach Birmingham, Alabama, und waren in der ersten Dezemberwoche zurück in New York. Am elften wurden wir im Rathaus getraut, und danach gingen wir mit ungefähr zwanzig Freunden zu einem Abendessen und tranken viel Alkohol. Wir verbrachten diese Nacht im Plaza, ließen uns am Morgen das Frühstück aufs Zimmer kommen und flogen später am Tag mit Ben nach Minnesota. Am achtzehnten gaben uns Sophies Eltern eine Hochzeitsparty in ihrem Haus, und am Abend des vierundzwanzigsten feierten wir norwegische Weihnachten. Zwei Tage später verließen Sophie und ich den Schnee und flogen für anderthalb Wochen auf die Bermudas, dann kehrten wir nach Minnesota zurück, um Ben zu holen. Wir planten, uns nach einer neuen Wohnung umzusehen, sobald wir wieder in New York sein würden. Irgendwo über dem westlichen Pennsylvania, nach ungefähr einer Flugstunde, pinkelte Ben durch die Windeln auf meinen Schoß. Als ich ihm den großen dunklen Fleck auf meiner Hose zeigte, lachte er, schlug die Hände zusammen, sah mir dann gerade in die Augen und nannte mich zum erstenmal Pa.

5

Ich vergrub mich in der Gegenwart. Mehrere Monate vergingen, und nach und nach schien es möglich zu sein, daß ich überlebte. Es war ein Leben in einem Fuchsbau, aber Sophie und Ben waren bei mir da unten, und das war alles, was ich wirklich wollte. Solange ich daran dachte, nicht aufzublicken, konnte uns die Gefahr nichts anhaben.

Wir zogen im Februar in eine Wohnung am Riverside Drive. Bis wir uns eingerichtet hatten, war es bereits Frühling, und ich kam wenig dazu, an Fanshawe zu denken. Wenn der Brief auch nicht ganz aus meinen Gedanken verschwand, so stellte er doch nicht mehr dieselbe Drohung dar. Ich fühlte mich nun sicher mit Sophie, und ich glaubte, daß uns nichts auseinanderbringen konnte – nicht einmal Fanshawe, nicht einmal der leibhaftige Fanshawe. Oder so erschien es mir damals, wann immer ich zufällig daran dachte. Ich verstehe jetzt, wie sehr ich mich täuschte, aber das fand ich erst viel später heraus. Der Definition nach ist ein Gedanke etwas, dessen man sich bewußt ist. Die Tatsache, daß ich nicht ein einziges Mal aufhörte, an Fanshawe zu denken, daß er in all den Monaten Tag und Nacht in mir war, war mir damals nicht klar. Und ist es, wenn man sich eines Gedankens nicht bewußt ist, legitim zu sagen, daß man denkt? Ich war vielleicht verfolgt, ich war sogar besessen – aber es gab keine Anzeichen dafür, keine Hinweise, die mir gesagt hätten, was vor sich ging.

Das tägliche Leben war für mich nun ausgefüllt. Ich bemerkte kaum, daß ich weniger arbeitete als in den Jahren davor. Ich hatte keine Arbeit, zu der ich am Morgen gehen mußte, und da Sophie und Ben bei mir in der Wohnung waren, fiel es mir nicht schwer, Vorwände zu finden, meinen Schreibtisch zu meiden. Meinen Arbeitsplan hielt ich nicht ein. Anstatt jeden Tag um Punkt neun zu beginnen, war ich manchmal nicht vor elf oder halb zwölf in meinem kleinen Zimmer. Dazu kam, daß Sophies Gegenwart eine ständige Versuchung war. Ben machte noch ein- oder zweimal am Tag sein Nickerchen, und in diesen stillen Stunden, in denen er schlief, fiel es mir schwer, nicht an ihren Körper zu denken. Meistens liebten wir uns. Sophie hungerte danach ebensosehr wie ich, und als die Wochen vergingen, wurde das Haus langsam erotisiert, in ein Reich der sexuellen Möglichkeiten verwandelt. Die Unterwelt stieg an die Oberfläche herauf. Jedes Zimmer nahm seine eigene Erinnerung an, jede Stelle beschwor einen anderen Augenblick herauf, so daß selbst in der Ruhe des praktischen Lebens ein bestimmtes Stück Teppich oder die Schwelle einer bestimmten Tür nicht mehr einfach ein Gegenstand war, sondern eine Empfindung, ein Echo unseres erotischen Lebens. Wir waren in das Paradoxon der Begierde eingetreten. Unser Bedürfnis nach einander war unerschöpflich, und je mehr es befriedigt wurde, desto mehr schien es zu wachsen.

Ab und zu sprach Sophie davon, daß sie sich nach einer Stellung umsehen wolle, aber keiner von uns hielt das für dringlich. Unser Geld reichte aus, und es gelang uns sogar, eine beachtliche Summe auf die Seite zu legen. Fanshawes nächstes Buch, *Wunder*, war in Vorbereitung, und der Vorschuß bei Vertragsschluß war stattlicher gewesen als bei *Niemalsland.* Nach dem Plan, den Stuart und ich entworfen hatten, sollten die Gedichte sechs Monate nach *Wunder* kommen, dann Fanshawes frühester Roman, *Blackouts*, und zuletzt alle Theaterstücke. Die Tantiemen für *Niemalsland* begannen in diesem März hereinzukommen, und als plötzlich Schecks für dieses und jenes eintrafen, verflüchtigten sich alle Geldprobleme. Wie alles andere, was geschah, war dies eine neue Erfahrung für mich. In den letzten acht oder neun Jahren war mein Leben eine ständige Jagd nach Geld gewesen, ein wilder Sprung von einem armseligen Artikel zum nächsten, und ich hatte mich glücklich geschätzt, wenn ich einmal mehr als ein oder zwei Monate vorausschauen konnte. Die Sorge war mir in Fleisch und Blut übergegangen, und ich wußte kaum, was es hieß zu atmen, ohne mich zu fragen, ob ich die Gasrechnung bezahlen konnte. Nun erkannte ich zum erstenmal, seitdem ich mich selbständig gemacht hatte, daß ich an diese Dinge nicht mehr zu denken brauchte. Eines Morgens, als ich an meinem Schreibtisch saß und mit dem letzten Satz eines Artikels rang und nach einer Wendung suchte, die mir nicht einfallen wollte, dämmerte mir allmählich, daß mir eine zweite Chance gegeben worden war. Ich konnte dies aufgeben und neu beginnen. Ich brauchte keine Artikel mehr zu schreiben. Ich konnte mich anderen Dingen zuwenden, anfangen, die Arbeit zu tun, die ich immer hatte tun wollen. Dies war meine Chance, mich zu retten, und ich kam zu dem Schluß, daß ich ein Narr wäre, sie nicht zu ergreifen.

Weitere Wochen vergingen. Ich ging jeden Morgen in mein Zimmer, aber nichts geschah. Theoretisch fühlte ich mich inspiriert, und immer wenn ich nicht arbeitete, hatte ich den Kopf voll von Ideen. Doch jedesmal wenn ich mich hinsetzte, um etwas zu Papier zu bringen, schienen sich meine Gedanken aufzulösen. Die Worte starben in dem Augenblick, in dem ich die Feder hob. Ich begann mit einer Anzahl von Projekten, aber nichts ließ sich wirklich umsetzen, und ich gab eines nach dem anderen wieder auf. Ich suchte nach Entschuldigungen, um zu erklären, warum ich nichts zustande brachte, und bald hatte ich eine ganze Litanei beisammen: die Anpassung an das Eheleben, die Verantwortung als Vater, mein neues Arbeitszimmer (das zu eng zu sein schien), die alte Gewohnheit, unter Termindruck zu schreiben, Sophies Körper, der plötzliche finanzielle Gewinn – alles. Mehrere Tage lang spielte ich sogar mit der Idee, einen Detektivroman zu schreiben, aber dann kam ich mit dem Aufbau der Handlung nicht zurecht und konnte die Teile nicht zusammensetzen. Ich ließ meine Gedanken ziellos schweifen und hoffte, mir einreden zu können, daß Müßiggang ein Hinweis war, daß man Kräfte sammelte, ein Zeichen, daß bald etwas geschehen würde. Mehr als einen Monat lang schrieb ich nur Zitate aus Büchern heraus. Eines davon, von Spinoza, heftete ich mir an die Wand: «Und wenn er träumt, daß er nicht schreiben will, hat er nicht die Kraft zu träumen, daß er schreiben will; und wenn er träumt, daß er schreiben will, hat er nicht die Kraft zu träumen, daß er nicht schreiben will.»

Es ist möglich, daß ich mich aus dieser Krise herausgearbeitet hätte. Ob sie ein fortdauernder Zustand oder eine vorübergehende Phase war, ist mir noch immer unklar. Mein inneres Gefühl sagt mir, daß ich eine Zeitlang wirklich verloren war, daß ich mich verzweifelt abquälte, aber ich glaube, das heißt nicht, daß mein Fall hoffnungslos war. Etwas geschah mit mir. Ich machte große Veränderungen durch, und es war noch zu früh zu sagen, wohin sie führen würden. Dann bot sich mir unerwartet eine Lösung an. Wenn das zu positiv klingt, will ich es einen Kompromiß nennen. Was immer es war, ich brachte sehr wenig Widerstand dagegen auf. Zu der Zeit war ich sehr beeinflußbar, und mein Urteilsvermögen war nicht ganz das, was es hätte sein sollen. Das war mein zweiter entscheidender Fehler, und er ergab sich unmittelbar aus dem ersten.

Ich aß eines Tages mit Stuart zu Mittag, in der Nähe seines Büros auf der Upper East Side. Als wir unsere Mahlzeit halb beendet hatten, sprach er wieder von den Gerüchten im Zusammenhang mit Fanshawe, und zum erstenmal hatte ich den Eindruck, daß er selbst zu zweifeln begann. Das Thema war für ihn so faszinierend, daß er nicht davon loskam. Seine Art war schelmisch, spöttisch verschwörerisch, und der Verdacht stieg in mir auf, daß er mich zu einem Geständnis verleiten wollte. Ich ging eine Weile auf ihn ein, und dann, als ich des Spiels müde wurde, sagte ich, die einzig sichere Methode, die Frage zu klären, sei es, eine Biographie in Auftrag zu geben. Ich machte diese Bemerkung in aller Unschuld (als logische Folgerung, nicht als Vorschlag), aber Stuart schien die Idee glänzend zu finden. Er geriet ins Schwärmen: natürlich, natürlich, die Erklärung des Fanshawe-Mythos, vollkommen einleuchtend, natürlich, endlich die wahre Geschichte. In wenigen Minuten war für ihn schon alles klar. Ich solle das Buch schreiben. Es werde erscheinen, nachdem das gesamte Werk Fanshawes veröffentlicht worden sei, und ich könne soviel Zeit haben, wie ich wolle – zwei Jahre, drei Jahre. Es müsse ein außergewöhnliches Buch werden, fügte Stuart hinzu, ein Buch, das Fanshawe ebenbürtig sei, aber er habe großes Vertrauen zu mir und wisse, daß ich es schaffen könne. Der Vorschlag kam zu überraschend, und ich nahm ihn als Scherz. Aber Stuart meinte es ernst. Er ließ keine Ablehnung zu.

«Denk darüber nach», sagte er, «und sag mir dann, was du dazu meinst.»

Ich blieb skeptisch, aber um höflich zu sein, sagte ich, ich wolle darüber nachdenken. Wir machten aus, daß ich ihm Ende des Monats eine endgültige Antwort geben würde.

Ich diskutierte das Thema noch am selben Abend mit Sophie, aber da ich nicht aufrichtig mit ihr sprechen konnte, war mir das Gespräch keine große Hilfe.

«Es liegt bei dir», sagte sie. «Wenn du es tun willst, denke ich, du solltest es tun.»

«Es macht dir nichts aus?»

«Nein, ich glaube nicht. Ich habe mir schon gedacht, daß es früher oder später ein Buch über ihn geben wird. Und wenn es schon sein muß, ist es besser, du schreibst es, als daß es ein anderer schreibt.»

«Ich würde über dich und Fanshawe schreiben müssen. Das könnte merkwürdig sein.»

«Ein paar Seiten würden genügen. Solange du es bist, der sie schreibt, bin ich nicht wirklich beunruhigt.»

«Mag sein», sagte ich und wußte nicht, wie ich weitersprechen sollte. «Ich nehme an, die schwierigste Frage ist, ob ich so viel an Fanshawe denken will. Vielleicht ist es an der Zeit, ihn verschwinden zu lassen.»

«Das mußt du entscheiden. Jedenfalls könntest du das Buch besser machen als jeder andere. Und es müßte ja nicht eine reine Biographie sein, weißt du. Du könntest etwas Interessanteres machen.»

«Was, zum Beispiel?»

«Ich weiß nicht, etwas Persönlicheres, Packenderes. Die Geschichte eurer Freundschaft. Es könnte ebenso über dich sein wie über ihn.»

«Vielleicht. Zumindest ist das eine Idee. Was mich verblüfft, ist, daß du so ruhig sein kannst.»

«Weil ich mit dir verheiratet bin und dich liebe, deshalb. Wenn du entscheidest, daß es etwas ist, was du tun willst, dann bin ich dafür. Ich bin schließlich nicht blind. Ich weiß, daß du mit deiner Arbeit Schwierigkeiten hast, und manchmal habe ich das Gefühl, daß ich daran schuld bin. Vielleicht ist das das Projekt, das du brauchst, um wieder schreiben zu können.»

Ich hatte insgeheim gehofft, daß Sophie die Entscheidung für mich fällen würde; ich hatte angenommen, sie würde dagegen sein und wir würden einmal darüber sprechen, und das wäre dann das Ende. Aber genau das Gegenteil war geschehen. Ich hatte mich in die Ecke drängen lassen, und plötzlich fehlte mir der Mut. Ich ließ einige Tage verstreichen, und dann rief ich Stuart an und sagte ihm, ich würde das Buch machen. Das brachte mir wieder ein kostenloses Mittagessen ein, und danach war ich mir selbst überlassen.

Es kam nicht in Frage, die Wahrheit zu sagen. Fanshawe mußte tot sein, oder das Buch hatte keinen Sinn. Ich mußte nicht nur den Brief weglassen, ich mußte so tun, als wäre er nie geschrieben worden. Ich sage ehrlich, was ich plante. Es war mir von Anfang an klar, und ich stürzte mich mit Falschheit im Herzen hinein. Das Buch war reine Erdichtung. Obwohl es auf Tatsachen beruhte, konnte es nichts als Lügen erzählen. Ich unterschrieb den Vertrag, und dann fühlte ich mich wie ein Mann, der seine Seele dem Teufel verschrieben hatte.

Ich ließ meine Gedanken mehrere Wochen lang schweifen und suchte nach einem Anfang. Jedes Leben ist unerklärlich, sagte ich mir immer wieder. Gleich, wie viele Fakten wiedergegeben, gleich, wie viele Einzelheiten angeführt werden, das Wesentliche widersetzt sich dem Erzählen. Daß Soundso hier geboren wurde und dorthin ging, daß er dies und das tat, daß er diese Frau heiratete und diese Kinder hatte, daß er lebte, daß er starb, daß er diese Bücher oder diese Schlacht oder jene Brücke hinterließ – das alles sagt uns nicht sehr viel. Wir alle wollen, daß man uns Geschichten erzählt, und wir hören sie so, wie wir sie hörten, als wir Kinder waren. Wir stellen uns die wahre Geschichte vor, und dazu setzen wir uns selbst an die Stelle der Person in der Geschichte und geben vor, sie zu verstehen, weil wir uns selbst verstehen. Das ist eine Täuschung. Wir existieren vielleicht für uns selbst, und bisweilen haben wir sogar eine Ahnung davon, wer wir sind, aber zuletzt können wir nie sicher sein, und während unser Leben weitergeht, werden wir für uns selbst immer undurchsichtiger, werden wir uns unserer eigenen Zusammenhanglosigkeit immer mehr bewußt. Niemand kann die Grenze zu einem anderen überschreiten – aus dem einfachen Grunde, weil niemand Zugang zu sich selbst gewinnen kann.

Ich dachte an eine Geschichte zurück, die ich vor acht Jahren erlebt hatte, im Juni 1970. Da ich kein Geld hatte und für den Sommer auch keines zu erwarten war, nahm ich eine vorübergehende Arbeit als Volkszähler in Harlem an. Wir waren eine Gruppe von etwa zwanzig Personen, ein Kommandokorps von Interviewern, das eingesetzt wurde, um die Leute zu erfassen, die die mit der Post zugestellten Fragebogen nicht beantwortet hatten. Wir wurden in einem staubigen Speicher im ersten Stock gegenüber dem Apollo Theatre mehrere Tage lang eingeschult, und sobald wir die kniffligen Formulare verstanden hatten und die Grundregeln des Umgangs als Volkszähler beherrschten, wurden wir mit unseren roten, weißen und blauen Taschen in das Viertel geschickt, um an Türen zu klopfen, Fragen zu stellen und mit den Fakten zurückzukehren. Der erste Ort, den ich aufsuchte, war eine Lotto-Zentrale. Die Tür ging einen Spaltbreit auf, ein Kopf erschien (dahinter sah ich ein Dutzend Männer in einem kahlen Raum an langen Tischen schreiben), und man sagte mir höflich, daß man nicht interessiert sei. Das schien den Ton für alles weitere anzugeben. In einer Wohnung sprach ich mit einer fast blinden Frau, deren Eltern noch Sklaven gewesen waren. Als das Interview schon zwanzig Minuten gedauert hatte, dämmerte ihr, daß ich kein Schwarzer war, und sie begann gackernd zu lachen. Sie habe es schon die ganze Zeit vermutet, sagte sie, weil meine Stimme so komisch klinge, aber sie habe es nicht glauben können. Ich sei der erste Weiße, der je ihr Haus betreten habe. In einer anderen Wohnung stieß ich auf einen Haushalt mit elf Personen, keine älter als zweiundzwanzig. Aber meistens war niemand da. Und wenn die Leute zu Hause waren, wollten sie nicht mit mir sprechen oder mich eintreten lassen. Der Sommer kam, und die Straßen wurden heiß und feucht, so unerträglich, wie sie nur in New York sein können. Ich begann meine Runden schon früh, stolperte von Haus zu Haus und fühlte mich immer mehr wie ein Mann vom Mond. Schließlich wandte ich mich an unseren Leiter (einen schnell sprechenden Schwarzen, der breite Seidenkrawatten und einen Saphirring trug) und erklärte ihm mein Problem. Da erfuhr ich, was eigentlich von mir erwartet wurde. Dieser Mann bekam einen bestimmten Betrag für jedes Formular, das ein Mitglied seiner Mannschaft abgab. Je besser unsere Ergebnisse waren, desto mehr Geld floß in seine Tasche. «Ich werde Ihnen nicht sagen, was Sie tun sollen», sagte er, «aber mir scheint, wenn Sie es ehrlich versucht haben, brauchen Sie sich nicht so schlecht zu fühlen.»

«Soll ich einfach aufgeben?» fragte ich.

«Andererseits», fuhr er philosophisch fort, «will die Regierung ausgefüllte Formulare haben. Je mehr Formulare sie bekommt, desto zufriedener ist sie. Ich weiß, Sie sind ein intelligenter Junge, und ich weiß, Sie kriegen nicht fünf heraus, wenn Sie zwei und zwei zusammenzählen. Daß eine Tür nicht aufgeht, wenn Sie daran klopfen, bedeutet ja nicht, daß niemand da ist. Sie müssen Ihre Phantasie gebrauchen, mein Freund. Schließlich wollen wir doch nicht, daß die Regierung unglücklich ist, oder?»

Danach wurde die Arbeit beträchtlich leichter, aber sie war nicht mehr dieselbe. Meine Feldarbeit verwandelte sich in Schreibtischarbeit, und statt eines Interviewers war ich nun ein Erfinder. Alle ein oder zwei Tage ging ich ins Büro, um mir einen neuen Stoß Formulare zu holen und die fertigen abzuliefern, aber sonst brauchte ich meine Wohnung nicht zu verlassen. Ich weiß nicht, wie viele Menschen ich erfand – aber es müssen Hunderte, vielleicht Tausende gewesen sein. Ich saß in meinem Zimmer, der Ventilator blies mir ins Gesicht, ich hatte mir ein kaltes Handtuch um den Hals gewickelt, und so füllte ich Formulare aus, so schnell meine Hand schreiben konnte. Ich verlegte mich auf große Haushalte – sechs, acht, zehn Kinder – und setzte meinen Stolz darein, seltsame und komplizierte Verwandtschaftsverhältnisse auszuhecken, indem ich alle möglichen Kombinationen ausschöpfte: Eltern, Kinder, Cousins, Onkel, Tanten, Großeltern, Lebensgefährten, Stiefkinder, Halbbrüder, Halbschwestern und Freunde. Das größte Vergnügen war es, Namen zu erfinden. Manchmal mußte ich meine Neigung für das Ausgefallene – für das Komische, das Wortspiel, das Anzügliche – unterdrücken, aber meistens war ich damit zufrieden, die Grenzen des Vorstellbaren einzuhalten. Wenn meine Phantasie versagte, gab es gewisse mechanische Kunstgriffe, zu denen ich Zuflucht nehmen konnte: die Farben (Brown, White, Black, Green, Gray, Blue), die Präsidenten (Washington, Adams, Jefferson, Fillmore, Pierce), Romanfiguren (Finn, Starbuck, Dimmsdale, Budd). Ich liebte Namen, die mit dem Himmel verbunden waren (Orville Wright, Amelia Earhart), mit stillem Humor (Keaton, Langdon, Lloyd), mit langen Läufen beim Baseball (Killebrew, Mantle, Mays) und mit Musik (Schubert, Ives, Armstrong). Gelegentlich holte ich die Namen von entfernten Verwandten oder alten Schulfreunden hervor, und einmal verwendete ich sogar ein Anagramm meines eigenen Namens.

Es war kindisch, das zu tun, aber ich hatte keine Gewissensbisse. Es war auch nicht schwer zu rechtfertigen. Der Leiter würde nichts dagegen haben; die Leute, die tatsächlich die angegebenen Adressen hatten, würden nichts dagegen haben (sie wollten nicht belästigt werden, vor allem nicht von einem weißen jungen Mann, der die Nase in ihre persönlichen Angelegenheiten steckte); und die Regierung würde nichts dagegen haben, denn was sie nicht wußte, konnte ihr nichts antun und sicherlich nicht mehr, als sie sich selbst schon antat. Ich ging sogar so weit, meine Vorliebe für große Familien politisch zu rechtfertigen: Je größer die arme Bevölkerung war, desto mehr würde sich die Regierung verpflichtet fühlen, Geld für sie auszugeben. Es war der Schwindel mit den «toten Seelen» auf amerikanisch, und mein Gewissen war rein.

Das war die eine Seite. Aber im Grunde hatte ich ganz einfach meinen Spaß daran, Namen aus der Luft zu greifen, Menschen zu erfinden, die nie existiert hatten und nie existieren würden. Es war nicht genau dasselbe wie sich Figuren in einer Geschichte auszudenken, sondern großartiger und weit beunruhigender. Jeder weiß, daß Geschichten Phantasiegebilde sind. Was für eine Wirkung sie immer auf uns haben, wir wissen, daß sie nicht wahr sind, auch wenn sie uns Wahrheiten sagen, die wichtiger sind als die, die wir anderswo finden. Im Gegensatz zum Geschichtenerzähler bot ich meine Schöpfungen direkt der wirklichen Welt an, und daher erschien es mir möglich, daß sie diese wirkliche Welt auf eine wirkliche Weise beeinflussen, daß sie zuletzt ein Teil des Wirklichen selbst werden konnten. Kein Schriftsteller kann mehr als das verlangen.

All das fiel mir wieder ein, als ich mich hinsetzte, um über Fanshawe zu schreiben. Einmal hatte ich tausend nur in der Phantasie vorhandene Seelen geboren. Nun, acht Jahre später, war ich im Begriff, einen lebenden Menschen zu nehmen und in sein Grab zu legen. Ich war der Hauptleidtragende und der Gemeindepriester bei diesem falschen Begräbnis, und es war meine Aufgabe, die richtigen Worte zu sprechen, zu sagen, was jedermann hören wollte. Die beiden Handlungen waren gegensätzlich und identisch, jede das Spiegelbild der anderen. Aber das tröstete mich kaum. Der erste Betrug war ein Scherz gewesen, nicht mehr als ein jugendliches Abenteuer, während der zweite Betrug ernst war, etwas Dunkles und Erschreckendes. Ich grub ein Grab, und manchmal fragte ich mich, ob es nicht mein eigenes war.

Das Leben hat keinen Sinn, argumentierte ich. Ein Mann lebt und dann stirbt er, und was dazwischen geschieht, hat keinen Sinn. Ich dachte an die Geschichte von La Chère, einem Soldaten, der an einer der ersten französischen Expeditionen nach Amerika teilnahm. Im Jahre 1562 ließ Jean Ribaut einige Männer in Port Royal (bei Hilton Head, South Carolina) zurück. Sie standen unter dem Kommando von Albert de Pierra, einem Wahnsinnigen, der mit Terror und Gewalt herrschte. «Er erhängte mit seinen eigenen Händen einen Trommler, der sein Mißfallen erregt hatte», schreibt Francis Parkman, «und verbannte einen Soldaten namens La Chère auf eine drei Meilen vom Fort entfernte einsame Insel, damit er dort verhungerte.» Albert wurde schließlich bei einem Aufstand seiner Männer ermordet, und der halbtote La Chère wurde von der Insel gerettet. Man sollte meinen, daß La Chère nun sicher war, daß er, nachdem er seine schreckliche Strafe durchgestanden hatte, von weiteren Katastrophen verschont bleiben würde. Aber nichts ist so einfach. Es gibt keine Regeln, die dem Unglück eine Grenze setzen, und in jedem Augenblick beginnen wir von neuem, ebenso reif für den niederträchtigen Schlag, wie wir es zuvor waren. In der Siedlung brach alles zusammen. Die Männer waren nicht in der Lage, es mit der Wildnis aufzunehmen, und Hunger und Heimweh überwältigten sie. Sie boten all ihre Kraft auf und bauten mit behelfsmäßigen Mitteln ein Schiff, «das Robinson Crusoes würdig war», um nach Frankreich zurückzukehren. Auf dem Atlantik traf sie eine neue Katastrophe: sie hatten keinen Wind, und ihre Lebensmittel- und Wasservorräte gingen zu Ende. Die Männer begannen ihre Schuhe und Lederwämser zu essen, manche tranken in ihrer Verzweiflung Meerwasser, und mehrere starben. Dann kam der unvermeidliche Absturz in den Kannibalismus. «Das Los wurde gezogen», schreibt Parkman, «und es fiel auf La Chère, denselben Unglücklichen, den Albert zum Verhungern auf einer einsamen Insel verurteilt hatte. Sei töteten ihn und verteilten sein Fleisch mit heißhungriger Gier. Die abscheuliche Mahlzeit erhielt sie am Leben, bis Land in Sicht kam, und es heißt, daß sie in ihrem Freudentaumel ihr Schiff nicht mehr steuern konnten, sondern mit der Flut treiben ließen. Eine kleine englische Barke lief auf sie zu; die Engländer nahmen sie alle an Bord, und nachdem sie die Schwächsten an Land gesetzt hatten, brachten sie die übrigen als Gefangene nach Queen Elizabeth.»

Ich führe La Chère nur als Beispiel an. Sein Schicksal ist keineswegs außergewöhnlich – es ist vielleicht sogar milder als die meisten. Er ging wenigstens eine gerade Linie entlang, und das allein ist schon selten, beinahe ein Segen. Im allgemeinen scheint das Leben abrupt von einem Ding zum anderen zu schwenken, zu stoßen, zu rütteln und sich zu winden. Ein Mensch geht in eine bestimmte Richtung, macht auf halbem Wege eine scharfe Wendung, bleibt stehen, läßt sich treiben, geht wieder weiter. Nichts ist jemals vorherzusehen, und unvermeidlich gelangen wir an einen ganz anderen Ort als den, zu dem wir aufgebrochen sind. In meinem ersten Studienjahr an der Columbia University ging ich jeden Tag auf meinem Weg zu den Vorlesungen an einer Büste Lorenzo Da Pontes vorbei. Ich kannte ihn vage als Mozarts Librettisten, aber dann erfuhr ich, daß er auch der erste italienische Professor an dieser Universität gewesen war. Das eine schien mit dem anderen nicht vereinbar zu sein, und daher nahm ich mir vor, der Sache nachzugehen, weil ich neugierig war, wie ein Mann zwei so verschiedene Leben führen konnte. Es stellte sich heraus, daß Da Ponte fünf oder sechs verschiedene Leben gehabt hatte. Er wurde 1749 als Emmanuele Conegliano, Sohn eines jüdischen Lederhändlers, geboren. Nach dem Tod seiner Mutter heiratete sein Vater ein zweites Mal, und zwar eine Katholikin, und beschloß, sich und seine Kinder taufen zu lassen. Der junge Emmanuele hatte das Zeug zu einem Gelehrten, und als er vierzehn war, nahm ihn der Bischof von Cenada (Monsignore Da Ponte) unter seine Fittiche und trug die Kosten seiner Erziehung zum Priester. Wie es damals Brauch war, nahm der Schüler den Namen seines Wohltäters an. Da Ponte empfing 1773 die Weihen und wurde Seminarlehrer mit einem besonderen Interesse an lateinischer, italienischer und französischer Literatur. Er wurde nicht nur ein Anhänger der Aufklärung, sondern ließ sich auch auf einige verwickelte Liebesaffären ein, hatte ein Verhältnis mit einer venezianischen Adeligen und zeugte heimlich ein Kind. Im Jahre 1776 förderte er eine öffentliche Debatte am Seminar in Treviso, die die Frage behandelte, ob es der Zivilisation gelungen sei, die Menschheit glücklicher zu machen. Wegen dieses Verstoßes gegen die Prinzipien der Kirche mußte er fliehen – zuerst nach Venedig, dann nach Görz und zuletzt nach Dresden, wo er seine neue Karriere als Librettist begann. Im Jahre 1782 fuhr er mit einem Empfehlungsschreiben an Salieri nach Wien und wurde schließlich zum «Poeta dei teatri imperiali» ernannt, was er beinahe zehn Jahre lang blieb. Während dieser Zeit begegnete er Mozart und arbeitete mit ihm an den drei Opern, die seinen Namen vor der Vergessenheit bewahrten. Als Leopold II. jedoch 1790 das musikalische Leben in Wien wegen des Türkenkrieges einschränkte, verlor Da Ponte seine Stellung. Er ging nach Triest und verliebte sich in eine Engländerin namens Nancy Grahl oder Krahl (der Name ist noch umstritten). Von dort zogen die beiden nach Paris und dann weiter nach London, wo sie dreizehn Jahre lang blieben. Da Pontes musikalische Arbeit beschränkte sich auf einige Libretti für unbekannte Komponisten. Im Jahre 1805 wanderten er und Nancy nach Amerika aus, wo er die letzten dreiunddreißig Jahre seines Lebens verbrachte. Er war eine Zeitlang Krämer in New Jersey und Pennsylvania und starb im Alter von neunundachtzig Jahren – als einer der ersten Italiener, die in der Neuen Welt begraben wurden. Nach und nach hatte sich für ihn alles verändert. Aus dem eleganten Frauenhelden, einem Opportunisten, der in die politischen Intrigen von Kirche und Hof verwickelt war, wurde ein vollkommen gewöhnlicher Bürger von New York, das für ihn 1805 wie das Ende der Welt ausgesehen haben muß. Er war ein hart arbeitender Professor, ein pflichtbewußter Gatte und Vater von vier Kindern. Als eines seiner Kinder starb, heißt es, war er so von Kummer übermannt, daß er sich beinahe ein Jahr lang weigerte, sein Haus zu verlassen. Das Entscheidende ist, daß zuletzt jedes Leben auf nichts anderes als auf sich selbst zurückgeführt werden kann. Was mit anderen Worten heißt: das Leben hat keinen Sinn.

Ich will mich nicht des langen und breiten darüber auslassen. Aber die Umstände, unter denen ein Leben seinen Kurs wechselt, sind so vielfältig, daß es unmöglich erscheint, etwas über einen Menschen zu sagen, bevor er tot ist. Nicht nur ist der Tod der wahre Schiedsrichter des Glücks (wie

Solon sagte), er ist auch das einzige Maß, nach dem wir das Leben selbst beurteilen können. Ich kannte einmal einen Landstreicher, der wie ein Shakespeare-Darsteller sprach, einen heruntergekommenen Alkoholiker mittleren Alters, mit Krätze im Gesicht und in Lumpen gekleidet, der auf der Straße schlief und mich ständig um Geld anbettelte. Aber er war einmal Besitzer einer Kunstgalerie in der Madison Avenue gewesen. Und ich kannte einen anderen Mann, der einmal als der meistversprechende junge Romanautor Amerikas gegolten hatte. Als ich ihm begegnete, hatte er gerade fünfzehntausend Dollar von seinem Vater geerbt, und er stand an einer Straßenecke in New York und verteilte Hundertdollarscheine an Fremde. Das gehöre zu einem Plan, das ökonomische System der Vereinigten Staaten zu zerstören, erklärte er mir. Man bedenke, was geschehen kann. Man bedenke, wie viele Leben auseinanderbrechen. Goffe und Whalley, zum Beispiel, zwei der Richter, die Charles I. zum Tode verurteilt hatten, kamen nach der Restauration nach Connecticut und verbrachten den Rest ihres Lebens in einer Höhle. Oder Mrs. Winchester, die Witwe des Gewehrfabrikanten, die fürchtete, daß die Geister der mit den Gewehren ihres Mannes getöteten Menschen kommen würden, um ihre Seele zu holen – und daher in ihrem Haus ständig neue Räume anbaute und ein monströses Labyrinth von Korridoren und Verstecken schuf, so daß sie jede Nacht in einem anderen Zimmer schlafen und dadurch den Geistern entkommen konnte. Das Ironische daran war, daß sie 1906, beim Erdbeben von San Francisco, in einem dieser Räume gefangen wurde und beinahe verhungerte, weil die Diener sie nicht finden konnten. Und M. M. Bachtin, der russische Kritiker und Philosoph. Während der deutschen Besetzung Rußlands im Zweiten Weltkrieg rauchte er das einzige Exemplar eines seiner Manuskripte, einer Studie der deutschen Literatur, an der er jahrelang geschrieben hatte. Er nahm eine Seite seines Manuskripts nach der anderen und drehte mit dem Papier seine Zigaretten. So rauchte er jeden

Tag ein wenig mehr von dem Buch, bis es aufgebraucht war. Das sind wahre Geschichten. Sie sind vielleicht auch Parabeln, aber sie haben ihre Bedeutung, weil sie wahr sind.

Fanshawe zeigt in seinem Werk eine besondere Vorliebe für derartige Geschichten. Besonders in den Notizbüchern werden ständig kleine Anekdoten nacherzählt, und daß sie so häufig sind – und gegen das Ende zu immer häufiger werden –, deutet vielleicht darauf hin, daß Fanshawe das Gefühl hatte, sie könnten ihm irgendwie helfen, sich selbst zu verstehen. Eine der allerletzten (vom Februar 1976, zwei Monate vor seinem Verschwinden) scheint mir bezeichnend für ihn zu sein.

«In einem Buch von Peter Freuchen, das ich einmal las», schreibt Fanshawe, «schildert der berühmte Arktisforscher, wie er in Nordgrönland von einem Schneesturm überrascht wurde. Allein und mit schwindenden Vorräten beschloß er, einen Iglu zu bauen und zu warten, bis sich der Sturm legen würde. Viele Tage vergingen. Da er vor allem befürchtete, von Wölfen angefallen zu werden – denn er hörte sie hungrig auf dem Dach seines Iglus umherkriechen –, trat er in regelmäßigen Abständen hinaus und sang aus Leibeskräften, um sie zu verscheuchen. Aber der Wind blies heftig, und so laut er auch sang, das einzige, was er hören konnte, war der Wind. Wenn das schon ein ernstes Problem war, so war der Iglu selbst ein noch viel größeres. Denn Freuchen bemerkte, daß die Wände seines kleinen Unterschlupfes allmählich auf ihn zurückten. Wegen der besonderen Witterungsbedingungen fror sein Atem buchstäblich an den Wänden fest, und mit jedem Atemzug wurden die Wände ein wenig dikker, und der Iglu wurde ein wenig enger, bis zuletzt kaum noch Platz für seinen Körper blieb. Es ist sicherlich erschreckend, sich vorzustellen, daß man sich in einen Sarg aus Eis atmet, und für mich ist es um einiges packender als etwa Poes *Die Grube und das Pendel*. Denn in diesem Falle ist der Mann selbst die Ursache seiner Vernichtung, und außerdem ist das Instrument dieser Vernichtung gerade das, was er braucht, um sich am Leben zu erhalten. Denn gewiß kann ein Mensch nicht leben, ohne zu atmen. Aber zugleich kann Freuchen nicht leben, wenn er atmet. Merkwürdigerweise erinnere ich mich nicht, wie es ihm gelang, aus dieser mißlichen Lage zu entkommen. Aber ich brauche nicht zu sagen, daß er entkam. Der Titel des Buches lautet, wenn ich mich recht erinnere, *Arktisches Abenteuer*. Es ist seit vielen Jahren vergriffen.»

6

Im Juni dieses Jahres (1978) fuhren Sophie, Ben und ich nach New Jersey, um Fanshawes Mutter zu besuchen. Meine Eltern wohnten nicht mehr im Nachbarhaus (sie hatten sich nach Florida zurückgezogen), und ich war seit Jahren nicht mehr dort gewesen. Als Bens Großmutter war Mrs. Fanshawe mit uns in Verbindung geblieben, aber die Beziehungen waren ein wenig schwierig. Sie schien eine unterschwellige Feindseligkeit gegenüber Sophie zu empfinden, so als gäbe sie ihr insgeheim die Schuld an Fanshawes Verschwinden, und dieser Groll machte sich ab und zu in einer schroffen Bemerkung Luft. Sophie und ich luden sie in angemessenen Abständen zum Abendessen ein, aber sie nahm die Einladung nur selten an, und wenn sie kam, saß sie unruhig und lächelnd da, redete ständig, gab vor, das Baby zu bewundern, machte Sophie nicht sehr passende Komplimente und sagte, was für eine glückliche Frau sie doch sei, und dann ging sie schon früh wieder. Sie stand immer mitten in einem Gespräch auf und platzte mit der Erklärung heraus, sie habe eine Verabredung anderswo vergessen. Doch man konnte es ihr nur schwer übelnehmen. Nichts war sehr gut gelaufen in ihrem Leben, und nun hatte sie mehr oder weniger die Hoffnung aufgegeben, daß es je besser werden könnte. Ihr Mann war tot; ihre Tochter hatte mehrere seelische Zusammenbrüche erlitten, stand unter Tabletten und lebte in einem Sanatorium; ihr Sohn war verschwunden. Immer noch schön mit fünfzig (früher war sie für mich die hinreißendste Frau, die ich je gesehen hatte), hielt sie sich bei Laune mit verworrenen Liebesaffären (die Liste der Männer wechselte ständig), mit Einkaufsbummeln in New York und mit einer Leidenschaft für Golf. Fanshawes literarischer Erfolg hatte sie überrascht, aber nun da sie sich an ihn gewöhnt hatte, war sie durchaus bereit, die Verantwortung dafür zu übernehmen, ein Genie geboren zu haben. Als ich sie anrief und ihr von der Biographie erzählte, gab sie sich sehr hilfsbereit. Sie habe Briefe und Fotografien und Dokumente, sagte sie, und sie würde mir alles zeigen, was ich zu sehen wünsche.

Wir kamen am späteren Vormittag an, und nach einer verlegenen Begrüßung, auf die eine Tasse Kaffee in der Küche und ein langes Gespräch über das Wetter folgten, wurden wir in Fanshawes altes Zimmer hinaufgeführt. Mrs. Fanshawe hatte alles sehr gründlich für mich vorbereitet, und das ganze Material lag in säuberlichen Stapeln auf Fanshawes ehemaligem Schreibtisch. Ich war verblüfft. Da ich nicht wußte, was ich sagen sollte, dankte ich ihr für ihre Hilfsbereitschaft – aber tatsächlich war ich erschrocken, überwältigt von der Menge. Einige Minuten später ging Mrs. Fanshawe mit Sophie und Ben nach unten und in den Garten hinaus (es war ein warmer, sonniger Tag), und ich wurde allein zurückgelassen. Ich erinnere mich, daß ich aus dem Fenster blickte und Ben sah, wie er in seinem mit Windeln ausgestopften Overall über das Gras watschelte, schrie und mit dem Finger zeigte, als ein Rotkehlchen über ihn hinwegflog. Ich klopfte an die Scheibe, und als sich Sophie umdrehte und heraufsah, winkte ich ihr. Sie lächelte, warf mir eine Kußhand zu und ging dann weiter, um mit Mrs. Fanshawe ein Blumenbeet zu betrachten.

Ich setzte mich an den Schreibtisch. Es war schrecklich, in diesem Zimmer zu sitzen, und ich wußte nicht, wie lange ich es aushalten würde. Fanshawes Baseballhandschuh und ein abgenutzter Ball lagen in einem Regal. In den Fächern darüber und darunter standen die Bücher, die er als Kind gelesen hatte. Direkt hinter mir stand das Bett mit der blauweiß karierten Steppdecke, an die ich mich noch erinnerte. Dies waren die greifbaren Beweisstücke, die Überreste einer toten Welt. Ich war in das Museum meiner eigenen Vergangenheit getreten, und was ich dort fand, erdrückte mich fast.

In einem Stapel: Fanshawes Geburtsurkunde, Fanshawes Schulzeugnisse, Fanshawes Jungpfadfinder-Abzeichen, Fanshawes High School-Diplom. In einem anderen Stapel: Fotografien. Ein Album von Fanshawe als Baby; ein Album von Fanshawe und seiner Schwester; ein Familienalbum (Fanshawe als Zweijähriger, lachend in den Armen seines Vaters, Fanshawe und Ellen, die ihre Mutter auf der Gartenschaukel umarmen, Fanshawe mit seinen Cousins). Und dann die losen Bilder, in Mappen, in Umschlägen, in kleinen Schachteln: Dutzende von Fanshawe und mir (beim Schwimmen, Fangenspielen, Radfahren, Grimassenschneiden im Garten; mein Vater mit uns beiden auf dem Rücken; der kurze Haarschnitt, die ausgebeulten Jeans, die alten Autos hinter uns: ein Packard, ein DeSoto, ein Ford-Kombi mit Holzverkleidung). Bilder von der Klasse, von der Mannschaft, vom Lager. In einem Kanu sitzend, beim Tauziehen. Und dann, weiter unten, einige aus späteren Jahren: Fanshawe, wie ich ihn nie gesehen hatte. Fanshawe auf dem Gelände von Harvard; Fanshawe auf dem Deck eines Esso-Öltankers; Fanshawe in Paris vor einem steinernen Brunnen. Als letztes ein einziges Bild von Fanshawe und Sophie – Fanshawe sah älter, grimmiger aus und Sophie so schrecklich jung, so schön, und doch irgendwie zerstreut, so als wäre sie nicht imstande, sich zu konzentrieren. Ich atmete tief ein, und dann fing ich plötzlich an zu weinen. Bis zum letzten Moment war mir nicht bewußt gewesen, daß ich diese Tränen in mir hatte – ich schluchzte laut, und es schüttelte mich, und ich schlug die Hände vors Gesicht.

Eine Schachtel rechts von den Bildern war mit Briefen gefüllt, mit mindestens hundert Briefen. Die ersten hatte Fanshawe im Alter von acht Jahren geschrieben (die unbeholfene Schrift eines Kindes, verschmierte Bleistiftstriche und radierte Stellen), die letzten in den frühen siebziger Jahren. Ich fand Briefe vom College, Briefe vom Schiff, Briefe aus Frankreich. Die meisten waren an Ellen adressiert, und viele waren sehr lang. Ich wußte, daß sie wertvoll waren, zweifellos wertvoller als alles andere im Zimmer – aber ich brachte es nicht über mich, sie dort zu lesen. Ich wartete zehn oder fünfzehn Minuten, dann ging ich zu den anderen hinunter.

Mrs. Fanshawe wollte nicht die Originale aus dem Haus geben, aber sie hatte nichts dagegen, die Briefe fotokopieren zu lassen. Sie bot an, es selbst zu erledigen, aber ich sagte ihr, sie solle sich keine Mühe machen; ich würde ein andermal wiederkommen und mich der Sache annehmen.

Zu Mittag machten wir ein Picknick im Garten. Ben beherrschte die Szene, indem er nach jedem Bissen von seinem Sandwich zu den Blumen und wieder zurücklief. Um zwei Uhr wollten wir nach Hause zurückkehren. Mrs. Fanshawe fuhr uns zur Bushaltestelle und küßte uns alle drei zum Abschied. Sie zeigte mehr Gefühl als während unseres ganzen Besuches. Fünf Minuten, nachdem der Bus losgefahren war, schlief Ben auf meinem Schoß ein, und Sophie nahm meine Hand.

«Kein so glücklicher Tag, nicht wahr?» sagte sie.

«Einer der schlimmsten», sagte ich.

«Stell dir vor, du mußt mit dieser Frau vier Stunden lang Konversation machen. Ich wußte schon nicht mehr, was ich sagen sollte, als wir ankamen.»

«Sie mag uns wahrscheinlich nicht sehr.»

«Nein, ich glaube nicht.»

«Aber das ist noch das wenigste.»

«Es war schwer so allein dort oben, nicht wahr?»
«Sehr schwer.»
«Überlegst du es dir noch einmal?»
«Ich fürchte, ja.»
«Ich mache dir keinen Vorwurf. Das Ganze wird ziemlich gespenstisch.»
«Ich muß es noch einmal überdenken. Jetzt habe ich allmählich das Gefühl, daß ich einen großen Fehler gemacht habe.»

Vier Tage später rief Mrs. Fanshawe an, um uns zu sagen, daß sie für einen Monat nach Europa reisen wolle und daß es vielleicht eine gute Idee sei, wenn wir uns gleich um unser Geschäft kümmerten (ihre Worte). Ich hatte vorgehabt, die Dinge laufen zu lassen, aber bevor mir eine plausible Erklärung einfiel, nicht hinauszufahren, hörte ich mich schon sagen, ich würde am nächsten Montag kommen. Sophie weigerte sich, mich zu begleiten, und ich drängte sie nicht. Wir hatten beide das Gefühl, daß der letzte Familienbesuch gereicht hatte.

Jane Fanshawe holte mich an der Bushaltestelle ab. Sie lächelte über das ganze Gesicht und begrüßte mich liebevoll. Von dem Moment an, als ich in ihren Wagen stieg, fühlte ich, daß diesmal alles anders sein würde. Sie hatte sich besonders zurechtgemacht (weiße Hose, eine rote Seidenbluse, ihr sonnengebräunter, faltenloser Hals nackt), und es war unschwer zu erkennen, daß sie mich dazu animieren wollte, sie anzusehen und zuzugestehen, daß sie noch schön war. Aber es war mehr als nur das: ein leicht einschmeichelnder Ton lag in ihrer Stimme, in dem mitschwang, daß wir irgendwie alte Freunde waren, auf vertrautem Fuße wegen der Vergangenheit, und war es nicht gut, daß ich allein gekommen war, denn nun waren wir frei, offen miteinander zu sprechen. Ich fand das alles eher unangenehm und sagte nicht mehr, als ich mußte.

«Du hast eine hübsche kleine Familie, mein Junge», sagte

sie und wandte sich mir zu, als wir vor einer roten Ampel hielten.

«Ja», sagte ich. «Eine hübsche kleine Familie.»

«Das Baby ist natürlich entzückend. Ein richtiger Schatz. Aber ein bißchen wild, meinst du nicht auch?»

«Ben ist erst zwei Jahre alt. Die meisten Kinder sind in diesem Alter sehr ausgelassen.»

«Natürlich, aber ich glaube, Sophie ist in ihn vernarrt. Sie scheint die ganze Zeit ihren Spaß zu haben, wenn du weißt, was ich meine. Ich sage nichts gegen ihr Lachen, aber ein klein wenig Disziplin würde auch nicht schaden.»

«Sophie ist allen gegenüber so», sagte ich. «Eine lebhafte Frau muß auch eine lebhafte Mutter sein. Soviel ich sagen kann, hat Ben keine Klagen.»

Eine kurze Pause, und dann, als wir weiterfuhren und eine breite Geschäftsstraße entlangrollten, fügte Jane Fanshawe hinzu: «Sie hat Glück, diese Sophie. Glück, wieder auf den Füßen gelandet zu sein. Glück, einen Mann wie dich gefunden zu haben.»

«Ich sehe es eigentlich anders herum», sagte ich.

«Du solltest nicht so bescheiden sein.»

«Das bin ich nicht. Ich weiß nur, wovon ich rede. Bisher war das ganze Glück auf meiner Seite.»

Sie lächelte – kurz, rätselhaft, so als hielte sie mich für einen Dummkopf, und doch irgendwie nachsichtig. Es war ihr bewußt, daß ich mir keine Blöße geben würde. Als wir einige Minuten später ihr Haus erreichten, schien sie ihre anfängliche Taktik fallenzulassen. Sophie und Ben wurden nicht mehr erwähnt, und sie übertraf sich selbst in ihrer Besorgtheit. Sie sagte mir, wie froh sie sei, daß ich das Buch über Fanshawe schreibe, und tat so, als machte ihre Ermutigung wirklich etwas aus – als wäre sie eine Art endgültiger Billigung nicht nur des Buches, sondern auch dessen, was ich war. Dann gab sie mir ihre Autoschlüssel und erklärte den Weg zum nächsten Fotokopierladen. Das Mittagessen, sagte sie, werde auf mich warten, wenn ich zurückkomme.

Ich brauchte mehr als zwei Stunden, um die Briefe zu kopieren, so daß es beinahe ein Uhr war, als ich zurückkehrte. Das Mittagessen war tatsächlich fertig, und es war ein wahrlich fürstliches Mahl: Spargel, kalter Lachs, verschiedene Käsesorten, Weißwein, alles, was dazugehört, und alles auf dem Tisch im Speisezimmer gedeckt, mit Blumen und dem offenbar besten Geschirr. Die Überraschung muß sich in meinem Gesicht gespiegelt haben.

«Ich wollte es festlich haben», sagte Mrs. Fanshawe. «Du machst dir keine Vorstellung, wie gut es mir tut, dich hier zu haben. All die Erinnerungen, die zurückkehren. Es ist, als ob die schlimmen Dinge nie geschehen wären.»

Ich vermutete, daß sie schon angefangen hatte zu trinken, während ich fort gewesen war. Sie hatte sich noch unter Kontrolle, und ihre Bewegungen waren noch sicher, aber sie hatte eine schwere Zunge und sprach mit zittriger Stimme. Als wir uns an den Tisch setzten, ermahnte ich mich aufzupassen. Der Wein wurde in großzügigen Mengen eingeschenkt, und als ich sah, daß sie ihrem Glas mehr Aufmerksamkeit schenkte als ihrem Teller, in den Speisen nur stocherte und sie schließlich gar nicht mehr anrührte, machte ich mich auf das Schlimmste gefaßt. Nach einem seichten Gespräch über meine Eltern und meine beiden jüngeren Schwestern wurde aus der Konversation ein Monolog.

«Es ist seltsam», sagte sie, «seltsam, wie sich alles im Leben verändert. Von einem Augenblick zum nächsten weiß man nicht, was geschehen wird. Da bist du nun, der kleine Junge von nebenan. Du bist dieselbe Person, die mit schmutzigen Schuhen durch dieses Haus rannte – jetzt erwachsen, ein Mann. Du bist der Vater meines Enkels, ist dir das klar? Du bist mit der Frau meines Sohnes verheiratet. Wenn mir jemand vor zehn Jahren gesagt hätte, das sei die Zukunft, würde ich gelacht haben. Das ist es, was man letzten Endes vom Leben lernt: wie eigenartig es ist. Man kann dem, was geschieht, nicht folgen. Man kann es sich nicht einmal vorstellen. Du siehst sogar so aus wie er, weißt du.

Das war immer so, ihr beide wart wie Brüder, beinahe wie Zwillinge. Ich erinnere mich, daß ich euch manchmal von weitem verwechselte, als ihr noch klein wart. Ich konnte nicht sagen, welcher von euch beiden meiner war. Ich weiß, wie sehr du ihn geliebt hast, wie du zu ihm aufgeschaut hast. Aber ich will dir etwas sagen, mein Lieber. Er war nicht annähernd so wie du. Er war innerlich kalt. Er war tot da drinnen, und ich glaube nicht, daß er einmal jemanden liebte – nicht ein einziges Mal, nie in seinem Leben. Ich habe manchmal dich und deine Mutter im Garten beobachtet – wie du zu ihr liefst und ihr die Arme um den Hals warfst, wie du dich von ihr küssen ließest. Vor meinen Augen konnte ich alles sehen, was ich mit meinem eigenen Sohn nicht hatte. Er ließ sich von mir nicht berühren, weißt du. Schon im Alter von vier oder fünf Jahren wich er jedesmal aus, wenn ich in seine Nähe kam. Was glaubst du, wie sich eine Frau fühlt, wenn ihr eigener Sohn sie verachtet? Ich war damals noch so verdammt jung. Ich war noch nicht einmal zwanzig, als er geboren wurde. Stell dir vor, wie einem zumute ist, wenn man so zurückgewiesen wird. Ich will nicht sagen, daß er schlecht war. Er sonderte sich ab, war ein Kind ohne Eltern. Nichts, was ich sagte, hatte jemals eine Wirkung auf ihn. Mit seinem Vater war es genauso. Er weigerte sich, etwas von uns zu lernen. Robert hat es immer wieder versucht, aber er konnte nie zu dem Jungen durchdringen. Aber man kann jemanden nicht bestrafen, weil er keine Zuneigung empfindet, nicht wahr? Man kann ein Kind nicht zwingen, einen zu lieben, nur weil es das eigene Kind ist.

Da war natürlich Ellen. Die arme, gequälte Ellen. Er war gut zu ihr, das wissen wir beide. Aber irgendwie zu gut, und zuletzt war es gar nicht gut für sie. Er machte eine Gehirnwäsche mit ihr. Er machte sie so von sich abhängig, daß sie es sich zweimal überlegte, bevor sie sich an uns wandte. Er war derjenige, der sie verstand, der ihr Ratschläge gab, der ihre Probleme lösen konnte. Robert und ich waren nicht mehr als Strohmänner. Soweit es die Kinder betraf, existierten wir kaum. Ellen vertraute ihrem Bruder so sehr, daß sie ihm schließlich ihre Seele auslieferte. Ich will nicht sagen, daß er wußte, was er tat, aber ich muß noch mit den Auswirkungen leben. Das Mädchen ist siebenundzwanzig Jahre alt, aber sie benimmt sich, als wäre sie vierzehn – und das auch nur, wenn es ihr gut geht. Sie ist so verwirrt, so verschreckt. An einem Tag denkt sie, ich bin darauf aus, sie zu zerstören, und am nächsten Tag ruft sie mich dreißigmal an. Dreißigmal. Du kannst dir nicht vorstellen, wie das ist. Ellen ist der Grund dafür, daß er nie eine seiner Arbeiten veröffentlichte, weißt du. Ihretwegen gab er Harvard nach dem zweiten Jahr auf. Er schrieb damals Gedichte, und alle paar Wochen schickte er ihr einen Stoß Manuskripte. Du weißt, was für Gedichte das sind. Beinahe unmöglich zu verstehen. Sehr leidenschaftlich, natürlich, und hochgestochen, aber so unklar, daß man meinen könnte, sie wären in einem Code geschrieben. Ellen tüftelte stundenlang daran herum, so als hinge ihr Leben davon ab, sie betrachtete die Gedichte als geheime Botschaften, als für sie geschriebene Orakel. Ich glaube nicht, daß er eine Ahnung hatte, was da vor sich ging. Ihr Bruder war fort, siehst du, und diese Gedichte waren alles, was ihr noch von ihm geblieben war. Das arme Baby. Sie war damals erst fünfzehn und fiel ohnehin schon auseinander. Sie brütete über diesen Seiten, bis sie ganz zerknittert und schmutzig waren, und schleppte sie überall mit sich herum. Wenn es sie wirklich schlimm erwischte, ging sie im Bus zu wildfremden Leuten und drückte sie ihnen in die Hand. ‹Lesen Sie diese Gedichte›, sagte sie. ‹Sie werden Ihr Leben retten.› Schließlich hatte sie ihren ersten Zusammenbruch. Sie entfernte sich eines Tages im Supermarkt von mir, und bevor ich wußte, was geschah, nahm sie diese großen Krüge mit Apfelsaft von den Regalen und zerschmetterte sie auf dem Boden, einen nach dem anderen, wie in Trance. Sie stand mitten in all dem zerbrochenen Glas, ihre Knöchel bluteten, und der Saft rann überall hin.

Es war furchtbar. Sie wurde so wild, daß drei Männer nötig waren, um sie zu bändigen und fortzutragen.

Ich will nicht sagen, daß ihr Bruder schuld war. Aber diese verdammten Gedichte halfen ihr sicherlich nicht, und zu recht oder unrecht machte er sich Vorwürfe. Seit damals versuchte er nie, etwas zu veröffentlichen. Er kam, um Ellen im Krankenhaus zu besuchen, und ich glaube, es war zu viel für ihn, sie so zu sehen, so völlig außer sich, völlig verrückt – sie schrie ihn an und warf ihm vor, sie zu hassen. Es war ein richtiger schizoider Anfall, weißt du, und er konnte damit nicht fertig werden. Damals legte er das Gelübde ab, nichts zu veröffentlichen. Es war eine Art Buße, glaube ich, und er hielt sich den Rest seines Lebens daran, nicht wahr, er hielt sich daran bis zum Ende auf seine sture, brutale Weise. Ungefähr zwei Monate später bekam ich einen Brief von ihm, in dem er mir mitteilte, daß er das College verlassen habe. Er fragte mich wohlgemerkt nicht um meinen Rat, er sagte mir nur, was er getan hatte. Liebe Mutter und so weiter und so fort, alles sehr edel und eindrucksvoll. Ich verlasse das College, um dich von der finanziellen Last, mich zu unterhalten, zu befreien. Bei Ellens Zustand, den hohen Arztkosten, den verflixten x und y und z und so weiter und so fort. Ich war wütend. Ein Junge wie er wirft für nichts seine Erziehung über Bord. Es war ein Sabotageakt, aber es gab nichts, was ich dagegen tun konnte. Er war schon fort. Ein Freund von ihm in Harvard hatte einen Vater, der irgendeine Verbindung mit der Seefahrt hatte – ich glaube, er vertrat die Gewerkschaft der Seeleute oder so etwas –, und durch diesen Mann bekam er seine Papiere. Als mich der Brief erreichte, war er irgendwo in Texas, und das war es dann. Ich habe ihn mehr als fünf Jahre lang nicht wiedergesehen.

Jeden Monat oder so kam ein Brief oder eine Postkarte für Ellen, aber immer ohne Absender. Aus Paris, Südfrankreich, Gott weiß, woher, aber er achtete darauf, daß wir keine Möglichkeit hatten, uns mit ihm in Verbindung zu setzen.

Ich fand dieses Verhalten jämmerlich. Feige und jämmerlich. Frag mich nicht, warum ich die Briefe aufgehoben habe. Es tut mir leid, daß ich sie nicht verbrannt habe. Das hätte ich tun sollen. Sie allesamt verbrennen.»

Sie sprach mehr als eine Stunde lang so weiter, ihre Worte wurden immer bitterer, erreichten Momente der Klarheit und verloren dann, nach dem nächsten Glas Wein, allmählich ihren Zusammenhang. Ihre Stimme war hypnotisch. Solange sie weitersprach, hatte ich das Gefühl, daß mich nichts mehr berühren konnte, daß ich immun war, geschützt durch die Worte, die aus ihrem Mund kamen. Ich machte mir kaum die Mühe zuzuhören. Ich schwebte in dieser Stimme, ich war von ihr umfangen, aufrecht gehalten durch ihre Fortdauer, getragen von dem Fluß der Silben, dem Steigen und Fallen, den Wellen. Als das Nachmittagslicht durch die Fenster auf den Tisch fiel, in den Soßen, der schmelzenden Butter, den grünen Weinflaschen funkelte, wurde alles im Raum so strahlend und still, daß es mir ganz unwirklich erschien, daß ich in meinem eigenen Körper dasaß. Ich schmelze, sagte ich mir und sah zu, wie die Butter in ihrer Schüssel weich wurde, und ein- oder zweimal dachte ich, daß ich dem Einhalt gebieten mußte, daß ich die Situation nicht entgleiten lassen durfte, aber zuletzt tat ich nichts dagegen, weil ich irgendwie das Gefühl hatte, daß ich nichts tun konnte.

Ich entschuldige mich nicht für das, was dann geschah. Trunkenheit ist nie mehr als ein Symptom, keine ausschließliche Ursache, und mir ist klar, daß es unrecht wäre zu versuchen, mich zu verteidigen. Trotzdem gibt es zumindest die Möglichkeit einer Erklärung. Ich bin jetzt ziemlich sicher, daß das, was folgte, ebensoviel mit der Vergangenheit zu tun hatte wie mit der Gegenwart, und ich finde es nun, da ich einen gewissen Abstand dazu habe, merkwürdig, wie mich an diesem Nachmittag alte Gefühle wieder einholten. Als ich da saß und Mrs. Fanshawe zuhörte, fiel es mir schwer, mich nicht daran zu erinnern, wie ich sie als

Junge gesehen hatte, und dabei tauchten Bilder auf, die mir jahrelang nicht gegenwärtig gewesen waren. Eines vor allem traf mich mit großer Kraft: An einem Nachmittag im August, als ich dreizehn oder vierzehn war, schaute ich durch mein Schlafzimmerfenster in den Nachbargarten hinüber und sah Mrs. Fanshawe in einem zweiteiligen roten Badeanzug herauskommen; sie nahm lässig das Oberteil ab und legte sich mit dem Rücken zur Sonne auf eine Liege. All das war zufällig. Ich saß tagträumend an meinem Fenster, und unerwartet schlenderte eine schöne Frau in mein Blickfeld, beinahe nackt, ohne etwas von meiner Gegenwart zu ahnen, so als hätte ich selbst sie heraufbeschworen. Dieses Bild verfolgte mich lange, und ich kehrte, während ich heranwuchs, oft zu ihm zurück: die Begierde eines kleinen Jungen, die Phantasien spät am Abend. Nun da diese Frau offenbar im Begriff war, mich zu verführen, wußte ich kaum, was ich denken sollte. Einerseits fand ich die Szene grotesk. Andererseits war etwas Natürliches, ja sogar Folgerichtiges daran, und ich fühlte, daß ich es, wenn ich nicht mit aller Kraft dagegen ankämpfte, geschehen lassen würde.

Es ist keine Frage, daß sie mein Mitleid weckte. In der Art, wie sie über Fanshawe gesprochen hatte, lag so viel Schmerz, eine so tiefe Traurigkeit drückte sich darin aus, daß ich allmählich Mitleid mit ihr bekam und ihr in die Falle ging. Ich weiß jedoch bis heute nicht, bis zu welchem Grade sie sich dessen bewußt war, was sie tat. Hatte sie es im voraus geplant oder geschah es von selbst? War ihr weit ausholendes Gerede eine List, um meinen Widerstand zu schwächen, oder war es ein spontaner Ausbruch echten Gefühls? Ich vermute, daß sie die Wahrheit über Fanshawe sagte, ihre eigene Wahrheit jedenfalls, aber das ist nicht genug, um mich zu überzeugen – denn sogar ein Kind weiß, daß die Wahrheit zu unredlichen Zwecken mißbraucht werden kann. Noch wichtiger ist die Frage des Motivs. Beinahe sechs Jahre danach habe ich noch immer keine Antwort gefunden. Zu sagen, daß sie mich unwiderstehlich fand, wäre zu weit hergeholt, und ich will mir nichts vormachen. Es ging viel tiefer, war viel unheimlicher. Seit einiger Zeit frage ich mich, ob sie in mir nicht irgendwie einen Haß auf Fanshawe spürte, der ebenso stark war wie ihr eigener. Vielleicht fühlte sie diese unausgesprochene Verbindung zwischen uns, vielleicht war es eine Art von Verbindung, die nur durch einen perversen, zügellosen Akt ausgelebt werden konnte. Mit mir zu vögeln würde soviel heißen wie mit Fanshawe zu vögeln – wie mit ihrem eigenen Sohn zu vögeln –, und in der Dunkelheit dieser Sünde würde sie ihn wieder haben – aber nur, um ihn zu vernichten. Eine schreckliche Rache. Wenn das wahr ist, kann ich mir nicht anmaßen, mich ihr Opfer zu nennen. Wenn irgend etwas, war ich ihr Komplice.

Die Dinge nahmen ihren Lauf, nachdem sie angefangen hatte zu weinen – als Jane schließlich erschöpft war und ihre Worte zerbrachen, sich in Tränen auflösten. Betrunken, voller Mitgefühl, stand ich auf, ging zu ihr hinüber und legte tröstend meine Arme um sie. Das trug uns über die Schwelle. Die bloße Berührung genügte, um eine sexuelle Reaktion auszulösen, eine blinde Erinnerung an andere Körper, andere Umarmungen, und einen Augenblick später küßten wir uns, und dann, nicht viele Augenblicke später, lagen wir nackt auf ihrem Bett im ersten Stock.

Obwohl ich betrunken war, war ich nicht so weit verloren, daß ich nicht wußte, was ich tat. Aber nicht einmal das Schuldgefühl genügte, um mich aufzuhalten. Es geht vorüber, sagte ich mir, und niemandem wird es weh tun. Es hat nichts mit meinem Leben, nichts mit Sophie zu tun. Aber dann, als es passierte, entdeckte ich, daß es mehr war als das. Denn es gefiel mir, Fanshawes Mutter zu ficken – aber auf eine Weise, die nichts mit Lust zu tun hatte. Ich war von Verlangen verzehrt, und zum erstenmal in meinem Leben spürte ich keine Zärtlichkeit. Ich fickte aus Haß und machte daraus einen Akt der Gewalt, ich stieß diese Frau, als wollte ich sie zermalmen. Ich war in meine eigene Dunkelheit eingedrungen, und dort lernte ich das eine, das schrecklicher ist als alles andere: daß sexuelle Begierde auch die Begierde zu töten sein kann, daß ein Moment kommt, in dem es einem Mann möglich ist, den Tod dem Leben vorzuziehen. Diese Frau wollte, daß ich ihr weh tat, und ich tat ihr weh und stellte fest, daß ich meine Grausamkeit in vollen Zügen genoß. Aber selbst da wußte ich, daß ich nur halb am Ziel war, daß Jane nicht mehr als ein Schatten war und daß ich sie benutzte, um Fanshawe selbst anzugreifen. Als ich mich das zweite Mal in ihr verströmte – wir beide mit Schweiß bedeckt, stöhnend wie Geschöpfe in einem Alptraum –, verstand ich das endlich. Ich wollte Fanshawe töten, ich wollte, daß Fanshawe tot war, und ich wollte es tun. Ich wollte ihn aufspüren und töten.

Ich ließ sie im Bett schlafend zurück, schlich aus dem Zimmer und rief vom Telefon im Parterre aus ein Taxi. Eine halbe Stunde später saß ich im Bus nach New York. Im Port Authority Terminal ging ich in die Toilette und wusch mir die Hände und das Gesicht, dann nahm ich die U-Bahn stadtauswärts. Ich kam nach Hause, als Sophie gerade den Tisch für das Abendessen deckte.

7

Dann kam die schlimmste Zeit. Es gab so vieles vor Sophie zu verbergen, daß ich ihr kaum unter die Augen treten konnte. Ich wurde reizbar, unzugänglich, schloß mich in meinem kleinen Arbeitszimmer ein, sehnte mich nur danach allein zu sein. Lange hatte Sophie Nachsicht mit mir, sie ging mit einer Geduld auf mich ein, die zu erwarten ich nicht das Recht hatte, aber schließlich wurde es sogar ihr zu viel. Wir fingen an, uns zu streiten, aneinander herumzumäkeln, uns wegen Dingen zu zanken, die nichts bedeuteten. Eines Tages kam ich nach Hause und fand sie weinend auf dem Bett vor. Da begriff ich, daß ich nahe daran war, mein Leben zu zerstören.

Für Sophie war das Buch das Problem. Wenn ich nur aufhörte, daran zu arbeiten, würde alles wieder normal werden. Ich sei zu voreilig gewesen, sagte sie. Das Projekt sei ein Fehler, und ich solle nicht so starrsinnig sein und es zugeben. Sie hatte natürlich recht, aber ich hielt ihr die andere Seite vor: Ich hatte mich zu dem Buch verpflichtet, ich hatte einen Vertrag dafür unterschrieben, und es würde feige sein, davon zurückzutreten. Was ich ihr nicht sagte, war, daß ich gar nicht mehr die Absicht hatte, es zu schreiben. Das Buch existierte für mich nur insofern, als es mich zu Fanshawe führen konnte, und darüber hinaus gab es überhaupt kein Buch. Es war für mich eine persönliche Angelegenheit geworden, etwas, was nichts mehr mit Schreiben zu tun hatte. All die Nachforschungen für die Biographie, all die Fakten, die ich aus seiner Vergangenheit zusammentragen würde, die ganze Arbeit, die mit dem Buch verbunden zu sein schien – das alles wollte ich nur einsetzen, um herauszufinden, wo er war. Arme Sophie. Sie hatte nicht die leiseste Ahnung, worauf ich aus war – denn was ich zu tun vorgab, unterschied sich nach außen nicht von dem, was ich tatsächlich tat. Ich setzte die Lebensgeschichte eines Mannes Stück für Stück zusammen. Ich sammelte Informationen, Namen, Orte, Daten, ich stellte eine Chronologie der Ereignisse auf. Warum ich so hartnäckig darauf bestand, erstaunt mich noch heute. Alles war auf einen einzigen dringenden Wunsch reduziert worden: Fanshawe zu finden, mit Fanshawe zu sprechen, Fanshawe ein letztes Mal gegenüberzutreten. Aber weiter kam ich nie, ich konnte mir nie eine klare Vorstellung davon machen, was ich durch eine solche Begegnung zu erreichen hoffte. Fanshawe hatte geschrieben, daß er mich töten würde, aber diese Drohung schreckte mich nicht. Ich wußte, daß ich ihn finden mußte – daß nichts erledigt sein würde, bis ich ihn fand. Dies war die vorgegebene, die erste Grundwahrheit, das Mysterium des Glaubens: ich erkannte es an, aber ich machte mir nicht die Mühe, es in Frage zu stellen.

Letzten Endes glaube ich nicht, daß ich wirklich die Absicht hatte, ihn zu töten. Die mörderische Vision, die mir bei Mrs. Fanshawe gekommen war, hielt nicht an, jedenfalls nicht in meinem Bewußtsein. Es gab Zeiten, in denen mir kleine Szenen durch den Kopf blitzten – wie ich Fanshawe erwürgte, wie ich ihn erstach, wie ich ihm ins Herz schoß –, aber andere Menschen waren in mir im Laufe der Jahre schon ähnliche Tode gestorben, und ich achtete nicht sonderlich darauf. Das Seltsame war nicht, daß ich vielleicht den Wunsch hatte, Fanshawe zu töten, sondern daß ich mir vorstellte, daß er *wollte*, daß ich ihn tötete. Diesen Gedanken hatte ich nur ein- oder zweimal – in Augenblicken äußerster Klarheit –, und ich kam zu der Überzeugung, daß darin der wahre Sinn des Briefes lag, den er mir geschrieben hatte. Fanshawe wartete auf mich. Er hatte mich als seinen Scharfrichter auserwählt, und er wußte, er konnte sich darauf verlassen, daß ich diese Aufgabe erfüllen würde. Aber eben deshalb wollte ich es nicht tun. Ich mußte Fanshawes Macht brechen, nicht mich ihr unterwerfen. Das Entscheidende war, ihm zu beweisen, daß mir nichts mehr an ihm lag – darauf kam es an: ihn als Toten zu behandeln, obwohl er lebte. Aber bevor ich das Fanshawe beweisen konnte, mußte ich es mir selbst beweisen, und die Tatsache, daß ich es beweisen mußte, zeigte, daß ich mir noch zu viel aus ihm machte. Es genügte mir nicht, den Dingen ihren Lauf zu lassen. Ich mußte sie durcheinanderschütteln und sie zur Entscheidung bringen. Weil ich noch an mir zweifelte, mußte ich Risiken eingehen, mußte mich angesichts größtmöglicher Gefahr auf die Probe stellen. Fanshawe zu töten, würde nichts bedeuten. Das Entscheidende war, ihn lebend zu finden und dann von ihm als Lebender fortzugehen.

Die Briefe an Ellen waren nützlich. Im Gegensatz zu den Notizbüchern, die spekulativ waren und keine Details enthielten, waren die Briefe höchst aufschlußreich. Ich spürte, daß sich Fanshawe bemühte, seine Schwester zu unterhalten und mit amüsanten Geschichten aufzuheitern, und daher waren die Anspielungen persönlicher. Namen, zum Beispiel, wurden oft erwähnt – von College-Freunden, von Kameraden auf dem Schiff, von Leuten, die er in Frankreich kannte. Und wenn auch auf den Umschlägen keine Absenderadressen zu finden waren, so wurden doch viele Orte erwähnt: Baytown, Corpus Christi, Charleston, Baton Rouge, Tampa, verschiedene Viertel in Paris, ein Dorf in Südfrankreich. Das genügte mir, um anzufangen, und mehrere Wochen lang saß ich in meinem Zimmer und legte Listen an; ich verband Menschen mit Orten, Orte mit Zeiten, Zeiten mit Menschen, ich zeichnete Karten, stellte Kalender auf, schlug Adressen nach, schrieb Briefe. Ich suchte nach Hinweisen und bemühte mich, allem nachzugehen, was auch nur einen Schimmer von Hoffnung in sich barg. Meiner Vermutung nach hatte Fanshawe irgendwo einen Fehler begangen. Irgend jemand wußte, wo er war, oder jemand aus früheren Zeiten hatte ihn wiedergesehen. Das war keineswegs sicher, aber das schien mir der einzige einleuchtende Ansatz zu sein.

Die Briefe vom College wirken ziemlich schwerfällig und aufrichtig. Fanshawe erzählt von Büchern, die er gelesen hat, von Diskussionen mit Freunden, und beschreibt das Leben im Studentenheim. Aber diese Briefe stammen aus der Zeit vor Ellens Zusammenbruch, und sie haben einen intimen, vertraulichen Ton, den die späteren Briefe nicht mehr haben. Auf dem Schiff, zum Beispiel, schreibt Fanshawe selten etwas über sich selbst – außer es gehört zu einer Anekdote. Wir sehen, wie er sich seiner neuen Umgebung anzupassen versucht, wie er im Aufenthaltsraum mit einem Öler aus Louisiana Karten spielt (und gewinnt), wie er in verschiedenen zweitklassigen Bars an Land Poolbillard spielt (und gewinnt) und dann seinen Erfolg als glücklichen Zufall erklärt: «Ich strenge mich so an, um nicht auf die Nase zu fallen, daß ich irgendwie mich selbst übertroffen habe. Ein Adrenalinstoß, denke ich.» Er beschreibt, wie er Überstunden im Maschinenraum machte, «sechzig Grad, ob Du es glaubst oder nicht – meine Schuhe füllten sich mit soviel Schweiß, daß sie plantschten, als ginge ich durch Pfützen»; wie er sich von einem betrunkenen Zahnarzt in Baytown, Texas, einen Weisheitszahn ziehen ließ: «Blut überall, und eine Woche lang kleine Zahnsplitter in dem Loch im Zahnfleisch.» Als Neuling ohne höheres Dienstalter bekam Fanshawe eine Arbeit nach der anderen. In jedem Hafen verließ ein Teil der Mannschaft das Schiff, um nach Hause zu gehen, und andere kamen an Bord. Wenn einer der Neuankömmlinge den Job, den Fanshawe hatte, einem freien vorzog, mußte der Kleine (wie man Fanshawe nannte) etwas anderes tun. Daher arbeitete er abwechselnd als gewöhnlicher Matrose (und schrubbte und strich das Deck), als Faktotum (und wischte die Böden auf, machte Betten und reinigte Toiletten) und als Küchengehilfe (und servierte das Essen und spülte Geschirr). Letzteres war die schwerste, aber auch die interessanteste Arbeit, da sich das Leben auf dem Schiff hauptsächlich um das Essen drehte: der große Appetit, der von der Langeweile kam, die Männer, die buchstäblich von einer Mahlzeit zur nächsten lebten, das überraschend Wählerische bei einigen von ihnen (dicke, rauhe Männer beurteilten Gerichte mit dem Hochmut und der Verachtung französischer Herzöge des 18. Jahrhunderts). Aber Fanshawe erhielt einen guten Rat von einem alten Hasen, als er mit der Arbeit anfing. «Laß dir von keinem was gefallen», sagte der Mann. «Wenn sich einer über das Essen beklagt, sag ihm, er soll das Maul halten. Wenn er weitermacht, tu so, als wäre er nicht da und bediene ihn als letzten. Wenn das nicht hilft, sag ihm, das nächste Mal schüttest du ihm Eiswasser in die Suppe, oder noch besser, sag ihm, du pißt hinein. Du mußt ihnen zeigen, wer der Boß ist.»

Wir sehen Fanshawe, wie er dem Kapitän eines Morgens nach einer besonders stürmischen Nacht vor Kap Hatteras das Frühstück bringt: Fanshawe stellt die Grapefruit, das Rührei und den Toast auf ein Tablett, wickelt das Tablett in Alufolie und dann noch einmal in Handtücher und hofft, daß die Teller nicht ins Wasser geblasen werden, wenn er die Brücke erreicht (denn der Wind weht noch immer mit hundertzehn Stundenkilometern). Fanshawe steigt die Leiter hinauf, macht seine ersten Schritte auf der Brücke, und dann plötzlich, als ihn der Wind voll trifft, dreht er eine wilde Pirouette – die wütende Luft schießt unter das Tablett und zieht ihm die Arme über den Kopf, so daß es aussieht, als hielte er sich an einer primitiven Flugmaschine fest und wäre nahe daran, über das Wasser hinauszufliegen. Fanshawe nimmt alle seine Kräfte zusammen, um das Tablett herunterzuziehen, stemmt es schließlich gegen die Brust, und wie durch ein Wunder gleiten die Teller nicht davon. Dann geht er mit mühsamen Schritten die Brücke entlang, eine winzige Gestalt in dem Sturmchaos um ihn herum. Nach wer weiß wie vielen Minuten erreicht er das andere Ende, betritt das Steuerhaus, findet den rundlichen Kapitän hinter dem Rad und sagt: «Ihr Frühstück, Kapitän.» Und der Steuermann dreht sich um, wirft ihm einen kurzen anerkennenden Blick zu und antwortet mit zerstreuter Stimme: «Danke, Kleiner, stell es nur auf den Tisch dort.»

Aber nicht alles war so amüsant für Fanshawe. Eine Schlägerei wird erwähnt (ohne Einzelheiten), die ihn ebenso erregte wie einige unangenehme Szenen, deren Zeuge er an Land war. Ein Fall von Negerhetze in einer Bar in Tampa, zum Beispiel: eine Bande von Betrunkenen rottete sich gegen einen alten Schwarzen zusammen, der mit einer großen amerikanischen Fahne hereingekommen war und sie verkaufen wollte. Der erste Betrunkene faltete die Fahne auseinander und sagte, es seien nicht genug Sterne darauf – «diese Fahne ist eine Fälschung», und der alte Mann bestritt es und winselte beinahe um Gnade, während die anderen

Betrunkenen dem ersten beistimmten. Das Ganze endete damit, daß der alte Mann aus der Tür gestoßen wurde und auf den Gehsteig fiel, und die Betrunkenen nickten beifällig und taten die Angelegenheit mit ein paar Bemerkungen der Art ab, man müsse die Welt für die Demokratie sicher machen. «Ich fühlte mich gedemütigt», schrieb Fanshawe, «und schämte mich, dabei zu sein.»

Im großen und ganzen sind die Briefe jedoch in einem scherzhaften Ton geschrieben. («Nenne mich Redburn», beginnt einer von ihnen), und am Ende spürt man, daß es Fanshawe gelang, sich selbst etwas zu beweisen. Das Schiff war nicht mehr als ein Vorwand, ein austauschbares Anderssein, eine Art, sich vor dem Unbekannten auf die Probe zu stellen. Wie bei jeder Initiation war das Überleben selbst der Triumph. Was zunächst ein möglicher Nachteil war – seine Harvard-Erziehung, seine Herkunft aus dem Mittelstand –, verwandelte er zuletzt in seinen Vorteil, und gegen Ende seiner Zeit auf See war er der anerkannte Intellektuelle der Besatzung, nicht mehr nur der «Kleine», sondern manchmal auch der «Professor», der angerufen wurde, um bei Streitigkeiten seinen Schiedsspruch zu fällen (wer war der dreiundzwanzigste Präsident, wie viele Einwohner hat Florida, wer spielte 1947 bei den Giants im linken Außenfeld), und der regelmäßig als Quelle obskurer Informationen konsultiert wurde. Mitglieder der Besatzung baten ihn um Hilfe beim Ausfüllen bürokratischer Formulare (Steuerformulare, Versicherungsfragebogen, Unfallberichte), und manche baten ihn sogar, Briefe für sie zu schreiben. (In einem Fall siebzehn Liebesbriefe für Otis Smart an seine Freundin Sue-Ann in Dido, Louisiana.) Das Entscheidende war nicht, daß Fanshawe zum Mittelpunkt des Interesses wurde, sondern daß es ihm gelang, sich einzufügen, einen Platz für sich zu finden. Die wahre Probe war es schließlich, so wie alle anderen zu sein. Dann brauchte er seine Einzigartigkeit nicht mehr in Frage zu stellen. Er war frei – nicht nur von den anderen, sondern auch von sich selbst. Der letzte Beweis dafür ist, denke ich, daß er sich von niemandem verabschiedete, als er das Schiff verließ. Er ging eines Abends in Charleston von Bord, ließ sich vom Kapitän seine Heuer auszahlen und verschwand einfach. Zwei Wochen später kam er in Paris an.

Zwei Monate lang kein Wort. Und dann, während der nächsten drei Monate, nur Ansichtskarten. Kurze, unvollständige Botschaften, auf die Rückseite gewöhnlicher Touristenansichten gekritzelt: Sacré Cœur, der Eiffelturm, die Conciergerie. Als die Briefe wieder einsetzten, kamen sie in unregelmäßigen Abständen und enthielten nichts von großer Bedeutung. Wir wissen, daß Fanshawe nun mitten in seiner Arbeit steckte (zahlreiche frühe Gedichte, ein erster Entwurf von *Blackouts*), aber die Briefe geben keinen wirklichen Hinweis auf das Leben, das er führte. Man fühlt, daß es ihn belastete, daß er Ellen gegenüber verunsichert war. Er wollte die Verbindung mit ihr nicht verlieren, aber er war nicht imstande zu entscheiden, wie viel oder wie wenig er ihr erzählten sollte. (Und Tatsache ist, daß die meisten dieser Briefe gar nicht von Ellen gelesen wurden. Sie waren an das Haus in New Jersey adressiert und wurden natürlich von Mrs. Fanshawe geöffnet, die sie überprüfte, bevor sie sie ihrer Tochter zeigte – und meistens bekam Ellen sie nicht zu sehen. Ich denke, Fanshawe mußte gewußt haben, daß es so war, oder er mußte es zumindest vermutet haben. Was die Sache noch komplizierter macht – denn in einem gewissen Sinne wurden diese Briefe gar nicht an Ellen geschrieben. Ellen war letzten Endes nur ein literarischer Kunstgriff, das Medium, durch das Fanshawe mit seiner Mutter kommunizierte. Daher ihre Verärgerung, denn selbst während er zu ihr sprach, konnte er vorgeben, sie nicht zu beachten.)

Ungefähr ein Jahr lang befassen sich die Briefe beinahe ausschließlich mit Objektbeschreibungen von (Gebäuden, Straßen, Paris); sie liefern peinlich genaue Aufzählungen von Dingen, die er gesehen und gehört hat, aber Fanshawe selbst teilt sich kaum mit. Dann beginnen wir allmählich einigen seiner Bekannten zu begegnen, eine allmählich wachsende Neigung zur Anekdote zu spüren – aber die Geschichten sind aus jedem Zusammenhang herausgerissen, was ihnen etwas Schwebendes, Körperloses verleiht. Wir sehen, zum Beispiel, einen alten russischen Komponisten namens Ivan Wyshnegradsky, der nun beinahe achtzig ist – verarmt, ein Witwer, der allein in einer schäbigen Wohnung in der Rue Mademoiselle lebt. «Ich sehe diesen Mann häufiger als sonst jemanden», erklärt Fanshawe. Aber dann kein Wort über ihre Freundschaft, keinen Hinweis darauf, worüber sie miteinander sprechen. Statt dessen beschreibt er langatmig das Viertelton-Piano in der Wohnung mit seinem enormen Umfang und den verschiedenen Klaviaturen (es wurde vor beinahe fünfzig Jahren für Wyshnegradsky in Prag gebaut und ist eines von nur drei Viertelton-Pianos in Europa), und dann erzählt er, ohne weiter auf die Karriere des Komponisten einzugehen, die Geschichte, wie er dem alten Mann einen Kühlschrank schenkte. «Ich zog letzten Monat in eine andere Wohnung», schreibt Fanshawe. «Da sie einen neuen Kühlschrank hat, beschloß ich, Ivan den alten zu schenken. Wie viele Leute in Paris hatte er nie einen Kühlschrank gehabt und seine Lebensmittel in einem kleinen Schrank in der Wand seiner Küche aufbewahrt. Er schien sich über mein Angebot sehr zu freuen, und ich traf alle Vorbereitungen für die Anlieferung. Mit Hilfe des Mannes, der den Lkw fuhr, trug ich den Kühlschrank die Treppe hinauf. Ivan begrüßte die Ankunft dieser Maschine als wichtiges Ereignis in seinem Leben – er schwatzte aufgeregt wie ein kleines Kind –, und doch war er argwöhnisch, das konnte ich sehen, sogar ein wenig eingeschüchtert, nicht ganz sicher, was er von diesem fremden Objekt halten sollte. ‹Er ist so groß›, sagte er immer wieder, als wir ihn aufstellten, und dann, als wir ihn anschlossen und der Motor anlief – ‹soviel Lärm›. Ich versicherte ihm, daß er sich daran gewöhnen werde, und wies auf alle Vorteile dieser modernen Annehmlichkeit hin, auf die vielen Verbesserungen, die sie ihm bringen würde. Ich fühlte mich wie ein Missionar: der große Prophet, der das Leben dieses Steinzeitmenschen rettete, indem er ihm die wahre Religion brachte. Eine Woche oder so verging, und Ivan rief mich beinahe jeden Tag an, um mir zu sagen, wie glücklich er mit dem Kühlschrank sei, und er beschrieb mir all die neuen Lebensmittel, die er nun kaufen und in seinem Haus aufbewahren konnte. Dann kam die Katastrophe. ‹Ich glaube, er ist kaputt›, sagte er mir eines Tages und klang sehr zerknirscht. Das kleine Kühlfach oben hatte sich offenbar mit Eis gefüllt, und da er nicht gewußt hatte, wie er es beseitigen sollte, hatte er einen Hammer genommen und nicht nur auf das Eis losgeschlagen, sondern auch auf die Kühlschlangen darunter. ‹Mein lieber Freund›, sagte er, ‹es tut mir sehr leid.› Ich sagte ihm, er solle sich nicht grämen, ich würde jemanden finden, der es reparierte. Eine lange Pause am anderen Ende. ‹Ach›, sagte er schließlich, ‹ich denke, es ist vielleicht besser so. Der Lärm, wissen Sie. Er macht es mir sehr schwer, mich zu konzentrieren. Ich habe so lange mit meinem Schrank in der Wand gelebt, ich hänge richtig daran. Mein lieber Freund, seien Sie mir nicht böse. Ich fürchte, mit einem alten Mann wie mir ist nichts mehr anzufangen. Man erreicht einen gewissen Punkt im Leben, und dann ist es zu spät, sich noch zu ändern.›»

Weitere Briefe dieser Art folgen, es werden einige Namen erwähnt und verschiedene Arbeiten angedeutet. Ich nehme an, daß das Geld, das er auf dem Schiff verdient hatte, ungefähr ein Jahr reichte und daß er sich danach durchschlug, so gut er konnte. Eine Zeitlang übersetzte er eine Reihe von Kunstbüchern; zu einer anderen Zeit gibt es Hinweise darauf, daß er einigen Gymnasiasten Nachhilfestunden in Englisch gab. Dann wieder scheint er einen Sommer lang im Pariser Büro der *New York Times* in der zweiten Nachtschicht als Telefonist gearbeitet zu haben (was zumindest zeigt, daß er nun fließend Französisch sprach). Und dann kommt eine ziemlich merkwürdige Periode, in der er ab und zu für einen Filmproduzenten arbeitete und Treatments revidierte, übersetzte und Zusammenfassungen von Drehbüchern anfertigte. Obwohl es nur wenige autobiographische Anspielungen in Fanshawes Werken gibt, glaube ich, daß gewisse Dinge und Ereignisse in *Niemalsland* auf diese letzte Erfahrung zurückgeführt werden können (Montags Haus im siebenten, Floods Traum im dreißigsten Kapitel). «Das Seltsame an diesem Mann», schreibt Fanshawe (in einem seiner Briefe über den Filmproduzenten), «ist, daß er, obwohl seine finanziellen Machenschaften mit den Reichen ans Verbrecherische grenzen (Halsabschneidertaktiken, direkte Lügen), sehr gütig mit denen umgeht, die eine Pechsträhne haben. Menschen, die ihm Geld schulden, werden nur selten verklagt oder vor Gericht gebracht – sondern sie erhalten die Gelegenheit, ihre Schulden abzuarbeiten, indem sie ihm Dienste leisten. Sein Chauffeur, zum Beispiel, ist ein mittelloser Marquis, der in einem weißen Mercedes herumfährt. Es gibt einen alten Baron, der nur Papiere fotokopiert. Jedesmal, wenn ich ihn in seiner Wohnung besuche, um meine Arbeit abzuliefern, steht ein neuer Lakai in der Ecke, ein altersschwacher Adeliger versteckt sich hinter den Vorhängen, ein eleganter Finanzmann entpuppt sich als Botenjunge. Es wird auch nichts verschwendet. Als der ehemalige Regisseur, der im Dienstmädchenzimmer im fünften Stock wohnte, letzten Monat Selbstmord beging, erbte ich seinen Mantel – und ich trage ihn seither. Ein langes schwarzes Ding, das mir beinahe bis zu den Knöcheln reicht. Ich sehe darin aus wie ein Spion.»

Was Fanshawes Privatleben betrifft, gibt es nur vage Andeutungen. Eine Abendgesellschaft wird erwähnt, ein Maleratelier wird beschrieben, der Name Anne schleicht sich ein- oder zweimal ein – aber die Art dieser Beziehung bleibt im Ungewissen. Das war jedoch gerade das, was ich brauchte. Ich stellte mir vor, daß es mir schließlich gelingen würde, einige dieser Leute aufzuspüren, wenn ich die nötige Beinarbeit leistete und umherging und genug Fragen stellte.

Abgesehen von einer dreiwöchigen Reise nach Irland

(Dublin, Cork, Limerick, Sligo), scheint Fanshawe mehr oder weniger am selben Ort geblieben zu sein. Die endgültige Fassung von *Blackouts* wurde irgendwann während seines zweiten Jahres in Paris beendet. *Wunder* wurde während des dritten Jahres geschrieben, zusammen mit vierzig oder fünfzig kurzen Gedichten. All das läßt sich ziemlich leicht bestimmen – denn um diese Zeit entwickelte Fanshawe die Gewohnheit, seine Arbeiten zu datieren. Noch unklar ist der genaue Zeitpunkt, wann er Paris verließ und aufs Land ging, aber ich glaube, es war irgendwann zwischen Juni und September 1971. Die Briefe wurden gerade um diese Zeit spärlich, und auch die Notizbücher enthalten nicht mehr als eine Liste der Bücher, die er las (Raleighs *Weltgeschichte*, die *Reisen* von Cabeza de Vaca). Doch sobald er sich im Landhaus niedergelassen hatte, gab er einen ziemlich ausführlichen Bericht darüber, wie er dorthin gelangt war. Die Einzelheiten sind an sich unwichtig, aber etwas Entscheidendes zeigt sich nun: während er in Frankreich lebte, verbarg Fanshawe nicht die Tatsache, daß er Schriftsteller war. Seine Freunde wußten von seiner Arbeit, und wenn er je ein Geheimnis daraus machte, so nur vor seiner Familie. Einmal unterläuft ihm ein eindeutiger Fehler – das einzige Mal in allen seinen Briefen, daß er sich verriet: «Die Dedmons, ein amerikanisches Ehepaar, das ich in Paris kenne», schrieb er, «können ihr Landhaus im nächsten Jahr nicht besuchen (sie reisen nach Japan). Da in dem Haus ein- oder zweimal eingebrochen wurde, wollen sie es nicht leerstehen lassen – und haben mir die Stelle eines Hauswarts angeboten. Ich bekomme es nicht nur ohne Miete, sondern darf auch einen Wagen benutzen und beziehe ein kleines Gehalt (genug, um davon zu leben, wenn ich sehr sparsam bin). Das ist ein Glücksfall. Sie sagten, sie würden lieber mich dafür bezahlen, daß ich ein Jahr in diesem Haus sitze und schreibe, als es an Fremde vermieten.» Ein kleiner Hinweis vielleicht nur, aber als ich in dem Brief darauf stieß, fühlte ich mich ermutigt. Fanshawe hatte für einen Moment seine Deckung aufgegeben – und wenn das einmal geschah, gab es keinen Grund anzunehmen, daß es nicht noch einmal geschehen konnte.

Die Briefe vom Lande übertreffen alle anderen in stilistischer Hinsicht. Fanshawes Auge ist nun unglaublich scharf geworden, und man spürt, daß ihm ein neuer Wortschatz zur Verfügung steht, so als wäre der Abstand zwischen Sehen und Schreiben geringer geworden, als wären die beiden Handlungen nun beinahe identisch, Teile einer einzigen, ungebrochenen Gebärde. Fanshawe ist von der Landschaft fasziniert, er kommt immer wieder auf sie zurück, beobachtet sie, zeichnet endlos ihre Veränderungen auf. Seine Geduld gegenüber diesen Dingen ist überaus bemerkenswert, und es gibt Naturschilderungen in den Briefen und Notizbüchern, die so glänzend sind wie keine, die ich je zuvor gelesen habe. Das Steinhaus, in dem er wohnt (über einen halben Meter dicke Mauern), wurde während der Revolution gebaut. Auf der einen Seite liegt ein kleiner Weingarten, auf der anderen Seite eine Wiese, auf der Schafe grasen; hinter dem Haus ist ein Wald (Elstern, Krähen, Wildschweine), und vorn, jenseits der Straße, erheben sich die Felsen, die zum Dorf (vierzig Einwohner) hinaufführen. Auf diesen Felsen, verborgen in einem Dickicht von Büschen und Bäumen, stehen die Ruinen einer Kapelle, die einst den Tempelrittern gehörte. Ginster, Thymian, Zwergeichen, rote Erde, weißer Ton, der Mistral – Fanshawe lebt mehr als ein Jahr mit diesen Dingen, und nach und nach scheinen sie ihn zu verändern, ihn tiefer in sich selbst zu begründen. Ich zögere, von einem religiösen oder mystischen Erlebnis zu sprechen (diese Begriffe sagen mir nichts), aber es scheint, daß Fanshawe die ganze Zeit allein war, kaum jemanden sah, kaum den Mund aufmachte. Die Strenge dieses Lebens disziplinierte ihn. Die Einsamkeit wurde ein Weg zum Ich, ein Instrument der Entdeckung. Obwohl er damals noch sehr jung war, glaube ich, daß diese Zeit ihn zum Schriftsteller reifen ließ. Von nun an ist seine Arbeit nicht mehr nur vielversprechend – sie ist vollendet, unverwechselbar seine eigene. Angefangen mit der langen Folge der auf dem Lande geschriebenen Gedichte (*Fundamente*) und weiter durch die Stücke und *Niemalsland* (in New York geschrieben) ist Fanshawe in voller Blüte. Man sucht nach Spuren von Wahnsinn, nach Anzeichen für das Denken, das ihn später dazu brachte, sich gegen sich selbst zu wenden – aber das Werk enthält nichts dieser Art. Fanshawe ist zweifellos ein ungewöhnlicher Mensch, aber er ist allem Anschein nach gesund, und als er im Herbst 1972 nach Amerika zurückkehrt, scheint er sich vollkommen in der Gewalt zu haben.

Meine ersten Antworten bekam ich von den Leuten, die Fanshawe in Harvard gekannt hatte. Das Wort *Biographie* schien mir die Türen zu öffnen, und ich hatte keine Schwierigkeiten, mich mit den meisten seiner Bekannten zu verabreden. Ich traf seinen Zimmergenossen im ersten Studienjahr; ich traf mehrere seiner Freunde; ich traf zwei oder drei der Radcliffe-Mädchen, mit denen er ausgegangen war. Es kam jedoch nicht viel dabei heraus. Von allen Leuten, mit denen ich sprach, sagte nur einer etwas Interessantes. Das war Paul Schiff, dessen Vater Fanshawe den Job auf dem Öltanker besorgt hatte. Schiff war nun Kinderarzt in Westchester County, und wir unterhielten uns eines Abends lange in seinem Sprechzimmer. Er hatte etwas Ernstes an sich, das mir gefiel (ein kleiner, empfindsamer Mann mit schon schütterem Haar, einem ruhigen Blick und einer weichen, volltönenden Stimme), und er sprach offen, ohne daß ich ihn drängen mußte. Fanshawe war eine wichtige Person in seinem Leben gewesen, und er erinnerte sich gut an ihre Freundschaft. «Ich war ein fleißiger Junge», sagte Schiff. «Hart arbeitend, gehorsam, ohne viel Phantasie. Fanshawe war von Harvard nicht eingeschüchtert wie wir anderen alle, und ich glaube, das flößte mir Respekt ein. Er hatte mehr gelesen als sonst jemand – mehr Dichter, mehr Philosophen, mehr Romanautoren –, aber das College schien ihn zu langweilen. Er machte sich nichts aus Noten, schwänzte oft die Vorlesungen und schien einfach seinen eigenen Weg zu gehen. Im ersten Jahr wohnten wir auf demselben Korridor, und aus irgendeinem Grund erwählte er mich zu seinem Freund. Danach folgte ich ihm sozusagen wie ein Schatten. Fanshawe hatte so viele Ideen; ich glaube, ich lernte von ihm mehr als von irgendeiner meiner Vorlesungen. Es war ein schlimmer Fall von Heldenverehrung, nehme ich an – aber Fanshawe half mir, und ich habe es nicht vergessen. Er war es, der mich lehrte, eigenständig zu denken, meine Entscheidungen selbst zu treffen. Wenn er nicht gewesen wäre, wäre ich nie Arzt geworden. Ich begann Medizin zu studieren, weil er mich darin bestärkte zu tun, was ich tun wollte, und ich bin ihm heute noch dankbar dafür.

Mitten in unserem zweiten Jahr sagte mir Fanshawe, daß er das College verlassen wolle. Es überraschte mich nicht wirklich. Cambridge war nicht der richtige Ort für Fanshawe, und ich wußte, daß er ruhelos war und darauf brannte fortzugehen. Ich sprach mit meinem Vater, der die Gewerkschaft der Seeleute vertrat, und er fand für Fanshawe den Job auf dem Schiff. Der Papierkram war rasch erledigt, und ein paar Wochen später war Fanshawe schon fort. Ich hörte mehrere Male von ihm – Postkarten von da und dort. Hallo, wie geht es dir. In diesem Stil. Es machte mir jedoch nichts aus, und ich war froh, daß es mir möglich gewesen war, etwas für ihn zu tun. Aber dann bekam ich die Quittung für all diese guten Empfindungen. Ich war vor ungefähr vier Jahren einen Tag in der Stadt, ging die Fifth Avenue entlang und begegnete Fanshawe, direkt dort auf der Straße. Ich war erfreut, ihn zu sehen, richtig überrascht und glücklich, aber er sprach kaum mit mir. Es war, als hätte er vergessen, wer ich war. Sehr steif, beinahe grob. Ich mußte ihm meine Adresse und Telefonnummer regelrecht aufdrängen. Er versprach, mich anzurufen, aber er hat es natürlich nie getan. Das war verletzend, kann ich Ihnen sagen.

Der Dreckskerl, dachte ich, was glaubt er, wer er ist? Er wollte mir nicht einmal sagen, was er so machte – er wich einfach meinen Fragen aus und schlenderte weiter. Soviel zu den alten College-Tagen, dachte ich. Soviel zur Freundschaft. Es hinterließ einen schlechten Nachgeschmack. Letztes Jahr kaufte meine Frau eines seiner Bücher und schenkte es mir zum Geburtstag. Ich weiß, es ist kindisch, aber ich habe nicht das Herz gehabt, es aufzuschlagen. Es steht nun im Regal als Staubfänger. Sehr seltsam, nicht wahr? Alle sagen, es sei ein Meisterwerk, aber ich glaube nicht, daß ich mich je dazu durchringen kann, es zu lesen.»

Dies war die klarste Äußerung, die ich von irgend jemandem bekam. Einige der Männer vom Öltanker hatten auch etwas zu sagen, aber nichts, was wirklich meinem Zweck diente. Otis Smart, zum Beispiel, erinnerte sich an die Liebesbriefe, die Fanshawe für ihn geschrieben hatte. Als ich ihn per Telefon in Baton Rouge erreichte, sprach er ausführlich von ihnen, und er zitierte sogar einige der Wendungen, die sich Fanshawe ausgedacht hatte («mein Liebling Zwinkerzehe», «meine Kürbisbreifrau», «meine Schwelgetraum-Verruchtheit» und so weiter), und er lachte, als er davon sprach. Das Verdammte an der Sache war, daß sich Sue-Ann die ganze Zeit, während er ihr diese Briefe schickte, mit einem anderen herumtrieb, und an dem Tag, an dem er heimkam, sagte sie ihm, daß sie demnächst heiraten wolle. «Aber es ist gut so», fügte Smart hinzu. «Ich bin Sue-Ann letztes Jahr daheim begegnet, und sie hat es auf rund dreihundert Pfund gebracht. Sie sieht aus wie die Karikatur einer fetten Lady – stolzierte die Straße hinunter in einer orangefarbenen Stretch-Hose, und eine Horde von Bälgern brüllte um sie herum. Ich mußte lachen, als ich an die Briefe dachte. Aber dieser Fanshawe hat mich wirklich fertiggemacht. Er fing mit einer seiner Zeilen an, und ich wälzte mich auf dem Boden wie ein Affe. Zu schlimm, was da passiert ist. Man hört nicht gern, daß einer so jung schon seinen Löffel abgibt.»

Jeffrey Brown, der jetzt Küchenchef in einem Restaurant in Houston ist, war Hilfskoch auf dem Schiff. Er erinnerte sich an Fanshawe als den einzigen weißen Mann der Besatzung, der freundlich zu ihm gewesen war. «Es war nicht leicht», sagte Brown. «Die Mannschaft war zum größten Teil eine Bande von Schlägern, und sie hätten mich eher angespuckt als guten Tag gesagt. Aber Fanshawe hielt zu mir, und es war ihm gleich, was die anderen dachten. Wenn wir nach Baytown oder in eine andere Stadt kamen, gingen wir zusammen an Land, um zu trinken oder uns Mädchen zu suchen. Ich kannte diese Städte besser als Fanshawe, und ich sagte ihm, wenn er bei mir bleiben wolle, würden wir nicht in die normalen Matrosenbars gehen können. Ich wußte, was mein Arsch in solchen Lokalen wert war, und wollte keine Scherereien. Kein Problem, sagte Fanshawe, und wir gingen in die schwarzen Viertel, überhaupt kein Problem. Meistens war es recht ruhig auf dem Schiff – nichts, womit ich nicht fertig wurde. Aber dann kam für ein paar Wochen dieser grobe Typ an Bord. Ein Kerl namens Cutbirth, Roy Cutbirth. Er war ein blöder Schreihals von einem Öler, der schließlich davongejagt wurde, als der Chefingenieur herausbekam, daß er keine blasse Ahnung von Maschinen hatte. Er hatte beim Ölertest gemogelt, um den Job zu bekommen – genau der richtige Mann da unten, wenn man das Schiff in die Luft jagen will. Dieser Cutbirth war dumm, gemein und dumm. Er hatte diese Tätowierungen auf seinen Knöcheln, Liebe und Haß, einen Buchstaben auf jedem Finger: L-O-V-E auf der rechten Hand und H-A-T-E auf der linken. Wenn man diese verrückte Scheiße sah, wollte man ihm bloß noch aus dem Weg gehen. Dieser Kerl prahlte einmal Fanshawe gegenüber damit, wie er daheim in Alabama seine Samstagabende verbrachte – er saß auf einem Hügel über der zwischenstaatlichen Autobahn und schoß auf Autos. Ein reizender Mensch, wie man's nimmt. Und dann hatte er dieses kranke Auge, ganz blutunterlaufen und kaputt. Aber er prahlte auch damit gern. Irgendwann war ihm ein Stück Glas hineingeflogen. Das war in Selma, sagte er, als sie Flaschen nach Martin Luther King warfen. Ich brauche Ihnen nicht zu sagen, daß dieser Cutbirth nicht mein Busenfreund war. Er starrte mich immer an, murmelte etwas vor sich hin und nickte, aber ich achtete nicht darauf. So ging es eine Weile. Dann versuchte er es einmal, als Fanshawe in der Nähe war, und er sprach ein bißchen zu laut, so daß Fanshawe ihn nicht ignorieren konnte. Er wandte sich Cutbirth zu und fragte: ‹Was haben Sie da gesagt?› Und Cutbirth, eklig und frech, sagte so etwas wie: ‹Ich frage mich nur, wann du und das Dschungelhäschen heiraten werden, Schatz.› Fanshawe war immer friedlich und freundlich, ein richtiger Gentleman, wenn Sie wissen, was ich meine, und deshalb war ich nicht auf das gefaßt, was kam. Es war, wie wenn man im Fernsehen diesen Mann sieht, der sich in eine Bestie verwandelt. Er wurde plötzlich wütend, ich meine rasend, außer sich vor Zorn. Er packte Cutbirth am Hemd und warf ihn gegen die Wand, hielt ihn fest und keuchte ihm direkt ins Gesicht. ‹Sag das nie wieder›, sagte er, und seine Augen brannten. ‹Sag das nie wieder, oder ich bringe dich um.› Und man glaubte es ihm, als er das sagte. Der Mann war bereit zu töten, und Cutbirth wußte es. ‹War ja nur ein Scherz›, sagte er. ‹Ich habe ja bloß einen kleinen Scherz gemacht.› Und das war das Ende. Das Ganze dauerte nicht länger als einen Augenblick. Ungefähr zwei Tage später wurde Cutbirth gefeuert, und das war ein Glück. Wer weiß, was geschehen wäre, wenn er noch länger geblieben wäre.»

Dutzende solcher Berichte wurden mir zugetragen, in Briefen, Telefongesprächen, Interviews. Es ging monatelang weiter, und von Tag zu Tag wurde das Material umfangreicher. Mehr und mehr Zusammenhänge taten sich auf, eine Kette von Verbindungen, die schließlich ein eigenes Leben annahm. Es war ein unermeßlich hungriger Organismus, und zuletzt sah ich, daß ihn nichts davon abhielt, so groß wie die Welt zu werden. Ein Leben berührt ein anderes, das seinerseits wieder ein anderes Leben berührt, und sehr schnell sind die Vernetzungen unzählig und nicht mehr einzuschätzen. Ich wußte von einer fetten Frau in einer kleinen Stadt in Louisiana; ich wußte von einem wahnsinnigen Rassisten mit Tätowierungen auf den Fingern. Ich wußte von Dutzenden von Menschen, von denen ich nie zuvor gehört hatte, und jeder war ein Teil von Fanshawes Leben gewesen. Alles gut und schön, vielleicht, und man könnte sagen, daß gerade diese Überfülle an Wissen bewies, daß ich weiterkam. Ich war schließlich ein Detektiv, und es war meine Aufgabe, nach Hinweisen zu suchen. Mit einer Million bruchstückhafter, wahlloser Informationen versehen und auf eine Million falscher Pfade geführt, hatte ich nun den einen Pfad zu finden, der mich dorthin bringen würde, wo ich hinwollte. Bislang war die wesentliche Tatsache die, daß ich ihn noch nicht gefunden hatte. Keiner dieser Menschen hatte in den letzten Jahren von Fanshawe gehört oder ihn gesehen, und wenn ich nicht alles bezweifeln wollte, was sie sagten, wenn ich nicht über jeden von ihnen Nachforschungen anstellen wollte, mußte ich annehmen, daß sie die Wahrheit sagten.

Worauf es letzten Endes hinauslief, denke ich, war eine Frage der Methode. In einem gewissen Sinne wußte ich bereits alles, was es über Fanshawe zu wissen gab. Was ich erfuhr, vermittelte mir nichts Wichtiges, sprach nicht gegen das, was ich bereits wußte. Oder um es anders auszudrükken: der Fanshawe, den ich gekannt hatte, war nicht der Fanshawe, nach dem ich suchte. Es hatte irgendwo einen Bruch gegeben, einen plötzlichen unbegreiflichen Bruch – und was ich von den verschiedenen Menschen erfuhr, die ich befragte, erklärte ihn nicht. Letzten Endes bestätigten ihre Berichte nur, daß das, was geschehen war, unmöglich geschehen sein konnte. Daß Fanshawe gütig war, daß Fanshawe grausam war – das war eine alte Geschichte, und ich kannte sie schon auswendig. Was ich suchte, war etwas anderes, etwas, was ich mir nicht einmal vorstellen konnte: ein rein irrationaler Akt, etwas, was überhaupt nicht seinem Charakter entsprach, ein Widerspruch zu allem, was Fanshawe bis zum Augenblick seines Verschwindens gewesen war. Ich versuchte immer wieder, ins Unbekannte zu springen, aber jedesmal wenn ich landete, fand ich mich auf heimischem Boden wieder, umgeben von Dingen, die mir völlig vertraut waren.

Je weiter ich ging, desto mehr wurden die Möglichkeiten eingeengt. Vielleicht war das gut so, ich weiß es nicht. Wenn schon sonst nichts, so wußte ich, daß es jedesmal, wenn ich keinen Erfolg hatte, einen Ort weniger gab, an dem ich suchen mußte. Monate vergingen, mehr Monate, als ich gern eingestehen möchte. Im Februar und März verbrachte ich den größten Teil meiner Zeit damit, Quinn zu suchen, den Privatdetektiv, der für Sophie gearbeitet hatte. Seltsamerweise konnte ich keine Spur von ihm finden. Anscheinend war er nicht mehr im Geschäft – weder in New York noch anderswo. Eine Weile untersuchte ich Berichte über nicht identifizierte Leichen, ich befragte Leute, die im städtischen Leichenschauhaus arbeiteten, ich versuchte, seine Familie aufzuspüren – aber ich bekam nichts heraus. Als letzter Ausweg fiel mir ein, einen anderen Privatdetektiv damit zu beauftragen, ihn zu suchen, aber dann beschloß ich, es nicht zu tun. Ein verschwundener Mann war genug, fand ich, und dann schöpfte ich nach und nach die Möglichkeiten aus, die mir noch blieben. Mitte April war ich bei der letzten angelangt. Ich hielt noch ein paar Tage aus in der Hoffnung, doch noch Glück zu haben, aber es ergab sich nichts. Am Morgen des einundzwanzigsten ging ich in ein Reisebüro und buchte einen Flug nach Paris.

Ich sollte am Freitag fliegen. Am Dienstag gingen Sophie und ich in die Stadt, um einen Plattenspieler zu kaufen. Eine von Sophies jüngeren Schwestern war im Begriff, nach New York zu übersiedeln, und wir wollten ihr unseren alten Plattenspieler schenken. Die Idee, ihn zu ersetzen, lag schon lange in der Luft, und nun hatten wir endlich einen

Vorwand, einen neuen zu kaufen. Daher machten wir uns an diesem Dienstag auf den Weg, kauften das Ding und schafften es in einem Taxi nach Hause. Wir stellten ihn an derselben Stelle auf wie den alten und packten diesen in die neue Schachtel. Eine schlaue Lösung, dachten wir. Karen sollte im Mai kommen, und inzwischen wollten wir ihn irgendwo aufbewahren, wo er uns nicht im Wege war. Und da stießen wir auf ein Problem.

Lagerraum war knapp wie in den meisten New Yorker Wohnungen, und es sah so aus, daß wir keinen mehr übrig hatten. Der eine Schrank, der noch einige Hoffnung bot, stand im Schlafzimmer, aber der Boden war schon vollgestopft mit Schachteln – einen Meter tief, sechzig Zentimeter hoch und einen Meter zwanzig in der Breite –, und im oberen Teil war nicht genug Platz. Dort standen die Kartons mit Fanshawes Sachen (Kleider, Bücher, dies und das), und sie waren dort seit dem Tag, an dem wir eingezogen waren. Weder Sophie noch ich hatten gewußt, was wir damit anfangen sollten, als wir ihre alte Wohnung ausgeräumt hatten. Wir hatten in unserem neuen Leben nicht von Erinnerungen an Fanshawe umgeben sein wollen, aber zugleich hatten wir Skrupel gehabt, die Sachen wegzuwerfen. Die Kartons waren ein Kompromiß gewesen, und schließlich waren sie uns gar nicht mehr aufgefallen. Sie waren ein Teil der häuslichen Landschaft geworden – wie das zerbrochene Bodenbrett unter dem Wohnzimmerteppich, wie der Riß in der Wand über unseren Betten – unsichtbar im Fluß des täglichen Lebens. Nun, als Sophie die Tür des Schranks öffnete und hineinsah, änderte sich ihre Stimmung plötzlich.

«Genug davon», sagte sie und hockte sich im Schrank nieder. Sie schob die Kleider beiseite, so daß die Kleiderbügel gegeneinander klickten, und wühlte verzweifelt in dem Durcheinander. Es war ein plötzlicher Zorn, und er schien sich mehr gegen sie selbst als gegen mich zu richten.

«Genug wovon?» Ich stand auf der anderen Seite des Bettes und betrachtete ihren Rücken.

«Von allem», sagte sie und schob immer noch die Kleider hin und her. «Genug von Fanshawe und seinen Kartons.»

«Was willst du mit ihnen tun?» Ich setzte mich auf das Bett und wartete auf eine Antwort, aber sie sagte nichts. «Was willst du mit ihnen tun, Sophie?» fragte ich noch einmal.

Sie drehte sich zu mir um, und ich konnte sehen, daß sie den Tränen nahe war. «Wozu ist ein Schrank gut, wenn man ihn nicht einmal benutzen kann?» sagte sie. Ihre Stimme zitterte, sie verlor die Beherrschung. «Ich meine, er ist tot, nicht wahr? Und wenn er tot ist, wozu brauchen wir dann diesen ganzen... diesen ganzen –» sie fuchtelte mit den Händen und suchte nach dem Wort – «Mist. Es ist, als lebte man mit einer Leiche.»

«Wenn du willst, können wir heute die Heilsarmee anrufen», sagte ich.

«Ruf sie jetzt an. Bevor wir noch ein weiteres Wort sagen.»

«Das tue ich. Aber zuerst müssen wir die Kartons aufmachen und durchsortieren.»

«Nein, es soll alles weg, alles auf einmal.»

«Gut, was die Kleider anbetrifft», sagte ich. «Aber die Bücher wollte ich noch eine Weile behalten. Ich wollte eine Liste anlegen und nachsehen, ob es irgendwelche Randnotizen gibt. Ich könnte in einer halben Stunde fertig sein.»

Sophie sah mich ungläubig an. «Du verstehst gar nichts, nicht wahr?» sagte sie. Und dann, als sie aufstand, kamen ihr endlich die Tränen – Kindertränen, Tränen, die nichts zurückhielten, die ihr über die Wangen liefen, als wüßte sie gar nicht, daß sie da waren. «Ich komme nicht mehr zu dir durch. Du hörst einfach nicht, was ich sage.»

«Ich tue mein Bestes, Sophie.»

«Nein, das tust du nicht. Du glaubst es nur, aber du tust es nicht. Siehst du nicht, was geschieht? Du machst ihn wieder lebendig.»

«Ich schreibe ein Buch, das ist alles – nur ein Buch. Aber

wie kann ich hoffen, damit fertig zu werden, wenn ich es nicht ernst nehme?»

«Es ist mehr als das. Ich weiß es, ich kann es spüren. Wenn es mit uns beiden weitergehen soll, muß er tot sein. Verstehst du das nicht? Selbst wenn er lebt, muß er tot sein.»

«Was redest du da? Natürlich ist er tot.»

«Nicht mehr sehr lange. Nicht, wenn du so weitermachst.»

«Aber du warst diejenige, die mich dazu gebracht hat. Du wolltest, daß ich das Buch mache.»

«Das war vor hundert Jahren, mein Liebling. Ich habe solche Angst, dich zu verlieren. Ich könnte es nicht ertragen.»

«Es ist beinahe fertig, ich verspreche es dir. Diese Reise ist der letzte Schritt.»

«Und was dann?»

«Wir werden sehen. Ich kann nicht wissen, in was ich hineingerate, solange ich nicht drin bin.»

«Eben davor habe ich Angst.»

«Du könntest mitkommen.»

«Nach Paris?»

«Nach Paris. Wir drei könnten zusammenbleiben.»

«Das glaube ich nicht. Nicht so, wie die Dinge jetzt stehen. Du fliegst allein. Falls du dann zurückkommst, wird es wenigstens deshalb sein, weil du es willst.»

«Was meinst du mit ‹falls›?»

«Genau das. ‹Falls.› ‹Falls du zurückkommst›.»

«Das kannst du nicht ernst meinen.»

«Aber ich meine es ernst. Wenn es so weitergeht, werde ich dich verlieren.»

«Sprich nicht so, Sophie.»

«Ich kann mir nicht helfen. Du bist so nahe daran, schon fort zu sein, daß ich manchmal denke, ich sehe dich vor meinen Augen verschwinden.»

«Das ist Unsinn.»

«Du irrst dich. Wir nähern uns dem Ende, mein Liebling, und du weißt es nicht einmal. Du wirst verschwinden, und ich werde dich nie wiedersehen.»

8

In Paris schien mir alles seltsamerweise größer zu sein. Der Himmel war gegenwärtiger als in New York, seine Launen waren flüchtiger. Ich fühlte mich zu ihm hingezogen, und in den ersten ein oder zwei Tagen beobachtete ich ihn ständig – ich saß in meinem Hotelzimmer, studierte die Wolken und wartete darauf, daß etwas geschah. Das waren nördliche Wolken, die Traumwolken, die sich immerzu verändern, zu riesigen, grauen Bergen aufbauen, in kurzen Schauern entladen, sich zerstreuen, wieder sammeln, sich vor die Sonne schieben und das Licht auf eine immer wieder andere Weise brechen. Der Pariser Himmel hat seine eigenen Gesetze, und sie funktionieren unabhängig von der Stadt darunter. Wenn die Gebäude fest erscheinen, in der Erde verankert, unzerstörbar, so ist der Himmel weit und formlos, in ständigem Aufruhr. Während der ersten Woche fühlte ich mich, als wäre ich auf den Kopf gestellt worden. Dies war eine Stadt der Alten Welt, und sie hatte nichts mit New York zu tun, mit seinen langsamen Himmeln und chaotischen Straßen, seinen sanften Wolken und aggressiven Gebäuden. Ich war entwurzelt, und das verunsicherte mich plötzlich. Ich fühlte, wie sich mein Griff lockerte, und mindestens einmal in der Stunde mußte ich mich selbst daran erinnern, warum ich hier war.

Mein Französisch war weder gut noch schlecht. Ich konnte genug, um zu verstehen, was die Leute zu mir sagten, aber das Sprechen fiel mir schwer, und manchmal bekam ich kein Wort über die Lippen oder brachte die einfachsten Dinge nur mit Mühe heraus. Ich fand, glaube ich, ein gewisses Vergnügen daran – die Sprache als eine Sammlung von Lauten zu erleben, gezwungen zu sein, sich an die Oberfläche der Worte zu halten, wo die Bedeutungen verschwinden –, aber es war auch ziemlich anstrengend und bewirkte, daß ich mich in meinen Gedanken einschloß. Um zu verstehen, was die Leute sagten, mußte ich im stillen alles ins Englische übersetzen, was hieß, daß ich, selbst wenn ich verstand, nur mit einigem Abstand verstand – die doppelte Arbeit machte und im Ergebnis nur die Hälfte begriff. Nuancen, unterschwellige Assoziationen, Unterströmungen – das alles ging mir verloren. Letzten Endes wäre es wahrscheinlich nicht falsch zu sagen, daß mir alles verlorenging.

Trotzdem machte ich weiter. Ich brauchte einige Tage, um mit meinen Nachforschungen anfangen zu können, aber sobald ich meinen ersten Kontakt aufgenommen hatte, folgten andere nach. Es gab jedoch eine Reihe von Enttäuschungen, Wyshnegradsky war tot; ich konnte keinen der Leute ausfindig machen, denen Fanshawe Nachhilfestunden in Englisch gegeben hatte; die Frau, die Fanshawe bei der *New York Times* eingestellt hatte, war fort, hatte schon seit Jahren nicht mehr dort gearbeitet. So etwas war zu erwarten gewesen, aber es traf mich hart, denn ich wußte, daß auch die kleinste Lücke verhängnisvoll sein konnte. Das waren leere Stellen für mich, weiße Flecken auf dem Bild, und gleich, wie erfolgreich ich die anderen Flächen ausfüllte: Zweifel würden bleiben, und somit würde die Arbeit nie wirklich beendet werden können.

Ich sprach mit den Dedmons, ich sprach mit den Kunstbuchverlegern, für die Fanshawe gearbeitet hatte, ich sprach mit der Frau namens Anne (es stellte sich heraus, daß sie seine Freundin gewesen war), ich sprach mit dem Filmproduzenten. «Er machte Gelegenheitsarbeiten», sagte er mir in einem Englisch mit russischem Akzent. «Übersetzungen, Zusammenfassungen von Drehbüchern. Er schrieb ein wenig für meine Frau. Er war ein kluger Junge, aber zu steif. Sehr literarisch, wenn Sie wissen, was ich sagen will. Ich wollte ihm eine Chance geben zu spielen – ich bot ihm sogar Fecht- und Reitstunden für einen Film an, den wir drehen wollten. Mir gefiel sein Aussehen, ich dachte, wir könnten etwas aus ihm machen. Aber er war nicht interessiert. Ich habe andere Eier zu braten, sagte er. Oder so etwas Ähnliches. Es machte nichts. Der Film spielte Millionen ein, und was geht es mich an, ob der Junge Schauspieler sein will oder nicht?»

Hier gab es etwas, dem man nachgehen mußte, aber als ich bei diesem Mann in seiner imposanten Wohnung in der Avenue Henri Martin saß und auf jeden Satz seiner Geschichte zwischen Telefonanrufen wartete, wurde mir plötzlich klar, daß ich nicht mehr zu erfahren brauchte. Wichtig war nur eine Frage, und dieser Mann konnte sie mir nicht beantworten. Wenn ich blieb und ihm weiter zuhörte, würde ich mehr Einzelheiten, mehr Belanglosigkeiten aufnehmen und einen weiteren Stapel nutzloser Notizen anhäufen. Ich hatte nun zu lange vorgegeben, ein Buch zu schreiben, und nach und nach hatte ich mein eigentliches Ziel vergessen. Genug, sagte ich mir und ahmte bewußt Sophie nach, genug davon, und dann stand ich auf und ging.

Das Entscheidende war, daß mich niemand mehr beobachtete. Ich brauchte nicht mehr, wie zu Hause, den Schein zu wahren, ich brauchte Sophie nicht mehr mit endloser Geschäftigkeit zu täuschen. Die Scharade war vorüber. Ich konnte mein nicht existierendes Buch endlich ad acta legen. Ungefähr zehn Minuten lang, als ich über den Fluß zu meinem Hotel zurückging, fühlte ich mich glücklicher als seit Monaten. Alles war einfacher, auf die Klarheit eines einzigen Problems reduziert worden. Aber dann, in dem Moment, als ich diesen Gedanken in mich aufnahm, verstand ich, wie schlimm die Situation wirklich war. Ich näherte mich nun dem Ende und hatte ihn noch nicht gefunden. Der Fehler, nach dem ich suchte, hatte sich nicht gezeigt. Es gab keine Hinweise, keine Spuren, denen ich folgen konnte.

Fanshawe war irgendwo begraben, und mit ihm war sein ganzes Leben begraben. Wenn er nicht gefunden werden wollte, hatte ich nicht die geringste Chance.

Dennoch machte ich weiter und versuchte, zum Ende, zum äußersten Ende zu kommen. Ich wühlte mich blind durch die letzten Interviews, war nicht gewillt, aufzugeben, bevor ich alle gesehen hatte. Ich wollte Sophie anrufen. Eines Tages ging ich sogar aufs Postamt und stellte mich in der Schlange vor dem Schalter für Auslandsgespräche an, aber ich führte mein Vorhaben nicht aus. Mir fehlten nun ständig die Worte, und ich erschrak bei dem Gedanken, daß ich am Telefon die Nerven verlieren könnte. Was sollte ich überhaupt sagen? Ich schickte ihr statt dessen eine Postkarte mit einer Fotografie von Laurel und Hardy. Auf die Rückseite schrieb ich: «Wahre Ehen haben nie einen Sinn. Sieh Dir das Paar auf der anderen Seite an. Der Beweis, daß alles möglich ist, nein? Vielleicht sollten wir anfangen, Melonen zu tragen. Denke allermindestens daran, den Schrank aufzuräumen, bevor ich zurückkomme. Küsse Ben von mir.»

Am nächsten Nachmittag traf ich Anne Michaux, und sie zuckte zusammen, als ich das Café betrat, in dem wir uns verabredet hatten (Le Rouquet, Boulevard Saint Germain). Was sie mir über Fanshawe erzählte, ist nicht wichtig: wer wen küßte, was wo geschah, wer was sagte und so weiter. Es kam nichts Neues heraus. Was ich jedoch erwähnen möchte, ist, daß sie im ersten Moment sehr erschrocken gewesen war, weil sie mich für Fanshawe gehalten hatte. Nur ein kurzer Funke, wie sie es ausdrückte, und dann war es vorüber. Die Ähnlichkeit war natürlich schon früher bemerkt worden, aber nie so aus dem Innersten heraus, mit einer solchen unmittelbaren Wirkung. Ich ließ mir offenbar meine Reaktion anmerken, denn sie entschuldigte sich (so als hätte sie etwas Unrechtes getan) und kam während der zwei oder drei Stunden, die wir zusammen verbrachten, noch mehrere Male darauf zurück. Einmal widersprach sie sich sogar: «Ich weiß nicht, was ich gedacht habe. Sie sehen gar nicht aus wie er. Es muß das Amerikanische in euch beiden sein.»

Ich war trotzdem beunruhigt, konnte nicht umhin, entsetzt zu sein. Etwas Ungeheuerliches geschah, und ich hatte keine Gewalt mehr darüber. Der Himmel wurde dunkel in mir – soviel war gewiß; der Boden bebte. Es fiel mir schwer, stillzusitzen, und es fiel mir schwer, mich zu bewegen. Von einem Augenblick zum nächsten schien ich an einem anderen Ort zu sein, zu vergessen, wo ich war. Die Gedanken hören auf, wo die Welt beginnt, sagte ich mir immer wieder. Aber das Ich ist auch in der Welt, antwortete ich, und ebenso sind es die Gedanken, die von ihm kommen. Das Problem war, daß ich nicht mehr die richtigen Unterscheidungen treffen konnte. Dies kann nie das sein. Äpfel sind keine Orangen, Pfirsiche keine Pflaumen. Man spürt den Unterschied auf der Zunge, und dann weiß man es wie im eigenen Inneren. Aber alles bekam für mich denselben Geschmack. Ich fühlte keinen Hunger mehr, ich konnte mich nicht mehr dazu überwinden, zu essen.

Was die Dedmons betrifft, gibt es vielleicht noch weniger zu sagen. Passendere Wohltäter hätte sich Fanshawe nicht aussuchen können, und von allen Leuten, die ich in Paris sah, waren sie die freundlichsten, die reizendsten. Zu einem Drink in ihre Wohnung eingeladen, blieb ich zum Abendessen, und als wir beim zweiten Gang angelangt waren, drängten sie mich, ihr Haus im Var zu besuchen – dasselbe Haus, in dem Fanshawe gelebt hatte, und es müsse kein kurzer Besuch sein, sagten sie, denn sie selbst würden nicht vor August hinfahren. Es sei ein wichtiger Ort für Fanshawe und seine Arbeit gewesen, sagte Mr. Dedmon, und es würde zweifellos meinem Buch zugute kommen, wenn ich es selbst sähe. Ich konnte ihm nicht widersprechen, und kaum hatte ich das gesagt, als Mrs. Dedmon auch schon am Telefon war und in ihrem klaren eleganten Französisch Vorbereitungen für mich traf.

In Paris hielt mich nichts mehr, und so nahm ich am nächsten Nachmittag den Zug. Das war für mich das Ende der Linie, meine Fahrt südwärts in die Vergessenheit. Was immer für Hoffnungen ich gehegt haben mochte (die schwache Möglichkeit, daß Fanshawe nach Frankreich zurückgekehrt war, der abwegige Gedanke, daß er an demselben Ort zum zweitenmal Zuflucht gefunden hatte), sie verflüchtigten sich, als ich ankam. Das Haus war leer; es gab kein Lebenszeichen darin. Am zweiten Tag, als ich die Räume im oberen Stockwerk untersuchte, stieß ich auf ein kurzes Gedicht, das Fanshawe an die Wand geschrieben hatte – aber ich kannte dieses Gedicht schon. Darunter stand ein Datum: 25. August 1972. Er war nie zurückgekommen. Ich kam mir töricht vor, weil ich daran gedacht hatte.

Da ich nichts Besseres zu tun hatte, brachte ich mehrere Tage damit zu, mit den Leuten in der Gegend zu sprechen: mit den Bauern in der Nachbarschaft, den Dorfbewohnern, den Leuten aus kleinen Städten in der Umgebung. Ich stellte mich vor, indem ich ein Foto von Fanshawe zeigte und behauptete, sein Bruder zu sein, aber ich fühlte mich mehr wie ein erledigter Privatdetektiv, der sich an Strohhalme klammerte. Manche Leute erinnerten sich an ihn, andere nicht, wieder andere waren nicht sicher. Es spielte keine Rolle. Ich fand den südlichen Akzent (mit dem gerollten «r» und den nasalierten Endungen) unergründlich und verstand kaum ein Wort. Von allen Menschen, die ich traf, hatte nur einer seit seiner Abreise von Fanshawe gehört. Das war sein nächster Nachbar, ein Pächter, der ungefähr anderthalb Kilometer weiter die Straße hinunter lebte. Er war ein sonderbarer kleiner Mann von etwa vierzig Jahren, schmutziger als irgend jemand, den ich bisher gesehen hatte. Sein Haus war ein feuchtes, einstürzendes Gemäuer aus dem siebzehnten Jahrhundert, und er schien dort ganz allein zu wohnen. Sein Trüffelhund und sein Jagdgewehr waren seine einzigen Gefährten. Er war offensichtlich stolz darauf, Fanshawes Freund gewesen zu sein, und um zu beweisen, wie vertraut sie miteinander gewesen waren, zeigte er mir einen weißen Cowboyhut, den ihm Fanshawe nach seiner Rückkehr nach Amerika geschickt hatte. Es gab keinen Grund, seine Geschichte nicht zu glauben. Der Hut lag noch in seiner Originalschachtel und war offensichtlich nie getragen worden. Der Mann erklärte, daß er ihn für den richtigen Augenblick aufhebe, und dann hielt er mir eine politische Rede, der ich nur mit Mühe folgen konnte. Die Revolution werde kommen, sagte er, und wenn es soweit sei, wolle er sich ein weißes Pferd und ein Maschinengewehr kaufen, seinen Hut aufsetzen und die Hauptstraße der Stadt entlangreiten und alle Geschäftsleute umlegen, die während des Krieges mit den Deutschen kollaboriert hätten. Wie in Amerika, fügte er hinzu. Als ich ihn fragte, was er damit meine, hielt er mir einen weitschweifigen, irrwitzigen Vortrag über Cowboys und Indianer. Aber das sei vor langer Zeit gewesen, sagte ich und versuchte, ihn zu unterbrechen. Nein, nein, beharrte er, es gehe noch heute so zu. Wußte ich denn nichts von den Schießereien in der Fifth Avenue? Hatte ich nichts von den Apachen gehört? Es hatte keinen Sinn, mit ihm zu streiten. Um meine Unwissenheit zu rechtfertigen, sagte ich, daß ich in einer anderen Gegend wohne.

Ich blieb noch einige Tage im Haus und nahm mir vor, nichts zu tun, solange ich konnte, und mich auszuruhen. Ich war erschöpft, und ich brauchte eine Gelegenheit, mich zu sammeln, bevor ich nach Paris zurückkehrte. Ein oder zwei Tage vergingen. Ich wanderte über die Felder, streifte durch die Wälder, saß draußen in der Sonne und las französische Übersetzungen von amerikanischen Detektivromanen. Es hätte die vollkommene Erholung sein sollen: mich inmitten von nirgendwo verkriechen, meinen Geist frei schweifen lassen. Aber nichts half wirklich. Das Haus wollte mich nicht aufnehmen, und am dritten Tag hatte ich das Gefühl, daß ich nicht mehr allein war, daß ich in diesem

Haus nie allein sein konnte. Fanshawe war da, und so sehr ich mir auch Mühe gab, nicht an ihn zu denken: ich konnte ihm nicht entkommen. Das war nicht vorgesehen und ärgerte mich. Nun, da ich aufgehört hatte, ihn zu suchen, war er mir gegenwärtiger als je zuvor. Der ganze Prozeß war umgedreht worden. Nach all den Monaten, in denen ich versucht hatte, ihn zu finden, hatte ich das Gefühl, derjenige zu sein, der gefunden worden war. Anstatt nach Fanshawe zu suchen, war ich tatsächlich vor ihm davongelaufen. Die Arbeit, die ich mir ausgedacht hatte – das falsche Buch, die endlosen Umwege –, war nichts weiter als ein Versuch gewesen, ihn abzuwehren, eine List, um ihn mir so fern wie möglich zu halten. Denn wenn ich mich davon überzeugen konnte, daß ich nach ihm suchte, folgte daraus notwendigerweise, daß er anderswo war – irgendwo jenseits von mir, jenseits der Grenzen meines Lebens. Aber ich hatte mich geirrt. Fanshawe war genau dort, wo ich war, und er war von Anfang an dort gewesen. Von dem Augenblick an, in dem sein Brief angekommen war, hatte ich mich bemüht, ihn mir vorzustellen, ihn zu sehen, wie er gewesen sein mochte – aber mein Geist hatte immer nur eine Leere heraufbeschworen. Bestenfalls gab es ein einziges armseliges Bild: die Tür eines verschlossenen Zimmers. Darauf lief es hinaus: Fanshawe allein in diesem Zimmer, zu einer mythischen Einsamkeit verdammt – vielleicht lebend, vielleicht atmend, Gott weiß was träumend. Dieses Zimmer, entdeckte ich nun, befand sich in meinem Schädel.

Seltsame Dinge erlebte ich danach. Ich kehrte nach Paris zurück, aber sobald ich dort war, merkte ich, daß ich nichts zu tun hatte. Ich wollte keinen der Menschen mehr aufsuchen, die ich zuvor gesehen hatte, und ich hatte nicht den Mut, nach New York zurückzukehren. Ich wurde träge, ein Ding, das sich nicht mehr bewegen konnte, und nach und nach verlor ich mich selbst aus den Augen. Wenn es mir möglich ist, über diese Phase überhaupt etwas zu sagen, so nur deshalb, weil ich dokumentarische Beweise habe, die mir helfen. Die Visumstempel in meinem Paß, zum Beispiel, mein Flugticket, meine Hotelrechnung und so weiter. Daraus kann ich ersehen, daß ich über einen Monat in Paris blieb. Aber das ist etwas ganz anderes als sich erinnern, und trotz allem, was ich weiß, bin ich noch immer nicht in der Lage, mich zu erinnern. Ich sehe einiges, was geschah, ich sehe Bilder von mir selbst an verschiedenen Orten, aber nur von weitem, so als beobachtete ich jemand anderen. Nichts fühlt sich an wie Erinnerung, die immer im Inneren verankert ist; es ist alles außerhalb, jenseits von allem, was ich fühlen oder berühren kann, jenseits von allem, was etwas mit mir zu tun hat. Ich habe einen Monat meines Lebens verloren, und selbst jetzt noch ist das etwas, was zu gestehen mir schwerfällt, etwas, was mich mit Scham erfüllt.

Ein Monat ist eine lange Zeit, mehr als genug Zeit für einen Mann, um auseinanderzufallen. Diese Tage kommen in Fragmenten zu mir zurück, wenn sie überhaupt kommen, in Stücken, die sich nicht zusammensetzen lassen. Ich sehe mich, wie ich eines Nachts auf der Straße betrunken hinstürze, aufstehe, auf einen Laternenpfahl zutaumle und mich über meinen Schuhen erbreche. Ich sehe mich in einem Kino sitzen, die Lichter sind an, ich schaue zu, wie um mich herum die Leute in Reihen hinausgehen, und ich bin unfähig, mich an den Film zu erinnern, der gerade gezeigt worden ist. Ich sehe mich abends durch die Rue Saint-Denis streifen und Prostituierte ansprechen, mit denen ich schlafe, mein Kopf brennt von dem Gedanken an Körper, ein endloses Durcheinander von nackten Brüsten, nackten Schenkeln, nackten Gesäßbacken. Ich sehe, wie mein Schwanz gelutscht wird, ich sehe mich auf einem Bett mit zwei Mädchen, die sich küssen, ich sehe eine riesenhafte schwarze Frau, die ihre Beine über einem Bidet spreizt und sich die Fotze wäscht. Ich will nicht versuchen zu sagen, daß diese Dinge nicht wirklich sind, daß sie nicht passiert sind. Ich kann sie nur nicht erklären. Ich fickte mir das Hirn aus dem Schädel, ich soff mich in eine andere Welt. Aber wenn ich den Zweck verfolgte, Fanshawe auszulöschen, war meine Orgie ein Erfolg. Er war fort – und ich mit ihm.

Das Ende ist mir jedoch klar, ich habe es nicht vergessen, und ich bin glücklich, soviel behalten zu haben. Die ganze Geschichte läuft auf das hinaus, was am Ende geschah, und ohne dieses Ende in mir könnte ich dieses Buch nicht begonnen haben. Dasselbe gilt für die beiden vorhergehenden Bücher, *Stadt aus Glas* und *Schlagschatten*. Diese drei Geschichten sind letzten Endes die gleiche Geschichte, aber jede steht für ein anderes Stadium, in dem mir bewußt wurde, um was es geht. Ich behaupte nicht, irgendwelche Probleme gelöst zu haben. Ich will nur sagen, daß eine Zeit kam, in der es mich nicht mehr erschreckte, zu betrachten, was geschehen war. Wenn Worte folgten, so nur deshalb, weil ich keine andere Wahl hatte, als sie zu akzeptieren, sie auf mich zu nehmen und zu gehen, wohin sie wollten, daß ich ging. Aber das macht die Worte nicht notwendigerweise wichtig. Ich habe nun lange darum gekämpft, mich von etwas zu verabschieden, und dieser Kampf ist alles, was wirklich zählt. Die Geschichte ist nicht in den Worten, sie ist im Kampf.

Eines Abends fand ich mich in einer Bar nahe der Place Pigalle. *Fand* ist der Ausdruck, den ich mit Absicht wähle, denn ich habe keine Ahnung, wie ich dorthin kam, keine Erinnerung daran, daß ich das Lokal betrat. Es war eines jener Nepplokale, wie sie in diesem Viertel üblich sind: sechs oder acht Mädchen an der Bar. Gelegenheit, sich mit einem von ihnen an einen Tisch zu setzen und zu einem horrenden Preis eine Flasche Champagner zu bestellen und dann, wenn man so will, die Möglichkeit, eine gewisse finanzielle Regelung zu treffen und sich in die Einsamkeit eines Zimmers im Hotel nebenan zurückzuziehen. Die Szene setzt für mich ein, als ich mit einem der Mädchen an einem der Tische sitze und gerade den Champagnerkübel bekommen habe. Ich erinnere mich, daß das Mädchen Tahitianerin war; sie war schön, nicht älter als neunzehn oder zwanzig

Jahre alt, und sie trug ein Kleid aus weißem Netz und nichts darunter, ein Gewirr von Schnüren über ihrer glatten braunen Haut. Die Wirkung war höchst erotisch. Ich erinnere mich an ihre runden Brüste, die durch die rautenförmigen Öffnungen zu sehen waren, und an die überwältigende Zartheit ihres Halses, als ich mich zu ihr beugte und ihn küßte. Sie sagte mir ihren Namen, aber ich bestand darauf, sie Fayaway zu nennen, und sagte ihr, sie sei eine Verbannte aus Taipi und ich Herman Melville, ein amerikanischer Matrose, der aus New York gekommen sei, um sie zu befreien. Sie hatte nicht die leiseste Ahnung, wovon ich sprach, aber sie lächelte immerzu und hielt mich zweifellos für verrückt, als ich in meinem stotternden Französisch drauflos redete. Sie war ganz gelassen, lachte, wenn ich lachte, und erlaubte mir, sie zu küssen, wo ich wollte.

Wir saßen in einer Nische in der Ecke, und von meinem Platz aus konnte ich den ganzen übrigen Raum überblicken. Männer kamen und gingen, manche steckten den Kopf durch die Tür und verschwanden wieder, andere blieben für einen Drink an der Bar, ein oder zwei gingen wie ich an einen Tisch. Nach etwa einer Viertelstunde kam ein junger Mann herein, der offensichtlich Amerikaner war. Er schien nervös zu sein, so als wäre er noch nie in einem solchen Lokal gewesen, aber sein Französisch war erstaunlich gut, und als er fließend einen Whisky an der Bar bestellte und anfing, mit einem der Mädchen zu sprechen, schien es mir, daß er eine Weile bleiben wollte. Ich beobachtete ihn aus meiner kleinen Nische, während ich mit der Hand Fayaways Beine streichelte und mein Gesicht an ihr rieb, aber je länger er dort stand, desto zerstreuter wurde ich. Er war groß, athletisch gebaut, hatte rotblondes Haar und eine offene, etwas jungenhafte Art. Ich schätzte ihn auf sechsundzwanzig oder siebenundzwanzig – ein Student vielleicht oder ein junger Anwalt, der für eine amerikanische Firma in Paris arbeitete. Ich hatte diesen Mann nie zuvor gesehen, und dennoch hatte er etwas Vertrautes an sich, etwas, was mich den Blick nicht von ihm abwenden ließ: ein kurzes Aufflackern, eine unheimliche Synapse des Wiedererkennens. Ich probierte verschiedene Namen an ihm aus, rangierte ihn durch die Vergangenheit, rollte die Spule der Assoziationen auf – aber nichts geschah. Er ist niemand, sagte ich mir und gab schließlich auf. Und dann, ganz unvermittelt, beendete ich den Satz mit einem wirren Gedankengang, indem ich hinzufügte: und wenn er niemand ist, muß er Fanshawe sein. Ich lachte laut auf über meinen Scherz. Fayaway, immer wachsam, lachte mit mir. Ich wußte, daß nichts absurder sein konnte, aber ich sagte es noch einmal laut: Fanshawe. Und dann noch einmal: Fanshawe. Und je öfter ich es sagte, desto mehr Gefallen fand ich daran, es zu sagen. Jedesmal, wenn das Wort aus meinem Mund kam, folgte ihm ein neues Gelächter. Ich war berauscht von dem Klang, lachte, bis ich heiser wurde, und nach und nach schien Fayaway unruhig zu werden. Sie hatte wahrscheinlich zuerst gedacht, daß ich auf eine sexuelle Praktik anspielte und einen Scherz machte, den sie nicht verstand, aber meine Wiederholungen hatten dem Wort allmählich seine Bedeutung genommen, und sie begann es als Drohung zu verstehen. Ich sah den Mann am anderen Ende des Raumes und sagte das Wort wieder. Mein Glück war unermeßlich. Ich frohlockte über die eindeutige Falschheit meiner Behauptung und feierte die neue Macht, die ich mir gerade verliehen hatte. Ich war der erhabene Alchimist, der die Welt nach seinem Willen verwandeln konnte. Dieser Mann war Fanshawe, weil ich sagte, daß er Fanshawe sei. Nichts konnte mich mehr aufhalten. Ohne weiter darüber nachzudenken, flüsterte ich Fayaway ins Ohr, ich würde gleich zurückkommen, wand mich aus ihren wundervollen Armen und schlenderte zu dem Pseudo-Fanshawe an der Bar hinüber. Mit meiner besten Nachahmung eines Oxford-Akzents sagte ich:

«Stell dir vor, alter Junge, da sehen wir uns wieder.»

Er wandte sich um und schaute mich aufmerksam an.

Sein Lächeln ging langsam in ein Stirnrunzeln über. «Kenne ich Sie?» fragte er.

«Natürlich», sagte ich mit polternder guter Laune. «Ich bin Melville. Herman Melville. Vielleicht hast du einige meiner Bücher gelesen.»

Er wußte nicht, ob er mich als leutseligen Betrunkenen oder als gefährlichen Psychopathen behandeln sollte, und die Verwirrung spiegelte sich in seinem Gesicht. Es war eine herrliche Verwirrung, und ich genoß sie gründlich.

«Ja», sagte er schließlich und zwang sich zu einem kleinen Lächeln. «Ich könnte eines oder zwei gelesen haben.»

«Das über den Wal zweifellos.»

«Ja, das über den Wal.»

«Freut mich, das zu hören», sagte ich und nickte freundlich, und dann legte ich ihm den Arm um die Schulter. «Und nun, Fanshawe», sagte ich, «was führt dich um diese Jahreszeit nach Paris?»

Die Verwirrung kehrte in sein Gesicht zurück. «Verzeihung», sagte er. «Ich habe den Namen nicht verstanden.»

«Fanshawe.»

«Fanshawe?»

«Fanshawe. F-A-N-S-H-A-W-E.»

«Nun», sagte er, entspannte sich und grinste breit, plötzlich wieder seiner selbst sicher, «da haben wir das Problem. Sie haben mich mit jemandem verwechselt. Mein Name ist nicht Fanshawe. Ich heiße Stillman. Peter Stillman.»

«Kein Problem», antwortete ich und drückte ihn ein wenig an mich. «Wenn du dich Stillman nennen willst, soll es mir recht sein. Namen sind schließlich unwichtig. Worauf es ankommt, ist, wer man wirklich ist. Du bist Fanshawe. Ich wußte es in dem Augenblick, in dem du hereinkamst. ‹Da ist der alte Teufel in eigener Person›, sagte ich. ‹Ich frage mich, was er in einem solchen Lokal treibt.›»

Stillman begann die Geduld mit mir zu verlieren. Er schob meinen Arm von seiner Schulter und lehnte sich zurück. «Jetzt ist es genug», sagte er. «Sie haben sich geirrt, und lassen wir es dabei. Ich möchte nicht mehr mit Ihnen sprechen.»

«Zu spät», sagte ich. «Dein Geheimnis ist gelüftet, mein Freund. Jetzt kannst du dich nicht mehr vor mir verstekken.»

«Lassen Sie mich in Ruhe», sagte er, zum erstenmal wütend. «Ich spreche nicht mit Verrückten. Lassen Sie mich in Ruhe, oder es gibt Ärger.»

Die anderen Leute in der Bar konnten nicht verstehen, was wir sagten, aber die Spannung war offensichtlich geworden, und ich konnte fühlen, wie ich beobachtet wurde, wie sich die Stimmung um mich herum veränderte. Stillman schien plötzlich in Panik zu geraten. Er warf der Frau hinter der Bar einen raschen Blick zu, sah das Mädchen neben ihm ängstlich an und faßte spontan den Entschluß, zu gehen. Er drückte mich beiseite und ging auf die Tür zu. Ich hätte es damit genug sein lassen können, aber ich wollte nicht. Ich kam erst richtig in Fahrt und wollte meinen guten Einfall nicht vergeuden. Ich ging zurück zu Fayaway und legte ein paar hundert Francs auf den Tisch. Sie machte einen Schmollmund. «C'est mon frère», sagte ich. «Il est fou. Je dois le poursuivre.» Als sie nach dem Geld griff, warf ich ihr eine Kußhand zu, drehte mich um und ging.

Stillman war zwanzig oder dreißig Meter vor mir und eilte die Straße entlang. Ich hielt mit ihm Schritt, blieb zurück, um nicht bemerkt zu werden, ließ ihn aber nicht aus den Augen. Ab und zu blickte er über die Schulter zurück, so, als erwartete er, daß ich da wäre, aber ich glaube nicht, daß er mich sah, bis wir das Viertel weit hinter uns gelassen und uns von den Menschenmengen und dem Tumult entfernt hatten und durch die stillen dunklen Gassen der Rive Droite streiften. Die Begegnung war ihm unheimlich, und er benahm sich wie ein Mann, der um sein Leben läuft. Aber das war nicht schwer zu verstehen. Ich war für ihn das, was wir alle am meisten fürchten: der streitsüchtige Fremde, der aus dem Schatten tritt, das Messer, das uns in den Rücken sticht, der schnelle Wagen, der uns zermalmt. Er hatte recht, zu fliehen, aber seine Angst stachelte mich nur an, reizte mich, ihn zu verfolgen, machte mich rasend vor Entschlossenheit. Ich hatte keinen Plan, keine Idee, was ich tun wollte, aber ich folgte ihm ohne den geringsten Zweifel, ich wußte, daß mein ganzes Leben davon abhing. Ich muß betonen, daß ich mittlerweile völlig klar im Kopf war – ich schwankte nicht, ich war nicht mehr betrunken. Mir war bewußt, daß ich mich unverschämt benahm. Stillman war nicht Fanshawe – ich wußte das. Er war willkürlich herausgegriffen, vollkommen unschuldig. Aber gerade das erregte mich – die Willkür, das Schwindelgefühl des reinen Zufalls. Es hatte keinen Sinn, und gerade deshalb hatte es allen Sinn der Welt.

Dann konnte man nur noch unsere Schritte auf der Straße hören. Stillman blickte wieder zurück und sah mich endlich. Er begann rascher zu gehen und fiel in Trab. Ich rief ihm nach: «Fanshawe.» Ich rief ihm noch einmal nach: «Es ist zu spät. Ich weiß, wer du bist, Fanshawe.» Und in der nächsten Straße: «Es ist vorbei, Fanshawe. Du entkommst mir nicht.» Stillman antwortete nicht, er drehte sich nicht einmal um. Ich wollte weiter mit ihm sprechen, aber nun rannte er, und wenn ich zu sprechen versucht hätte, würde das nur mein Tempo verlangsamt haben. Ich hörte auf, ihn zu verhöhnen und lief hinter ihm her. Ich habe keine Ahnung, wie lange wir rannten, aber es schien Stunden zu dauern. Er war jünger als ich, jünger und kräftiger, und ich verlor ihn beinahe, schaffte es beinahe nicht. Ich hetzte die dunkle Straße entlang, über den Punkt der Erschöpfung, der Übelkeit hinaus, stürzte hinter ihm her, erlaubte mir nicht, stehenzubleiben. Lange bevor ich ihn erreichte, lange bevor ich auch nur wußte, daß ich ihn einholen würde, fühlte ich mich, als wäre ich nicht mehr in mir selbst. Ich weiß nicht, wie ich es anders ausdrücken soll. Ich konnte mich nicht mehr spüren. Das Gefühl des Lebens war aus mir gewichen, und an seiner Stelle fühlte ich eine wunderbare Euphorie, ein süßes Gift, das durch mein Blut schoß, den unleugbaren Geruch des Nichts. Dies ist der Augenblick meines Todes, sagte ich mir, jetzt sterbe ich. Eine Sekunde später hatte ich Stillman eingeholt und packte ihn von hinten. Wir stürzten auf das Pflaster und stöhnten beide auf. Ich hatte meine ganze Kraft verbraucht und war zu atemlos, um mich zu verteidigen, zu erschöpft, um zu kämpfen. Keiner sagte ein Wort. Einige Sekunden lang rangen wir auf dem Gehsteig, aber dann gelang es ihm, sich aus meiner Umklammerung zu befreien. Danach konnte ich nichts mehr tun. Er begann auf mich einzuschlagen, trat mich mit den Schuhspitzen, bearbeitete meinen ganzen Körper mit den Fäusten. Ich erinnere mich, daß ich mein Gesicht mit den Händen zu schützen versuchte. Ich erinnere mich an den Schmerz, wie sehr er mich überwältigte und wie verzweifelt ich mir wünschte, ihn nicht mehr zu fühlen. Aber es kann nicht sehr lange gedauert haben, denn an mehr kann ich mich nicht erinnern. Als Stillman mit mir fertig war, hatte ich das Bewußtsein verloren. Ich erinnere mich, daß ich auf dem Gehsteig wieder zu mir kam und mich wunderte, daß es noch Nacht war. Aber das ist auch alles. Sonst weiß ich nichts mehr.

Die nächsten drei Tage rührte ich mich nicht aus meinem Hotelzimmer. Was mich schockierte, war nicht so sehr, daß ich Schmerzen hatte, sondern daß sie nicht stark genug waren, mich zu töten. Ich erkannte das am zweiten oder dritten Tag. Als ich da auf dem Bett lag und die Stäbe der geschlossenen Jalousien betrachtete, begriff ich, daß ich überlebt hatte. Es fühlte sich seltsam an, am Leben zu sein, beinahe unbegreiflich. Einer meiner Finger war gebrochen; beide Schläfen bluteten; es schmerzte, nur zu atmen. Aber das war irgendwie nebensächlich. Ich lebte, und je mehr ich darüber nachdachte, desto weniger verstand ich. Es schien nicht möglich zu sein, daß ich verschont geblieben war.

Noch am selben Abend telegrafierte ich Sophie, daß ich nach Hause kommen würde.

9

Ich bin nun beinahe am Ende angelangt. Eine Geschichte bleibt noch übrig, aber die geschah erst später, erst als drei weitere Jahre vergangen waren. In der Zwischenzeit gab es viele Schwierigkeiten, viele Dramen, aber ich glaube nicht, daß sie zu dem gehören, was ich zu erzählen versuche. Nach meiner Rückkehr nach New York lebten Sophie und ich beinahe ein Jahr lang getrennt. Sie hatte mich aufgegeben, und es folgten Monate der Verwirrung, bis ich sie endlich zurückgewann. Von heute (Mai 1984) aus betrachtet, ist das das einzige, was zählt. Daneben sind die Fakten meines Lebens rein zufällig.

Am 23. Februar 1981 wurde Bens Bruder geboren. Wir nannten ihn Paul zum Andenken an Sophies Großvater. Einige Monate später (im Juli) zogen wir auf die andere Seite des Flusses und mieteten die beiden obersten Stockwerke eines Sandsteinhauses in Brooklyn. Im September begann Ben, den Kindergarten zu besuchen. Zu Weihnachten flogen wir alle nach Minnesota, und als wir zurückkamen, konnte Paul schon gehen. Ben, der ihn allmählich unter seine Fittiche genommen hatte, rechnete sich diese Entwicklung als sein Verdienst an.

Was Fanshawe anbetraf, so sprachen Sophie und ich nie über ihn. Das war unser stillschweigender Pakt, und je länger wir nichts sagten, desto mehr bewiesen wir unsere gegenseitige Loyalität. Nachdem ich Stuart Green den Vorschuß zurückgegeben und offiziell aufgehört hatte, die Biographie zu schreiben, erwähnten wir Fanshawe nur einmal. Das war an dem Tag, an dem wir beschlossen, wieder zusammenzuleben, und es ging um rein praktische Dinge. Fanshawes Bücher und Bühnenstücke hatten weiterhin gute Einkünfte erzielt. Wenn wir verheiratet bleiben wollten, sagte Sophie, komme es nicht in Frage, das Geld für uns selbst zu verwenden. Ich stimmte ihr zu. Wir fanden andere

Möglichkeiten, das Geld zu verdienen, was wir brauchten, und ließen die Autorenhonorare für Ben – und dann auch für Paul – treuhänderisch verwalten. Als letzte Maßnahme engagierten wir einen literarischen Agenten, der sich um die geschäftliche Seite von Fanshawes Werk kümmerte: Anfragen bezüglich der Aufführung von Stücken, Verhandlungen wegen Neuauflagen, Verträge; was immer anfiel. Was wir tun konnten, das taten wir. Wenn Fanshawe nun noch die Macht hätte, uns zu vernichten, so nur, weil wir es wollten, weil wir uns selbst zerstören wollten. Deshalb sagte ich Sophie auch nie die Wahrheit – nicht, weil sie mir Angst machte, sondern weil die Wahrheit nicht mehr wichtig war. Unsere Stärke lag in unserem Schweigen, und ich hatte nicht die Absicht, es zu brechen.

Dennoch wußte ich, daß die Geschichte noch nicht vorüber war. Mein letzter Monat in Paris hatte mir das gezeigt, und nach und nach lernte ich, das zu akzeptieren. Es war nur eine Frage der Zeit, bis das nächste geschah. Das schien mir unvermeidlich zu sein, und anstatt es zu leugnen, anstatt mich mit dem Gedanken zu täuschen, daß ich Fanshawe jemals loswerden könnte, versuchte ich, mich darauf vorzubereiten, versuchte ich, mich auf alles gefaßt zu machen. Es ist die Macht dieses *Alles*, glaube ich, die es so schwer macht, die Geschichte zu erzählen. Denn wenn alles geschehen kann – das genau ist der Moment, in dem die Worte zu versagen beginnen. In dem Maße, in dem Fanshawe unvermeidlich war, war er nicht mehr da. Ich lernte, das zu akzeptieren. Ich lernte, mit ihm zu leben, wie ich mit dem Gedanken an meinen eigenen Tod lebte. Fanshawe selbst war nicht der Tod – aber er war wie der Tod, und er fungierte als Sinnbild für den Tod in mir. Ohne meinen Zusammenbruch in Paris würde ich das nie verstanden haben. Ich starb dort nicht, aber ich war nahe daran, und es gab einen Augenblick, vielleicht sogar mehrere Augenblicke, in denen ich den Tod schmeckte und mich tot sah. Es gibt keine Heilung für eine solche Begegnung. Wenn sie einmal geschehen ist, geschieht sie weiter; man lebt mit ihr den Rest seines Lebens.

Der Brief kam zu Beginn des Frühjahrs 1982. Diesmal war der Poststempel aus Boston, und die Botschaft war knapp, drängender als vorher. «Unmöglich, länger durchzuhalten», lautete sie. «Muß mit Dir sprechen. 9 Columbus Square, Boston, 1. April. Dort endet es. Ich verspreche es.»

Ich hatte weniger als eine Woche, um einen Vorwand zu finden, nach Boston zu fahren. Das erwies sich als schwieriger, als es hätte sein sollen. Obwohl ich nach wie vor nicht wollte, daß Sophie etwas erfuhr (weil ich das Gefühl hatte, daß dies das mindeste war, was ich für sie tun konnte), scheute ich irgendwie davor zurück, eine neue Lüge zu erzählen, und ich mußte es doch tun. Zwei oder drei Tage vergingen, ohne daß ich weiterkam, und schließlich braute ich eine schwache Geschichte zusammen: ich müsse Papiere in der Harvard-Bibliothek konsultieren. Ich kann mich nicht einmal erinnern, was für Papiere es angeblich waren. Sie hatten etwas mit einem Artikel zu tun, den ich schreiben wollte, glaube ich, aber das könnte auch falsch sein. Das wichtige war, daß Sophie keine Einwände erhob. Gut, sagte sie, fahr nur und so weiter. Im Innersten hatte ich das Gefühl, daß sie vermutete, daß etwas im Gange war, aber das ist nur ein Gefühl, und es wäre zwecklos, hier Mutmaßungen darüber anzustellen. Was Sophie anbetrifft, neige ich dazu, zu glauben, daß ihr nichts verborgen bleibt.

Ich buchte einen Platz für den 1. April im Frühzug. Am Morgen meiner Abreise wachte Paul kurz vor fünf auf und kroch zu uns ins Bett. Ich stand eine Stunde später auf und schlich aus dem Zimmer. An der Tür blieb ich kurz stehen, um Sophie und das Baby zu betrachten – sie lagen da, unzugänglich, die Körper, denen ich gehörte. Ben war oben in der Küche, schon angezogen; er aß eine Banane und malte Bilder. Ich machte Rührei für uns beide und sagte ihm, daß ich gleich mit dem Zug nach Boston fahren würde. Er wollte wissen, wo Boston ist.

«Ungefähr dreihundert Kilometer von hier», sagte ich.

«Ist das so weit wie der Weltraum?»

«Wenn du in die Höhe fliegst, kommst du ungefähr hin.»

«Ich denke, du solltest zum Mond fliegen. Ein Raumschiff ist besser als ein Zug.»

«Das tue ich auf dem Rückweg. Es gibt jeden Freitag regelmäßige Flüge von Boston zum Mond. Ich werde mir einen Platz reservieren lassen, sobald ich hinkomme.»

«Gut, dann kannst du mir erzählen, wie es da ist.»

«Wenn ich einen Mondstein finde, bringe ich ihn dir mit.»

«Und was ist mit Paul?»

«Dem bringe ich auch einen mit.»

«Nein, danke.»

«Was soll das heißen?»

«Ich will keinen Mondstein. Paul würde seinen in den Mund stecken und ersticken.»

«Was hättest du statt dessen gern?»

«Einen Elefanten.»

«Es gibt keine Elefanten im Weltraum.»

«Ich weiß. Aber du fliegst ja auch nicht in den Weltraum.»

«Richtig.»

«Und ich wette, es gibt Elefanten in Boston.»

«Du hast wahrscheinlich recht. Möchtest du einen rosa Elefanten oder einen weißen Elefanten?»

«Einen grauen Elefanten. Einen großen, fetten mit vielen Runzeln.»

«Kein Problem. Die sind am leichtesten zu finden. Möchtest du ihn in einer Schachtel verpackt, oder soll ich ihn an der Leine nach Hause bringen?»

«Ich denke, du solltest ihn nach Hause reiten. Auf ihm sitzen mit einer Krone auf dem Kopf. Wie ein Kaiser.»

«Der Kaiser wovon?»

«Der Kaiser der kleinen Jungen.»

«Bekomme ich auch eine Kaiserin?»

«Natürlich. Mami ist die Kaiserin. Das würde ihr gefallen. Vielleicht sollten wir sie aufwecken und es ihr sagen.»

«Nein. Ich möchte sie lieber damit überraschen, wenn ich nach Hause komme.»

«Gute Idee. Sie wird es ohnehin nicht glauben, bis sie es sieht.»

«Genau. Und wir wollen nicht, daß sie enttäuscht ist. Falls ich den Elefanten nicht finde.»

«Oh, du wirst ihn finden, Pa. Mach dir deshalb keine Sorgen.»

«Wie kannst du so sicher sein?»

«Weil du der Kaiser bist. Ein Kaiser kann alles bekommen, was er will.»

Es regnete während der ganzen Fahrt, und der Himmel drohte sogar Schnee an, als wir nach Providence kamen. In Boston kaufte ich mir einen Schirm und legte die letzten drei oder vier Kilometer zu Fuß zurück. Die Straßen wirkten düster in der pissegrauen Luft, und auf dem Weg zum South End sah ich beinahe niemanden: nur einen Betrunkenen, eine Gruppe Teenager, einen Telefonmann, zwei oder drei streunende Köter. Columbus Square bestand aus einer Reihe von zehn oder zwölf Häusern an einem mit Kopfsteinen gepflasterten Platz, der sie wie eine Insel von der Hauptverkehrsstraße abschnitt. Nummer neun war von allen das verfallenste Haus. Es hatte drei Stockwerke wie die anderen, aber es war eingesunken, Bretter stützten den Eingang ab, und die Ziegelfassade war reparaturbedürftig. Dennoch wirkte das Haus solide und strahlte trotz der Risse noch die Eleganz des 19. Jahrhunderts aus. Ich stellte mir große Räume mit hohen Decken vor, bequeme Simse im Erkerfenster, Stuckornamente. Aber ich bekam nichts von alldem zu sehen. Ich sollte nicht über den Eingangsflur hinauskommen.

An der Tür befand sich eine rostige Metallklingel, eine

Halbkugel mit einem Griff in der Mitte, und als ich am Griff drehte, gab sie ein Geräusch von sich, als ob jemand kotzte – einen gedämpften, würgenden Laut, der nicht sehr weit trug. Ich wartete, aber nichts geschah. Ich drehte noch einmal an der Klingel, aber niemand kam. Dann drückte ich gegen die Tür und sah, daß sie nicht versperrt war, stieß sie auf, wartete und ging hinein. Der Flur war leer. Zu meiner Rechten war eine Treppe mit Mahagonigeländer und nackten hölzernen Stufen; zu meiner Linken sah ich eine geschlossene Doppeltür, hinter der sich zweifellos der Salon befand. Geradeaus war noch eine andere, ebenfalls geschlossene Tür, die wahrscheinlich in die Küche führte. Ich zögerte einen Augenblick, entschied mich für die Treppe und wollte schon hinaufgehen, als ich etwas hinter der Doppeltür hörte – ein schwaches Klopfen und daraufhin eine Stimme, die ich nicht verstehen konnte. Ich wandte mich von der Treppe ab und betrachtete die Tür, horchte auf die Stimme. Nichts geschah.

Ein langes Schweigen. Dann sprach die Stimme wieder, beinahe flüsternd. «Hier drinnen», sagte sie.

Ich ging zur Tür und drückte mein Ohr an den Spalt zwischen beiden Flügeln. «Bist du das, Fanshawe?»

«Gebrauch nicht diesen Namen», sagte die Stimme, diesmal deutlich. «Ich erlaube dir nicht, diesen Namen zu gebrauchen.» Der Mund der Person drinnen im Zimmer befand sich auf der Höhe meines Ohres. Nur die Tür war zwischen uns, und wir waren einander so nahe, daß es sich anfühlte, als würden die Worte in meinen Kopf gegossen. Es war, als horchte man auf den Herzschlag eines Menschen in seiner Brust, als suchte man einen Körper nach dem Puls ab. Er hörte auf zu sprechen, und ich konnte seinen Atem durch den Spalt spüren.

«Laß mich hinein», sagte ich. «Mach die Tür auf und laß mich hinein.»

«Das kann ich nicht», antwortete die Stimme. «Wir müssen so miteinander sprechen.»

Ich griff nach der Klinke und rüttelte in meiner Enttäuschung an der Tür. «Mach auf», sagte ich. «Mach auf, oder ich schlage die Tür ein.»

«Nein», sagte die Stimme. «Die Tür bleibt zu.» Ich war nun überzeugt, daß der da drinnen Fanshawe war. Ich wollte, daß es ein Betrüger wäre, aber ich erkannte in dieser Stimme zu viel wieder, um mir vormachen zu können, daß es ein anderer war. «Ich stehe hier mit einem Revolver», sagte er. «Und er ist auf dich gerichtet. Wenn du durch die Tür kommst, schieße ich.»

«Ich glaube dir nicht.»

«Dann höre», sagte er. Er wandte sich von der Tür ab. Eine Sekunde später krachte ein Schuß, dem das Geräusch von Verputz, der auf den Boden fiel, folgte. Ich versuchte inzwischen durch den Spalt zu spähen, weil ich hoffte, etwas von dem Zimmer zu sehen, aber der Spalt war zu schmal. Ich sah nicht mehr als einen dünnen Lichtstrahl, einen einzigen grauen Faden. Dann kehrte der Mund zurück, und ich konnte nicht einmal mehr durch den Spalt sehen.

«Gut», sagte ich, «du hast einen Revolver. Aber wenn ich dich nicht sehen darf, wie soll ich dann wissen, daß du der bist, der du zu sein behauptest?»

«Ich habe nicht gesagt, wer ich bin.»

«Laß es mich anders ausdrücken. Wie kann ich wissen, daß ich mit dem Richtigen spreche?»

«Du mußt mir vertrauen.»

«So spät ist Vertrauen das letzte, was du erwarten solltest.»

«Ich sage dir, daß ich der Richtige bin. Das sollte genügen. Du bist an den richtigen Ort gekommen, und ich bin die richtige Person.»

«Ich dachte, du wolltest mich sehen. Das hast du in deinem Brief geschrieben.»

«Ich sagte, daß ich mit dir sprechen möchte, das ist etwas anderes.»

«Wir wollen nicht Haare spalten.»

«Ich erinnere dich nur an das, was ich geschrieben habe.»

«Treib es nicht zu weit, Fanshawe. Nichts hält mich davon ab, wieder zu gehen.»

Ich hörte ein plötzliches Atemholen, und dann schlug eine Hand heftig gegen die Tür. «Nicht Fanshawe!» rief er. «Nicht Fanshawe – nie wieder!»

Ich ließ einige Augenblicke verstreichen, da ich keinen weiteren Ausbruch provozieren wollte. Der Mund zog sich vom Spalt zurück, und ich bildete mir ein, ein Stöhnen von irgendwo in der Mitte des Zimmers zu hören – ein Stöhnen oder ein Schluchzen, ich konnte nicht sagen, was es war. Ich stand da und wartete und wußte nicht, was ich als nächstes sagen sollte. Dann kehrte der Mund zurück, und nach einer weiteren langen Pause sagte Fanshawe: «Bist du noch da?»

«Ja.»

«Verzeih mir. Ich wollte nicht, daß es so anfängt.»

«Denk daran, ich bin nur da, weil du mich gebeten hast zu kommen», sagte ich.

«Ich weiß. Und ich bin dir dankbar.»

«Es wäre gut, wenn du erklärtest, warum du mich eingeladen hast.»

«Später. Darüber möchte ich noch nicht sprechen.»

«Worüber dann?»

«Über andere Dinge. Über die Dinge, die geschehen sind.»

«Ich lausche.»

«Weil ich nicht will, daß du mich haßt. Kannst du das verstehen?»

«Ich hasse dich nicht. Es gab eine Zeit, in der ich dich haßte, aber darüber bin ich nun hinweg.»

«Heute ist mein letzter Tag, siehst du, und ich mußte mich vergewissern.»

«Bist du die ganze Zeit hier gewesen?»

«Ich kam vor ungefähr zwei Jahren hierher, glaube ich.»

«Und davor?»

«Da und dort. Dieser Mann war hinter mir her, und ich mußte ständig in Bewegung bleiben. Ich bekam ein Gefühl für das Reisen, fand richtig Geschmack daran. Es war gar nicht das, was ich erwartet hatte. Mein Plan war es immer gewesen, stillzusitzen und die Zeit ablaufen zu lassen.»

«Du sprichst von Quinn?»

«Ja, von dem Privatdetektiv.»

«Hat er dich gefunden?»

«Zweimal. Einmal in New York und das nächste Mal unten im Süden.»

«Warum hat er gelogen?»

«Weil ich ihn zu Tode erschreckt habe. Er wußte, was mit ihm geschieht, wenn es jemand herausbekommt.»

«Er ist verschwunden, weißt du. Ich konnte keine Spur von ihm finden.»

«Er ist irgendwo. Es ist nicht wichtig.»

«Wie ist es dir gelungen, ihn loszuwerden?»

«Ich habe das Ganze umgedreht. Er glaubte, mich zu verfolgen, aber in Wirklichkeit verfolgte ich ihn. Er fand mich natürlich in New York, aber ich entkam ihm – ich schlüpfte ihm direkt durch die Arme. Danach war es wie ein Spiel. Ich führte ihn an der Nase herum, hinterließ überall Spuren für ihn, machte es ihm unmöglich, mich nicht zu finden. Aber ich beobachtete ihn die ganze Zeit, und als der richtige Augenblick gekommen war, stellte ich ihm eine Falle, und er lief mir geradewegs hinein.»

«Sehr schlau.»

«Nein. Es war dumm. Aber ich hatte keine Wahl. Entweder das oder zurückgebracht werden – was bedeutet hätte, wie ein Verrückter behandelt zu werden. Ich haßte mich selbst dafür. Er tat schließlich nur seine Arbeit, und ich hatte Mitleid mit ihm. Mitleid widert mich an, besonders wenn ich es in mir selbst spüre.»

«Und dann?»

«Ich konnte nicht sicher sein, daß mein Trick wirklich

funktioniert hatte. Ich dachte, Quinn könnte doch wieder hinter mir her sein. Deshalb zog ich immer weiter, selbst wenn ich nicht mußte. Ich habe dabei ungefähr ein Jahr verloren.»

«Wohin bist du gegangen?»

«In den Süden, den Südwesten. Ich wollte dort bleiben, wo es warm war. Ich war zu Fuß unterwegs, schlief im Freien, versuchte, irgendwohin zu gehen, wo nicht viele Menschen waren. Es ist ein riesiges Land, weißt du. Sehr verwirrend. Einmal blieb ich etwa zwei Monate in der Wüste. Später lebte ich in einer Hütte am Rande eines Hopi-Reservats in Arizona. Die Indianer hielten einen Stammesrat ab, bevor sie mir die Erlaubnis gaben, dort zu bleiben.»

«Das denkst du dir aus.»

«Ich verlange von dir nicht, daß du mir glaubst. Ich erzähle dir die Geschichte, das ist alles. Du kannst denken, was du willst.»

«Und dann?»

«Ich war irgendwo in New Mexico. Eines Tages ging ich in ein Restaurant an der Straße, um einen Bissen zu essen. Jemand hatte eine Zeitung auf der Theke liegengelassen. Ich nahm sie und las sie. Und da erfuhr ich, daß ein Buch von mir veröffentlicht worden war.»

«Warst du überrascht?»

«Das ist nicht ganz das Wort, das ich gebrauchen würde.»

«Was dann?»

«Ich weiß nicht. Ärgerlich, denke ich. Bestürzt.»

«Ich verstehe nicht.»

«Ich war ärgerlich, weil das Buch Schund war.»

«Schriftsteller können ihre Arbeit nie beurteilen.»

«Nein, das Buch war Schund, glaube mir. Alles, was ich schrieb, war Schund.»

«Warum hast du es dann nicht vernichtet?»

«Ich hing zu sehr daran. Aber das macht es nicht gut. Ein Baby hängt an seiner Kacke, aber niemand schert sich darum. Es ist seine eigene Angelegenheit.»

«Warum hast du dann Sophie das Versprechen abgenommen, mir die Arbeiten zu zeigen?»

«Um sie zu besänftigen. Aber das weißt du ja schon. Das hast du schon vor langer Zeit begriffen. Das war mein Vorwand. Mein wirklicher Grund war, einen neuen Ehemann für sie zu finden.»

«Es hat funktioniert.»

«Es mußte funktionieren. Ich habe ja nicht irgendeinen ausgesucht.»

«Und die Manuskripte?»

«Ich dachte, du würdest sie wegwerfen. Es ist mir nie eingefallen, daß jemand meine Arbeit ernst nehmen könnte.»

«Was hast du getan, nachdem du gelesen hattest, daß das Buch erschienen war?»

«Ich ging zurück nach New York. Es war absurd, aber ich war ein wenig außer mir, ich dachte nicht mehr klar. Das Buch machte unwiderruflich, was ich getan hatte, siehst du, und ich mußte mich noch einmal damit auseinandersetzen. Sobald das Buch erschienen war, konnte ich nicht mehr zurückkehren.»

«Ich dachte, du wärst tot.»

«Das solltest du auch denken. Wenn sonst nichts, so bewies es mir, daß Quinn kein Problem mehr war. Aber dieses neue Problem war viel schlimmer. Damals schrieb ich dir den Brief.»

«Das war boshaft.»

«Ich war wütend auf dich. Ich wollte, daß du leidest, daß du mit den gleichen Dingen lebst, mit denen ich leben mußte. Einen Augenblick, nachdem ich ihn in den Briefkasten geworfen hatte, bereute ich es.»

«Zu spät.»

«Ja. Zu spät.»

«Wie lange bliebst du in New York?»

«Ich weiß nicht. Sechs oder acht Monate, denke ich.»

«Wie hast du gelebt? Wie hast du Geld verdient, um zu leben?»

«Ich habe gestohlen.»

«Warum sagst du nicht die Wahrheit?»

«Ich tue mein Bestes. Ich erzähle dir alles, was ich erzählen kann.»

«Was hast du sonst noch in New York gemacht?»

«Ich habe euch beobachtet. Ich habe dich und Sophie und das Baby beobachtet. Es gab sogar eine Zeit, in der ich vor eurem Haus kampierte. Zwei oder drei Wochen lang, vielleicht einen Monat. Ich folgte euch überallhin. Ein- oder zweimal stieß ich sogar auf der Straße mit dir zusammen, ich sah dir gerade in die Augen. Aber du hast nichts bemerkt. Es war phantastisch, wie du mich nicht sahst.»

«Das alles denkst du dir nur aus.»

«Ich sehe wohl nicht mehr so aus wie früher.»

«Niemand kann sich so sehr verändern.»

«Ich glaube, ich bin nicht mehr wiederzuerkennen. Aber das war dein Glück. Wenn irgend etwas geschehen wäre, würde ich dich wahrscheinlich getötet haben. Während der ganzen Zeit in New York war ich von mörderischen Gedanken erfüllt. Ich kam dort einer Art von Horrorgefühl nahe.»

«Was hat dich aufgehalten?»

«Ich fand den Mut, fortzugehen.»

«Das war edel von dir.»

«Ich versuche nicht, mich zu verteidigen, ich erzähle dir nur die Geschichte.»

«Und dann?»

«Ich ging wieder zur See. Ich hatte noch meine Papiere von der Handelsmarine, und ich ließ mich auf einem griechischen Frachter anheuern. Es war ekelhaft, widerwärtig vom Anfang bis zum Ende. Aber ich verdiente es; es war genau das, was ich wollte. Das Schiff fuhr überall hin – nach Indien, Japan, um die ganze Welt. Ich ging nicht ein einziges Mal von Bord. Jedesmal, wenn wir in einen Hafen kamen, ging ich in meine Kabine hinunter und schloß mich ein. So verbrachte ich zwei Jahre, ich sah nichts, ich tat nichts, ich lebte wie ein Toter.»

«Während ich versuchte, die Geschichte deines Lebens zu schreiben.»

«Das hast du getan?»

«Es sah so aus.»

«Ein großer Fehler.»

«Das brauchst du mir nicht zu sagen. Ich habe es selbst gemerkt.»

«Das Schiff legte eines Tages in Boston an, und ich beschloß, es zu verlassen. Ich hatte eine Unmenge Geld gespart, mehr als genug, um dieses Haus zu kaufen. Seither bin ich hier.»

«Was für einen Namen hast du verwendet?»

«Henry Dark. Aber niemand weiß, wer ich bin. Ich gehe nie aus. Eine Frau kommt zweimal die Woche und bringt mir, was ich brauche, aber ich sehe sie nie. Ich hinterlasse ihr einen Zettel am Fuß der Treppe, zusammen mit dem Geld, das ich ihr schulde. Es ist eine einfache und wirksame Regelung. Du bist der erste Mensch, mit dem ich seit zwei Jahren spreche.»

«Denkst du jemals daran, daß du verrückt bist?»

«Ich weiß, daß es auf dich so wirkt – aber ich bin es nicht, glaube mir. Ich möchte nicht einmal meinen Atem verschwenden, um darüber zu sprechen. Was ich für mich brauche, unterscheidet sich sehr von dem, was andere Menschen brauchen.»

«Ist dieses Haus nicht ein bißchen groß für eine Person?»

«Viel zu groß. Ich bin seit dem Tag, an dem ich einzog, nicht über das Parterre hinausgekommen.»

«Warum hast du es dann gekauft?»

«Es kostete fast nichts. Und mir gefiel der Name der Straße. Er sprach mich an.»

«Columbus Square?»

«Ja.»

«Ich kann dir nicht folgen.»

«Es schien mir ein gutes Omen zu sein. Ich komme nach Amerika zurück und finde ein Haus in einer Straße, die nach Kolumbus benannt ist. Es liegt eine gewisse Logik darin.»

«Und hier willst du also sterben?»

«Richtig.»

«In deinem ersten Brief hieß es sieben Jahre. Du hast noch ein Jahr zu leben.»

«Ich habe mir bewiesen, was zu beweisen war. Es ist nicht nötig weiterzumachen. Ich bin müde. Ich habe genug.»

«Hast du mich gebeten herzukommen, weil du dachtest, ich würde dich aufhalten?»

«Nein, keineswegs. Ich erwarte nichts von dir.»

«Was willst du dann?»

«Ich habe dir etwas zu geben. An einem bestimmten Punkt wurde mir klar, daß ich dir eine Erklärung für das schulde, was ich getan habe. Zumindest den Versuch. Ich habe die letzten sechs Monate versucht, es zu Papier zu bringen.»

«Ich dachte, du hättest das Schreiben endgültig aufgegeben.»

«Das ist etwas anderes. Es hat nichts mit dem zu tun, was ich früher gemacht habe.»

«Wo ist es?»

«Hinter dir. Auf dem Boden des Schranks unter der Treppe. Ein rotes Notizbuch.»

Ich drehte mich um, öffnete die Schranktür und nahm das Notizbuch. Es war ein normaler Spiralblock mit zweihundert linierten Seiten. Ich warf rasch einen Blick herein und sah, daß alle Seiten vollgeschrieben waren: die gleiche vertraute Handschrift, die gleiche schwarze Tinte, die gleichen kleinen Buchstaben. Ich stand auf und kehrte zu dem Spalt zwischen den Türflügeln zurück.

«Was nun?» fragte ich.

«Nimm es mit nach Hause. Lies es.»

«Was, wenn ich nicht kann?»

«Dann heb es für den Jungen auf. Er möchte es vielleicht sehen, wenn er erwachsen ist.»

«Ich glaube nicht, daß du das Recht hast, das zu verlangen.»

«Er ist mein Sohn.»

«Nein, das ist er nicht. Er ist mein Sohn.»

«Ich bestehe nicht darauf. Dann lies es selbst. Es ist ohnehin für dich geschrieben worden.»

«Und Sophie?»

«Nein. Ihr darfst du nichts sagen.»

«Das ist das eine, was ich nie verstehen werde.»

«Sophie?»

«Wie du sie so im Stich lassen konntest. Was hat sie dir getan?»

«Nichts. Es war nicht ihre Schuld. Das mußt du allmählich wissen. Es war mir nur nicht bestimmt, wie andere Menschen zu leben.»

«Wie war es dir bestimmt, zu leben?»

«Das steht alles im Notizbuch. Was immer ich jetzt sagen könnte, würde nur die Wahrheit entstellen.»

«Gibt es sonst noch etwas?»

«Nein, ich glaube nicht. Wir sind wahrscheinlich am Ende angekommen.»

«Ich glaube nicht, daß du die Nerven hast, mich zu erschießen. Wenn ich jetzt die Tür aufbräche, würdest du gar nichts tun.»

«Riskiere es nicht. Du würdest für nichts sterben.»

«Ich würde dir den Revolver aus der Hand reißen. Ich würde dich bewußtlos schlagen.»

«Das hat keinen Zweck. Ich bin schon tot. Ich habe schon vor Stunden Gift genommen.»

«Ich glaube dir nicht.»

«Du kannst nicht wissen, was wahr oder nicht wahr ist. Du wirst es nie wissen.»

«Ich rufe die Polizei. Sie werden die Tür einschlagen und dich ins Krankenhaus bringen.»

«Ein Geräusch an der Tür – und eine Kugel geht durch meinen Kopf. Du kannst so oder so nicht gewinnen.»

«Ist der Tod so verlockend?»

«Ich habe nun so lange mit ihm gelebt, daß er das einzige ist, was mir bleibt.»

Ich wußte nicht mehr, was ich sagen sollte. Fanshawe hatte mich erschöpft, und als ich ihn auf der anderen Seite der Tür atmen hörte, hatte ich das Gefühl, als würde das Leben aus mir herausgesogen. «Du bist ein Narr», sagte ich, unfähig etwas anderes zu denken. «Du bist ein Narr, und du verdienst es, zu sterben.» Dann, überwältigt von meiner eigenen Schwäche und Dummheit, begann ich, wie ein Kind mit den Fäusten gegen die Tür zu schlagen, zitternd und stotternd, den Tränen nahe.

«Du gehst jetzt besser», sagte Fanshawe. «Es gibt keinen Grund, dies in die Länge zu ziehen.»

«Ich will nicht gehen», sagte ich. «Wir haben noch miteinander zu sprechen.»

«Nein, es ist vorbei. Nimm das Notizbuch und fahr nach New York zurück. Das ist alles, worum ich dich bitte.»

Ich war so erschöpft, daß ich einen Moment lang glaubte, ich würde umfallen. Ich klammerte mich an die Türklinke, um mich zu stützen, in meinem Kopf wurde es schwarz, und ich kämpfte gegen eine Ohnmacht an. Ich erinnere mich nicht mehr, was danach geschah. Ich fand mich draußen wieder, vor dem Haus, den Schirm in der einen Hand und das rote Notizbuch in der anderen. Es hatte aufgehört zu regnen, aber die Luft war noch rauh, und ich konnte die Feuchtigkeit in meinen Lungen spüren. Ich beobachtete einen großen Lkw, der im Verkehr vorbeirumpelte, und folgte seinem roten Schlußlicht, bis ich es nicht mehr sehen konnte. Als ich aufblickte, sah ich, daß es beinahe schon dunkel war. Ich begann, mich vom Haus zu entfernen, setzte mechanisch einen Fuß vor den anderen, und war nicht in der Lage, mich darauf zu konzentrieren, wohin ich ging. Ich glaube, ich fiel ein- oder zweimal hin. Ich erinnere mich, daß ich einmal an einer Straßenecke wartete und versuchte, ein Taxi zu bekommen, aber keines blieb für mich stehen. Einige Minuten später glitt mir der Schirm aus der Hand und fiel in eine Pfütze. Ich machte mir nicht die Mühe, ihn aufzuheben.

Es war kurz nach sieben Uhr, als ich auf dem Südbahnhof ankam. Ein Zug nach New York war vor einer Viertelstunde abgefahren, und der nächste sollte fahrplanmäßig erst um halb neun kommen. Ich setzte mich auf eine der Holzbänke, mit dem roten Notizbuch auf dem Schoß. Ein paar späte Pendler bummelten herein; ein Hausmeister fuhr langsam mit einem Mop über den Marmorboden. Ich hörte zu, wie sich zwei Männer hinter mir über die Red Sox unterhielten. Nachdem ich dem Drang zehn Minuten lang widerstanden hatte, schlug ich endlich das Notizbuch auf. Ich las beinahe eine Stunde lang ununterbrochen, blätterte hin und her und versuchte, einen Sinn in dem zu entdecken, was Fanshawe geschrieben hatte. Wenn ich nichts über das sage, was ich fand, so deshalb, weil ich nur sehr wenig verstand. Alle Worte waren mir vertraut, und dennoch schienen sie auf eine seltsame Weise zusammengesetzt worden zu sein, so als wäre es ihr Endzweck, sich gegenseitig aufzuheben. Ich weiß nicht, wie ich es anders ausdrücken soll. Jeder Satz löschte den vorausgegangenen aus, jeder Abschnitt machte den nächsten Abschnitt unmöglich. Es ist daher seltsam, daß das, was von diesem Notizbuch übrigbleibt, ein Gefühl großer Klarheit ist. Es ist, als hätte Fanshawe gewußt, daß sein letztes Werk jede Erwartung, die ich darein setzte, umstoßen mußte. Dies waren nicht die Worte eines Mannes, der etwas bedauerte. Er hatte die Frage beantwortet, indem er eine andere Frage stellte, und daher blieb alles offen, unvollendet und mußte neu begonnen werden. Ich verlor meinen Weg nach dem ersten Wort, und von da an konnte ich mich nur vorwärtstasten, schwankend in der Dunkelheit, geblendet von dem Buch, das für mich geschrieben worden war. Und doch, unter dieser Verwirrung fühlte ich, daß da etwas zu Gewolltes, etwas zu Perfektes war, so als wäre zuletzt versagen das einzige gewesen, was er wirklich gewollt hatte. Ich könnte mich jedoch irren. Ich war in diesem Augenblick kaum in der Lage, etwas zu lesen, und mein Urteil ist möglicherweise falsch. Ich war da, ich las diese Worte mit meinen eigenen Augen, und doch fällt es mir schwer zu glauben, was ich sage.

Ich schlenderte mehrere Minuten vor der Zeit zu den Gleisen hinaus. Es regnete wieder, und ich konnte meinen Atem in der Luft sehen; er trat in kleinen Nebelstößen aus meinem Mund. Ich riß eine Seite nach der anderen aus dem Notizbuch, zerknüllte sie mit der Hand und warf sie in einen Abfalleimer auf dem Bahnsteig. Ich kam bei der letzten Seite an, als der Zug gerade abfuhr.

Paul Auster

Paul Auster, geboren 1947 in Newark / New Jersey, gilt in Amerika als eine der großen literarischen Entdeckungen der letzten Jahre. Er studierte Anglistik und vergleichende Literaturwissenschaft an der Columbia University und verbrachte danach einige Jahre in Paris. Heute lebt er in New York.

Die New York-Trilogie *Roman*
(rororo 12548)
«Eine literarische Sensation!» *Sunday Times*

Mond über Manhattan *Roman*
(rororo 13154)

Smoke. Blue in the Face
Zwei Filme
(rororo 13666)

Die Erfindung der Einsamkeit
(rororo 13585)

Die Musik des Zufalls *Roman*
(rororo 13373)

Mr. Vertigo *Roman*
Deutsch von Werner Schmitz
320 Seiten. Gebunden und als rororo Band 22152

Leviathan *Roman*
Deutsch von Werner Schmitz
320 Seiten. Gebunden und als rororo Band 13927

Von der Hand in den Mund
Deutsch von Werner Schmitz
512 Seiten. Mit 24 farbigen Tafeln. Gebunden.
Aller Anfang ist schwer: Paul Austers amüsantes Selbstporträt des Künstlers als hungernder Mann vor dem Hintergrund der bewegten sechziger und siebziger Jahre.

rororo Literatur

Das rote Notizbuch
Deutsch von Werner Schmitz
64 Seiten. Pappband und als rororo Band 22275
Paul Auster hat in seinem roten Notizbuch über viele Jahre Ereignisse aus seinem Leben und dem Leben von Freunden festgehalten – daraus sind dreizehn unglaubliche Geschichten entstanden.

Paul Auster's Stadt aus Glas
Herausgegeben von Bob Callahan und Art Spiegelman. New York-Trilogie I. Großformat
(rororo 13693)

Im Land der letzten Dinge
Roman
Deutsch von Werner Schmitz
200 Seiten. Gebunden und als rororo 13043

Lulu on the Bridge *Das Buch zum Film mit Vanessa Redgrave und Harvey Keitel*
(rororo 22426)
Nach den Drehbüchern für «Smoke» und «Blue in the Face» führt Paul Auster hier zum ersten Mal Regie.

3201/8

Harold Brodkey

Harold Brodkey wurde 1930 in Staunton, Illinois, geboren, wuchs in Missouri auf und absolvierte ein Literaturstudium in Harvard. Später ließ er sich als freier Schriftsteller nieder und unterrichtete amerikanische Literatur und Creative Writing in Cornell und an der City University of New York. Für sein Werk wurde er u. a. mit dem begehrten Prix de Rome und zweimal mit dem O. Henry Award ausgezeichnet. Er starb im Januar 1996 in New York an den Folgen von Aids.

Unschuld *Nahezu klassische Stories Band 1*
(rororo 13156)

Engel *Nahezu klassische Stories Band 2*
(rororo 13318)

Profane Freundschaft *Roman*
Deutsch von Angela Praesent
544 Seiten. Gebunden und als rororo Band 13698
Der Roman ist «ein Kunstwerk von atemberaubender Intensität, ein Pandämonium der Leidenschaft wie der Ängst, der Sucht wie der Flucht». *Die Zeit*

Die flüchtige Seele *Roman*
Deutsch von Angela Praesent
1344 Seiten. Gebunden und als rororo Band 13993

Venedig
Zusammengestellt, übersetzt und mit einem Nachwort von Angela Praesent. Mit Fotos von Guiseppe Bruno.
128 Seiten. Gebunden

Die Geschichte meines Todes
Deutsch von Angela Praesent
192 Seiten. Gebunden und als rororo Band 22283
Nach der Diagnose Aids im Frühjahr 1993 begann Harold Brodkey zu protokollieren, wie die tödliche Krankheit sein Leben veränderte und was sie seinem Körper, seinem Geist, seiner Frau und seinen Freunden antat.

Gast im Universum *Stories*
Deutsch von Angela Praesent
352 Seiten. Gebunden
Zehn neue, noch nie in Buchform publizierte Stories aus dem Nachlaß von Harold Brodkey.

Ein Gesamtverzeichnis aller lieferbaren Titel der *Rowohlt Verlage, Wunderlich* und *Wunderlich Taschenbuch* finden Sie in der *Rowohlt Revue*. Vierteljährlich neu. Kostenlos in Ihrer Buchhandlung.
Rowohlt im Internet:
http://www.rowohlt.de

rororo Literatur

Philip Roth

Philip Roth, wurde am 19. März 1933 in Newark / New Jersey geboren. Er studierte an der Bucknell Universitiy in Lewisburg / Pennsylvania und graduierte 1965 an der Universität Chicago zum Master of Arts für englische Literatur.
«Ein Erzähler, handfest und lebensnah ...»
Martin Lüdke, Der Spiegel

Die Anatomiestunde *Roman*
(rororo 12310)

Mein Leben als Mann *Roman*
(rororo 13046)

Portnoys Beschwerden *Roman*
(rororo 11731)
Auf der Psychiater-Couch beginnt Portnoys großes, ungehemmtes Beschwerde-Solo, er redet sich seine eigene Biographie vom Leibe, sorglos, komisch, obszön, befreiend.
«Ein unwahrscheinlich lesbares Buch.» *Frankfurter Allgemeine Zeitung*

Die Prager Orgie *Ein Epilog*
(rororo 12312)

Der Ghost Writer *Roman*
(rororo 12290)

Goodbye, Columbus! *Ein Kurzroman und fünf Stories*
(rororo 12210)

Professor der Begierde *Roman*
(rororo 22285)
«Philip Roth besticht durch Aufrichtigkeit und Authentizität.»
Marcel Reich-Ranicki, FAZ

rororo Literatur

Sabbaths Theater *Roman*
(rororo 22310)
«Philip Roth triumphiert noch einmal mit einem grandiosen Roman: fürchterlich, unverfroren und unwiderstehlich. Sabbath ist zu einem unsterblichen Helden der Literatur geworden.»
Der Spiegel

Zuckermans Befreiung *Roman*
(rororo 12305)
Eine glanzvolle Satire auf die «Vorzüge» des Lebens im Rampenlicht.
«Der Roman ist spannend, sehr witzig und unterhaltend geschrieben.» *Frankfurter Rundschau*

Ein Gesamtverzeichnis aller lieferbaren Titel der *Rowohlt Verlage, Wunderlich* und *Wunderlich Taschenbuch* finden Sie in der *Rowohlt Revue*. Vierteljährlich neu. Kostenlos in Ihrer Buchhandlung.
Rowohlt im Internet: www.rowohlt.de

3678/1

Romane und Erzählungen

Julian Barnes
Flauberts Papagei *Roman*
(rororo 22133)
«Dieses Buch gehört zur Gattung der Glücksfälle.» *Süddeutsche Zeitung*

Denis Belloc
Suzanne *Roman*
(rororo 13797)
«Suzanne» ist die Geschichte von Bellocs Mutter: Das Schicksal eines Armeleutekinds in schlechten Zeiten. «Denis Belloc ist der Shootingstar der französischen Literatur.» *Tempo*

Andre Dubus
Sie leben jetzt in Texas *Short Stories*
(rororo 13925)
«Seine Geschichten sind bewegend und tief empfunden.» *John Irving*

Michael Frayn
Sonnenlandung *Roman*
(rororo 13920)
«Spritziges, fesselndes, zum Nachdenken anregendes Lesefutter. Kaum ein Roman macht so viel Spaß wie dieser.» *The Times*

Peter Høeg
Der Plan von der Abschaffung des Dunkels *Roman*
(rororo 13790)
«Eine ungeheuer spannende Geschichte.» *Die Zeit*
Fräulein Smillas Gespür für Schnee *Roman*
(rororo 13599)
Fräulein Smilla verfolgt die Spuren eines Mörders bis ins Eismeer Grönlands. «Eine aberwitzige Verbindung von Thriller und hoher Literatur.» *Der Spiegel*

rororo Literatur

Stewart O'Nan
Engel im Schnee *Roman*
(rororo 22363)
«Stewart O'Nans spannendes Erzählwerk ist zum Heulen traurig und voller Schönheit, seine Sprache genau und von bestechendem Charme. Die literarische Szene ist um einen exzellenten Erzähler reicher geworden.» *Der Spiegel*

Daniel Douglas Wissmann
Dillingers Luftschiff *Roman*
(rororo 13923)
«Dillingers Luftschiff» ist eine romantische Liebesgeschichte und zugleich eine verrückte Komödie voll schrägem Witz, unbekümmert um die Grenzen zwischen Literatur und Unterhaltung.

Tobias Wolff
Das Blaue vom Himmel *Roman einer Jugend in Amerika*
(rororo 22254)
«Wunderbar komisch – zugleich tieftraurig und auf sehr subltile Weise moralisch.» *Newsweek*

Das große

Welttags Quiz

Spannende Reise durch die Weltliteratur

Lesefans können am Welttag des Buches auf Schatzsuche gehen.

Die Stiftung Lesen hat aus Anlass des Welttags des Buches ein literarisches Quiz entwickelt. Im Mittelpunkt steht dabei die Welttagsedition der Verlage *dtv, Fischer, Heyne, Knaur* und *Rowohlt* mit ihren 15 Buchtiteln sowie Fragen zu weiteren Werken der Weltliteratur.

Sie erhalten dieses Quiz bis Mai in Ihrer Buchhandlung und in vielen Bibliotheken. Danach bei der Stiftung Lesen, Fischtorplatz 23, 55116 Mainz, Tel.: 06131-28 89 00, Fax: 06131-23 03 33